"我每一次这期待一项工作的计划."

"真是见不到你就觉得度日如年."

"其实忙着忙着就过去了，只是充实的."

"可是我想你啊！"

"可以视频啊."

"我恨不得将你揣兜里带走，想你了
就把你从兜里拿出来看看."

"你把我当手办了？"

"嗯...秦日明."

"嗯？"

"我喜欢你♡"

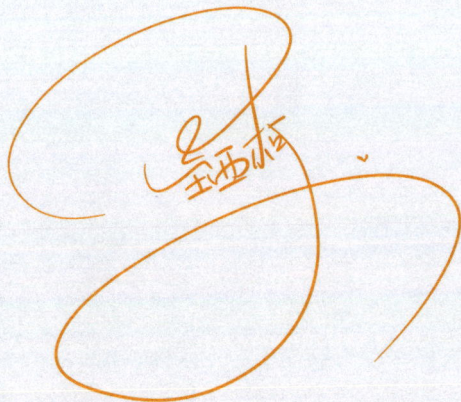

魅丽文化

我窝着呢

2

墨西柯 / 著

陕西新华出版传媒集团

三秦出版社

图书在版编目（CIP）数据

我宠着呢.2 / 墨西柯著． —— 西安：三秦出版社，
2022.9
ISBN 978-7-5518-2661-7

Ⅰ．①我… Ⅱ．①墨… Ⅲ．①长篇小说－中国－当代
Ⅳ．① I247.5

中国版本图书馆 CIP 数据核字（2022）第 129933 号

我宠着呢.2

墨西柯 著

出版发行 陕西新华出版传媒集团　三秦出版社
社　　址 西安市雁塔区曲江新区登高路 1388 号
电　　话 （029）81205236
邮政编码 710061
印　　刷 长沙金鹰印务有限公司
开　　本 880mm×1230mm　1/32
印　　张 9.5
字　　数 318 千字
版　　次 2022 年 9 月第 1 版
印　　次 2022 年 9 月第 1 次印刷
标准书号 ISBN 978-7-5518-2661-7
定　　价 46.80 元

网　　址 http://www.sqcbs.cn

目录

目录

CONTENTS

　　秦月明发布的那条"水中月，云中花"的微博确实有种模棱两可的意味，一下子就转移了大家的注意力。

　　本来"云守月夫妇"就是当前的热门话题，甚至在短时间内打败了另外一对由电视剧塑造出来的、有意营销的CP。现在秦月明发了这样一条微博，简直就是让大家都炸了。

　　好好好！你们关系好。行行行！你们只是好朋友。你们继续，别停，暧昧比恋爱更带感。

　　这样的文案，在这样的时间发出来，效果是爆炸性的。这让秦月明的微博一举成为二十四小时热门微博的第一位。

　　关注周午宣的人本来就少，粉丝撕的那点破事没人理，哪有秦月明跟江云开的CP来得劲爆？

　　因为有这样的热度维持，秦月明当天穿的那身衣服竟然在三小时内卖断货了。厂家接了无数催货的电话，先是一脸的莫名其妙，然后才后知后觉地发现是秦月明穿了他们的衣服，他们捡了大便宜。

　　这样的带货能力震惊了小半个圈子，秦月明的代言一下子多了起来。刘创一下午就接到了四个品牌方的电话，甚至还有一家品牌方的代表直接来了公司。

　　还有就是，很多人因为一句歌词特意去听朝九晚五组合的这首歌，想看看歌里是不是真的有这么一句歌词，听完之后意外地发现还蛮好听的。

　　江云开那个小浑蛋人品不怎么样，但唱歌是真好听。

　　秦月明从驾校出来回去的路上，就看到手机微信里出现了提示，她莫名其妙地加入了朝九晚五的组合群。

秦月明发了一个"小猫咪疑问"的表情包到群里。

南云庭："这个小猫咪……好像是我发给江哥的。"

周若山："肯定是江哥发给亲哥的呗。"

南云庭："江哥肯定天天跟月明姐聊天。"

周若山："月明姐脾气真好，跟江哥聊天还能忍这么久没绝交。"

月："他聊天还好，就是有时候有点莫名其妙的。"

周若山："是，他上次举铁，手磨出一个水泡来，在群里发了无数张照片刷屏，把小水泡各个角度都拍了一遍，还加了特效。"

南云庭："当然得赶紧发，不然水泡就好了。"

江云开："我看着呢。"

南云庭连忙发了个"江哥是无敌的"的表情包，周若山跟着发了一个，余森也跟着发了一个。

月："我怎么进这个群了？是要开会吗？"

周若山："不是，是你通过我们全员的认证了，以后你就是我们大哥，咱们之后就是自己人。"

月："受宠若惊。"

江云开："为了表示感谢，你表演个后空翻吧。"

月："我唱歌吧。"

秦月明接着就唱了起来，唱的是他们的新歌，同样是清唱，旋律很准，好听得让人耳朵痒痒。

南云庭："好听！亲哥加入我们组合吧，正好五个人。"

月："不要。"

南云庭："为什么？江云开在窥屏呢，现在肯定不高兴了。"

月："凭我的实力可以单独出道，带着你们几个耽误我放肆飞。"

江云开："噗——"

江云开："哈哈哈哈哈！"

南云庭："原来你是这样的亲哥。"

秦月明正在群里聊得开心，突然看到了刘创的消息。

刘创："两个服装品牌、一个化妆品品牌、一个国际奢侈品香水在国内的代言，都是经过筛选的、没有什么问题的良心品牌。"

月："我很满意。"

秦夜停也在这个时候发来消息："怎么回事？我的粉丝怎么开始叫江云开'姐夫'了？"

月："互相蹭热度，互赢。"

接着，她把跟刘创的聊天记录截图给秦夜停发了过去。

秦夜停："没必要为了赚钱牺牲自己，跟那个家伙捆绑在一起。"

秦月明又把几家代言的费用给秦夜停发过去。

秦夜停："哦。"

秦夜停："还行。"

秦夜停将手机放在桌面上，并没有退出微信，他还对池闫示意了一下："你自己看，只是捆绑炒作，我姐姐真的在很努力地还钱。"

池闫随便扫了一眼手机屏幕，接着"嗯"了一声，拿起咖啡杯喝了一口咖啡。

这里是池闫开的一间咖啡厅，整整占据了四层楼，还是在不错的地段。因为明星效应，还有就是价位还算合理，这里的生意一向不错。

咖啡厅的环境比较有格调，属于沉稳的风格，和池闫有些像。装修材料使用实木比较多，就连房顶都是一棵树的枝干原本的模样，灯也固定在枝干上面。

咖啡厅的四楼今天没有安排其他客人进来，秦夜停来了后直接到了四楼，池闫一直在等他。

秦夜停本来不想来见池闫的，总觉得池闫这点破事做得颇为不地道，他也不想理池闫。

他来了能做什么？给池闫助攻吗？他恐怕做不了这种事。

池闫可真是越活越回去了，居然会因为江云开跟秦月明的绯闻真的产生了情绪波动，几次主动约他想跟他询问情况。

这一次来这边拍摄，他真的避无可避了。他这些年被池闫照顾了不少，于情于理，都不合适就此绝交。

看到池闫放心了，秦夜停才将手机收起来，问他："怎么，你准备追我姐了？"

池闫却问："为什么你一直在做这种事，却不跟我说？"

"跟你说我花了一大笔钱，在努力挽回一个已故之人的性命？这种事任谁听到都会觉得是鬼扯。"

秦夜停最开始尝试的时候，根本没有想过会成功。而且，投资那个项目的富商很多，不止他一个人，然而回来的却只有秦月明一个。

池闫放下咖啡杯，看着秦夜停，问："其实你是厌恶我的，对吗？"

秦夜停手撑着下巴，颇为无聊地回答："也不算吧，这些年你对我也挺照顾的，但是你这一次真的做错了。"

"我和她……很早之前就协商过分手。"

"然而分手的契机是我姐回来，不是吗？"

池闫没再说话，垂下了头。

秦夜停扯着嘴角笑笑，接着说："你知道吗，在我姐回来后，如果你继续跟你的女朋友交往，后期因为感情不和再分手。等过个一阵子，你平稳下来再去追我姐，我姐说不定都会同意。但是你现在这样做，她心里就会有一个结，会觉得是她破坏了你们的感情，所以她以后也不会跟你在一起。"

池闫急切地说："我不想再错过她一次了。"

"可是你现在彻底错过了。"秦夜停回答完，摊开手耸了耸肩，有了要离开的意思。

"你可以帮我……"

"不可以。"

"我对她是真心的。"

秦夜停笑着站起身来，走到了池闫身边拍了拍他的肩膀，说："你该知道的，我有病，如果因为你弄脏了我姐的羽毛，我就会发疯。"

秦夜停疯起来是什么样，池闫知道。

"她有你这样的弟弟还挺好的。"池闫居然还有心情感叹。

"我也觉得有她做我姐姐挺好的。"

"我不会放弃她，她是我心里的执念。"

"那你加油。"

秦夜停说完就下了楼。

池闫目送秦夜停下去，忍不住蹙眉。早期他只觉得秦夜停性格偏执，现在看来，还稍微有点病态，不过……挺有意思的。

秦夜停上了保姆车，打开车门看到有人坐在车里面。

他停顿了一下，听到助理声音微弱地解释："我们阻拦了，她……"

秦夜停"哦"了一声，上了车。

盛筱就坐在秦夜停身边，还抽着烟，烟灰缸里已经有两个烟头了。

她之前拍了一部戏，演的是一名被军队革职的女军人，造型偏中性，短发，模样硬朗，从脖颈到手臂都是文身，看起来帅气十足。她还因为这样的造型吸引了一大批女粉，有了不少"女友粉"。

盛筱摁灭烟头，问秦夜停："他找你干什么？"

"你不是已经猜到了？"秦夜停回答的时候依旧在笑，就像平日里的人设，笑容暖暖的。

盛筱看了就觉得他这个人很假，又问："怎么，你答应帮忙了？"

"你觉得我会吗？"

"我看你姐姐跟那个小鲜肉挺火热的。"

"唉。"

盛筱忍不住扬眉，问："怎么了？"

"你就不能跟我姐姐学学，别理会那些渣男？无论是之前的那个，还是你现在在意的这个，又或者是你提起的这个小鲜肉。"秦夜停说完打开了她身边的车门锁，只是没有推开车门，这意思就是赶她下车。

秦夜停这句话说得非常明白了，他不愿意帮忙，而且秦月明也不愿意搭理池闫。分手是池闫和盛筱两个人的事情，别往他们姐弟二人身上找事。

盛筱没走，只是继续问："你姐姐有人设吗？"

秦夜停懒得回答。

她继续问："她是什么样的人？为什么能让池闫在意这么久？她真的有那么好吗？"

"池闫那么丑，你喜欢他什么啊？"秦夜停问得直截了当。

池闫在娱乐圈的确不算帅，但是气质特别好，还是成熟稳重的型男形象，演技也很好，所以依旧非常受欢迎。不过秦夜停有点受不住这对已分男女了，干脆说了大实话。

盛筱愣了一下，接着笑了。

"抱歉，打扰了。"她终于准备离开了。

"哦，你的新电影我看了，演技不错。"

"感谢。"

盛筱离开后，秦夜停终于恢复了清净。他坐在车里叹了一口气，总觉得烦躁得不行。

这时，他收到了秦月明发来的消息："你考研的重点我帮你画出来了，还给你做了时间计划，一定要完成哦，考研加油！"

他看着屏幕，终于忍不住温柔地笑了，打字回复："你呢？打不打算重新考大学？"

月："等我有时间，一定会的，你不觉得这对我来说非常轻松吗？"

秦夜停："一起努力。"

月："好的。"

严重缺觉的江云开突然在最忙的时候被放了假，主要是刘创想让他冷静一下，并且放话从今天开始"雪藏"江云开，这次的"雪藏"时间绝对在五天以上。

江云开翻了个白眼后回了家，闷头睡觉。

第二天中午十二点半左右，门铃突然响了起来。江云开打着哈欠下楼去开门，紧接着就被什么东西撞得连退好几步，捂着自己的肚子半天没缓过来，是奔月。

秦月明、秦夜停和幺儿跟在奔月后面，幺儿手里还拿着狗狗的沐浴露。

三个人进入屋子后，秦月明对江云开说："借用一下你的泳池，我们想给奔月洗个澡。"

江云开扶着装饰的雕塑，才站稳就问："这么大一条狗，为什么不送去宠物店洗？"

秦月明委屈巴巴地回答："就是狗太大了，洗一次好贵哦。"

江云开只能眼睁睁看着这几个人进来，秦夜停已经开始往泳池里注水了。

江云开暴躁地问他："秦夜停，你就这么进我家来？都不跟我打招呼？"

"怎么，你还打算让我叫你姐夫？"

"嘁，有脑子的人都能看出来是瞎起哄好吧？"

秦月明看了秦夜停一眼，却什么都没说。她知道刚才秦夜停是在试探江云开呢，如果她骗人，秦夜停是没办法验证的。但是江云开如果骗人，秦夜停第一时间就能发现。

所以江云开这么回答，就证明了他和秦月明真没有什么，他甚至对秦月明什么想法都没有。

"我去洗漱。"江云开无奈地抓了抓头发，也不管了。

他说完就上了楼，完全不知道自己被试探了。

江云开洗漱完毕下楼，看到奔月舒舒服服地躺在他的泳池里，秦夜停和秦月明给奔月"吭哧吭哧"地刷毛，幺儿则是在各个角度录像、拍照，留着以后发微博用。

很多艺人当天在微博发的照片不一定是当天拍的，他们非常忙的时候都是助理帮忙发微博，文案都不一定是自己写的。

江云开挽起裤腿跟着走进泳池里，掐腰看着奔月，问秦月明："这家伙多久没洗澡了？"

秦月明想了想，回答："有……二十天了吧？"

江云开又说："做你们的宠物也怪委屈的，我家的猫都有两个专职保姆，两个人倒班。"

他说完，看到秦夜停不爽地抬头看他，立即补充："我就是实事求是说明问题，没有刺激你的意思。"

秦月明有点好奇，问："猫的保姆每天做什么啊？"

江云开回答："给它梳理毛发，喂它，陪着它。"

秦月明又问："所以你家里的保姆是住着你的豪宅，撸着你的猫，还拿着你的钱吗？"

江云开想了想，豁然开朗道："还真是。"

秦夜停忍不住笑了，对秦月明说："姐，你去歇会儿吧。"

秦月明点了点头，站在泳池边沿，裤腿明明挽起来了，却还是湿了一些。

她洗了洗手，看到秦夜停对江云开说："你过来帮忙。"

江云开不情不愿地站在旁边，这时秦夜停松开了奔月，奔月立即朝着江云开扑了过去。

奔月身上还有很多泡沫，它将江云开整个人都扑倒在泳池里，溅起了一大片水花。

江云开狼狈地坐起身来，摸了一把脸，没好气地道："早知道这样，我为什么要上去洗漱，我在这里一起洗不就得了？"

秦夜停往后退了两步，明明已经做好了防备，却还是被快速起身的江云开也拽进了泳池。

接着，两个大男生终于消停了，一起看着奔月，认命地给它洗澡。

等洗得差不多了，秦月明问江云开："你家里的浴巾在哪里？"

"楼下就有，我上去换身衣服，你们记得把水放了，尤其要清理干净狗毛。"江云开拨了拨头发，从泳池里走出来。

秦月明看着他的身体，从上看到下。

啧啧，这身材真不错啊，一点也不胖。标准的倒三角身材，说是衣服架子一点也不为过，身上的肌肉线条仿佛沙漠的沙丘，高低起伏，曲线柔和，让秦月明看了以后忍不住贼笑。

等江云开上楼了，秦夜停才看着秦月明，提醒："收敛点。"

"我没怎么……"秦月明有点好色，只有和她关系最好的人才知道。

"你还真喜欢那样的？"

"就在眼前，不看不可惜了！"

还在修图的幺儿豁然抬起头来："看什么？"

秦月明赶紧摇头："没事。"

幺儿继续闷头修图。

江云开再次下楼的时候，看到蒋晁也来了。

他忍不住问："什么情况，把我这儿当自己家了，是不是？"

蒋晁赶紧乖乖跟他打招呼："江哥。"

"嗯。"

江云开走到厨房打开冰箱门，问："你们喝什么？"

秦月明和秦夜停同时说："啤酒。"

蒋晁连连摆手："不用不用。"

幺儿修图修到忘我，都没注意到这句话。

秦夜停招呼蒋晁过去："过来帮忙吹毛。"

"哦哦，好的。"

这还是蒋晁第一次来见自己未来的老板，他特意穿得很规矩，结果来了之后就要撸起袖子干活。

秦月明站在一边说："弟弟是特意飞回来的，你毕竟是我们公司签约的第一个艺人，他也要亲自来见一见。"

蒋晁赶紧对秦夜停说："辛苦了。"

秦夜停却说："别停，继续吹。"

秦夜停把奔月交给蒋晁，自己披着浴巾走到一边，拿着啤酒喝了一口。坐下之后，他将手臂搭在桌子上，细细打量着蒋晁，觉得这孩子傻头傻脑的，他姐姐怎么就签了呢？

秦月明凑过来说："是不是长得挺可爱的？"

秦夜停蹙眉没说话，甚至嘴角隐隐向下弯。

秦月明再次说："我觉得挺好的。"

秦夜停这才回答："你开心就好。"

等帮奔月吹干毛之后，秦夜停对蒋晁说："你跟我来。"

秦夜停带着蒋晁离开了江云开的家，秦月明和幺儿看得目瞪口呆，不知道该不该跟出去。

江云开趴在餐桌上问她们："要不要给你们订饭？"

秦月明心虚地点头："好。"

江云开又指了指奔月："它要带一份吗？"

秦月明又点头："要。"

江云开认命地开始订饭。

秦夜停带着蒋晁回了秦月明家里，进门后就让蒋晁坐在餐桌的斜对面。

接着，秦夜停换完衣服出来，还拿出了一摞东西。

蒋晁还以为秦夜停要给他书，让他学习，结果秦夜停把书放在了自己面前，翻开看了起来，也不理他。

蒋晁有些紧张，秦夜停和其他人都不一样，没有亲切感，非常严肃，跟镜头里的样子很不一样。而且，秦夜停是他未来的老板，他之后三年都要跟着秦夜停混，在他心里，秦夜停就是自己未来的"大哥"！现在秦夜停不理他，他紧张得一个劲儿地去抓自己的裤腿，抓紧又松开，不知道要不要问一问。

秦夜停看了一会儿考研的资料，抬头随便瞥了他一眼。

"只跟我一个人在一起，才一会儿就这么不安了？你这样以后怎么应付大场合？"秦夜停说着，模样淡然地翻了一页书。

"啊？"蒋晁没反应过来。

"你以后会是艺人，你的举手投足都会被镜头记录下来，你现在的样子非常小家子气，根本带不出手。"

"我、我知道了。"

"你还口吃？"

"不、不、不，我就是……紧张。"蒋晁结巴得更严重了。

"你是我手底下的艺人，我姐发现了你，我是你的老板，就会对你负责。所以从今天开始，你跟在我身边，我亲自调教你。"

"调教？"

"怎么？"

"没事，我等待秦哥的教导。"

"叫老板。"

"好、好。"

"口吃改掉！"

"好！"

最后两期《异闻探秘者》播出了。这一次秦月明依旧是非常聪明的样子，对真相执着，并且没有心机，全程高能推理，似乎完全没有被网络上的评价干扰。她还是她，自信聪明，不妥协，不奉承。

这一期最让人意外的无疑是江云开，江云开原本就是一个很胆小的人，前两期甚至被人攻击人设崩塌，结果这一期突然暴露了实力。

这一期的弹幕也非常精彩。

"江云开居然会功夫？"

"江云开上一次说怕被绑架，我还以为他开玩笑呢。"

"我记得一个动图，江云开被吓一跳后一拳打弯了钢管。"

"打钢管那个别走！听说滚滚后来还赔了两千块钱，哈哈哈！"

"两个人一起追刺客的时候好甜！"

"不行，他们的造型让我无法专心看真人秀。"

"我对秦月明转粉了。"

"姐姐！姐夫！我是弟妹啊！"

"女友粉含泪吃糖。"

"图图还是非常聪明的，三期都智商在线。"

"我真的好吃图图的颜。"

"我可能是'邪教'，我吃'图月'。"

"吃'月思'的是不是更异类？"

"霍里翔仿佛是在跟着 TM 团看直播！然后跟着'啊啊啊'，哈哈哈！"

"我爱翔哥，翔哥是新人放不开！"

当天也有很多人在微博上发表了看法，简直是一场大型讨论会。

你在黑我哟："很多人问我秦月明和江云开是不是真的，看了《异闻探秘者》的我回答'不是'。

"你们稍微想想江云开是什么定位，他是偶像！偶像谈恋爱意味着什么？意味着自取灭亡。如果哪一天江云开成了歌神，成了实力派，或者可能性不太大地成了专业演员，甚至是影帝，他公开恋情都不会对他的事业造成太大的打击。但是如果他现在谈恋爱，那就是脑子有问题。

"再说秦月明，她恐怕短期内都不会谈恋爱。一是因为欠钱，二是因为她是事业型女性，是业界出了名的拼命三娘，三是在她的时间线，她刚刚被分手。

"这两个人的互动甜不甜？甜。CP 可不可以嗑？可以嗑。是真糖吗？不是。一家公司，互帮互助，逢场作戏，甚至可以当成偶像剧去看。"

宝家的钥钥："最近身边好多朋友被秦月明圈粉了，人家长得漂亮还聪明。传说她情商不高，早期经常会招惹人。可是我仔细看了，发现她很会照顾人，整个甜蜜团都很喜欢她。

"我还真挺好事的，特意去查了九年前的新闻，发现很多都是痛批秦月明上综艺表现木讷的。

"接着我去看了秦月明以前参加的综艺，发现她就是很安静、不抢话、不争风头，她好几次被抢话我看到都好气，可她却很淡定。

"总体说来，秦月明不让人讨厌，却让人心疼。这种不争不抢不会搞好人际关系的人还能大红大紫，那绝对是实力足够强了，尤其是在九年前。"

昼冷今天又上课睡觉了吗："说秦月明是花瓶的人醒一醒！人家能文能武、会唱会跳、演技没话说，最重要的是弟弟还帅！她有什么缺点？难道是太完美让你们自卑了吗？我！爱！她！"

秦月明在《异闻探秘者》第一季播出后，真的经历了很多。第一景，她被骂跟江云开炒 CP。第二景，她被骂心机重。第三景，她开始收获大批粉丝。

到了现在，探秘者第一季完美收官，每个人都发布了微博，不爱发微博的秦月明也不例外。

秦月明："非常感谢探秘者的团队，让我收获了很多，比如 @杜拾瑶 @江云开 @霍里翔 @奚图 这些朋友。当然，跟 @蔡思予 也是越来越默契了，我们下一季再见。［图片］"

下边的评论热闹极了。

江云开："胡扯，拍之前我们就认识了，不是节目组帮的忙。"

杜拾瑶："江哥在线拆台。"

霍里翔："月明姐还跟奚图一起拍电视剧呢。"

蔡思予："默契什么？骗得我团团转的人是谁？"

奚图："下一季见。"

霍里翔回复奚图："下一季？你们明天就可以在剧组见面了好吗？"

萤樱："怎么回事？甜蜜团内部的氛围不太对啊！让我想到了朝九晚五组合。果然，只要有江哥在，画风说坏就坏。"

你算哪个胡萝卜："看到微博我还很感慨，想发一堆抒情的话，结果点开评论笑死我了。"

没多久，《异闻探秘者》官博就发布了一条微博。

异闻探秘者："下一季原班人马，拍摄时间暂定明年三月，敬请期待。"

这条微博当天就上了热搜跟头条，网络上一片欢呼声。

秦月明在剧组拍戏的时候，刘创突然来探班。她远远地看了一眼，跟刘创打了声招呼，接着就继续拍戏了。

秦月明跟奚图拍摄的影视剧《高跟鞋与双肩背包》已经进入了尾声，剧里，她拿着公司的资料走到复印机前，准备将这些东西复印一遍。

剧里女主角的习惯是会把文件批注得乱七八糟，所以一般都会备份几份，每一份的批注都有可能不同。

这时，奚图走到秦月明身后，伸手抱着她的腰，将额头抵着她的后脑勺，低声说："陪我一会儿。"

她继续复印东西，同时冷淡地说："交往前不是说过不会任性吗？"

"我这不是任性，是想你了。"

近期的影视剧真的清水到了极致。整部剧里连吻戏都没有，真要拍一些隐晦的戏时，就突然镜头上移，或者像这场戏一样，奚图将秦月明抱到床上，两个人刚刚倒下，这一组就算拍完了。

没有人知道，真实的情况居然是奚图基本上是过肩摔把秦月明摔在了床上。奚图看似是突然扑过去的，实则那个时候秦月明已经滚到一边去了，不然她会在被摔后再被砸一次。

听到导演说这条过了之后，两个人都趴在床上休息了一会儿，没有高兴，只是心有余悸。

奚图侧过头去看她，问："摔到了吗？"

秦月明仰面躺在床上，叹气道："反反复复被扔了六次，身体再好都觉得内脏在打战了。"

"抱歉。"

"不是你的问题。"

奚图拍这些亲热戏就会僵硬别扭，后期终于好了一些。这一次拍摄也不是奚图的问题，主要是这种镜头都是剧里的重点戏，说不定后期都会被剪辑出来，成为精华场景。

观众们爱的是女主的热血吗？不，是甜蜜的戏。所以这种镜头就算第一次拍得已经不错了，导演还是会让他们重来几次，看看哪次呈现得比较好看。

这组镜头拍完，剧组开始切换场景。

秦月明快速起身准备去见刘创，留下奚图一个人继续躺着短暂地休息。

奚图看着秦月明离开，盯着她的背影看了半晌，接着发现自己的指尖有一根长发。他捏起长发看了看，然后随手甩掉，想了想又重新捡起来放进口袋里，起身跟着剧组去下一个场景。

秦月明跟统筹打了个招呼，跑过去找刘创。

她过去的时候，刘创正在跟心心研究秦月明的红毯造型，秦月明凑过去看了看，问："是心心设计的吗？好厉害。"

"对，我看了赞助商们送来的图册，感觉都有点差强人意。所以我按照你自身的优点，设计出了最适合你的礼服，这是我们最后筛选出的三套，你来选一下。"

一到年底，就会有各种颁奖典礼。秦月明没有任何作品，去了真的是蹭红毯的，但刘创还是希望她去参加。

现在的女艺人很多都会在红毯造型上暗暗较量，这是一个提高关注度的好机会。还有就是今年提名最佳男主角的有秦夜停，秦月明去了如果能看到自己弟弟得奖就更好了。这样，秦月明也能跟着蹭点热度。

玖武娱乐不怕你被黑，就怕你没有热度。

所以对于秦月明的造型，刘创还是很关心的，他这次来主要是为了这个，还有就是跟秦月明亲自商量跨年演唱会彩排的事情。

刘创先说了电视台的安排，接着说："难度很大，而且很危险，如果能成功，那效果绝对是轰动性的。但是如果出现差错，那也会有些负面新闻，我们甚至需要提前准备好道歉稿，因为实在太危险了！"

秦月明思考了一会，说："我需要去现场看一看舞台，还有舞蹈设计。"

"嗯，我给电视台留了余地，是知道你底子很好。你有舞蹈底子，还有武术底子，拍古装剧也经常吊威亚。如果你接受不了，我们可以立即拒绝，现在重新编排还是来得及的，不用为难自己。"

"好，我都明白。"

刘创跟秦月明分析完利弊，又拿出一些文件，放在她面前："晚上让幺儿给你介绍他们是谁，说不定她还能给你讲一堆八卦。别看她年龄不大，也算是圈子里的老人了，知道的不少。"

这是一份其他艺人的名单，上面都是一些照片、作品名称，算是简单的个人介绍。

秦月明缺席了九年，很多新出道的艺人她都不认识，她需要看一些资料了解一下，别到时候出现什么问题，闹出尴尬的场面。

"你的老对家会去，"刘创又说了一句，"是颁奖嘉宾。"

"哦……我猜她不想见到我，因为我突然比她小了十几岁。"明明她们之前只差两岁，想到这里，秦月明甚至有点想笑。

"池闰他……前女友也入围了最佳女演员。"

刘创也是老油条了，多多少少听说了一些池闰的事，只是他对秦月明放心，所以没有提起过，这一次也只是给秦月明提个醒而已。

秦月明点了点头，翻了几页就找到了盛筱的简历。

盛筱是那种盛气凌人的长相，她很有气质，身高就有一米七七，身材很好，曾经做过平面模特，后来转型成了艺人。她的作品大多是电影，她跟池闰走的是一条路，两个人也是在拍摄电影的时候认识的。盛筱最近这部电影走的是中性路子，她便也开始穿男装，走洒脱线路，又圈了一波粉。

"很漂亮啊，还有演技，分手可惜了。"秦月明由衷地感叹。

"我不好说什么，你把简历收着，晚上跟我一起飞电视台去看舞台现场，机票已经买好了。"

"好。"

奚图的朋友不多，难得有几个还是一起搞科研的同学。他们当时的项目不被导师认可，他们带着一腔热血去参加比赛，也只混到入围，后期就完全无缘了。

在这样的情况下，他们没有研究的经费，没有任何人支持，队伍早就散了。奚图不甘心，总想自己赚取经费，突然想到执着于联系他的经纪人，一时脑热就签了约，进入娱乐圈赚取经费。

他就是那种秦月明非常羡慕的人——随便地进娱乐圈，随便地红了，还有悟性、有颜值。

其实奚图现在已经赚够经费了，他随时可以退圈继续搞科研，他拍完戏回到房间都是在研究自己的项目。

可是这几天，他出现了一些小问题。明明这部戏他都要拍完了，他却突然觉得自己走不出来了。他总会盯着那个女人，在剧中，那是他费尽心机想得到的女人。

秦月明亲自带着他入戏，让他彻底进入剧情。他第一次拍戏拍得这么认真，认真到分不清自己是陷入了剧情里，还是真的对秦月明有了特殊的情愫。

他没办法问其他人，老朋友都是理工男，一头扎进实验室的那种，都没谈过恋爱。

他又不能和娱乐圈的这些人认真相处，苦闷得不知道该怎么办才好。

这时，他收到了秦月明发来的消息："抱歉，实在是年底事情多，最后几天了还耽误进度。我去舞台现场看完就回来，明天下午就可以正常拍摄了。"

奚图看着手机，发现自己在收到秦月明的消息时有一瞬间的欣喜，接着就醒悟过来。

他发消息问秦月明："你曾经陷入过剧情里吗？"

或许是代入感太强了吧，他们在剧里是姐弟恋，在现实里秦月明也是他的前辈。她那么优秀，是他难得欣赏的女性，让他一下子就坠入了深渊。

月："有过啊，拍完《或许》我哭了好久，歇斯底里的，做什么都哭。"

奚图："怎么好的？"

月："自我调节，努力走出来，告诉自己那只是在演戏。而且当时我很忙，很快就要进入另外一个角色，渐渐就忘了那个感觉了。"

奚图："在娱乐圈谈恋爱是不是很严重的事情？"

月："当然啊！"

月："不过，不管是不是在娱乐圈，谈恋爱都是需要十分谨慎的事情。"

奚图："知道了，你去忙吧，统筹会安排好戏的。"

月："好的。"

航班很快就要起飞了，秦月明把手机开了飞行模式，坐在椅子上调好座椅便躺下休息。

躺了一会儿，她突然想到了什么，猛地睁开眼睛。

奚图陷进什么去了？还问在娱乐圈谈恋爱的事情？

秦月明顿时不安起来，从飞机起飞到降落，她眼睛都睁得圆溜溜的，铮明瓦亮的。

她快速回忆最近自己跟奚图的接触细节，还有拍摄时奚图的状态，都和最开始一样啊……是不是两个问题连在一起让她误会了？

下了飞机已经是凌晨一点多了，秦月明觉得有点头晕，在幺儿的搀扶下走了出去。

幺儿小声提醒："月明姐，快能看到粉丝了。"

"嗯，好。"

一般来接机的粉丝都相对年轻，只有秦月明最开始的粉丝年龄稍大，不懂追星的那一套。现在秦月明吸粉众多，又有了很多年轻的粉丝。

秦月明走出去就看到了一群自己的粉丝，那阵势根本不比江云开粉丝的差。

秦月明跟他们打招呼，还有粉丝给她塞礼物。她下意识伸手接过来，发现居然是熟食鸭脖模样的抱枕，形状都是弯的，十分逼真。她看着这个抱枕大笑起来，后来是被幺儿拽着离开机场的，不然会笑傻在机场里。

等他们上了车，刘创有些头疼地说："你是我见过的最棘手的艺人，粉丝群体年龄跨度太大，不知道该如何正确定位。"

秦月明一大早就到了跨年演唱会的舞台现场，亲自查看舞台布置和威亚设备，还有就是跟节目组的工作人员以及舞蹈老师沟通。

来都来了，现场彩排是必不可少的。秦月明看舞蹈老师示范了一遍之后，就主动上了威亚，准备进行现场彩排。

电视台果然设计了"神仙下凡"的场景，秦月明的经典形象就是织女，牛郎织女的故事又是一对恋人跨越银河、一年才能见一次面的故事。这一次的舞台设计就是这样的，"仙女"从天而降，在"云"上跳舞，还会有鼓风机吹拂着裙摆，营造衣袂飘飘的感觉。

从天而降就需要吊威亚，秦月明正式表演时还会穿上非常复杂的衣服，是那种宽袍大袖的古装。衣服和威亚加在一起，还要有美感，秦月明整个节目都是在半空中吊着，等到采访时才会从后台出来。

节目中所谓的云都是用丝绸飘带和棉花做的，秦月明吊着威亚，看似踩在丝绸上，其实脚根本无法借力，都是虚踩，用力了说不定还会把丝绸踩掉。

这是力气活，也是需要实力的。而且跨年演唱会比较特别，是现场直播，不能出错，不然就会被直播出去。

秦月明也不敢打包票，所以准备真的在威亚上试一试。

她没有换衣服，就是一身运动服，设备准备齐全后她需要在棚顶等候。

现场看起来挺美的，其实在前一个节目表演的时候秦月明就要在棚顶蹲着了，还不能穿帮，她就只能蹲在房梁上缩成小小的一团。她蹲着的时候，老师还会指挥她移动位置，觉得彻底看不到她了，才在那个位置贴上标记。

威亚老师拿着喇叭问她："秦老师，可以吗？"

秦月明适应了一下，比了一个"OK"的手势，接着开始在空中完成舞蹈动作。

这个舞难度很大，还要威亚老师全程配合，所以舞蹈老师的示范也只有一遍，秦月明看一遍就记住了大概的动作。

秦月明做舞蹈动作时需要跟威亚老师配合，这种默契度需要磨合，好在她的完成度很高，不需要做太多改动。

第一次彩排就有了大致的雏形，只是秦月明在空中翻身时稍显吃力。这个动作简直就是跳水里向后翻腾两周半转体一周半屈体的动作，设计得堪称找碴儿。

秦月明第一次没做好，休息片刻后再次示意，第二次就做得不错了。

站在舞台边上一直在看的舞蹈老师都忍不住感叹："秦月明真的超乎我的想象，这个动作我自己都是练习了许多年才做到的。"

刘创笑嘻嘻地说："对吧，我的人生巅峰就是签了她。"

电视台工作人员更是连连夸赞："非常棒！非常漂亮！"

秦月明下一个动作是下来，伸出手跟站在舞台上的秦夜停牵手。然而今天秦夜停没来，就由幺儿来替代。

秦月明动作优雅地在半空中朝幺儿伸出手，幺儿伸手握住，突然兴奋道："月明姐，我心动了！"

秦月明对着她微笑，接着调整动作等待威亚老师让她上去。她上去后其他工作人员要练习快速给她解开威亚，让她能够马上去前台配合采访。

威亚刚刚解开，秦月明就被工作人员带着朝舞台跑，接着有人记录时间。

等到了舞台上，秦月明才松了一口气，走过去问刘创："怎么样？"

刘创赶紧夸她："天仙下凡！"

秦月明笑了笑，说："幸好只是伴舞，不用我唱歌，夜停唱歌也蛮好听的，不过不如我。"

工作人员说："我们的节目是要完全保密的，这样才会有惊喜感，所以您之后的彩排都会单独安排，不跟其他的艺人安排在一起，有时候可能会在深夜，希望您能理解。"

秦月明点了点头："好，我知道了。"

结束彩排后，回去时就只有秦月明和幺儿两个人了，心心这段时间都在忙秦月明颁奖典礼礼服的事情。

候机时，秦月明给秦夜停发微信消息，说了自己彩排的事情，接着询问对方："你说我自己创建一个服装品牌可不可以？让我的造型师做设计师，我来做模特和宣传，我们都持有股份，这样赚到的钱可以用来还债。"

月："我和造型师聊了聊，她似乎也很心动，表示她只想负责设计。"

秦夜停："别太累了。"

月："不累啊，穿衣服一点也不累，女生都爱穿好看的衣服！"

秦夜停："你觉得创业只是穿衣服吗？"

月："我只负责穿衣服！"

秦夜停："我明白了，我来安排。"

秦月明发了个"开心"的动态表情包。

秦夜停："最近有什么工作安排？"

月："现代剧一个星期内杀青，接着进胡三爆的组。"

月："男主们的戏份多，我的戏份不多，会分两次过去拍摄，两次进组的时间加在一起才二十天。"

月："古装剧在月底开机，中间还会有三天的空档，拍完一个代言广告，然后我还能去把驾照考了。"

秦夜停："行程好满。"

月："你呢？最近忙什么呢？"

秦夜停："忙着骂蒋晁。"

秦月明看着手机,陷入了对蒋晁的无限同情中。她弟弟有多龟毛,她是知道的。

颁奖典礼当天,秦月明才和胡三爆电影里的男主角第一次见面。男主角任绪也是一名年轻艺人,今年二十五岁,算是和秦月明同岁。不过,秦月明显是"老前辈"。

任绪的高质量作品很多,他相貌不算惊艳,不过也算不错了。他在演技方面也是很不错的,不然也不会过胡三爆这一关。

胡三爆介绍两个人认识,任绪客客气气地跟秦月明问好:"秦老师,您好。"

秦月明优雅地微笑:"你好。"

胡三爆笑着爽朗,问他们:"第一次见面就要一起走红毯,会不会不舒服?"

秦月明笑着说:"您说的这是什么话,我九年前可是平均三个月换一个男朋友,甚至同时谈几个男朋友。"

任绪听完都愣了:"啊?"

胡三爆赶紧解释:"是在不同的影视剧里跟不同的男艺人扮演情侣,当时她在我这里跟池闫扮演情侣,扭头又去跟别的男艺人扮演情侣,可她表现出来的完全是两种状态,看不出来那些影视剧是同期拍摄的。"

"吓我一跳。"任绪这才松了一口气。

胡三爆的电影只要开始张罗了,就注定低调不了。前几天正式公布主演名单,紧接着各种新闻就开始出现了,铺天盖地都是胡三爆与秦月明再次合作的消息。

刚巧这段时间是颁奖典礼,胡三爆联系了刘创,干脆定了他们这个剧组的演员一起走红毯,也不避讳,大大方方的。

心心一直围着秦月明转,上车前还在帮月明整理造型。

任绪在一边站着的时候,忍不住抬手看自己的手指,引得胡三爆问他:"怎么?和秦月明握手了这么激动?"

"我和起死回生的人握手了,这感觉好神奇,就跟科幻电影似的。"

胡三爆看秦月明就跟看自己女儿似的,忍不住叮嘱任绪:"你照顾着点她。"

座位安排方面,胡三爆跟秦月明和任绪不坐一起。

任绪立即应声:"嗯,会的。"

秦月明跟任绪乘坐同一辆车去现场，在车上，任绪有点紧张，于是只能找话说："我跟秦哥合作过。"

"他性格挺糟糕的吧？"

"呃……确实和……不太一样。"他不能说秦夜停跟人设不一样吧？

秦月明毫不在意地说："人设是原公司安排的，解约后他就会展现自己原本的样子了，也不知道他的粉丝能不能接受。"

"您之前的样子，也是人设吗？"

"他们的确想让我走仙女人设，可是你看我现在，不就是每天用实力痛击我之前的人设？"

任绪想起她最近的形象，忍不住笑了。

车子停下来后，任绪首先下车，接着伸手扶着秦月明下来。

秦月明走下车的瞬间，闪光灯就开始不停地闪烁。

不得不说秦月明今天的造型非常完美，她本来就漂亮得如同仙女，因为常年练舞，形态和气质都特别好，身材更是没话说。心心设计的礼服完全展现出了她所有的优点，纤长的脖颈、漂亮的锁骨都露了出来。她的身材不算傲人，却曲线优美，礼服在这点上也扬长避短。

秦月明看似挽着任绪的手臂，其实两个人根本没直接接触到。

他们走到红毯中间，配合地拍照。两个人本来就是近期的热门话题，之后会合作拍摄一部备受关注的电影，第一次同框肯定会吸引媒体的注意。

拍完照后，他们正准备走进去，还有人喊秦月明回来单独拍几张。

之前那次是和秦夜停一起走红毯，秦夜停不在意，她就留下了。然而这次是和任绪一起走，她并没有如何停留，直接走了。

入座后，秦月明正等待的时候，坐在后排的人跟她搭话了："你怎么没和奚图搭伴进来？"

秦月明回过头，发现坐在她斜后方的居然是江云开。

"我和他合作的是电视剧，这是电影的颁奖典礼。"

"哦，对啊。"江云开这才想起来。

"你怎么也来了？"秦月明很诧异，江云开应该去歌手类的颁奖典礼吧？

江云开指着自己说："我演过电影。"

"啊？"秦月明震惊得不行，江云开不是只演偶像剧吗？

"别提了，扑街到没多少人知道……"

奚图也拍过电影，角色是配角，戏份不多，是在那部电视剧大爆之后参与的拍摄，表现还不错。这一次奚图也来了，并且有两项提名，年度最佳新人和年度最佳男配角。

人家这成绩听起来挺不错的，不像秦月明和江云开完全是来蹭红毯的。

任绪也转过头来对江云开打招呼，江云开大大咧咧地跟他问好，扭头就凑到秦月明身边小声问："他叫什么来着？"

生怕任绪听见，他凑得特别近，简直就是贴着秦月明的耳朵说的。

秦月明瞬间觉得耳朵痒，那种好听的声音简直直击耳膜。

她故作淡定地回头，贴在江云开耳边介绍："任绪。"

"想起来了。"江云开道。

坐在旁边的任绪突然用手肘撞了撞秦月明，秦月明吓了一跳，以为任绪听到了，然后就看到任绪指着旁边的大屏幕。

秦月明看过去，发现刚才她和江云开耳语的画面居然在大屏幕上全程直播。

就像搞事情似的，镜头突然转向秦夜停。

大屏幕上出现了秦夜停那张毫无瑕疵的脸，他注意到镜头拍到自己了，自然地微笑，对着镜头打招呼，然而笑容里带着一丝杀意。

江云开看到这一幕立马坐得老老实实的。

颁奖典礼正式开始。

颁奖嘉宾上台后都会互相寒暄，情商高的对话还会成为热门，有些犀利的问题也会让一些嘉宾十分难堪。

最佳新人的颁奖嘉宾是顾祺和一位名嘴主持人。

顾祺是秦月明九年前的对家，两个人明争暗斗到整个娱乐圈都知道她们不和，很多节目都是请过秦月明就别指望再请到顾祺。不过，秦月明参加节目的次数还真不多。

现如今这么多年过去了，顾祺已经成了老戏骨，有很多拿得出手的作品，还拿过双料影后，在整个娱乐圈的位置都是举足轻重的，堪称大前辈。

顾祺上了台，主持人跟她问好之后，干脆问了很多人都关心的问题："顾女士，我非常好奇秦月明回来之后，您是什么样的心情。"

这个主持人真的非常敢问，也只有这种不要命的人才敢问顾祺这种问题。

大屏幕上毫不意外地出现了秦月明的脸。秦月明对着镜头微笑，笑得像个天使，漂亮的造型，年轻的面容，美得仿佛是上天的恩赐。

顾祺也抬头看了看秦月明，接着坦然地说："其实说实话，我挺高兴的。"

主持人又问："是发自肺腑地高兴吗？难道不是'啊，她怎么又回来了'这种暴躁感？"

顾祺笑了笑，摇头道："我跟她做了很多年的竞争对手，从出道开始就没停过。我承认我最开始是真的一直在盯着她，因为是对手，我才能深刻地体会到她到底有多优秀，我说不定比秦夜停、蔡思予更了解她。也正是因为这样，在她离开后，我比谁都觉得惋惜。"

主持人继续问："这么强大的对手消失了，您不会觉得松了一口气吗？"

顾祺依旧淡然，她如今都是老前辈了，还真不怕这些犀利的问题："她离开后的前两年我还不觉得，后来就认定了一件事——整个娱乐圈，我只有跟秦月明斗才够劲儿。她有脑子、有实力、有脸蛋，跟她斗，我浑身是劲儿。我想变得更好、想超越她，她离开后，再无第二人……"

主持人打断她的话："您是在说，除了秦月明，在座各位都是'垃圾'吗？"

"欸，搞事情啊……我只是说，在我眼里，只有秦月明能够作为我的对手。"

"其实我已经能看出顾女士的坦诚了，您第一次在公开场合谈及秦月明，还承认你们之前确实存在一些较量。那现在，您有没有什么话想对秦月明说？她就在台下。"

顾祺本应该看向大屏幕，但她一眼就在观众席找到了秦月明，看着秦月明说："我们注定无法成为朋友，但这并不影响我欣赏你。"

秦月明一直看着台上的顾祺，听顾祺说完这句话，竟然该死地泪目了。

她赶紧调整情绪，继续微笑，她今天可不能哭花了妆。

顾祺是一个什么样的人呢？敢爱敢恨、敢作敢当，脾气大，暴躁自大又张狂。

顾祺当年跟秦月明斗了很久，多少有点像现在江云开和秦夜停的状态。秦月明也是蔫儿坏，看起来人畜无害，但私底下性子很烈。别人若是来招惹她，她也不会客气。

顾祺跟江云开的区别是——顾祺有脑子。顾祺曾经被秦月明抢了一个角色之后，两个人在晚会相遇，她找到机会想给秦月明一巴掌。

秦月明也是习武之人，及时握住顾祺的手腕，顺带将她推出去老远。

顾祺狠狠地说："看谁能笑到最后。"

现在看来，秦月明命短，顾祺更稳，稳在活得挺好的。

对于秦月明来说，明明没过去多久，可她却看到了突然成熟了的顾祺。

顾祺说完一席话，秦月明竟然还有点感慨。她们之间充满了芥蒂，注定无法成为朋友。但她们是对手，因为认可对方的实力才会将对方视为对手，像俞清儿那种蝼蚁，秦月明都不会放在眼里。只有顾祺，是对手，也是她欣赏的人。

这个话题揭了过去，大屏幕上不再是秦月明，江云开立即凑过来说："这女的贼凶，我都不愿意和她接近。"

气氛被江云开打破，秦月明瞬间没了刚才的感慨，随便点头答应。

江云开又问："你和她是对手，那你不得被欺负？"

"在你看来我有那么弱吗？"

"没事，以后哥罩着你。"在江云开看来，秦月明就是一只小绵羊，他当然会很担心。

秦月明回头看了看江云开，搞不懂这小子是不是认真的，她用得着他罩着？

宣布最佳新人奖得主的时候，大屏幕上出现了奚图的面孔。接着镜头切换到现场，定在了奚图脸上。

奚图先是一愣，接着在掌声中站起身来，回头找了找，发现秦月明和江云开都坐得离他非常远。他没办法像其他人那样庆祝，就只能直接上台去领奖了。

走到台上，顾祺和男主持人都要跟奚图聊一聊天。

顾祺问他："听说，你进入娱乐圈不久，就一部剧爆红、一部电影得奖？"

奚图点了点头，低声说："对。"

顾祺说："为什么我觉得你并没有多开心的样子？"

奚图看了看奖杯，掂量了一下才说："我确实没想到会得奖，心情都没有调整好。"

"我突然好奇你是不是有很硬的后台？"顾祺这个问题问得颇为犀利，如果是一般的新人，此刻怕是要蒙了。

奚图却老老实实回答："我进入娱乐圈其实就是为了赚我一直研究的项目的经费，目的确实不太对，但是我并没有就此怠慢工作，一直认认真真地拍摄每一部作品。我入圈之前基本不关心娱乐圈的事情，很多艺人我都不认识，就好比您的对手秦月明，在此之前我都不知道她离开过。"

"你完全不追星？"

"对，不追星，不谈恋爱，心里只有实验室。"

"那现在呢，有没有觉得娱乐圈还不错？会不会想留在娱乐圈？想不想认识其他的艺人？"

"呃……也许会对谈恋爱更感兴趣。"奚图回答完朝观众席看了一眼，很快就收回了目光。

秦月明突然有点慌，又在心里告诉自己别自作多情，结果江云开又凑过来了，八卦道："我实在想象不出奚图谈恋爱会是什么样子，他女朋友不得被他气'死'或者冷落'死'？"

"确实很有可能。"秦月明由衷地点头，奚图这种冷冰冰的性格，真不适合做男朋友。

后面的奖一项接一项地颁，眼看着到了今年的最佳男女主角的奖项，秦月明终于开始紧张了。秦夜停到底是她最亲近的人，她非常希望弟弟可以得到大奖，心跳都加速了。

最佳女主角的奖在男主角的前面颁，这时，颁奖嘉宾上去了，互相寒暄一番之后，公布了获奖的艺人：盛筱。

大屏幕上出现了盛筱那盛气凌人的模样，她身上还披着一件西服外套，似乎是跟她一同来的男艺人的外套，她毫不在意外形。

盛筱在娱乐圈里一向人缘不错，她为人仗义，朋友众多，哥们儿也很多。看到大屏幕上出现自己的脸时，她忍不住扬起嘴角一笑，也没脱掉外套，直接披着西装就上台了。

等她到了台上，嘉宾问她："你看看全场女艺人，只有你披着一件男士外套，你是要凸显你的男性缘好吗？"

盛筱也不在意，大笑着回答："其实并不是这样，我只是用这件外套挡一下我半永久的文身。文身师傅诚不欺我，说能维持五年，我想着我的助理文眉毛半年就掉了，估计我的文身拍完戏也掉得差不多了，没想到拍摄结束都两年了，它鲜艳如初。"

"这文身是你在电影里的标志啊，为什么要挡住？"

"我曾经看过综艺选秀节目，因为选手染发，播出来的全程打马赛克，我就怕电视台播我的时候，把我脖子以下全打上马赛克。要是一个小男孩在看颁奖典礼，他妈妈正好这个时候走过来了，不得问他在看什么呢！"

颁奖嘉宾同样机智，回答："这个你倒是多虑了，成年人都懂，真有马赛克的反而不是那种影片。"

盛筱笑了好半天。

颁奖嘉宾又问："我刚才注意到，你没跟池闫庆祝一下，为什么？"

盛筱的表情堪称无懈可击，一点变化都没有，她坦然地看向观众席，问："池闫，你要恭喜我 丁吗？"

池闫出现在大屏幕上，他优雅地微笑，同样没露任何破绽。

他们没有分手后的剑拔弩张，同样也不像在恋爱中那么甜蜜。

盛筱下台后反而站在一侧没离开，她站的位置也很讲究，不会抢镜，也能看到台上，她似乎想在第一视角看看今年的影帝是谁。她手里还拿着奖杯，之后要去刻字，很有跟影帝结伴去的意思。

大屏幕上出现四位入围的男艺人，池闫和秦夜停都在其中，最后屏幕停顿了一下，秦夜停在戏中的精彩片段开始播出。接着，大屏幕上出现了秦夜停此刻的模样，他站起身来，并未立即上台，而是朝观众席后方走。

秦月明立即站起身来，跟走到她面前的秦夜停拥抱，小声说："真棒。"

秦夜停小声回应，声音微微发颤："嗯。"

秦夜停要上台的时候，盛筱还主动走过来跟他握手，他也礼貌回应。

秦夜停走到台上拿到奖杯，举起来对着秦月明的方向晃了晃。秦月明就像在海洋世界表演的海狮，一个劲地鼓掌，笑得特别好看，眼睛里还有盈盈泪光。

秦夜停对着话筒说："进入娱乐圈九年，今年我二十六岁，我得到了两样最好的礼物，一个是我的姐姐回来了，一个是这个奖。对我来说，我得到这个奖最大的意义就是给我姐姐看看，她的弟弟这几年有多优秀。"

秦夜停拿着奖杯看了看，又说："姐，你看这个奖杯多好看，你都没拿到过。"

秦月明坐在台下原本还在拍手，听到这句话后动作突然顿住，看着秦夜停的表情颇为可爱。

秦夜停看着大屏幕笑了笑，继续说："所以，感谢我把你带回来吧，你还有机会继续为了这个奖而努力。"

秦月明回答："好。"

秦夜停得奖，秦月明高兴得不得了，这次镜头离开后江云开没凑过来，秦月明笑着回头想跟他分享，却刚好看到他在撇嘴。她立即转过头去，知道这件事跟江云开聊不太合适。

任绪凑过来跟秦月明说："秦哥这部电影是真的很棒，你看了吗？"

"嗯嗯，抽空看了，不过是在视频网站看的，我回来的时候电影院已经没有排片了。"

颁奖典礼结束后，后台还会有晚宴。

任绪看到江云开他们都过来了，识趣地说："那我先去跟我朋友聊一聊天，好久没见了，我们剧组见。"他的骑士作用到此为止。

"好。"秦月明跟他道别。

等任绪走了，江云开陪着秦月明往晚宴的场地走，脱掉自己的外套给她披上，同时念叨："无聊死了，这种场合总是不能带手机，憋死我了。"

刚巧这时有人路过他们身边，女孩看到江云开，冷笑一声，说："江云开，看样子你也不是完全不解风情，你是针对人啊。"

江云开看向那个女孩，问："怎么了？"

"没事，祝你们幸福。"女孩说完就要离开。

这个女孩就是之前跟江云开在国外拍戏的女孩，直到杀青，剧组众人分开后，她都是一肚子气。因为她不但没要到江云开的微信号，还被江云开的不解风情气得够呛。

女孩正要走，又听到江云开笑着说："确实是针对人。"

女孩诧异地回头看向他。

"你看那边。"江云开指了指斜前方。

盛筱和她的男性朋友走在前面，她身上依旧披着对方的外套，脚上还穿着对方的鞋子。她的朋友则是干脆光着脚，拎着她的高跟鞋跟着她一起走。

盛筱是那种不擅长穿高跟鞋的女孩，她毕竟个子高，需要穿高跟鞋的场合也不多。

江云开又说："你要是有几个好兄弟，也能有这种待遇。"

女孩还以为江云开要秀恩爱呢，结果没想到会听到这句话，立马翻了一个白眼，觉得真是自己多想了，终于大步流星地离开了。

秦月明忍不住笑了，江云开纳闷地问她："我说得不对吗？"

"对啊！"

"就是嘛！"

这时，秦夜停走了过来，将奖杯丢给了秦月明，接着帮她把江云开的外套脱了下来。

秦月明糊里糊涂地配合，又被披上了秦夜停的外套。

江云开就站在旁边看着，从秦夜停手里接过自己的外套后，又走到秦月明面前，让她伸手，还说："反着穿，套前面，前面一件后面一件才暖和。"

秦夜停直接将他推走了："滚开。"

"用我家泳池的时候怎么没见你这么不客气呢？"

秦夜停不爽地问："你俩本来就有绯闻，你就不能收敛点？"

江云开嘟囔着走开了，不情不愿地道："都是兄弟，有什么啊……"

秦夜停忍不住叹气："他是怎么长大的啊？"

秦月明却只是拿着奖杯来回看，说："我还没得过这个奖呢。"

"那你就赶紧的。"秦夜停伸手揉了揉她的头发。

众人走到后台，有人组织合影。

这种场合的合影都很混乱，很多艺人聚在一起，都想站得居中一些，还需要表现得不那么明显。得奖的人自然是站中间，其他艺人排序排了许久。

秦月明又是不争不抢的性子，站在女生的队伍里，身边也没有熟悉的人，有人站在她身前她就躲开，渐渐移到边上去了。

这时，她突然听到顾祺高声说："秦月明，你是什么辈分你自己不清楚吗？"

秦月明一怔，她什么辈分？

顾祺又说："到我身边来，你是他们的前辈！"

之前把秦月明挤开的女艺人都有点惭愧，有的人则是直接示意秦月明过去。

秦月明走过去，站在顾祺身边低声说："你怎么还是这么冲？"

"你怎么还是这么胆小？"

"我是真的不喜欢跟你聊天。"

"巧了，我也是。"

两个人嘀咕片刻，众人渐渐站好了。

等合影结束，顾祺跟着秦月明走到一边，秦月明还当顾祺要继续呛她，结果突然被对方拥抱了一下。

"欢迎回来。"顾祺低声说。

"哦。"秦月明简单回应。

"我真后悔当年那巴掌没抽在你脸上，你回来了就又有机会了。"

"呵，我不会让你得逞的，老前辈。"

听到"老"字，顾祺立即松开秦月明，白了她一眼就离开了。

秦月明忍不住笑了，一扭头就看到盛筱在看自己。她对着盛筱微笑，盛筱扬了扬眉，走开了。

有人问盛筱："看到池闫的白月光是什么心情？"

"没什么心情，只是觉得秦月明还真挺漂亮的。"

"毯星而已。"

"不，如果她有作品的话，今年这奖恐怕轮不到我，我看过她的戏，池闫那家伙配不上她。"

第二章

只想你夸我

当天夜里，微博热搜就被颁奖典礼的消息霸屏了，秦月明跟江云开这两个蹭红毯的竟然再次意外地蹭上了热门。

秦夜停和盛筱成为影帝影后的新闻上热门是理所当然的，相较之下，盛筱的消息更多，大多是公司的营销。很多芒人都要通过得奖来提高身价，之后也能迎来更好的资源，这次的机会绝对不能放过。

秦夜停得奖的消息能上热搜则是全靠他的一身正气，还有他累积的人气，根本没有团队帮他宣传这件事。

这次他得奖，大地娱乐简直气得捶胸顿足，台柱子要离开他们公司了，还得奖了，他们怎么可能会帮忙捧场？气不气人？这是他们捧起来的人！成了影帝就跑了！

奚图成为年度最佳新人，他的公司也是拼了命地宣传这事，奚图被迫营业，当天还拍了九张照片发微博了。奚图的微博号发了一堆感谢的话，一看就不是他本人写的，但粉丝很买账，非常激动，气氛跟过节似的。

秦月明和江云开呢？他们是因为交头接耳的亲密画面，还有秦夜停杀人的目光上的热搜。没有公司营销，三个当事人上去得……都不情不愿的。

新奇的是，跟秦月明、江云开有关的微博居然渐渐统一了画风。

白桃乌龙："啊啊啊！这是什么神仙组合啊！他们咬耳朵说话的时候简直甜死我了！"

未未必："我以前觉得他们两个人格格不入，现在请'云守月夫妇'立即结婚，我空投民政局！九块钱我出了！"

凝琉翡勿醒："我看出了任绪的尴尬，还有秦夜停的杀意，笑死我了哈哈哈！

这两个人怎么处处撒糖？江云开左右坐的都是女孩子，可他全程伸长脖子只看秦月明！"

小龙虾："绪绪心里苦，他不应该在那里，应该在车底，却偏偏看到你们有多甜蜜。"

秦夜停坐在秦月明家里，手里拿着手机，鼻梁上搭着眼镜，看着微博里的消息就觉得生气，还越看越生气。虽然生气了吧，但他手指还在往下滑，最后气得将手机扔了出去。

他朝秦月明看过去，看到她拿着他的奖杯在家里到处找地方，准备摆起来。

注意到秦夜停在看自己，秦月明立即跟他比画："弟弟，在这里做一个架子，上面罩一个玻璃罩子，放你的奖杯好不好？"

秦夜停皱眉看着她。

"怎么了？"秦月明凑过来问他，"为什么不高兴？"

"你能不能少和江云开来往？"

"他是一个很可爱的小男生啊。"

"如果他都算可爱，那河边的癞蛤蟆都算眉目清秀了。我看到你和一条二哈在一起就觉得心里难受，家里有一条阿拉斯加还不够吗？"

生怕奔月碰到奖杯，秦月明将奖杯放在台子上，随后坐在秦夜停身边说："可是……他是我的朋友啊……"

"绝交吧，这种朋友招黑。"

好巧不巧，这时秦月明的手机突然响了，正是江云开发来了视频请求。

秦月明拿起手机，又看了看秦夜停。

秦夜停立即说："挂掉！拉黑！"

秦月明低下头的时候已经按了接通键，接着就看到弟弟翻了一个巨大的白眼。

视频刚刚接通，江云开的咆哮声立马传了出来："秦月明！明啊！你看看我的头发给烫的！你看看这头发什么玩意儿啊这是？啊啊啊！我要疯了！"

秦夜停拿过手机看着屏幕，不屑地道："滚。"

"秦夜停我告诉你啊，我现在心情不好，你别招惹我，拿了影帝了不起是吧？我第一个金曲奖是二十岁拿的！我这几年的奖断过吗？"

"人气奖？"秦夜停冷笑着挑衅。

这个奖只要粉丝多投票就行了，根本不能证明实力。

"人气奖怎么了？我年年拿！"

"呵。"

江云开都不理秦夜停了，在视频里喊："秦月明，你看看我这个头发啊，我都要哭了，这简直就是炸了，跨年晚会也不能搞个这么二的发型吧！秦月明你人呢？我不想看这个面瘫。"

秦月明让弟弟拿着手机，切换成后置摄像头，接着对手机镜头比量："江家娃娃，你说我把奖杯放在这里好不好？"

江云开又不服了："我家里一堆奖杯，你也给我设计设计放在哪里呗。"

秦月明没理，自顾自地说："那就放这里吧。"

"亲哥，我不高兴！"江云开又说。

秦月明恋恋不舍地放下奖杯，凑过来看视频里的江云开，江云开还在摆弄自己的头发。

她看了看，说："发型还可以啊，挺好看的。"

江云开最新烫的发型是玉米穗卷发，看起来有点炸。偏偏他颜值在线，加上造型师整理之后让他露出了额头，所以并不难看，反而是那种很有个性的帅气。不过，这种发型真的非常考验造型师的能力。

江云开再次示范："造型师说当天会把头发扎起来，就这样，然后我后脖颈这里的头发又被剃了。"

"嗯嗯，挺好的，很有型。"

"好吧……"秦月明说好看，他就开心多了。

秦夜停再次将镜头转向自己，问江云开："你能不能避避嫌？满世界都是你和我姐的绯闻，你就装看不见，是不是？"

镜头里的江云开夸张地捂着眼睛，大声抱怨："镜头移开！移开！辣眼睛！这张脸真是看多了都会长针眼！"

"我在跟你说正事。"

"传就传呗，娱乐圈不就这样？我跟亲哥真的一点事情都没有啊，身正不怕影子斜。"江云开还在视频那边研究自己的头发，毫不在意。

"我在意我姐的名声。"

"和我做朋友还能玷污名声咋的？"

"能。"

江云开被这话给气得想骂人，最后还是忍住了："我不跟你计较，挂了，拜拜。"

江云开挂断了视频电话，秦夜停还准备跟姐姐说一说，结果看到姐姐撸胳膊挽袖子，自己动手开始做小柜子了。

贫穷，让秦月明无所不能。

他有点看不下去了，跟着一起帮忙。

秦夜停最近的工作不多，别看他拿了影帝，但邀约并没有就此多起来。一个是因为他跟大地娱乐的合约在最后半年的尴尬期，还有就是他身价不低，不少投资商都得掂量掂量。

现在严格把控演员片酬，秦夜停的片酬很合理，是那种多一块钱就会越线的额度。而且，因为秦月明的关系，他非常缺钱，所以在片酬上一点商量的余地都没有。

他片酬高，又挑剧本，身上还有一堆烂摊子，大地娱乐随时有可能给他泼黑水，到时候要是害得片子没法上映，那真是得不偿失。

秦夜停现在只有跨年演唱会的彩排了，没有其他事情的时候，他就带着蒋晁去秦月明的剧组探班，蒋晁的背包里装的都是秦夜停考研的资料。

他们探班并不是工作性质的，而是真的去看秦月明剧组拍戏。

蒋晁是那种看着很顺眼的男生，相貌并没有多帅，甚至都没什么鲜明的特点，只是笑起来很天然，十分可爱。又因为是武替出身，他身材很结实。

蒋晁现在的着装秦夜停并没有盯着，他穿着随意，跟在秦夜停身边就像一个助理，根本看不出来是签约演员。

他在助理里是非常帅的，在艺人里却是不太显眼的。

秦月明在剧里的造型是艳丽的贵妃，胡三爆对造型很是考究，秦月明光化妆就要四个小时。

头饰和衣服都很重，导致她在没有戏拍的时候只能保持挺直脊背，幺儿和心心帮她拎着衣服她才能行走。稍微低头或者后仰，她都有可能沉得很难再调整头饰重新立起来。

秦夜停看到她的造型，还有心情夸："看起来不错，身高都有一米八了。"

秦月明不敢去碰头发，就只能双手托着自己的下巴，不高兴地说："我的头好沉啊，压得我脖子好疼。"

秦夜停帮她了捏颈椎，说："这个真没办法帮你托着。"

等到需要秦月明上场时，刚才还需要托着头的秦月明立即走了过去。

这场戏是在林中追逐的戏，秦月明要逃走，途中被男主搭救。

沉重的头发和衣服仿佛没有了，秦月明在开机的一瞬间就入戏了，慌张地跑了起来。有一段还是从山坡上滚下去的戏，她完全没用替身，穿着这身衣服来回滚了三次。

蒋晁看得目瞪口呆，在秦月明这条过了、要去补妆的时候，他对秦夜停感叹："一般这种戏都得用我们武替，全都演员自己拍我们就下岗了。"

秦夜停侧头看向他，问："你不应该夸她敬业吗？"

"我们也得生活啊！"

"哦。"秦夜停又问他，"有没有学会什么？"

"啧，那群群演不行，追得不够凶，如果是我我就……"蒋晁说得正激动，突然发现秦夜停皱起了眉，便立即闭了嘴。

秦夜停揉了揉自己的眉心，说："接着说。"

"就是……挺好的，不过这场戏我也不能跟着跑啊，怕穿帮了。"

"嗯。"秦夜停压制住自己的火气。

下一场戏是男女主的爆发戏。

剧中，秦月明并未感谢男主救了自己，反而抽出匕首刺伤了男主。男主在盛怒之下用全是血的手狠狠地掐着她的脖子，发狠地说话。

秦夜停带着蒋晁去了导演旁边，准备看看镜头里的呈现。

任绪是恨的，他明明是真心实意的，为何却引来无端的猜忌。

他想：既然你想让我死，那我们就一起死好了。

他明明没有那种夸张的愤怒，将自己的情绪压制到极限后，仅仅是压低声音说话，说出每一句话时似乎心中都在滴血。他额头的青筋鼓起，眼眶红红的，他用眼神将那种情绪演绎得淋漓尽致。

再看秦月明，她被人掐住后自然不会在意形象，都要死了，哪里还会漂亮。

她脸上有妆，都是滚落后化的特效受伤妆，看起来极为逼真。她头顶的头饰已经乱了，衣衫上也都是泥垢。

她被掐得脸通红，泪光点点不似作假，而是真的难受到极致后的生理反应。她努力挣扎，拳头一下一下地砸着任绪的伤口，最后被任绪松开脖子、扑倒在地。

胡三爆一直在看，似乎是在犹豫要不要继续下去。两位主角没有停顿，依旧在演。

被任绪松开后，秦月明开始干呕，看到她难受的样子，有人似乎想过去查看她的情况，却被胡三爆用手势拦住了。接着，他们就看到秦月明爬到了距离任绪较远的位置，靠着山坡，身体无力，眼睛却一直警惕地看着任绪。

她眼中都是戏，她还没有结束。她手上都是血，脸上有伤，逃跑已经让她疲惫不堪，此时她用的是最后一丝力气。然而镜头里的她依旧是绝美的，脸上的血，眼中的狠，还有一抹似有似无的冷笑，构成了一种极端的美。

任绪在怀里摸索着什么，最后拿出一个酒囊，喝了一口后突然转身，捏着秦月明的下巴给她灌进去。其实酒囊里是水，却要喝出酒的感觉来，秦月明货真价实地演绎了出来。

这一段拍摄完毕，胡三爆仔细去看回放，然后说："这条过了。"

胡三爆最近对秦夜停的印象好多了，回头跟他说："这段演得真不错，我都要当里面是酒了。"

秦夜停笑了笑，说："如果真的是酒估计我姐还挺爱喝的，但喝水她就非常难受了。"

胡三爆大笑道："我一直听说你们姐弟能喝，等拍完这部戏，我必须亲自见识见识。"

蒋晁看得目瞪口呆的："我还以为真的要……"他还以为秦月明真要被掐死了呢。

这时，秦月明跟任绪过来了，路上任绪一直在道歉："秦老师，不好意思，您试试看说话还正常吗？"

秦月明连连摆手："没事的。"

"身体没问题吧？"胡三爆关心地问她。

"嗯，没事的。"

"你的演技也没进步啊。"

秦月明怔了一下，小声道："是因为上一次合作的时间太近了，我没有时间进步吗？"

"不是，是一直非常优秀，都没有进步的空间了。"

胡三爆是一位很少夸人的导演，但他对秦月明的感情不一样。对于池闫他都不会过多感激，因为池闫拍《或许》的时候还是个小透明，是他让池闫一飞冲天的。

但秦月明不是，秦月明是真的欣赏胡三爆的才华，不辞辛苦拍他的戏，拍戏的时候秦月明正当红。秦月明是胡三爆最大的恩人，甚至没有之一。

秦月明忍不住笑了，结果没注意头一仰，差点被沉重的头饰带倒，幸好被秦夜停扶住了。

秦月明觉得有点丢脸，赶紧扶着头饰重新站好："我继续努力，争取在这部戏里进步。"

她看了看蒋晁，发现蒋晁看她的眼神有点不一样了，更多的是崇拜。其实只是一场戏而已，蒋晁并不会就此膜拜她，然而秦月明当时的眼神冲击性太强了，一眼震撼，就是这样的效果。

"月明姐，你真的跟老板一样厉害。"蒋晁识趣地帮她拎裙子。

"你好好学一学，夜停这么带着你就是想让你跟着学习，之后就要给你安排戏了。"

"真的？"

两个人正在说话，突然听到秦夜停问胡三爆："导演，您这里缺群演吗？会功夫的，全部免费。"

胡三爆问："什么样的群演？"他的意思是需不需要台词。

"让他跟着练练就行，实在不行我倒贴您钱。"

胡三爆看向蒋晁，问他："会功夫？"

蒋晁赶紧松开秦月明的裙子，回头认认真真地回答："对！学过几年，我师傅是王海福！"

胡三爆摆了摆手："那你拎裙子去吧。"

蒋晁立即转身跟着秦月明走了。

胡三爆看了看蒋晁，忍不住笑了，问秦夜停："这傻小子是怎么回事？"

"我姐看上的演员，签到我的公司了。"

"你姐姐看上的演员不多，认可的顾祺现在是双料影后，之前这么帮的是池闫，现在池闫拿过两次影帝了，这傻小子……有点意思了。"

"未来可期。"

胡三爆还真给蒋晁安排了个龙套，真的是龙套，原本安排的是五名刺客追杀，结果因为"秦月明看中的演员"这个理由又临时安排了一个。

刺客没有台词，只有动作，但是独独给蒋晁安排了一个眼神的近景镜头。这个眼神非常重要，主要是刺客蒙着面，戏全在眼神里。

蒋晁换上杀手的服装后，走在秦月明身边问她："月明姐，你说我用什么眼神比较好？"

秦月明立即看了他一眼，把他吓了一跳。

"就是这种眼神，"秦月明说，"你要杀人，不杀了他，你就会死，还会连累你的家人，甚至是你师傅，也就是王海福。"

"那不行！"

之后，正式开始拍摄，镜头拉近后是蒋晁的眼神特写。

一个眼神，狠戾、暴虐、不顾一切。

胡三爆看完之后扬眉，确实有点意思。

跨年演唱会是在十二月三十一日晚上现场直播。

秦月明去的城市日间温度是六摄氏度，夜间是一摄氏度。而这天秦月明的造型需要全程光着腿，腿上缠着红色丝带做装饰，虽然有肉色的安全裤打底，但是在这种天气的户外穿成这样依旧非常冷。

秦月明坐在化妆间里，想贴暖宝宝却怕翻跟头的时候掉出去，最后干脆贴在运动文胸里面了。

跨年演唱会前期会有彩排，不过秦月明和秦夜停的彩排都是在深夜单独进行，所以他们跟其他嘉宾都没有接触。他们到当天都不知道究竟还有谁会来，也是没关心，根本没去问过。

到了跨年演唱会当天，秦月明到了现场也是一头扎进化妆间里，江云开他们主动过来寻找，她才知道朝九晚五组合也来了。

他们四个人进来的时候还说说笑笑的，见秦夜停坐在一边拿着复习资料看，便立即安静下来。这就好比他们的"哥哥"身边跟着一个死神，现在谁跟秦月明说话，谁就会被盯上。

秦月明还在化妆，问："怎么了吗？"

江云开走到她身前，俯下身道："你看我发型。"

此时江云开的造型已经全部做完了，头发扎起来，脖颈上方那个区域的头发全部被剃了，几乎是贴着头皮剃的。

他头发的一侧还编了一条小辫子，整个造型有点朋克。

朝九晚五整个组合的衣服都是量身定做，玖武娱乐对造型还是很考究的。

"挺好看的。"秦月明夸赞。

江云开又转过来让她看自己的妆："非得给我弄个断眉，和'杀马特'似的。"

"整体造型嘛，挺好的！"

"唉。"江云开叹了口气，重新站好，心情却好了许多。

他千里迢迢找了若干个化妆间才找到秦月明，找到她的目的就是让她夸他好看。被夸了之后，他还要表现出不满意的样子。

秦月明又说："你长得好看，什么造型都稳得住，没问题的。"

对，等的就是这句话！被夸了之后，江云开开心得不得了，转过身的时候闭着眼睛笑了起来，只有组合的其他人看到了这傻兮兮的笑容。

南云庭忍不住倒吸一口气，觉得他没救了。

他们正准备要走，秦夜停突然冷冷地开口了："确实人模狗样的。"

江云开正想回头开骂，却被另外三个人给架走了。被架走时他还很不服气，一副"今天就放你一马"的架势。

秦夜停抿着嘴看着这四个人出去，对秦月明说："这个组合是四个谐星吗？"

"他们……都挺可爱的。"秦月明弱弱地说。

秦夜停继续看书，也不理她了，他姐姐看世间万物都可爱。

跨年晚会正式开始后，有工作人员在后面组织演员按照顺序就位。

秦月明和秦夜停上场还挺早的，他们的节目是开场舞后的第二个节目，为了不出现问题，秦月明很早就爬到指定的位置准备就绪了。

这一次她还要努力拎着裙摆，不能垂下去被人发现，她一个人看着开场的艺人连唱了三首歌。

舞台在露天体育场，风吹过来的时候好像里面掺着细针，一下一下刺着秦月明的皮肤。她只能抱着膝盖继续等着，腿也有点难受。

舞台暗下去后，属于秦月明的舞台布置暗中启动。她以为要开始了，结果主持人上来又说了半天，她的腿都要蹲麻了。

这一次的跨年演唱会依旧是非常老套的两方阵营，每一方阵营都会有带队的主持人跟几位嘉宾。

现场的观众还有电视前正在看直播的观众都可以通过发送手机短信，或者登录客户端给自己支持的阵营投票。这些"投票"都是可以赚到钱的，后期还会从投票的观众里抽大奖。

主持人介绍完几位嘉宾后，机关启动，朝九晚五组合出来了。这四个人出现后简直引发了全场尖叫，可见他们人气之高。

江云开往台上走的时候下意识朝上看了一眼，结果从这种诡异的角度跟秦月明四目相对了。

秦月明尴尬得不行，江云开也识趣，知道不能穿帮，继续淡定地配合主持人拉票，接着被主持人安排到舞台的一侧入座。

所谓的嘉宾队员就是镇场子的，朝九晚五组合在表演之前都会在舞台一侧坐着，导播时不时会给他们一个镜头，每次都会引起粉丝的尖叫。

主持人说完台词，终于开始演出了，黑暗中有了一束光，秦夜停出现在柱形的舞台上，周围还有其他的装饰道具。舞台上弥漫着雾气，营造出了仙气缭绕的意境。

秦夜停本来就是一个自带仙气的男生，今天的打扮更是往"仙"字靠拢，刚刚出场就引来了迷妹们的欢呼声。

秦夜停还是第一次在公开场合唱歌，之前他连综艺和真人秀都很少参加，神秘感十足。

秦夜停唱出第一句之后，就给了台下的粉丝会心一击。好听，比想象中好听！

这一波欢呼声中，舞台另一个区域亮起了灯，接着秦月明终于"从天而降"。

她穿着红纱裙，舞动时衣袖翻飞，轻纱中若隐若现的纤纤玉足白得好似透明，纤细的腿上缠着红丝带，脚踝处有铃铛脚链。

她仿佛是从画中飞出来的，仙气飘飘，再次引来一片惊呼声。

她突然翻身，身体柔若无骨，衣袖甩出好似蔷薇绽放，竟然旋转了几周。最后，她在半空中踩踏了一朵虚无的云，开始翩翩起舞，简直是仙女本仙！

朝九晚五组合就坐在舞台最前排，看着舞台上秦月明跳舞的样子，四个男生都有点愣愣的。

江云开目瞪口呆地看着，忍不住跟南云庭嘀咕："这也太好看了吧？"

南云庭一直盯着舞台，抽空回答："我感觉在技术难度上我们这边已经输了。"

秦月明跟秦夜停的表演是在惊呼声中结束的，秦月明快速被威亚老师拽上去，接着快速调整状态跑去后台。

即将上台时她停顿了一下，调整好呼吸，听到主持人的暗号才走上台。

上台后，她又是仙气飘飘的模样了，没有半点疲惫。

主持人问她："听闻月明跟朝九晚五组合的关系一直非常好，不知道这次跟他们对阵有没有什么想说的？"

秦月明拿着话筒微笑着说："对，关系好是好，但是要争的时候还得争，对吧弟弟们？"

朝九晚五组合再次被主持人请上台，江云开在途中就拿着话筒回答了："今晚我们四个都是渣蓝（男），不会保护姐姐，要为我们组努力拿到胜利。"

江云开再次调侃起了秦月明的口音梗。

秦月明拿着话筒拉票："大家记得给我们红组投票哦，今天我是你们的姐姐，弟弟送你们了。"

秦夜停突然中枪，顿时愣住了，要不要这么大方？

但他的粉丝很吃这一套，立即跟着尖叫起来。

江云开跟着问："我也是你的弟弟，你也要把我送出去吗？"

"不会，渣蓝弟弟不送，渣蓝不配拥有爱情。"

江云开再一次笑得见牙不见眼的，明明是酷酷的打扮，走的是冷酷路线，却可爱得不得了。被说渣男他也开心，因为秦月明不会把他送出去。

南云庭赶紧拿着话筒给他们拉票："希望大家给我们蓝组投票，不是渣蓝的蓝，是蓝色的蓝！"

周若山跟着说："嗯，没错，投票方式就在屏幕下方。"

余森："嗯。"

秦夜停拿着话筒，发觉只有自己没有出声了，为了对得起出场费，他只能配合说："呃……投票的话，姐姐也可以送，能文能武，能吃能喝，能说会道。"

秦月明被逗得不行，跟着弟弟下场时小声感叹："你说得还挺押韵的。"

"送弟弟，亏你说得出来，卖弟求荣的事也你做得出来。"秦夜停说。

姐弟二人其实也是要坐在舞台边的，时不时就要上台去拉票。不过秦月明穿的衣服不太适合一直坐在这儿，所以她走出后台就有一群人围上来，快速给她换衣服，进行抢妆（抢时间改妆）。

朝九晚五组合也要去后台，为的是配合秦月明他们换装，之后再一同上台。

江云开看到秦月明在边走边脱古装的外套，她里面的衣服是抹胸，露出纤细的手臂，还有白皙的后背。因为走路快，她简直脚下生风，头发都在飘动，那个画面竟然美得不像话。

江云开一直看着她进入了化妆间才把目光收回来，完全没注意到刚才队友说了什么。

这时，秦夜停的小迷妹唐栖过来了，看到秦夜停已经走开了，不由得嘟囔："我好不容易跟偶像同台，为什么还是跟你们一组？"

江云开笑得有点坏："您不是我永远得不到的'爸爸'吗？怎么的？我今儿是得到您了吗？"

"你可把嘴闭上吧！"唐栖不爽地回答，又一次看向秦夜停消失的方向。

刚巧这时秦夜停走出来了，造型师正在帮他整理造型。

唐栖立即没了刚才沮丧的模样，一瞬间变成了淑女，含情脉脉地看着他，接着走过去说："前辈您好，我是月明姐的同事，我们是同公司的艺人。"

秦夜停还在整理袖口，侧头看了她一眼，冷淡地应了一声："哦，你好。"

接着，他就越过唐栖去找工作人员了，去沟通秦月明服装的问题，询问可不可以多穿一点。他刚才在外面就觉得有点冷，秦月明又在那么冷的环境下待了那么久，他怕她身体受不了。

人又浩浩荡荡地走了，唐栖一直看着，忍不住嘟囔："月明姐真幸福，有这么好的弟弟。"

江云开跟着感叹："刘创真幸福啊，有我这么好的'爸爸'。"

唐栖又瞪了他一眼，嫌弃死了。

节目组给秦月明准备的衣服原本是蓝色条纹的宽松衬衫，衬衫还露了一边的肩膀。在台下观众都穿棉服、呢大衣的情况下，她这样穿真的会很冷。

秦夜停反映了之后，两个人换上了墨绿色的连帽卫衣，黑色的裤子，脚上穿的是很常见的运动鞋。

秦月明之前脸上的妆是古典妆，心心便用最快的速度帮她改了妆。

换装完毕后，秦月明走出来就看到朝九晚五组合一直等在门口。

"抱歉，久等了。"

江云开不知道在哪里拿了一个玩偶，对着她比画："说，你是不是会轻功？"

"在飞这方面我不如你。"秦月明笑着回答。

两批人上台后再次拉了一波票，随后就是朝九晚五组合的节目了。

秦月明还是第一次看到他们的现场表演，觉得非常震撼。

江云开是组合的 C 位，个子很高，看起来也不算违和。按理来说，个子很高的人跳舞是不好保持平衡的，像江云开这种身高一米八八的男生，跳舞的时候还能保持平衡，真的非常难做到。

江云开一直是一个笑容灿烂的男生，由于这次的造型比较特别，跳舞的全程他都酷酷的，直到切换到第二首歌调整队形的时候，他才对着一个镜头 Wink（眨一只眼）了一下。

摄像机就在秦月明身边，看起来就像他在对着她 Wink 一样。

看完他们的表演后，秦月明扭头对弟弟说："很帅欸。"

秦夜停冷淡地回答："油腻。"

跨年演唱会进行到即将倒计时的环节，所有艺人都会上台倒数。

这一年的跨年还有一点不同，是从二〇一九年跨到二〇二〇年。时间总是过得那么快，好像还没过多久，就已经到了二〇二〇年。

秦月明发现江云开刚好站在她身边，她另一边站着的则是秦夜停。

她跟着大家一起倒数："五、四、三、二、一。"

在一阵欢呼声中，江云开微微侧身，低声在她耳边说了一句："新年快乐。"

秦月明扭头看向他，微笑着说："新年快乐。"

倒计时结束后，还有二十分钟是福利时间。节目组要统计票数，进行抽奖。

这期间还有几个节目，中间有一个互动环节，就是节目组放音乐，两支队伍进行最后的Battle（斗争）。这种场合比较适合那些唱跳型艺人，比如江云开他们就很擅长，南云庭这种舞蹈担当更是完全不会怯场。

每个人只能上去三十秒，且不可以重复上场。节目组放了一首比较性感的歌曲后，竟然没有人上场了。

秦月明看了看她这边，之前上去的都是女孩子，现在只剩几个男孩子了。男孩子偶像包袱重，不想表演太性感的节目，秦月明没办法，准备自己上去了。

等对方的人下去后，她从容地走到舞台中间，背对观众席，单手扯着卫衣的一侧，用力一拽就直接脱了下来，丢在一边。这单手脱衣的技巧，跟练了百八十回一样熟练。

秦月明在里面还穿了一件黑色的小背心，这种背心跟运动背心差不多，长度只到腰际，露出一小截纤细的腰。

脱完卫衣后她并没有停顿，跟着节奏开始跳舞。

其实秦月明平日练习的舞种也不少，有民族舞，还有Hip-hop Jazz（街舞爵士），也就是把Jazz（爵士）和Hip-hop（街舞）结合在一起的舞种，重心偏下，女孩子跳起来还挺好看的。不过这首曲子明显不合适，所以秦月明选择了Sexy Jazz（性感爵士）风格的舞蹈。

这种风格的舞蹈动作比较舒展妩媚，然而却看得出动作的力度，以及舞者的游刃有余。

秦月明之前的形象似乎跟性感不沾边，这一次简直就是突破了那个形象，将自己的另一面展示了出来。这也使得她这次一出场就成了这场Battle最燃的一瞬间，全场沸腾，纯属被她撩到了。

只有江云开一个人不高兴，他看着秦月明，本来还在笑，然后笑容渐渐消失，抿着嘴甚至有点生气。

他在心里嘀咕：正常跳就可以啊，你脱卫衣干什么？

不过他也知道，穿那种宽松的卫衣跳Sexy Jazz不合适，动作会没那么好看。

秦月明下场后快速拿着衣服走到一边，将卫衣套上，秦夜停帮她把头发从衣服里拿出来，低声说："不用这么拼。"

"我们出场费好高的，而且，怎么能输呢！"

"唉，你这奇怪的胜负欲。"

跨年演唱会结束，秦月明和秦夜停带领的一方以微弱的优势获胜，秦月明开心坏了。

传说中在人气方面从不害怕的朝九晚五这次输了也没多在意，照旧跟大家道别，最后离场。

江云开在化妆间里卸妆换衣服的时候，南云庭凑过来说："我说你能不能管理好你的面部表情？"

"我表情怎么了？"

"就刚才，真的是肉眼可见的不高兴。"

"我就是没想到会输。"

"我说的不是这个。"

这时，工作人员进来了，南云庭便没说下去了。

江云开没觉得有什么，换完衣服后拿出手机，给秦月明发消息，还没打完字呢，手机就被南云庭按住了。

"把手机放下，你今天去我那里住，我给你上一课。"

江云开觉得莫名其妙的，这人今天怎么这么奇怪呢？不过他也没多说什么，只是放下手机等南云庭。

南云庭收拾得比较慢，主要是他的东西比较多，他每次出门就跟搬家似的。

好不容易收拾好了，出去的时候，江云开去问工作人员："秦月明走了吗？"

"已经走了。"

南云庭无奈地看了他一眼，立马拽他上车。

南云庭的家是京市出了名的豪宅，他一个公子哥，也不会考虑什么学区房，选择地段好、配套好的就可以了。他这套房子临湖，据说风水很好，他就信这个。

进入南云庭家里，南云庭让助理把他的东西放好，接着带着江云开去二楼。

江云开心里不明不白的，到了二楼就坐在按摩椅上，开启按摩功能，问："你有事啊？神经兮兮的。”

南云庭先去敷了张面膜，然后拽来一把椅子坐在他对面，认认真真地问："江云开，你到底是怎么想的？"

"什么怎么想的？"江云开是真的搞不明白。

"别在那里揣着明白装糊涂，一天天'亲哥亲哥'地叫着，跟在她后边，张嘴闭嘴'秦月明'，看人家跳个舞你还不高兴了，你凭什么不高兴啊？"

江云开纳闷道："你能不能把话说明白？"

"你是不是喜欢秦月明？"

"哈？没有，我们就是哥们儿。"

"还哥们儿呢？有几个哥们儿是你这样的？"

"不就是这样吗？我就是女性朋友太少了，我对她太好了，所以你们就误会了是不是？"

江云开坐在按摩椅上，说话的时候声音都在发颤，不过模样依旧气人。

南云庭听得都无语了，想了想，决定继续跟他讲道理。

"那我问你，如果我去追秦月明，你会同意吗？"南云庭问。

"你不是跟杜拾瑶处得挺好吗？"

"就比如我现在是单身。"

"比如个头，你和她没戏。"

"那就用若山来举例，要是若山去追亲哥，你心里会不会难受？会不会去帮若山？"

"他们也不合适。"

"那亲哥跟谁合适？跟你合适？"

江云开不说话了。

"有秦月明的地方，你的眼睛就跟挂了钩子似的跟着她走，她去哪儿，你看哪儿。你做个发型得给她看看，心情不好了得让她哄哄，无聊了还得跟她聊天是不是？你还说是朋友！男女之间有纯洁的友谊吗？来，你告诉我。"

"有、有吧。"

"有！可秦月明从头发丝到脚趾都是你的菜，结果你跟我说你这么对她其实是因为纯洁的友谊？"

"我真没多想啊！"江云开不自觉地提高了音量。

"我今天把你叫到我这儿来，就是要跟你好好聊聊，你跟我掖着藏着没意思，我跟杜拾瑶在一起的事只有你知道，你还准备瞒着我是不是？"

"我真没有……"

江云开承认，他对秦月明的印象确实特别好。秦月明长得漂亮，性格也可以，尤其是又能喝又会玩游戏，还能哄着他，他看她太顺眼了。还有就是他会下意识地想对她好，她开心了，他也就开心了。

他还会很好奇，好奇她现在在做什么，好奇她在每个瞬间是什么样的表情。正是因为好奇，他才会去看她啊。她因为某件事笑的时候，他就也觉得这件事很有意思了。她心情不好的时候，他就跟着讨厌她讨厌的一切了。

可是，他真的没多想。这就是喜欢吗？他才谈过恋爱，南云庭可别唬他。

南云庭真的是被他气笑了，说话都没那么客气了："我知道你拿起手机一准是要给秦月明发消息，抱怨她跳舞的事情，可是这关你什么事？啊？你有什么资格管她？她就是连裤子都脱了也不关你的事，你看看你当时那张臭脸，你自己看镜头回放去！"

江云开不说话，抿着嘴看着南云庭，按摩椅还在运作，一晃一晃的。

"还有，这是我听说的，秦月明是池闫的白月光，池闫是因为秦月明回来才跟盛筱分手的，最近他恐怕就要开始追秦月明了。他在跟刘总接触，打算给秦月明拉一个超级好的资源，不过两个人需要拍对手戏，好像……尺度挺大的，说不定有很多……那些戏。你懂的，现在吻戏都是小儿科了。"

"尺度很大？她接这种戏干什么！"

"你看看你的重点！"

江云开急得要起身，结果被按摩椅夹得起不来，南云庭伸手将开关关了，他才得以脱身。

江云开站起身来，走过去拿起手机似乎要发消息，又被南云庭叫住："江云开，这也不关你的事，如果秦月明自己同意，你也管不着。你们两个人只是朋友，朋友不会逾越到去管她的每一件事。"

"你这么说话有意思吗？你如果接戏，接了不合适的我也会劝你啊！"

"你动脑子想一想，如果我接了一个国际大导演的戏，别人都挤破了脑袋想上，只因为有场吻戏，你就会不让我上吗？又或者因为跟我演对手戏的人对我有意思，你就会阻止吗？凭什么你亲哥就不能接？"

"我没有，我就是……"江云开有点解释不出来了。

"江云开我告诉你，没有人会站在原地等你开窍，要是你开窍的时候人家都跟别人好了，到时候你可别哭。"南云庭还在敷面膜，说出来的话却慷慨激昂的，"在这点上池闫就比你干净利落多了，你啊……"

南云庭说完就看着江云开，想着这家伙这回总能开窍了吧。

然而，江云开却说："喜不喜欢我自己能不知道吗？"

得，一下子就回到起点了。

这时候时间也晚了，江云开觉得有点困了，在南云庭的客房随便收拾了一下就睡了。

南云庭敷着面膜看着他，心中暗叹这家伙真是个人才，接着回了自己的房间。

至于江云开呢，要说他在跟南云庭聊完之后心中毫无波澜也是不可能的。他陷入了沉思，一直在想：南云庭是不是有病？真当谁都跟他似的，见一个爱一个？自己才和秦月明认识几天啊，就喜欢了？得以什么速度才能喜欢上？

想着想着，他还觉得来气，想去隔壁骂南云庭，最后还是忍住了。

他躲在被窝里拿着手机，点开有秦月明的群，逐条看消息，想看她说话没。

探秘群里的人聊了几句，都是在说新年快乐。

他放下手机，继续生气。他怎么就喜欢秦月明了？他要是喜欢，现在能睡在南云庭这里？

他越想越觉得得跟秦月明聊一聊，估计她也会觉得可笑。

拿起手机后，他又怕秦月明已经睡着了，于是点开她的头像看，看了之后又点开朋友圈。

秦月明居然发了条"新年快乐"的朋友圈！配图是她和秦夜停、蔡思予的合照。

他就不应该来南云庭这里！不然合照还能有他的份！生气，真生气！

他拿着手机登录微博，果不其然，他和秦月明又在热搜上。评论区有人嘲讽他们热搜包年了，他懒得看。

看着看着，他突然发现了一个奇怪的组织——"守得云开见月明"超话。

他点进去，看到今天跨年演唱会的图片和视频刷屏了。

他和秦月明的直接接触是在拉票环节和倒数环节，就这么一点点也被人截图慢放了。

他拿着手机看，动图一直在重复。是他在跟秦月明耳语，秦月明扭头对他微笑。

江云开看了几十遍，然后才放下手机嘟囔："不就是说句话嘛。"

他又重新拿起手机，保存动图，心道这滤镜用得挺好看的。

打开超话后，他仿佛发现了新大陆。在这里，他和秦月明很不经意的细节都会被人扒出来，看起来还真挺暧昧的。

他翻了一晚上超话，看着那些人用显微镜挖糖，写长微博分析他们两个人的关系。

"瞎说什么呢？我当时不是这么想的，这……我说话哪有那么多含义？"

第二天，江云开是被南云庭拽下床的，南云庭还说："开工了，新年第一天，我们又是满满的行程呢。"

"不能稍微晚点吗？"

"不能，因为某个家伙害得我们停工几天，现在只能赶工了，赶紧起来！"

秦月明醒来就看到蔡思予已经在她身边做晨间健身运动了。

她翻了一个身，问对方："元旦有什么安排？"

蔡思予边做虚空蹬车的动作边回答："还能干什么？你去剧组，我学习自己经营工作室的事情。"

"我们去见见孩子吧，你好久没看到他了，我也想见见他。按理来说，我应该是他干妈，"秦月明撑着脑袋问她，"今年……孩子六岁了吧？"

蔡思予停下来，侧头看向她："如果我不答应，你会不会觉得我太胆小了？"

"不会，我帮你想想办法，你只要回答我想不想见就可以了。"

"想。"

秦月明立即坐起身来伸了一个懒腰，笑嘻嘻地说："好，我知道了。"

蔡思予奇怪地看着她，突然问了一个问题："为什么你……突然瘦了？昨天看着特别火辣。"

提起这个秦月明就笑了："我脱完衣服才想起来我内衣里有暖宝宝，跳舞的时候都怕把暖宝宝甩出去，全程都在担心被观众看出来，结果看完录像却觉得……

嗯，还挺好的，一下子有'C'了。"

两人笑成一团。

为了见到蔡思予的儿子，秦月明特意去求了杜拾瑶的好朋友。

杜拾瑶这位同组合的朋友名叫谢韩怡，脸型细长，稍微有点御姐风，长得还算不错，性格也挺好的。她曾经公开表示过自己的双眼皮是割的，脸上还会时不时打针，不过其他地方没动过。

因为这种坦然的性格，谢韩怡还圈了一波粉。

娱乐圈的艺人整容太正常了，有些公司的练习生很早就会接到公司的安排，出道前就让他们去整容，最后谁整得最好看谁出道。这种事大家都心知肚明，前后变化那么大，还一口咬定自己没整过怪没意思的。

蔡思予前夫的弟弟在追求谢韩怡，谢韩怡平时不太理他，偶尔提了一次她觉得他的侄子很可爱。前夫弟弟觉得这是个机会，想了想后，就带着侄子出来跟谢韩怡见面了。

见面之后，谢韩怡和前夫弟弟去吃饭，孩子则是交给了一同过来的杜拾瑶，让杜拾瑶带孩子去玩。

杜拾瑶牵着孩子的手时还在叮嘱谢韩怡："你一个人的时候小心点。"

谢韩怡毫不在意："我心里有数，再说助理在呢，你们赶紧去吧，记得帮我跟秦月明要签名啊！"

其实谢韩怡还喜欢秦夜停，但实在不好意思再要一个签名，要到秦月明的就很满足了。

杜拾瑶比了一个"OK"的手势："没问题。"

杜拾瑶带着孩子到了隔壁包间，秦月明和蔡思予很早就坐在里面等了。

门一开，蔡思予瞬间站了起来，快步走过去抱住孩子，揉着他的头发问："想不想妈妈？"

小男孩被抱住之后叹了口气，颇有大人的风范，说："唉，你们这些女孩子啊，就是爱哭。"

听到这句话，秦月明忍不住笑了，问他："你叫什么？"

"我叫乔洛壹，你也可以叫我Jeffrey。"乔洛壹抬起一只手，"我可以跟你握握手吗？"

"可以啊。"秦月明拉住了他的手。

乔洛壹对她露出一个天使般的笑容，说："我喜欢跟漂亮的女孩子做朋友。"

秦月明震惊了，睁大眼睛问蔡思予："是你教的吗？"

蔡思予终于松开了乔洛壹，无奈地回答："自学成才。"

乔洛壹走到一边的椅子上坐下，跷起二郎腿说："其实叔叔带我来的时候我就想到有些不对了，因为他一般也不理我，来了之后看到瑶瑶姐在，我就差不多明白了。"

蔡思予从一边拿来菜单给他，问："你看了我的综艺？"

"嗯，看了。"

"有什么看法？"

"你真的是过气了，都没有多少镜头。"

杜拾瑶坐在一边目瞪口呆，小声问："我怎么感觉他很成熟的样子？"

乔洛壹再次老气横秋地叹气："不然怎么办呢？身边没有真心疼我的人，我只能靠自己。从妈妈离婚那天起，我就跟自己说，我不能再做小孩子了。"

蔡思予问他："那么，小男子汉要点些什么？"

"香蕉牛奶，谢谢。"

杜拾瑶忍不住笑了起来。秦月明也觉得这个孩子简直太神奇了，这"老干部"的语气，配上一张稚嫩的脸，真的怎么看怎么有趣。

乔洛壹又点了一份抹茶蛋糕，然后扭头看向秦月明，问："漂亮姐姐在跟那个傻乎乎的哥哥谈恋爱吗？"

"傻乎乎的哥哥？是指江云开？"秦月明问。

"嗯，是啊。"

"没有哦。"

"那我还有机会咯？"

乔洛壹刚问完就被蔡思予拍了下后脑勺："叫干妈。"

乔洛壹扶着后脑勺眼巴巴地看着自己妈妈。

"以后她就是你的干妈，你见了秦夜停也要叫舅舅。"

乔洛壹一瞬间失落了。

秦月明还饶有兴致地问他："你初恋在什么时候啊？"

"去年吧。"

"分手了？"

"嗯，我觉得她太黏人了，不许我跟其他人玩，真是个不成熟的女孩子。"

杜拾瑶捂着嘴笑了半天。

秦月明想了想，带着杜拾瑶离开了，说："你们母子二人单独聊一聊，我们去买点东西。"

等她们两个人走了，乔洛壹才看向蔡思予，说："妈妈，你再努努力吧，我不喜欢那个阿姨。"

蔡思予的心理防线立马崩塌了，她应道："好。"

前夫弟弟不知什么时候走到了他们的房间门口，蔡思予发现之后一怔，正在想说辞的时候，对方已经走进来了。

"其实看到杜拾瑶也在，我就知道是怎么回事了。"他走进来直接坐下，一副玩世不恭的态度，扯着嘴角笑，样子有点痞气。

"抱歉，利用你跟我儿子见面。"蔡思予坦然地道歉。

"无所谓，正好我能跟她吃顿饭，挺开心的，也算是双赢了。"前夫弟弟拿出手机来，看了看日历，又说，"我哥最近带着小娇妻出国玩去了，没带他，正好你带走吧，不过三天之后你必须带回来，不然我没法交代。"

其实前夫弟弟已经非常客气了，没让蔡思予难堪，蔡思予也要给他这个面子，于是很快答应："好。"

前夫弟弟又看了看乔洛壹，想了想，从口袋里取出一张卡递给他："当压岁钱吧，这几天的生活费。"

在前夫弟弟看来，蔡思予的小美容院、小火锅店真的上不了台面，赚不了多少钱。

"谢谢叔叔，叔叔跟小嫂嫂超级般配的。"乔洛壹立即伸手接过来。

前夫弟弟笑了笑，又看了蔡思予一眼，然后直接走了。

这时，秦月明她们回来了，她小声问乔洛壹："叔叔对你怎么样？"

"最开始他不喜欢我，但是我不惹他生气，还顺着他，他渐渐也就对我还不错了。"乔洛壹笑了笑。

前夫弟弟一开始确实看乔洛壹不顺眼，乔洛壹是长孙，在他们家就是最有权力的继承人。以后家里什么事都会先就着乔洛壹，前夫弟弟自然不喜欢他。

这也是蔡思予前夫说什么也要把乔洛壹留在身边的原因，老爷子要是不行了，乔洛壹就是分家产的利器。至于亲情？也就那么一点点吧。

乔洛壹挺可怜的，但是够机灵，没多久就被前夫弟弟接纳了，前夫弟弟没多为难他，也没过分喜欢他。如果前夫弟弟真想针对人，针对哥哥和新嫂子更多，那两个真不是什么好东西。

蔡思予对秦月明说："如果我真想把洛壹争取过来，弟弟说不定会帮忙，而且十分乐意。"

这样的话，前夫弟弟就少了一个争家产的对手，他临走时的眼神还真有点鼓励的意味。

秦月明思考片刻，接着点了点头："让我好好想一想。"

他们跟乔家没有什么恩怨，当初蔡思予嫁入豪门可不是为了爱情，前夫出轨也给了她足够的金钱，报不报复什么的她无所谓，她只是在意孩子。

所以，敌人的敌人，就是盟友。

就算元旦了，秦月明也没怎么休息，午休期间陪蔡思予去见完孩子，她下午就回了剧组继续拍戏。

蔡思予在京市没有房子，没有固定的住处，就一直跟她住在一起。秦月明家里还住着幺儿，秦夜停时不时也会过来，导致闺密二人只能住一个房间。不过她们做练习生的时候就住在一起，倒也不在意。

这回乔洛壹来了，蔡思予就只能带着孩子去住酒店了。

晚间收工后，秦月明给江云开发消息，问他什么时候有空，她要去看看车。她的驾照很快就能下来了，她打算现在就着手改装车子，很多零配件都有可能要厂家从国外邮过来，越早准备越好。

江云开许久后才回消息："按理说我什么时候都没空，但是你找我我就有空。"

我唱歌挺好听的："不过，凌晨见面我真的不是想跟你幽会，而是迫不得已。"

月："你车停在哪里了？"

我唱歌挺好听的："别墅的车库里。"

月："我能进去吗？或者刘总能带路吗？"

我唱歌挺好听的："我儿子当然能进我家了，他有时候也在那栋别墅住，你让他带你过去吧，我工作结束后也会回去，大概凌晨一点多才能到。"

月："你那么辛苦，不用特意回来。"

我唱歌挺好听的："不算特意，我也得找地方睡觉啊，还能顺便见见你，就去那里睡吧。"

月："好的，我到那里也得十点多了，在那里等你。"

我唱歌挺好听的："行。"

刘创临时受命，接秦月明去江云开的家，到了地方才发现来的人还不少。

蔡思予跟乔洛壹也在，乔洛壹很喜欢摆弄车子，期待不行。

霍里翔听说要去看车，也千里迢迢地来了，这是爱车之人的迷之执着。

秦月明身边还带着助理，刘创自己也有司机，想了想，只能分开坐两辆车走。

秦月明和霍里翔要聊比赛的事，蔡思予就带着乔洛壹上了刘创的车。

车上，刘创问乔洛壹："你几岁了？"

乔洛壹微笑着回答："六岁了。"

"上小学了吧？"

"嗯，马上了。"

刘创想了想，从自己包里取出一条玉质手链递给乔洛壹："叔叔也没想到今天会见到你，这个就当是见面礼了。"

手链是和田玉的，这种品质的大致四千多元一克，这整整一串分量可不小。

乔洛壹并没有立即接，只是乖巧地说："可是……按照辈分来讲，您应该叫我叔叔。"

刘创缓了半天，想了想，问蔡思予："江云开应该叫这孩子什么？"

"叔外祖父。"

"厉害。"

刘创将手链收起来，回头跟乔洛壹拜年："叔叔过年好啊，有没有压岁钱？"

"十八岁以后就没有了。"

"啧，头次见面不能这么小气吧？"

乔洛壹想了想，从兜里掏出一块怀表给他："喏。"

刘创拿来看了看，得，全球限量款的怀表。主要是这个古董，是当年乔家老爷子在拍卖会上拍下来送给自己长孙的礼物。

刘创立即送还回去："你把这个给你干妈吧，按照这几年的物价，她一下子能还上一点五个亿。"

乔洛壹立即给了蔡思予："那你去给干妈吧。"

"你留着吧，她不会要的。"蔡思予拒绝了。

"我和她注定无缘，能帮就帮一帮吧，不然等我变心了就不会这么大方了。"

蔡思予都被儿子惊到了，气得拧他耳朵："你这是在哪里学的？啊？告诉你少看偶像剧，你为什么不听？"

乔洛壹赶紧求饶。

前排的刘创听完乐了半天，回头感叹："你儿子长大了肯定是个祸害，女孩子要遭殃了。"

蔡思予冷笑道："再这样，我让他没有长大的那一天！"

乔洛壹彻底老实了，可怜巴巴地看了她半天，继续求饶："妈妈，我错了。"

到了江云开家里，就算曾经嫁入豪门的蔡思予都忍不住"嚯"了一声。

江云开这栋别墅的园区就跟"占山为王"似的，整个区域很大，景观也做得非常考究。这里还很贴心地没隔多远就设一处路标，生怕住在里面的业主迷路。

刘创带着他们边往后院走边问："是去家里坐坐，还是直接看车？"

秦月明回答："去看车吧，主人不在家里进去不太好。"

等刘创打开车库的门，看到里面停着的车，霍里翔瞬间不淡定了。

"太夸张了，一个人住着和半个购物广场一样大的房子，停车场里还停了二十多辆豪车？江云开这是……"他这个"土财主"的儿子都没这么"豪"。

刘创还挺淡定的，打开车库的灯，耸了耸肩道："这只是一部分，他每套房子的车库里都停着至少两三辆不同的车。曾经有一次车子停在某个地方被拖车公司打电话通知要拖车了，他才想起来还有这么一辆车，但车钥匙死活没找到。"

霍里翔又问："我在这里偷一辆车他能发现吗？"

刘创毫不犹豫地回答："按照他的智商估计不能，看到你开还会感叹'这车不错啊'。"

所有人似乎都一瞬间想到了江云开那傻乎乎的模样，笑了起来。

江云开回到家里的时候已经深夜十二点半了，他走进车库才发现里面好多人，正聊得热火朝天。

秦月明已经将一辆车架起来了，车门开着，她和霍里翔在一边商量该如何改装。蔡思予带着乔洛壹，小孩手里拿着一个扳手，面前摆着一个工具箱，玩得正开心。

江云开问："这个小朋友是？"

刘创先回答了："哦，乔洛壹小朋友，你的叔外祖父。"

江云开脑袋短路了一下，接着看着乔洛壹说："你好，我们按照你妈妈这边的辈分来算，我是你大爷。"

乔洛壹突然对江云开勾手指，江云开俯下身去，看到他指着秦月明说："她是我干妈，如果按照她的辈分来算，你该叫我什么啊？"

江云开看了看秦月明，理直气壮地回答："那我是你舅舅。"

乔洛壹无奈地叹了一口气："唉，你没救了。"

刘创这才反应过来："对啊，按你妈妈这边的辈分来算，我就是你叔叔！"

乔洛壹回答："我们各论各的，你叫我叔叔，我也叫你叔叔，不就可以了吗？"

霍里翔夸道："这孩子机智啊！"

江云开还以为秦月明会选择一辆极品跑车，结果她和霍里翔选择的车子只能算是中等，甚至是这间车库里最不起眼的。

他忍不住问："怎么选这辆？"

秦月明扶着车跟他解释："如果想漂移，车子自体重量比分配是 50：50，就算改装后没有达到最佳比例，到 45—65 之间也都是可以的。这种车子比较好改装，而且费用便宜，还是很有潜力的。"

霍里翔也跟着说："参加这次比赛的很多汽车发烧友都不是那种超级富豪，比的就是一种情怀，这辆车可以的。"

江云开又问："送到修理厂去改？"

秦月明指了指自己，说："我自己就可以改，我是在修车铺子里长大的。"

"女孩子家家的摆弄这些东西？"

"你男孩子家家的，怎么还怕鬼？"

"再见。"江云开不想聊了，这个话题就此打住。

秦月明选好车了，准备把车开走。

江云开问："我刚回来你们就走？"

"我们也得回去休息啊。"

"在我这儿住吧，客房十几间，随便选。"

"呃……这样好吗？"她在男生家里住，会不会传出什么不好的事情来？

江云开很纳闷："这有什么？这么多人呢，朋友们聚聚，然后住下来，很正常啊。"

秦月明看向其他人，霍里翔第一个说："我无所谓，如果我有绯闻我说不定还会很开心，证明我也算入了圈子。"

蔡思宁和乔洛壹商量了一下，也同意了，正好不用出去住酒店了。

秦月明也没再纠结，跟着江云开进了他的家。

江云开家里的装修并没有想象中那么富丽堂皇，或者是花里胡哨的，反而很考究。

别墅就是江云开他们家自己盖的，毕竟家里有一部分产业就是房地产。一楼的落地玻璃窗居多，进入客厅就能看到外面的泳池。也不知道江云开是多喜欢游泳，这个泳池一直延伸到客厅里。

从沙发后方的装饰柜绕过去，就有楼梯步入泳池了，一半在室内，一半在室外。

别墅地上有四层，地下有两层，江云开也不愿意介绍，进来后就让用人带着他们到处参观，自己去洗漱了。

刘创也挺累了，对他们说："你们自己选房间住吧，不用太在意，就当自己家，缺什么就跟用人要。"

秦月明在三楼随便找了一个房间，走进去打开灯，想找个衣柜看看有没有睡袍之类的衣服。她左右看看，发现房间里有单独的衣帽间。

然而，她进入衣帽间打开柜门看了一眼就觉得不好，赶紧往外走。

衣柜里都是江云开的衣服！

江云开正好系着浴袍的带子从浴室走出来，跟她撞了个正着，顿时愣住了。

秦月明赶紧解释："我、我就随便进了一个房间，我以为主卧会在四楼呢。"

"哦……"江云扯了扯浴袍，有点尴尬地挪了挪地方，"四楼露台多，有空中花园跟健身房，还有一个我不太去的书房。你可以上去看看，有很多植物……哦，那里还可以搞露天烧烤，可以容纳五十多个人办轰趴（Home Party，私人派对）。"

"嗯嗯。"秦月明尴尬地点了点头，准备往外走。

"你等我去找条……裤子再跟你聊。"

"不用！你睡觉吧，我找一个房间就休息了。"秦月明逃命似的往外跑。

见她出去了，江云开赶紧去衣帽间找了条内裤穿上，浴室里没准备。

他刚穿好就去照镜子，看看自己的形象怎么样。还行，挺帅的。

外边突然有人敲门，江云开走过去打开门，看到居然是秦月明，她垂头丧气地问："三楼还有哪间是客房？我进了几间都不是。"

"客房跟主卧肯定得有一些间隔啊，要保证私密性，要不你住我这里，我去住客房？"

"不用，你告诉我客房在哪里好了。"

江云开忍不住笑了，问她："这次学会敲门了？"

"其实我刚才进来的时候也敲门了，你没听见，没人回应我就进来了，而且房间里没开灯，还这么整洁，我就以为没人！"

秦月明解释完看了他一眼，又快速移开了目光，接着，她想了想，干脆坦然地看向他。

江云开靠着墙壁，看着她笑的时候有点坏坏的味道。

他头发是湿的，还有水珠滴落在光洁的脖颈上和肩头。他的脖颈纤长，浴袍并未挡住分明的锁骨，她甚至看到了他锁骨上有一颗红色的痣。

真是个秀色可餐的臭弟弟，长得好看，笑容迷人，皮肤白皙得让很多女孩子都自愧不如，身材还好得过分。

江云开拉着她进屋，走到自己的衣帽间里边找边说："我有很多宽松的睡衣，都没上过身呢，给你穿吧。"

他找了一件男式睡衣在秦月明身前比量，看了看，说："实在不行你当睡袍穿，我家里很少来女性，难得来的也是我妈妈和我姥姥，没准备这些。你凑合一下，下次我给你买。"

"哦，无所谓的，或者你给我一件你不想要了的 T 恤也可以。"

"没事，你穿吧。"

江云开去浴室拿走了自己的衣服，说："我一会儿让阿姨过来收拾一下，你在我这里住吧。"

"那你呢？"秦月明问。

"我去客房。"江云开已经走到了门口，"晚上睡觉你要记得反锁门。"

"哦。"

等江云开离开，秦月明才忍不住捂住脸。

江云开身材太好了吧……这波不亏，看了个爽。

用人很快就来了，收拾好卫生间就退了出去。

秦月明快速洗漱完毕，因为时间太晚了，她都懒得洗头发了，直接换上睡衣上了床。躺在江云开床上，她忍不住多翻了几个身。

这张床也太舒服了，要不是笃定这个床垫她买不起，她估计会问江云开要链接了。

秦月明在胡三爆剧组的第一个工期暂时结束，距离下一次进组还有一段时间。那部古装剧还未开机，她在这些天里只有几个代言的广告需要拍，工作并不紧凑。

第二天没有工作，她便不打算早起。

江云开倒是很忙，第二天，他很早就出门了，走的时候还把霍里翔一同带去了市区。

刘创也是上班族，自然去上班了。

蔡思予一大早就带着乔洛壹出去玩，幺儿想着蔡思予现在人气回升了，身边又没个团队，多少需要帮帮忙，就也跟着蔡思予一起去了游乐场。

幺儿走之前给秦月明发了消息，让她好好休息，等着他们回来接她。

于是，整栋别墅就只剩下秦月明和用人，以及一只猫。

施黛和刘奈来的时候，已经是中午十一点多了。

这娘俩刚刚出国购物回来，还顺便给江云开买了不少东西。平日里江云开也不在家，刘奈就干脆带着一堆东西来了他的别墅。

进门后，刘奈问家里的用人："云开最近回来过没？"

用人规规矩矩地回答："很少，不过昨天夜里回来了。"

江云开别墅的用人是两班倒，这个时候上一班用人已经交班了，这班用人只知道一个大概的情况。刘奈向来不喜欢江云开的狐朋狗友，他们索性没有提。

刘奈忍不住抱怨："这么累，做什么艺人啊。"

施黛端起红茶喝了一口，说："他自己喜欢，你也别捣乱了，难得他认认真真地做一件事。"

刘奈吩咐用人："把我给闹闹买的衣服拎过来。"她说着就带着人上了三楼。

一个用人小声问："客人都走了吗？"

另一个用人回答："好像都走了。"

为了以防万一，用人进江云开的房间前特意敲了敲门，没有得到回应才用钥匙开锁。

打开门后，刘奈拿着几个袋子走进去，正准备指挥用人将衣服整理好，突然看到床上似乎躺着一个人，还是长头发的。

刘奈动作一顿，接着赶紧摆了摆手让用人都出去。

用人随意看了一眼，吓了一跳，却什么也不敢说，乖乖退了出去。

刘奈走到床边，看着还在睡觉的秦月明，似乎认出了她的身份，接着拎着袋子又退出去了。

出去之后她几乎是小跑着去找施黛："妈！云开他房间里睡着一个小姑娘，被我撞见了！"

"小姑娘？"施黛立马放下了杯子。

刘奈兴奋地说："就是秦月明，我看过他们的真人秀，小姑娘特别聪明。我看在节目里闹闹就对她不一般，结果……他们还真在一起了？"

"我知道秦月明，还见过她本人，确实是个挺漂亮的姑娘，不过她怎么会看上闹闹呢？"

"我们闹闹多帅，个子还高。"

"这挺好啊，终于有女孩子不嫌弃闹闹傻了，还没被他气跑。"

想到自己有儿媳妇了，刘奈忍不住高兴地笑出了声，笑得直拍大腿："可算学会拱小白菜了，我之前还以为他不喜欢女孩子呢。他又是艺人，找对象真的太难了，能交个女朋友挺好的。"

施黛怕她们两个人误会了，提醒刘奈打电话问江云开："你问得内敛点，他是艺人，旁边都是人，说话不方便。"

刘奈立即给江云开打电话，接通之后说："闹闹啊，妈妈在你家呢，看到秦月明了。"

江云开正在吃午饭，声音有点含糊："嗯，她还没走呢？"

"嗯，没走呢，她昨天在你这儿住的？"

"对啊。"

刘奈一想，秦月明身上穿着江云开的睡衣，又睡在江云开的房间，准了。那件睡衣还是她给江云开买的，绝对不会错。

"你和她相处得挺顺利的？"刘奈继续问。

"对啊，挺顺利的，我们处得挺好的。"

"处得好就行，你对人家好一点，知道吗？"

江云开乐了："还能怎么好？够好的了。"

"我听说她因为回来欠了不少钱，她要是真跟你开口借钱你也别犹豫，别显得我们家小气了，知道不？钱不是问题，你们相处得好最重要。"

"我不会的，放心吧。"

"嗯嗯嗯，什么时候也带去给你爸爸见见？"

"见他干什么啊？他那张驴脸怪吓人的。"

"对，别让你爸爸吓跑了，先不见，妈妈见过了就行了。"

江云开有点不高兴了："不是，你什么语气？我交个朋友用得着你们担心吗？我都多大了？"

"唉，还不是你身边都没个女的，妈妈不知道你能不能好好对她。"

"不用把她当女的，她就是个爷们，她跟我掰腕子都能打平手。"

"那不行，女孩子到底是女孩子，得宠着！好了不说了，她下来了。"

刘奈挂断了电话。

秦月明迷迷糊糊地起床去洗手间，忘记自己穿着江云开的睡衣了，走进洗手间踩到了裤腿，竟然摔了一下，撞在了洗手台上。她疼得半天没挺直腰，只能扶着腰洗漱。

洗漱完换好衣服，她看到手机里的留言，回复幺儿："我开江云开借我的那辆车就行了，你们不用来接我。"

秦月明扶着腰，拎着自己的包包下了楼，突然发现沙发上还坐着两个人。

她认识施黛，立即问好："施总好。"

接着，她看到刘奈，感觉有点脸生，于是笑着说："姐姐您好。"

刘奈赶紧摆手："叫什么姐姐啊，叫妈……不不不，叫阿姨就行，我是江云开的妈妈。"

"哦哦，阿姨您好，我是云开的朋友秦月明，"她指了指门外，"我要先回去了，不打扰你们了。"

"不打扰，一起吃个饭吧。"

秦月明不太好拒绝长辈，于是点头同意了。

几个人到了餐厅，秦月明看着餐桌上的饭菜，觉得过于丰盛了，一觉醒来就吃这么多有种罪恶感。

刘奈问她："你们女艺人是不是需要减肥？你看着吃一点就行。"

"嗯，好的，谢谢款待。"

秦月明坐下时腰还有点不舒服，总是下意识地蹙眉，手一直在揉腰。

刘奈一看，心想自己儿子真不像话，怎么不知道心疼人？臭小子这么粗鲁，对这么漂亮的小姑娘也下得去手，看看秦月明这小身板，估计是经不住折腾的，她还是得跟儿子好好说说。

刘奈吃了一会儿，问秦月明："闹闹对你挺好的吧？"

秦月明猜测"闹闹"恐怕是江云开的小名，便回答："他对我一直都挺好的。"

"如果他欺负你了，你跟我说，我帮你收拾他。"

"不用的！没欺负我。"

刘奈看秦月明真是怎么看怎么顺眼，她儿子的理想型也全都在她的点子上。

在她看来，秦月明就是太精致了，看起来跟江云开那种糙汉子不搭。还有就是瘦了点，其他都好，哪里都好。

秦月明没吃多少，吃完后一直在等刘奈和施黛，施黛立即表示她如果有事可以先走，并且将她送到了车库。

看到秦月明开着选中的车出来，刘奈立即说："云开还有很多好车。"

"他把这辆车借我了，我开这辆就可以了。"

刘奈看着秦月明开车出了门，一个漂移后就不见了。

"小姑娘哪儿都挺好，就是开车有点虎。"施黛这样评价。

"臭小子这么抠，怎么还借车？借还借这么一辆破车？真不嫌丢人！我要打电话骂他！"刘奈拿着手机就要骂人，这回电话没能拨通，江云开已经开始工作了。

　　秦月明在改装车子外加筹备古装剧的开机时终于收到了春晚的邀请，她算是最后一批收到邀请的了，再过十二天就是全要素带观众彩排的时间了。

　　估计是因为她在跨年演唱会上的舞蹈评价普遍不错，最近人气也居高不下，节目组才决定邀请她。而且她的节目暂时被安排在了零点后，那是收视率最低的时间段，很多人都睡觉了，怕是只有在重播的时候才能被大家看到。

　　不过，秦月明收到邀请时还蛮激动的，她当年的公司因为春晚给的出场费不高，而且排练非常耽误时间，干脆给她拒绝了。她知道的时候已经来不及挽回了，为此还跟公司闹过一次。然而一堆霸王条款摆在那里，她也是无可奈何。

　　这一次能够上春晚，对她来说意义非凡。

　　她是真的很希望能够登上这种正式的舞台，在全国人民面前表演一个节目。她不是为了让大家看到自己，提高知名度，而是希望自己的粉丝会为自己骄傲——你看，我的偶像上春晚了，她是一个充满正能量、可以登上央视舞台的艺人。

　　收到邀请之后，秦月明立即去跟导演沟通，听清楚要求后毫不犹豫地答应了。

　　这一次她上春晚，不但要唱歌，还要表演一个太极扇与舞蹈相结合的节目。她并不会这个，但她可以去学习。

　　秦月明拿到录像后反复看了三遍才放下平板电脑，拿来扇子开始练习。

　　这一次的舞蹈要求还是蛮高的，主要是属于技术流。比如她需要用肩膀去将扇子颠起来，扇子在半空中翻转两周后再接住，然后把扇子背在身后扇两下，再朝后走。

　　没事的时候，秦月明就会拿着扇子来回尝试，试了几次用肩膀将扇子颠起来，结果都是"啪"地掉在地上。

这还是秦月明第一次感叹："太难了。"

秦月明购买的改装工具和零件陆陆续续到了，她临时租了一个车库，有时间了就一头扎进去改装车子，全部亲力亲为。她本来就喜欢车子，也喜欢摆弄车子，对她来说，改装车子反而是在放松。

改装了一会儿，她又拿起扇子，尝试颠了几次，把自己砸得够呛，于是懊恼地盘腿坐在了毯子上。她答应的时候太自信了，现在有点后悔了。

她要参加春晚，要改装车子参加比赛，新剧也即将开机，三件事赶在了一起。她突然想，是不是自己吃相太难看了，什么都想参加，最后什么都做不成。

这时，她的手机响起了提示音，她伸手拿起来，看到是江云开发来了视频邀请。

她很快接通了，视频里的江云开看了她一眼，接着问："你这是干什么呢？脸都成小花猫了。"

"在改装车子。"

"我要累瘫了，这几天都在连轴转，这个时间才要回酒店。"

"嗯，日程满证明你红啊。"

"嘿嘿。"江云开开心了一点，问她，"你怎么跟我妈妈聊天的？为什么她突然给我打电话，骂了我一通，非让我送你一辆车，还要买最好的。"

"啊？"

秦月明也是莫名其妙，在她看来，她跟刘奈、施黛的接触很少。她就是觉得两位长辈都很亲切，但她们也没多聊啊，怎么突然要送她车？

秦月明回忆了一下，回答："我就说我跟你借了车，别的没了啊。"

"那你喜欢什么车？"

"我不用你送。"

"我不送你我妈会骂我！"

"你送了我会骂你！"

"那……那……我怎么这么难办呢？这叫什么事儿！"

"你送我车才奇怪呢，那才叫什么事儿啊！"

"是啊。"江云开纳闷得不行。

见他纳闷得五官都皱在一起了，秦月明忍不住笑了起来。

江云开也跟着笑了，接着问她："我听说，你收到春晚邀请了？"

"嗯，对啊，之后就要去彩排了，我收到通知的时间比较晚，我这个节目的筹备时间很短，现在有点苦恼，动作太难了，我目前还做不到。"

"哟，还有你做不到的事情呢？你在我眼里可是无所不能的。"

"对啊，太难了。"

"你想想你，起死回生这种事都接受了，欠债几十亿这种天大的难题都接受了，现在还能这么淡定地活着。一个春晚的节目而已，就把你打倒了？"

"你说得对。"

江云开故作凶狠地弯起食指，用指关节去敲击手机屏幕，又说："愁什么愁？赶紧练吧！别给我们这些认你做大哥的人丢脸了，知道不？下了春晚我们几个请你吃鸭脖，带你一起去过年！"

"好的！"

"赶紧把视频关了吧，我看着你的脸强迫症都要犯了，老想过去给你把脸擦干净。"

秦月明立即笑了起来，对着屏幕用手背蹭了蹭脸，还问他："干净了没？"

江云开也凑近屏幕去看，似乎这样能看得更清楚。

一旁的鸭宝突然出声："江哥，你别亲手机上了。"

江云开转头瞪他："闭嘴！把头转过去。"

"好的。"

秦月明说："好啦，谢谢你，我觉得振作多了，现在就去继续练习。"

"行，你去吧，别太累了，早点休息。"

挂断电话，秦月明将手机放在心口的位置，不知道从什么时候开始，江云开已经能够治愈她了。她心情好了许多，甚至忍不住扬起嘴角微笑。

秦月明的新剧开机了，但情况非常糟糕。

这部古装剧在开机后就闹得有点不愉快，秦月明虽然明面上没有闹起来，可是私底下大家都知道，刚刚开机，剧组就给了她一个非常不愉快的开始。

开机才两天，剧组就统一更换了演员们的剧本，说是做了精细的修改。然而秦月明拿到剧本后，幺儿帮忙勾画出她的戏份，再跟之前的剧本对比，却越勾画越生气。

秦月明的戏份被删减了足有四分之一，这还只勾画了半本，有一些本该属于她的剧情和台词给了配角。一个好好的女主角看起来没有之前那么淡定冷静了，反而经常犯一些很低级的小错误，还是女三帮忙善后的。

曾经的女三现在的戏份基本跟女二持平了，人物设定还非常讨喜。她是女主角的好朋友，在女主角犯小错误或者任性无理的时候，都是她去帮女主角摆平的。

戏份删改后幺儿就跟刘创反映了，刘创去找剧组理论，最后得到了一个暗示，就是剧组并没有违约，这是为了让剧本通过审核所做的修改。

然而背后的原因大家都懂，这是投资商在捧女三，甚至在用女主衬托女三。

这还没完，五天后，路朵颖进组了。

举办开机仪式的时候正式演员会进组，然而路朵颖是在开机五天后才进来的。她扮演的是一个单元故事的反派人物，也就是恶毒女炮灰之类的角色，跟秦月明有对手戏。

剧本更改，还有角色安排，这些都让秦月明这一方非常气愤。

眼看情况这么尴尬，路朵颖居然还主动来找秦月明了。她并没有空手来，还带了一兜子鸭脖，进来后就放了秦月明的化妆台上。

路朵颖笑着说："月明姐，我是来跟你赔礼道歉的。"她说完就自顾自地坐在了椅子上。

秦月明已经化完妆了，正在等待自己上场拍戏，同时在练习扇子舞。

幺儿则是去剧组那边跟着，等到需要秦月明上场的时候才会叫她。幺儿这么做也是逼不得已，好几次工作人员都不通知秦月明准备上场，搞得像秦月明罢工似的。秦月明身边的人还少，幺儿只能亲力亲为。

路朵颖就是挑这种时候来的。

听到路朵颖这句话，秦月明立即笑了："客气了，我年龄没有你大。"

路朵颖顿了顿，接着说："那你也是我前辈啊。"

秦月明想了想，路朵颖确实不合适叫她"妹妹"，于是回答："好，叫我前辈吧。"

"上一次拍真人秀的时候，擅自动你手机的事，我真的非常抱歉，是我错了，我玩游戏玩得太过了，你能不能原谅我？"

秦月明放下扇子，看向路朵颖，问："你是希望听到我说，我已经不在意了吗？"

路朵颖一愣。

"你这么做已经对我造成了伤害，让我遭受了无妄之灾，我莫名其妙就上了热搜。说真的，我现在非常不希望自己再上热搜了，曝光太足会适得其反。"

"可是……"路朵颖想了想，声音顿住了。

可是她跟节目组打过招呼了，节目组明明答应剪辑掉那一段，最后却还是播出了，这难道不是秦月明公司做了手脚？现在她低声下气地来道歉，秦月明得了便宜还卖乖，这算什么？不觉得有点过分了吗？

秦月明走到一边，从工具箱里找出一个小设备按了一下按钮，接着就听到一阵噪音从路朵颖衣服的口袋里发出来。她果然藏了录音干扰器，还是不老实。

秦月明说："你这些手段是我十几年前就玩腻了的，顾祺在我这里都得不到任何好处，你觉得……你比顾祺强吗？"

看着秦月明现在的神情，路朵颖突然愣住了，这是她以前从未见过的秦月明。秦月明对外展现的模样一直都是纯净美好甚至有点"傻白甜"的，然而秦月明现在看着她的时候，微微扬起下巴，漂亮得如同天仙的面容上全是轻蔑的神情。秦月明还扯着嘴角笑，笑容里都是嘲讽，眼睛里是一望无际的深渊，掉进去就是万劫不复。

秦月明又说："我不相信一个成心想找我碴儿的人会突然痛改前非，想跟我和好如初。你过来示弱无非是为了之后的合作，让我别再说你什么，让你在组里更自在。然后你再发一条微博，我们就冰释前嫌了？"

秦月明不是新人了，年轻的时候她还相信那些道歉的事，想着哪有那么多坏人啊，既然他们肯认错，那么就原谅吧。然而在之后又出了事情，她发现还是那些认错的人在背后动的手脚。这种被背叛的感觉更让人心寒，有彻骨之痛。

在她利用路朵颖的敌意做文章反击了俞清儿和钟嵘之后，她就已经清醒地知道她和路朵颖今后注定为敌。她之前没有对路朵颖发难，是因为她真的很忙。现在路朵颖又来了她这里，还想搞小动作，她就不准备再客气了。

"我并……并不是……"路朵颖徒劳地解释。

"你对我存有敌意，就绝不可能跟我和睦相处，我也懒得跟你演什么冰释前嫌的大戏。你现在出去我只把你当路人，因为我还看不起你，不会把你当竞争对手。但你要是还不识抬举，要跟我当场撕破脸的话，我们就比比谁更能装，好不好？"

路朵颖仿佛看了一场精彩绝伦的表演，天仙在线表演翻脸，不由得感叹："原来你是这样的人？"

"对啊，那些年红起来的能有几个好人呢？你知道吗？让我很讨厌的人不多，你算一个。如果拍真人秀的时候你不主动招惹我的话，我或许都不会太在意你这个人。"

路朵颖有点被气到了，站起身来想动手，可想到秦月明那能文能武的样子，她又怕了，于是转身就走，还把鸭脖扔进了垃圾桶。

没一会儿，幺儿就风风火火地跑了回来，惊恐地问："月明姐，路朵颖来了？"

"嗯，来了，我把她骂走了。"

"骂？您还会骂人呢？"

"怎么不会？"秦月明忍不住笑了起来。

幺儿掐着腰，气得不行，"这个剧组太气人了！咱们不拍这部戏好了，平白受了这么多委屈！"

"我还是新人的时候经历过的事情比这个更严重，都习惯了。而且我们现在不能闹，我马上就要去参加春晚了，这期间我不能有任何负面新闻，不然我的节目很有可能被淘汰掉。"

"那就这么忍着？"

秦月明摇了摇头："当然不能忍着，不然以后别人都会当我秦月明好欺负，只是现在还不是时候。你去通知刘创，让他近期不要给我安排什么工作，这部剧很有可能延期。"

幺儿眼珠子一转，算是明白了，这是打算延期重拍一些镜头了！

幺儿立即打电话跟刘创说了下，之后把手机给了秦月明。

刘创在那边说："月明，你别怕，有公司给你撑腰呢，真把我气急了我就让公司的人投资这部戏，谁还不是'爸爸'了？玖武娱乐最怕的就是用投资方压人，谁都得给我几分薄面，这位怕是要为了一个十八线跟我撕破脸了。"

"没事，我已经在做前期准备工作了。"秦月明完全不在意。

"我让江云开去你的剧组探班，再带上南云庭。"刘创突然说。

"为什么？现在组里气氛不太好。"

"让他给你正确示范炮楼的使用方法，加上南云庭帮着和稀泥，就算你上春晚前不会闹，这两个小鬼也不会让剧组的人心里舒服。让江云开不爽的人，他有的是法子让他们更不爽。"

　　江云开和南云庭来了剧组之后，再一次演绎了什么叫"男团时尚"。他们两个人冷得穿着黑色的长款羽绒服，江云开一米八八的身高，羽绒服都能到小腿的位置，可见这件羽绒服有多长！

　　进入剧组后他们就把羽绒服脱了，里面是白色衬衫加破洞牛仔裤，那衬衫薄得都有点露肉。

　　紧接着，有意思的一幕出现了，江云开和南云庭所到之处，方圆一公里内出现了"寸草不生"的情况。主要表现为，剧组的人都知道江云开是什么样的人，知道剧组现在是什么情况，根本不敢靠近江云开，都是绕着他走。

　　江云开真的觉得很没意思，便去了秦月明的化妆间看她。

　　"什么舞啊？那么难？我把主舞都带来了，我们帮你扒动作。"江云开说着还拿起了秦月明的扇子研究。

　　幺儿将平板电脑递给了江云开，南云庭凑过去跟着看。看完后，他们拿着扇子尝试，两个混男团的扔起扇子来也掉得"噼里啪啦"的，一点都不含糊。

　　南云庭感叹："这不是跳舞，是耍杂技吧？让你在这么短的时间内练出一项绝活？"

　　江云开被扇子砸了几下，走过去问秦月明："肩膀疼不疼？"

　　秦月明坐在临时搭的小床上，身上还披着军大衣，笑呵呵地回答："确实有点疼。"

　　"给我看看。"

　　南云庭还在试着扔扇子，扭头瞥了一眼，赶紧转过身，还拉着鸭宝到了一边去。

　　幺儿有点纳闷，扭头看过去，江云开居然在扒秦月明的衣服，非得看看她的肩膀！

　　"江哥，戏服不好容易穿上的，你别这样。"幺儿赶紧过去拦着。

　　秦月明也被江云开弄得非常震惊，然而江云开站在她身后，只是往后扯她的衣服。古装的衣衫都是对襟，稍微一扯就可以露出肩膀。

　　"我就看看肩膀，弄得跟我耍流氓似的。"江云开扯开秦月明的衣服看了看，看到她肩膀上果然青紫了一片。

他立马来气了："秦月明，你平时不是挺聪明的吗？怎么回事？伤成这样了都不知道垫点东西？"

幺儿也吓了一跳："伤得这么重了啊？月明姐，你为什么都不跟我说？"

江云开弹了幺儿一个脑瓜崩："你要是鸭宝我都动手了，这个还得她告诉你？你不会关心一下？"

秦月明整理了一下衣服，说："你也别怪她，我总要换戏服，高低肩或者肩膀垫了东西都会被发现，我就是怕耽误拍戏。"

江云开又说："我身边一直带着膏药，一会儿我让鸭宝给你送一些过来。"

他们这些搞男团的经常会有腰伤腿伤，江云开一般会贴一些膏药来缓解一下。

等秦月明整理好衣服，南云庭立即走过来，按着江云开的脖子让他鞠躬，接着笑嘻嘻地对秦月明说："亲哥，他是把你当哥们儿了，刚才真的没有非分之想。"

江云开觉得莫名其妙："你按我脖子干什么啊？"

"你什么身份啊？扒人家女孩子衣服！"南云庭咬牙切齿地低声问他。

江云开本来还挣扎呢，想了想，终于回过味来了，一瞬间耳朵都红起来了，磕磕巴巴地解释："我、我没多想，我就是着急、就是……啊，那个……"

秦月明忍不住笑了，摆了摆手："没事，我不在意的，我了解你。"

江云开是什么样的人她了解，她知道江云开现在是实打实地对她很好，这些小细节她也就不在意了。再说，江云开长这么大第一次跟一个女生关系这么好，相处模式都跟哥们儿似的，一时半会儿还变不回来。

南云庭只能在一边打圆场，让秦月明不至于觉得江云开是个臭流氓，生怕江云开还没开窍就把人家小姑娘吓跑了。他真是操碎了心，太难了！

秦月明跟剧组沟通了一下就去拍戏了，江云开和南云庭披着羽绒服，跷着二郎腿坐在一边看着。

江云开的到来简直有"驱蚊"效果，以前剧组时不时会有一组镜头反复拍摄不过。但是江云开在旁边一坐，剧组立马就什么毛病都没有了，甚至没有人敢来回走动，生怕被江云开拽过去聊天。

看了一会儿，江云开站起身去了导演身后，俯身跟导演一起看屏幕。

导演只抬头看了他一眼，之后三十多分钟再没抬过一次头。

这时，一组镜头拍摄完毕，需要切换场地了。

秦月明走过来，指了指江云开，问南云庭："他干什么呢？"

南云庭笑了："找碴儿去了，不过这剧组的人愣是没给他开腔的机会。"

"他也算是臭名远扬了。"

"何止啊！"南云庭觉得秦月明还是不了解江云开，说，"别人要是想跟江哥好好拍戏，拍戏前得跟江哥喝一顿，双方聊得来，这部戏就可以好好拍了。要是酒桌上不对路，制片人就会叮嘱大家都离他远点，惹不起躲得起。"

"这太任性了吧？"

"他有任性的资本啊，他的剧基本都是带资进组，不然刘创老怕自家孩子被欺负。"南云庭说到这里直撇嘴，"谁欺负得了他啊！"

秦月明听完笑了半天。

南云庭推开椅子站起来，又对她说："我还可以让你见识一下我江哥跑得有多快。"

"你们比跑步？"秦月明不解。

南云庭摇了摇头，接着取出手机，打开录像功能后对江云开招手："欸欸欸！"

江云开抬起头看过来，接着就听到南云庭大喊了一句："狗娃！"

南云庭喊完就开始跑，江云开立即去追。南云庭跑得那叫一个快，还奔放地大笑，时不时转镜头对准身后穷追不舍的江云开。

秦月明站在原地看着两个奔跑的少年，笑得都快直不起腰了。

幺儿捧着暖宝宝站在一边，觉得还是得江云开和南云庭过来，这几天秦月明拍戏都十分严肃，好久没这么笑过了。

剧组的人夹着尾巴一天了，晚上秦月明主动请整个剧组吃饭，去的地方还是本市排得上号的餐厅，人均消费超高的地方。

剧组的工作人员自然不能不给她面子，商量了一下还是去了。

路朵颖比较聪明，知道江云开是什么样的人，而且最近周若山都不太理她了。她知道自己招惹错人了，干脆一天没出现，晚上吃饭也不去。

其他几位主演想了想，最后还是去了，不然传出去不好听，他们还没像路朵颖那样跟秦月明在明面上撕破脸。

路朵颖之前就跟女三说过："你最好离江云开远一点，不然我怕你心梗。"

女三并不惧怕，她也是有后台的人，真正算起来她的后台不比江云开差多少。再说了，剧本是剧组改的，她靠的是投资商，江云开只是来探班的，还能怎样？

去酒店的路上，秦月明心情不太好，靠着椅背难受地说："好贵……"

江云开就坐在她旁边，侧头问她："我请客你心疼什么啊？"

"欠人情需要还的啊。"

"跟我不用。"

坐在保姆车前排的南云庭也回头对秦月明说："你就不用把他当成人。"

江云开狠狠地瞪他一眼："滚！"

骂完人的江云开开始讲解自己的膏药："这个不能贴太久，十二个小时之内必须撕下来，不然会损伤皮肤。你让幺儿给你好好贴，专治跌打损伤。"

"好，谢谢。"秦月明说。

"你再练的时候把这个贴在肩膀上，我当初练托马斯回旋的时候，膝盖和手肘就贴了这个。"江云开又拿出了一样东西。

"嗯，好的。"

"再搞得一身伤我就收拾你，听到没有？"江云开故作凶狠地敲了敲秦月明的额头。

南云庭又回头插嘴："怎么个收拾法？说出来让我听听，我太好奇了。"

江云开抿着嘴，还真没说出来。

南云庭继续说："我们江哥爱咬人，我的胳膊就被咬过。亲哥，在你这里我真不确定他会咬你哪儿。"

江云开终于急了，伸手推了他一把："你可把嘴闭上吧！"

到了酒店，江云开带着秦月明去了主位坐着，导演、制片人自然会在这桌，其他几位主演也在，包括女三号张诗尧。

江云开看菜上得差不多了，突然开口问导演："导演，你们这部《我靠善良拯救大唐》拍了多少了？"

"呃……我们这部剧不叫这个名字。"导演是被制片人邀请来拍这部戏的，不是投资方的人，所以也不会太夹着尾巴，或者说话非常注意。

"不就是这么一个故事吗？一个勇敢的女孩子拯救了上官婉儿，上官婉儿辅佐了武则天。这个女孩子凭一己之力拯救了整个大唐，牛啊！"说着，他像是突然忘记了什么，又问，"这个女的叫什么来着？"

南云庭配合道："剧里好像叫曲巧尔。"

江云开纳闷了："这女的这么厉害，不得载入史册啊？"

"我还真查了，历史上没这号人。"

江云开点了点头："也幸好没这号人，不然这部剧都得叫'曲巧传'了。"

南云庭提醒："是曲巧尔。"

"《曲巧尔传》不大气，靠着投机取巧逆风翻盘，《曲巧传》更贴切。"

江云开这席话说完，坐在同一桌的张诗尧脸都僵住了。

整桌人愣是没人动筷子，只是尴尬地坐着。

旁边几桌因为没人聊天，听得真真切切的。他们想到了江云开说话会不客气，但没想到他会这么不客气，真是长见识了。

这时，秦月明开口了，但说出来的话怪不是滋味的："其实我还是有点戏份的，也不至于用别的角色名字当剧名。"

江云开夸她："你肯定厉害啊，拿着女一的片酬演着女二的戏，以后再有这种好事你多干点，工期短又来钱快，你也能还钱了是不是？"

其实戏份删减之后，秦月明的片酬也间接地变少了。她是按剧集的集数拿片酬的，戏被删改了不少，间接少了几集。不过她没提，提了就显得小家子气了。

张诗尧面子上过不去了，于是说："既然这样，那我就不吃了吧。"

江云开看向她，问："您是……哪位？"

这位十八线小明星，他还真不认识。

张诗尧强忍着怒气回答："我是曲巧尔的扮演者。"

江云开恍然大悟："你好你好，我得努力记住你这张脸，不然这部剧播出后我怕是都没机会跟你这种咖位的大腕同桌了，荣幸至极！"

"我才是荣幸能跟您见面呢！"张诗尧气得嘴都有点歪了。

"不敢当，在您面前我哪敢造次。"江云开说得客气，其实嘲讽意味很浓。

"江云开，你别太过分了好吧？"张诗尧音量都拔高了。

"你还知道过分两个字呢？"

张诗尧立即看向秦月明："秦月明！之后我们还得合作几个月呢，你就这样搅得整个剧组气氛怪异，你好意思吗？"

她都不管前辈不前辈了，直呼其名，简直气炸了。

秦月明叹了一口气，说："这件事并不是我主动挑起的，开机后大家已经非常尴尬了，又何必装不知道呢？这种局面我也是很少见，抱歉，让大家心情压抑了。大家继续吃饭吧，江云开你闭嘴。"

江云开立即做了一个手势，乖乖听话："好的。"

见其他人依旧非常尴尬，秦月明拿起酒杯放在自己面前，连续倒了三杯酒。

"让大家不愉快了，我代弟弟跟大家道歉，希望之后的拍摄能够顺利。大家今天好好吃饭，好好休息，我们明天继续努力，今天我在这里自罚三杯。"

她把三杯威士忌全部喝了下去，这就算是缓和场面了。她给了个台阶，其他人也就顺着台阶下了，不过之后能不能和平相处，大家都不知道。

江云开也不再说话，乖乖吃饭。

张诗尧倒是有脾气，干脆不吃这顿饭了，直接起身离开，有两名工作人员追了出去，之后再没回来。

江云开嘟囔："我不想闹大，只用了三成战斗力，不然我……"

"行了，已经可以了。"秦月明小声说。

她不是怕事的人，但是之后她要参加春晚，不能出现负面新闻，而且她也怕事情传出去对江云开有影响。

江云开过来给剧组添堵的目的达到了，她觉得这样就可以了，适可而止。这件事肯定不能这么就算了，但现在还不是最终清算的时候。

离席后，江云开没和秦月明一起。秦月明还需要回剧组，先离开了，南云庭也和江云开分开了。

江云开和鸭宝上了他们自己的车，鸭宝边开着车边一个劲儿地看后视镜。

江云开也跟着看，再次确认："你观察清楚了吗？"

"观察清楚了，确实没有行车记录仪，也确实是制片人在车上。"

江云开"嗯"了一声，说："倒车。"

鸭宝立即开始倒车。

制片人原本就开车开得慢，看到前面居然开始倒车了，自己也跟着倒车。

江云开指挥："快点！"

鸭宝继续倒车，车尾撞在了制片人那辆车的车头上。

鸭宝车技比江云开强多了，这么一撞人没事，顶多是两辆车有点刮碰，后车安全气囊都没弹出来。

江云开立即下车，指着那辆车就开始骂："你瞎啊？怎么开的车？"

制片人坐在车里很是无奈，这么明显的碰瓷谁受得了？尤其前面还是一辆宾利，这现场看着就是他追尾了，谁能想到是宾利主动倒车撞他？

制片人这辆车是刚提的，正是他得的好处，可还没开两天就被撞了，他心疼得肉都在颤抖。

他哭丧着一张脸，说："江哥，这事儿我真没辙啊。"

江云开对他招了招手："来来来，哥给你上一课。"

制片人下车的时候就跟被警察逮捕了似的，他认命地抬手抹了一把脸，步伐沉重地走到江云开身边，说："江哥，我们把车挪挪？"别保持这个尴尬的现场了行吗？

"不碍事，这是我助理特意选的地方。"江云开笑呵呵的。

现在快凌晨了，两辆车就这么停在酒店院子里，也不会阻碍交通。

江云开又说："你知道我打发走那些跟着我的狗仔也不容易，难得有机会，咱俩好好聊聊。"

"江哥，我也是身不由己，我没有那么大的权力，现在制片人不好做，各方施压，出了什么问题最后都是制片人的锅。"制片人苦兮兮的。

江云开把制片人带到酒店一楼大厅的角落里，制片人想递烟，他立即拒绝："戒了，保护嗓子。"

"懂。"制片人便把烟收了起来。

"我也知道你们这行不容易，但是咱眼光得放远点，你是打算拍这么一部戏就金盆洗手了？以后转行？"

制片人知道他这话的内涵，慌得擦了擦额头的汗，不知道该怎么办才好。

"你欺负我朋友，她还是玖武娱乐的艺人，玖武是什么货色……玖武是什么样的公司你不知道吗？你不给刘创面子我懂，毕竟他们老刘家就一搞房地产的，但是我们江家在这儿放着呢。"

江家有商场，商场里的电影院算是全国连锁的。如果他惹恼了江家，说不定他以后真拍电影了江家都会任性地不给他排片。就算他以后都在电视剧圈混，不去拍电影，可江家还是非常出名的投资方啊。

"这、这我真的难办。"制片人为难得不行。

江云开开始要无赖了："赔车吧，聊不下去了。"

"别别别，江哥，咱讲道理好不好？"

那可是宾利啊，划一下都是大出血的节奏，更别提追尾了。明明知道是被碰瓷了，他还是得好声好气的。要是处理好了，江云开肯定不会让他赔，说不定还会把他的车修了。但要是处理得不好，江云开真的有可能要无赖。

"你现在就去改剧本，不用你多加多少戏份，但最起码得让女主角的人设立住。别把上官婉儿改成小白花了，不合适，你说对不对？咱也得为这部剧上映后的口碑考虑，对不对？"

"对。"

"我朋友一个小姑娘，脸皮薄，跟我不一样。现在剧组闹成这样她拍戏肯定也不舒服，你是制片人，肯定得跟大家沟通。"

"好，我们一定会努力处理，放心吧。"

江云开继续说："哦，还有，路朵颖你确定要用吗？"

"她是……"制片人很犹豫，他知道路朵颖是投资方安排进来恶心人的。

"换了。"江云开只说了这么两个字。

制片人再次擦汗，回答："成。"

江云开觉得满意了，拍了拍他的肩膀："那咱们就说定了。"

江云开说完就离开了，鸭宝立即过来说："我们老板说那辆宾利已经脏了，他嫌弃了，就送你了，车钥匙在这里，过户找我们，就当是赔给你的。"

制片人一愣，颤颤巍巍地接过车钥匙，心里有苦说不出。

挺好的，人家送了他一辆宾利。但是……这两辆车的修理费用都得他来出了，他的车一个车灯就得十来万，宾利的车尾……修都修不起！估计够再买一辆他那种车！

再说那辆宾利看起来起码开了十来年了吧？也不知道是从哪里找来的"老古

董"，零件不好买，修车不比买车便宜多少。

江云开这处理方式不但让人挑不出毛病来，还会让人心口一阵一阵地痛。他这是有备而来，早就算计上了，躲都躲不过。

签约之初，剧组就答应过会配合秦月明的档期。秦月明去参加春晚彩排，这种理由又十分合理，剧组自然也没多干涉。

秦月明今天只穿了一套运动服，十分宽松，或许是为了喜庆一点，这套运动服还是红色的。她皮肤白、五官精致，只扎了一条简单的马尾辫，就已经十分出众了。

碰到电视台的记者时，秦月明正一只手揣在口袋里，一只手转着扇子。现在她玩扇子已经玩得非常熟练了，仿佛只是在甩一个钥匙扣。

看到记者来了，她习惯性地一收扇子，用另外一只手握住，对着镜头微笑。

"秦月明，节目准备得怎么样？"记者随机采访。

旁边有工作人员小声提醒："录播，别紧张。"

秦月明立即笑着回答："时间很紧，而且难度很大，不过我已经练习得差不多了，现在反复练习就是为了确保在现场不出差错。"

"这是你第一次上春晚，请问你有什么感觉？"

"我非常荣幸，而且很开心，其实我前几年一直是影视剧作品比较多，还是第一次在这么大的舞台上表演节目，希望能得到观众的认可。"

"今年不能和家人一起过年，你会不会觉得很遗憾？"

秦月明非常诚实地摇了摇头："没什么的，表演完节目我弟弟就来电视台接我，之后我们就一起过年。"

"好，你还有没有什么想要对你的粉丝说的？"

"感谢大家一直以来对我的支持，祝大家新年快乐，呃……别催我谈恋爱了，不着急，我还小呢。"

秦月明的粉丝非常有意思，简直就是操着家长的心，看着秦月明都二十五岁了，之前还遇到了一个渣男，就想让她赶紧找一个靠谱的男朋友，好治愈一下心灵。

采访结束后，秦月明对记者挥了挥手，然后甩着扇子朝后台走了。

这一次全要素带观众彩排基本上就是按照春晚当天的流程走了，所有参加春晚的演员加起来足有两千多人，很多人都是在大厅里面等待，没有单独的休息室。

秦月明也是跟其他人共用一间化妆间，此时没有空位，她只能等着。

她站在后台等待的时候，吸引了一群演员围观。

"我去，这也太好看了吧？"

"这些明星果然比镜头里还好看。"

"好瘦，还白得发光。"

"穿一身简简单单的运动服居然还有点帅。"

"下巴是垫了吧？这脸型要是真的，那就逆天了。"

"垫什么啊，他们姐弟一模一样，童年的照片全网都是，全是纯天然的，不然路朵颍怎么算是赝品呢？"

秦月明还在翻转扇子，忍不住抿了抿嘴，他们真以为她完全听不到吗？

秦月明这次的造型是英姿飒爽的，衣服是白色的古装，男子装扮，头顶只有一个发冠固定头发，一点刘海都没有。这套衣服是劲装，窄袖，板型宽松，穿在她身上还真有几分英气。

她的节目在最后，上场后彩排已经接近尾声了。

秦月明戴着耳返，先表演一系列舞蹈和太极扇结合的动作，然后开始唱歌。歌是原创歌曲，是为了春晚而写的新歌，秦月明有幸成了原唱。和她合作的是一群少年，全都是十六七岁的样子，各个白衣胜雪，站在一起非常养眼。

秦月明练习多日，动作干净利落，甚至不比那些长年训练的少年逊色多少，整个节目可圈可点。

彩排结束后，她下场等待，幺儿跑过来说："导演夸你了，我听到了。"

秦月明忍不住笑了："你消息怎么这么灵通？"

"我从对讲机里听到的。"

在后台，秦月明突然接到了江云开的视频邀请。

这地方人多口杂，她特意戴上耳机，拉上换衣间的帘子，然后才接通视频。

江云开在视频那边正劈叉呢，是真的劈叉。他搭着墙壁压腿，一手拿着手机看着秦月明，脸还靠在腿上，说："我听说导演夸你了？"

秦月明震惊了："你怎么知道得这么快？"

"幺儿告诉刘创，刘创就跟我说了，意思就是'你看看人家'。"

秦月明特别无奈："唉，估计导演夸了很多人呢，不至于这样。"

"夸什么啊，据说这次彩排严重超时，后半程导演脸都是臭的，到你这个节目才缓和了一些，你就说你棒不棒？"

"真的？"

"我骗你干什么？"

"你特意打电话过来，就是为了告诉我这个？"

"也不是，过年我们一起出去玩吧，我这边安排了，破剧组咱不去了，罢工。"

"剧组我还是得去，不然没办法理直气壮地卖惨。"

"你要是受委屈了就跟我说，我给你出气。"

秦月明笑了笑。

自从江云开来过之后，剧组的氛围真的变了，路朵颖被请走了，那个角色临时换了人。

张诗尧原本在组里很嚣张，毕竟后台比较硬，之后不知道制片人怎么和她谈的，她现在渐渐收敛了，就连剧本也开始更改了。

之前，秦月明在娱乐圈可以说是孤军奋战。她性格不好，不愿意去讨好别人，所以朋友不多，只有蔡思予一个。然而蔡思予的处境还不如她，自顾不暇，帮不上她什么，她的公司也根本靠不住。

这次她回来，身边有了江云开这个异数，竟然让她有了一种被照顾的感觉。原来……被人罩着、有后台的感觉是这样的。

她以前不喜欢这种艺人，多半是因为羡慕、嫉妒。现在她身后站着人，无声地告诉她：你尽管往前冲，走投无路了还有我。这种踏实的感觉还真挺爽的。

"好，我知道。"秦月明笑得特别灿烂，眼睛弯成了月牙的形状。

她还是春晚的装扮，女孩子扮的翩翩公子，面容清俊，眉眼弯弯。

江云开一直看着屏幕，突然感叹道："秦月明，你是不是按我喜好长的？"

"嗯？"

"啊……没事，就是觉得你怎么看怎么好看。"

秦月明从帘子的缝隙往外看了一眼，确定没有其他人在，才小声说："你也超好看！"

"我哪儿好看了？你快说给我听听，让我高兴高兴。"

"就是脸好看、身材好看、声音好听，还有……性格也可爱。"

"算你会哄我开心，赏你……一份礼物，等着收快递。"

秦月明点了点头："嗯，谢江哥赏。"

江云开还在笑，将腿放下来，拿着手机边走路边说："好了不说了，我要拍广告了。"

"好的，拜拜。"

当天晚上，秦月明就收到了江云开寄过来的快递。

幺儿搬进来的时候还挺吃力，秦月明本来以为会是投喂的零食，可拆开盒子她就慌了。里边有六十支 TF 口红的套盒，还有典藏版的八瓶香水套盒。

秦月明看完就倒在了床上，问幺儿："你说，这得怎么还礼？之前的加上这次的。"

"嗯……大概还完研究所的钱，你接下来就得面临欠江哥的巨债。"

秦月明让幺儿出去，对着礼物拍了张照片给秦夜停发了过去。

月："在线求助，收到了这种礼物，该怎么还礼？"

秦夜停："江云开送的？"

月："你怎么知道？"

秦夜停："别人送的你不会收。"

月："哦。"

秦夜停："如果是他送的你就收着，以后也多收一点，等收得差不多了就把他拉黑。"

月："为什么？"

秦夜停："给他上一课，告诉他什么叫世间百态、世事无常。"

月："不不不，我们不能这样。你知道他鞋子的码数吗？"

秦夜停："42.5。"

月："个子那么高，尺码倒不大。"

秦夜停："我也是 42.5 的。"

秦夜停："我也要鞋。"

月："好，给你也买一双。"

秦夜停："你不会给我买和他一样的吧？"

月："买颜色不一样的。"

秦夜停："我不要了。"

月："撒个娇，姐姐送你别的样式的。"

秦夜停："晚安。"

秦月明在网上看了看一些鞋的信息，真的搞不懂，明明样子跟雪地靴一样，怎么就拍卖到那么贵一双了呢？也不好看啊……

她想了想，干脆发消息问南云庭："我想送江云开礼物，送什么比较好？我不知道他喜欢什么。"

南云庭回得还挺快的："你。"

秦月明一怔，手指放在手机键盘上，半天没打出字来。

很快，南云庭又发过来一条消息。

我跳舞挺好看的："你送的他都喜欢。"

他还撤回了之前那条消息。

月："他帮了我很多，还给我送了礼物，我觉得我应该还他一些。"

如果人家送了礼物她不收就显得生疏了，毕竟她跟江云开关系挺不错的。但是礼尚往来这点真的很难办，她想想就觉得脑壳疼。

我跳舞挺好看的："江哥知道你现在是什么条件，也不打算让你还什么贵重的礼物。你要是真还了，他扭头就会送你更多。"

我跳舞挺好看的："他就是这样，对一个人好就是真的特别好，恨不得替你还钱的那种好。"

我跳舞挺好看的："你之前就送他一个'小孔融'他也很喜欢，上次拍广告就挂在包上了。你要是真想对他好，就给他指导指导演技。对了，我听说你对写歌感兴趣，那你给他写一首爆款新歌，就是最好的还礼了。"

秦月明突然来了精神，对啊，她可以指导江云开演戏，还可以帮他写歌。

她立即起身站在窗户边找灵感，站了半个小时后低头打字回复南云庭："好的，感谢你的提醒。"

秦月明走到洗手间洗漱，看着镜子里的自己，指着镜子说："秦月明，你太嚣张了，不过就是会几样乐器，还真以为自己能写歌了？"

她垂头丧气地躺到床上，拿着手机给刘创发消息："江云开最近档期怎么样？我想去探班。"

刘创："他年后就要去剧组了，还是那部偶像剧，补几个镜头，剧方还是希望拍一场吻戏。"

秦月明看着屏幕上的字，心有一瞬间揪紧了，原因不明。

她还没回过神来，刘创又发来了消息。

刘创："我跟那个小浑蛋沟通了半个月他才同意借位，亲一口女演员能把他吃了？"

月："还是要尊重他的意愿。"

刘创："嗯，拍完这部戏之后，他估计也不会再接偶像剧了，要专心走歌手路线。"

秦月明跟刘创约了时间，还让他别告诉江云开，打算去探班的时候给江云开一个惊喜。

之后她又跟幺儿沟通了日程，这才躺在床上准备入睡，结果翻来覆去就是睡不着。

酒店里的地灯常亮，倒是不影响睡眠，只是会有一点微弱的光。秦月明盯着那点微光看了许久，又拿出手机翻找了一会儿球鞋。

她这种心情是怎么回事？只是不想欠人情吧……

春晚再次彩排的时候，秦月明被通知她的节目改了时间，改成了除夕当天晚上十点三十七分。这个时间比之前的好多了，秦月明开心得不得了。

她立即拿起手机想分享这个消息，结果发现江云开已经发来消息了。

我唱歌挺好听的："时间改了，不错啊。"

月："你收买幺儿了？"

我唱歌挺好听的："哈哈哈。"

月："这个时间挺好的，是几首歌曲连唱，把我安排在这组第三个上场了。"

秦月明特别开心，时间合适，她表演完节目还可以回家和秦夜停、蔡思予一起过年。

我唱歌挺好听的："那天我在家，我们全家都会一起看春晚，到时候我就告诉他们你是我哥们儿。"

月："那我可得好好表现。"

我唱歌挺好听的："必须好好表现，你肯定没问题的。"

说真的，春晚的排练非常辛苦，但秦月明乐在其中，每天都期待得不行，还有就是有点小紧张。

除夕当天，为了不被打扰，秦月明干脆将手机断了信号，去跟少年团队一起练习。

就算一起排练过几次了，那些少年看到秦月明还是会雀跃。正是青春年少，碰到如今正当红的女神级人物，他们有些人都不好意思跟秦月明对视。

不过他们也不敢怠慢，都练习得很认真。让他们没想到的是，秦月明居然也愿意和他们一次又一次地排练到深夜，甚至是去抠一些小细节。有人邀请她合影她也不拒绝，问她的问题她也都会回答。

最后一次排练结束，幺儿组织他们一起合影。少年们站得整整齐齐，秦月明站在最中间，一众白衣少年和"半个"少年，美得像一幅画。

时间一点一点地接近，前一组节目已经开始了。

秦月明回头对他们说："别紧张，就跟之前彩排一样。"

江云开盘着腿坐在沙发上，拿着手机看时间，然后又看了一眼大屏幕，问："是不是要到了？"

江家客厅里的电视是巨大的液晶屏，离得老远就能看到，不看了就收进墙壁里，不占地方。

刘创还坐在沙发上看策划方案，随口回答："这组下去就是秦月明了。"

刘奈立即坐了过来，问："我儿媳妇要上来了？"

她这句话说完，刘创和江云开都愣住了。

江云开纳闷地问："什么儿媳妇？"

刘奈更纳闷："你不是在跟秦月明交往吗？"

"没有啊。"

"上次她不是都住在你家里了吗？还穿着你的睡衣。"

"上次一群朋友都住在我家里，她睡我房间，我睡的客房。"

"没交往？"刘奈愣住了。

这时，电视里秦月明上场了，她先是跳了一个舞，紧接着开始唱歌，中间还会穿插舞蹈动作。

舞蹈和歌曲她都完成得很好，舞蹈跟舞台布置融合，仿佛真的是一群古装少年穿越时空走了出来，他们拿着扇子，风度翩翩。还有那首古风歌曲更是旋律优美，将一个故事娓娓道来。

刘奈看着屏幕里那个耀眼的女孩子，感觉秦月明哪里都特别优秀，偏偏就不是她儿媳妇。

前几天她开心得不得了，甚至都开始考虑儿子的婚房安排在哪里了，之后去买东西也要带上儿媳妇的份，结果……她这是白高兴了？

这么好的女孩子不是她儿子的女朋友，刘奈越想越气，突然踹了江云开一脚。

江云开正津津有味地看节目呢，心里感叹他亲哥真牛，这扇子舞绝了，结果突然被踹。

"干吗啊？我看节目呢！"

"没出息的玩意儿，女朋友都找不到，你光看人家有什么用！你追啊！你追啊！你把她带回来给我看看啊！"

"啊？"江云开被他妈妈骂得云里雾里的，眼睛还舍不得离开屏幕。

"白长这么高的个子，长得也挺不错的，但就是女朋友都交不到，你是不是要气死我？"刘奈要气死了，这种落差感实在是太强了，让她有点受不了。

她越看秦月明心里就越难受，越看江云开就越生气，不争气！

"不是……不谈恋爱跟个子高有什么关系？"江云开太难了，看个节目都能被揍。

等秦月明的节目表演完了，刘奈都要气哭了。

刘创赶紧帮忙圆场，问是怎么回事。

刘奈说了自己误会的全过程，江云开终于懂了："哦，你非得让我送她车是因为这个？"

"对！"

刘创都觉得这话题有点胡扯："秦月明又不瞎，怎么可能看上他？"

刘奈立即用手指戳着他的额头骂："闹闹不努力试试看，你怎么就确定秦月明不会瞎？"

江云开听着都无语了，怎么的，秦月明要是能看上他就是她瞎了？

刘奈还在骂人："你把闹闹带到你公司去了，怎么也不好好教教他？你怎么能看着他一直这样打光棍？你就不能帮帮忙，给他们两个人创造点机会？"

刘创无奈地说："他们两个人根本不合适。"

"怎么不合适？我看着挺合适的！"

刘奈气得都要失去理智了，那架势就是：我不管，我不听，我就要秦月明做我儿媳妇。

刘创把火力转向江云开："你自己跟你妈妈说！"

然而江云开都溜到半路了，回头说："有什么好说的？我不谈恋爱也不追她！"

说完，他跑得那叫一个快，看得刘创牙痒痒。

刘创再扭头看自己姐姐，不由得嘟囔："他不谈……我也没办法啊……"

这时，秦月明突然发来了消息，刘创拿起手机看了一眼，对刘奈说："我得去处理点事情。"

"什么事情比闹闹谈恋爱还重要？"

"你未来儿媳妇被欺负了，重要不重要？"

刘奈一听，这可是大事，便立即问："用不用我帮忙？"

"不用，交给我吧。"

刘创拿着手机去了二楼露台，给秦月明打电话却发现对方正在通话中。

他似乎想到了什么，改打江云开的电话，果然也在通话中，然后他就气得抬头朝楼上喊："江云开！"

他们是在刘家过年，整栋别墅是错位的设计，二楼的露台比较往前，抬头可以看到三楼的阳台。从外形上看，这里就像一个楼梯，或者是个逐步变小的小型金字塔，江云开的房间就在露台上方的三楼。

过了一会儿，江云开才探头往下看，手里还拿着手机，明显还在通话中。

"挂了！我有正事！"刘创朝他喊。

江云开不情愿地挂断电话，问他："干什么啊？"

"关你屁事！"

刘创终于打通了电话，秦月明那边有些嘈杂，她说："刘总，我还没卸妆，等会儿跟你说可以吗？"

"哦，可以。"

电视台人多口杂的，说这件事不方便，刘创也是太着急了。

他想了想，又问："江云开给你打电话干什么？"

"他就说我节目表演得不错，顺便跟我拜年，约我一起去找小霍玩。"

刘创松了一口气，他还真当江云开要追秦月明了呢。

"那行，你结束了给我打个电话。"

刘创觉得露台有点冷，正要回去就看到江云开屁颠屁颠地下楼找他来了，问他："什么事啊？"

刘创带着江云开上楼，到自己的房间里坐下，接着给他看自己的手机。

江云开看了看里面的照片，问："谁啊？"

"你仔细看，是不是俞清儿？"

江云开仔细看了看，突然一惊："俞清儿出轨了？"

"其实最开始签合同的时候，我和秦月明就觉得这个剧组的投资方是俞清儿背后的人，估计不会老实。不过我们当时也只是怀疑，没有确认，我没想到秦月明已经偷偷留后手了。"

"也就是说，她早就猜到这个剧组会闹幺蛾子，所以在拍摄之前就开始调查了？"

"对，她的调查是偷偷进行的，她没跟我说。前阵子我为了她的事情差点跟剧组闹翻，她反过来安慰我，告诉我她一直在调查，所以我就淡定了。"

秦月明就是这样的性格，有时候过分谨慎了。她怕出事，就开始暗中调查这件事，想找一个可以作为"盾牌"的东西拿捏在手里。如果进剧组后没出事，她就撤掉调查，但如果他们不老实，她就可以反击。

现在春晚结束了，秦月明已经不怕闹起来了。她查到了俞清儿背后的金主是谁，甚至还知道了一些事情。

这两位的故事吧，还真挺有意思的。当初俞清儿去国外拍摄，但是口语不太好，身边也没有助理，遇到问题后是一位男士帮她解决的，俞清儿和这位男士就此一见钟情……才怪。

这位男士还真没有让人一见钟情的资本，就算钟嵘已经有些油腻了，外形也是比这位强上几倍的。这位呢，四十多岁，个头不高，长得还有点猥琐。但是他当时开的车不错，俞清儿看到那车就知道他绝对是个有钱人。

男人看俞清儿年轻漂亮，就表示可以带着她到处游玩，俞清儿还真答应了，两个人就此搅和到了一起。这位男士后来就成了俞清儿的金主，也就是这部戏的主要投资商。

这位男士姓王，主要的产业都在国外，就连妻子和儿女也在国外，所以他才会在国内肆无忌惮，不怕得罪刘创，为俞清儿搞那么多小动作。

王先生最嚣张的是看到自己的小三被剧组嫌弃了，就把小四安排进来了，也就是张诗尧。

张诗尧不知道俞清儿和金主的关系，在剧组十分嚣张，觉得自己的后台特别硬。至于俞清儿知不知道张诗尧的身份，目前也没人知晓了。

秦月明派去的人最开始只调查了金主的真实身份，以及他和俞清儿认识的过程，这是秦月明要求的。

等秦月明真的进组后，发现剧组内果然不安生，才让人继续深入调查，终于拍摄到了俞清儿和王先生在一起的画面。

前段时间俞清儿回家过年，跟钟嵘分开了。王先生就在俞清儿老家等她，俞清儿根本没有和家人团聚，而是跟王先生在一起待了整整三天，形影不离。

听闻她最近在试镜一个角色，估计是想让王先生再帮帮忙。

江云开看着照片，忍不住撇嘴："俞清儿为了资源对自己下手挺狠啊，这男的身高才到她耳朵。"

"这老小子还是用朋友的名义投资的，我之前还纳闷呢，一个小公司怎么敢这样跟我叫嚣。"刘创说。

"我亲哥打算怎么做？"

"她只给我发来了这些东西，现在还没离开电视台呢。"

两个人又等了一会儿，秦月明才打来了电话。

江云开立即说："开免提开免提！"

刘创看了他一眼，没好气地冷哼一声，接着开了免提。

秦月明在那头说："我现在到家了。"

"还挺快的。"

"我家离电视台也不远，又这么晚了，路上没多少车。"

"你打算怎么处理这件事？"

"我先把这些消息发给了王先生的妻子，她毕竟也是受害人之一，我想看看她的态度。我们先静观几天，如果那边真的打算息事宁人，我们再采取其他行动。"秦月明声音挺淡定的。

她的目的不是搞垮对方，她只是希望对方老实下来，顺便告诉他们，自己不是好惹的。

"这么做也可以。"刘创同意了。

秦月明一行人没想到，王先生的妻子似乎也不是好惹的。

大年初一，当看到突然曝出来的热搜后，秦月明都惊讶得不行，这……真是又快又狠。

"俞清儿出轨"这个话题瞬间霸屏，无论是微博还是其他主流媒体，都第一时间发了这条新闻。

俞清儿人生中有两次流量爆炸的时候，一次是男朋友被爆料利用前女友炒热度，她成了最恶劣的现女友，另一次则是自己出轨被曝光。

俞清儿出轨的新闻出现之后，很多人顺藤摸瓜，秦月明在剧组被打压的消息也被人挖了出来，这部剧的投资人还是俞清儿出轨的对象。

这回秦月明的粉丝坐不住了，钟嵘的现女友还有完没完！

现在的秦月明可不是刚刚回来的时候，综艺节目使她粉丝量暴增，她的粉丝群体里渐渐有了年轻人，这群年轻的粉丝充分地展现了他们的战斗力。

俞清儿当天就清空了微博，俞清儿的闺密团，还有钟嵘的微博也被观光了。钟嵘的微博在上次的事情后就关闭了评论，再没发过任何消息。

粉丝们无处可骂了，就在话题里发微博。还有就是秦月明新剧剧组的官博、出品公司，都被粉丝"照顾"了，剧组的官博只要一发新微博，评论瞬间沦陷。

紧接着，更霸气的事情出现了，某个企业官博发了一条微博。

衣氏企业官博："我，秦月明粉丝，五倍投资，让之前的滚@唐时女官！"

大年初一，剧组依旧在拍戏，很多工作人员都没有回家。然而这天剧组微信群里却通知今天不开工，很快大家也都看到了热搜。

《唐时女官》剧组一瞬间进入了备战状态，很多人被叮嘱，绝对不可以接受任何采访，和朋友聊天都不许提及剧组的事。

秦月明倒是没经历这些，只是跟制片人打了三十多分钟电话，接着就留在家里无所事事了。

她并不希望上热搜，毕竟她最近的热搜真的很密集，她都有点热搜恐惧症了。

制片人对她这种态度表示非常放心。

下午四点，制片人终于发布了最终通知——本剧停机调整。

一般的剧开机后就很少调整什么了，主要是酒店、场地都已经定好了，服装和道具也都准备好了，这些事解决起来十分麻烦。然而本剧最大的投资商撤资了，剧组一下子就瘫痪了。

秦月明接到通知的时候，都不得不感叹："王夫人有点厉害啊。"

蔡思予跟着点头："比我狠多了，女人还是得有底气。"

秦月明伸手抱住她，紧接着就陷入了思考："剧组停工了，我最近都没有工作了……"

"江云开不是正好约你去找小霍玩呢吗？我们一起去。"

"会不会被狗仔队跟？"

蔡思予问她："你做错什么事情了吗？"

秦月明立即摇头："并没有。"

她想了想，给江云开发了消息，接着几个人私底下约了时间。

大年初二，探秘团除霍里翔外的五个人集合了。

其实过年期间的活动挺多的，这一天还特别巧，他们几个人都在京市，试着私底下约了一下，发现时间对得上，可以一起行动，就都兴致勃勃地来了。

会合之后，江云开给他们几个人相声票，同时说："我真的是找了十五个人，所有人准时准点拿着手机抢票才抢到的，不过也没能抢到连着的座位。"

秦月明拿着票看了看，忍不住感叹："现在有小霍出场的票这么难买吗？"

江云开回答："可不是，他现在人气可高了，真亏得他天天说自己没粉丝。"

奚图将票放进口袋里，询问："他是不是很晚才出来？"

江云开说："对，我们小霍压轴出场。"

杜拾瑶还挺关心秦月明的事情，问她："你们剧组停机有什么安排吗？"

秦月明摇了摇头："现在什么消息都没有呢。"

"这不就耽误工作了吗？你也不能一直等着他们吧？"

"刘创现在的意思是让我趁着过年休息休息，之后有其他的工作安排了再跟我说，他也在努力跟剧组那边沟通。"

奚图跟着问："剧本呢？"

就连奚图这个不太关心娱乐圈的事情的人，都知道秦月明的剧本被改得面目全非了。

秦月明又摇头道："一切都是未知数。"

几个人聚在一起聊了一会儿，等到相声即将开场了才一起进去。

为了不影响相声表演，他们进去之后都非常小心。

冬天穿得多，他们都扣上了大衣的帽子，这还没完，大衣帽子里面还有鸭舌帽和口罩。

更过分是秦月明，戴着口罩还围着围巾，别人要想认出她来，绝对要靠识别她绝无仅有的气质了，难度颇高。

这几个人进场后一直这么装备着，多少有点扎眼，不过大家的重点都是听相声，也没怎么在意观众。

等前面几组表演完毕，压轴的霍里翔终于和搭档上场了，剧场里响起了一阵欢呼声。

有粉丝走到台前送礼物，霍里翔和搭档都会亲自去接，结果突然从一个人手里接过了一根塑料骨头。

霍里翔吓得一哆嗦，骨头也掉在了地上。他朝送礼物的人看过去，发现这个人个子特别高，穿着黑色羽绒服，还包得特别严实。

他盯着这个人看了半晌，又突然蹲下，盯着台下这群"蒙面人"看。

"请问这几位朋友，可以把你们的伪装拿下来吗？你们这样我非常不安啊。"霍里翔站在话筒前说。

杜拾瑶没忍住笑出声来，他们的位置又靠近舞台，霍里翔一下就听出来了。

他乐得不行，指着江云开说："那傻大个，你看看你，坐在那里都挡住后面的观众了，把帽子摘下来吧！"

江云开他们这才将装扮都卸下来，剧场里瞬间沸腾起来。

霍里翔看到他们来看自己说相声，自然也是高兴的，嘴上却在数落："看看你们几个这损色儿，新年过来砸场子的是不是？"

台下有人起哄："和江云开说一段相声！"

这个提议居然得到了很多人的回应，大家似乎都想看到这一幕。

霍里翔立即摇头："他说什么相声？他有大褂吗？"

江云开就听不得别人说他，立即脱掉外套，里面居然真穿了大褂！

霍里翔愣住了，他的搭档倒是瞬间就让出了位置，示意江云开上台。

他们的小剧场，经常会有成名的相声演员突然出现，跟台下的观众互动一下，但是像这样有演员朋友穿着大褂来砸场子的还是头一遭。

江云开上台后推了霍里翔一把，愣是把逗哏的霍里翔推到了捧哏的位置。有江哥在，还轮不到别人来逗哏。

他这个小举动让观众笑得够呛。

霍里翔这才回过神来，问他："不是，我们说点什么啊？这儿可是有时间规定的，要是说得不满意，人家要退票怎么办？"

"那我就给他们唱首歌。"

"你觉得来听相声的会爱听你唱歌吗？"

台下的观众立即起哄："爱听！"

霍里翔再次没辙。

江云开笑了笑，说："咱就说几个你们的经典段子，我的搭档，有钱。"

"等会儿，你还没自我介绍呢。"

"不用介绍，你搭档我红，黑红黑红的，在座百来号人至少得有七八个骂过我。"

观众跟着起哄："没有！"

然而，一位大哥反其道行之："少了！"

江云开不但没生气，还乐了："七八个我还说少了是吧？"

接着，他介绍霍里翔："这位是我的临时搭档——霍里翔。"

介绍完毕，江云开还真像模像样地跟霍里翔说起相声来了。

两个人临时组合，没有本子，没有排练过，甚至没想过有朝一日会站在一起说相声！

江云开跟大家说："我这位搭档有钱，祖上八代都是有钱人。"

霍里翔连连摆手："别别别，您京市有四合院，三环里的。"

"您家里有岛。"

"您家里是豪门。"

"您家里有矿。"

"您家里产业红红火火。"

"您那赛车开得有模有样。"

"您有身高，有颜值。"

"您有厚脸皮。"

"您有秦月明。"

霍里翔这句话说完，现场一瞬间就炸了，这效果就跟"云守月夫妇"当场公布恋情了似的。

江云开是谁啊，小霸王，一切场合都不惧怕，但是一提秦月明他就怂。

他想说话，好几次都没压下欢呼声，只得摆了摆手示意大家消停一点，接着说："玩归玩，闹归闹，别拿亲哥开玩笑。"

霍里翔还没完，跟着说："亲哥是天，亲哥是地，亲哥面前我是个屁。"

江云开被他气得直捏鼻梁，最后才说："我这个人吧，注孤生，打光棍我是专业的，所以……我和亲哥真没什么！站在我身边的这位朋友呢，跟我有缘，都是找不到媳妇的，朋友，我们养老院见。"

说着，他拍了拍霍里翔的肩膀，这意思就是：我们都是光棍命，在打光棍这方面谁也不服谁。

霍里翔开玩笑也有度，点头道："对，兄弟一生一起走，养老院里养条狗。"

江云开瞬间接上了："抬起苍老的手，喝杯单身的酒。"

接着，两个人还做了一个干杯的动作。

秦月明他们几个人坐在台下，看到台上的两个人即兴说这么一段相声，都笑得不行。

虽然被拿出来开玩笑了，秦月明也不在意，笑得眼泪都要流下来了。

说完这段江云开也没多留，很快就下台了。

他重新坐下之后，霍里翔还在台上说："给他们上点瓜子，我请了。"

几个人齐齐高声说"谢谢"。

霍里翔立即呸了一口："我是想让你们几个嘴别闲着，都别再捣乱了。"

接着，他的搭档重新上场，说满了规定时间的相声。

今天散场有点超时，不过观众都挺开心的，感觉不虚此行。

霍里翔带着秦月明他们去后台，跟自己的师兄弟打招呼，还问他们："这都十点半了，咱们吃消夜去？"

蔡思予忍不住说："你看着挺瘦，怎么这么爱吃消夜？不知道我这个年龄的女性很容易胖吗？"

霍里翔立即回答："我这不是长身体吗？"

几个人结伴出去，门口还有等待的粉丝，立马围了过来。

霍里翔走在前面跟粉丝打招呼，顺便道歉："今儿有事，朋友在，就不跟你们贫了，拜拜了。"他带着秦月明他们上了车。

蔡思予早就订好了餐厅，进餐厅之后霍里翔还在问："不是说不吃消夜吗？结果还是你订的地方？"

"没办法，作为我们这群人里最年长的，我只能这么做。"

大家进入包间后，蔡思予和秦月明负责点菜，其他几个人聊天。

秦月明收到了刘创的消息，说这部剧的新投资商已经确定了，并且剧本沿用开机之前的，已经拍了的那些不合适的戏全部重拍。剧组还会调整一些内部人员，后天就可以重新开机。

奚图询问："真的是你的粉丝投资了这部戏？"

秦月明正在回复消息，点头道："听说是的。"

杜拾瑶比较八卦，说："衣家算是跟江哥家平起平坐的豪门了吧？只不过一个在南一个在北。我听说衣家现在就剩一根独苗了，大少爷有神仙颜值，没想到还是月明姐的粉丝。"

江云开是见过衣家大少爷的，随意地道："还行吧，头发挺长，娘们儿兮兮的。不过这次投资的不是这位衣大少，是他儿子。"

杜拾瑶一愣，问：“不是……独苗吗？儿子？”

江云开点头：“好像叫周睿。”

秦月明也跟着问：“他是跟妈妈姓了吗？”

江云开突然笑了，说：“也不是，而且周睿不是你的粉丝，周睿他妈才是你的粉丝。”

秦月明有点无语，这到底是一个什么丧尽天良的爱恨情仇故事？

说到底，古装剧的风波算是彻底解决了。

秦月明这边只在春节当天发了一条微博，是跟白衣少年们的合影，顺便祝大家新年快乐，之后就没有其他消息了。

玖武娱乐倒是发布了声明，《唐时女官》剧组的投资商已经换成衣氏集团，不用再担心秦月明的待遇问题了。

秦月明又开始看之前的剧本，等统筹告诉她究竟哪些需要重拍的时候，事情再次发酵了，这次的发酵让秦月明都措手不及。

王先生和俞清儿在一起的时候，曾经在车里录过一些不雅视频。

在他出事之后，这些视频不知道被谁给传出来了，又给了王先生沉重一击。

紧接着，又传出一个消息，说钟嵘与好友动手，现在已经被关押，好友不接受和解。

秦月明用小号登录微博，看着那些评论，有点蒙。

杠精娱乐精神："钟嵘和好友动手的事情其实挺有意思的，最开始是朋友们觉得钟嵘有点绿，纷纷约他出来聊聊天，帮他排解排解心中阴郁的情绪。结果有位老兄说了钟嵘的痛处，引得钟嵘突然动手，并且把他往死里揍，据说鼻梁骨都断了。

"他们具体说了什么呢？根据口供，大体是以下两点。

"第一，俞清儿身材也没多好。显然这位老哥是看完视频了啊！朋友都出事了，你还提前看了人家女朋友的不雅视频？这塑料兄弟情啊。

"第二，你已经是人生赢家了，毕竟你追到过秦月明。没错，钟嵘老哥的人生华点就是追到过秦月明，要是我，我也会炫耀好几年。不过呢，杜撰故事炫耀就是人品问题了。"

秦月明又点开这条微博的评论看了看。

葵花牌旺旺大礼包："秦月明也真是挺迷的，在真人秀里看起来很聪明，怎么就找了钟嵘这种大渣男？对她来说，这一次的事情完全就是飞来横祸。这也说明了，女孩子只要一遇到爱情，智商就会下线。"

Hyacinth："钟嵘真的要成年度笑话了，提起秦月明他能不急吗？自己的女朋友傍大款，他自己也做了那么多恶心的事情，根本挽回不了，心里肯定难受，别人一提那些事他就炸。"

刘啦啦："我关心的是张诗尧被踢出剧组了吗？"

蜻蜓点网："张小四听说加了不少戏份，之后都要重拍，心疼亲哥。"

迎风飞舞："这真的是……钟嵘在陷入人生最大困境的时候，他的前女友在剧场开开心心地听相声，和一群朋友玩得特别好，果然人品决定命运。"

郑丫丫："真的很庆幸七仙回来了，还认识了甜蜜团那群好朋友。"

秦月明又翻了一会儿微博，接着发起了呆。

蔡思予端着水果过来，坐在了她斜对面。

秦夜停拿着考研资料在看，推了推眼镜看了姐姐一眼，接着看向蔡思予，似乎是在询问她的意见。

"怎么？愧疚了？"蔡思予边给秦月明剥小柑橘的皮边问。

秦月明渐渐回过神来，问她："你看新闻了吗？"

"看了。"

"你是怎么想的？"

"现在王先生有铺天盖地的负面新闻，他自己都控制不了这种局面，自然能想到是有人在背后操控。再仔细想一想，王夫人在跟王先生闹离婚，这得利的人就是王夫人。"蔡思予将橘子递给她。

秦月明吃了一口，发现还挺甜的，自己也伸手拿来几个剥皮，说："我没想到事情会闹到这种地步。"

"你是在同情钟嵘，还是觉得事情有点过了？"蔡思予看向她。

"我是觉得事情的发展超出了我的想象，我最开始觉得王夫人是受害人，想先看看她的反应，没想到她的处理方式这么狠。现在这种视频都曝出来了，就有点……过了。"

蔡思予思考了一下，接着说："其实站在王夫人的角度看，她是非常气愤的，她要用最狠的方式报复渣男和小三，表现得有点失去理智了。或者她是故意做得这么绝情，为了分得更多的家产。"

"对。"

蔡思予继续开导她："在这件事情里，你做了什么呢？你被俞清儿的金主打压、戏份被删减、人设被改得不讨喜。然后，你告诉了王夫人她的老公出轨，就是这些。"

秦夜停走过来，站在茶几前说："思予姐，你别太惯着她了，别替她开脱。她确实是在事情发生的时候觉得自己很聪明，却忘记了去打探王夫人是什么样的人。现在事情脱离控制了，也是她自作聪明的锅。"

秦月明垂下头，有些难过，轻声道："没错。"

蔡思予也不知道该说什么了，想安慰她，却听到秦夜停又说："不过你不用太愧疚，那些人都是罪有应得。"

秦月明靠在沙发上，正发愁呢，放在茶几上的手机突然响起了提示音。

手机是屏幕朝上放的，蔡思予跟秦夜停都看到了，是江云开发来的消息。

秦夜停和蔡思予对视一眼，刚想说点什么，秦月明已经拿起手机点开了语音消息。

秦月明开了免提，江云开的声音传了出来："上次钟嵘跟你叫嚣的时候说什么来着？他女朋友是世界上最纯洁善良的女孩子，现在呢？打脸了吧！啪啪啪，真爽！"

秦夜停冷笑道："江云开这是看完热搜上的东西了。"

秦月明正要回消息，手指都按在语音键上了，听到这句话又松开了，发了条空白消息过去。

江云开又发来了语音消息问："你发的什么？没声啊。"

秦月明这才回复："没事，我要睡觉了。"

江云开不知道发生了什么，于是回复："哦，那你早点休息，重新开机之后肯定要忙起来了。"

秦月明拿着手机上楼休息，蔡思予看着她的背影，直到她关上门之后才笑出声来，对秦夜停说："你太坏了。"

秦夜停的表情却不太好，他皱眉道："她真的生气了。"

秦月明早晨刚刚起床，幺儿就拿着日程本过来跟她说："月明姐，探班的时间改成今天了。"

"今天？"秦月明脚步一顿。

之前约的探班时间是半个月后，怎么改成今天了？

"对，刘总说你重新开机之后就要赶工了，而且团队更换了一些人，没有隐患就不会再耽误拍摄了，直接拍完，这中间不会给你安排多余的工作。为了配合你探班，刘总把江哥补拍的时间都改到今天了。"

秦月明想了想，她确实应该感谢江云开，没必要使小性子，于是快速说："我去洗漱，你让心心过来。"

"好的。"

秦月明吹头发的时候心心就到了，在外间准备化妆品，还有熨衣服。

心心不在的时候，秦月明老是穿羽绒服、运动鞋。心心来了之后，秦月明看着那些衣服感叹：穿这些……肯定冷。

她吹干头发坐在椅子上，心心看着她的脸，问她："这两天熬夜了？"

"昨天有点失眠。"

"按时敷面膜了吗？"

"嗯。"

"我给你的仪器用了吗？"

"想起来就会用。"

"想起来？"

心心就跟班主任检查作业似的，秦月明心虚得不敢跟她对视。

心心继续给秦月明化妆，又问："这几天健身了吗？"

"有做平板支撑。"

"吃完消夜回来就睡觉了？"

"呃……"

心心叹了一口气，没再说什么。

秦月明赶紧道歉："对不起，我改。"

"嗯，好。"

幺儿在旁边听着，忍不住笑了，秦月明真的是最没脾气的老板了。江云开和鸭宝的相处模式在整个圈子里算是绝无仅有了，秦月明又成了另一个极端的例子。

整体搭配完毕后，秦月明边照镜子边问："我能不能在衣服里贴个暖宝宝？"

"你上次在内衣里贴暖宝宝的事情我一直没提。"

"好，不贴。"

要美丽，没温度。

秦月明坐在保姆车里，一一私聊探秘团的另外几个人，问他们去不去探班，看江云开拍吻戏。

杜拾瑶："天哪！修罗场啊！我得去！我这边还有几张照片就拍完了，一个小时内到位。"

霍里翔："去去去，让他砸我场子，我必须强势围观！"

蔡思予："工作室忙碌中……"

奚图："不感兴趣。"

秦月明收起手机，想到江云开看到她时的模样，忍不住笑了起来。

接着，她又拿起手机跟霍里翔聊了一会儿，两个人前后脚到了拍摄现场。

江云开正被导演叫去聊天呢，看到这两个人来了，他的表情肉眼可见地垮了。

江云开问："你们来干什么？"他语气里没有一点欢迎的意思。

"来看某人拍吻戏。"霍里翔竖起一个大拇指，把江云开气得够呛。

秦月明则是回答："现场指导你演戏。"

导演一听，立即来了兴趣，让秦月明跟着看之前补拍的画面，指着屏幕说："之前已经拍了一段了，但一直没过，我总觉得有些不舒服。"

秦月明看了看，忍不住笑了："您说得太客气了，这不是有些不舒服，这是一点也没有心动的感觉，而且借位……穿帮了。"

"他们就是不肯再靠近一点，两个人之间仿佛有一堵无形的墙。"

"嗯，一点也看不出来是情侣。"

江云开坐在一边瞥了秦月明一眼，拽着她说："你别看了，看什么看？赶紧回家休息去。"

秦月明却问导演："是要马上继续拍吗？"

"也不是，我们想趁着下雪了，补拍点冬天的镜头。"

"那先拍其他的戏吧，我带着他去单练。"

江云开非常不欢迎这两个人，一起走到室内的时候，他简直暴躁得不行："你们怎么知道我今天补拍的？本来我不是今天过来的，是刘创特意改的啊！刘创和你们串通好了？"

秦月明笑了笑，想给他上课，说："戏你还是得好好拍。"

"我是打算好好拍，就是没找到感觉，但是我告诉你们啊，你们在这里，我的感觉永远不到位。你们现在就回去！我给你们安排车！"

霍里翔欠嗖嗖地说："老师都送上门了，你怎么能赶我们走呢？我们难得来探班，你什么态度？"

"我能有什么态度！你们偏偏这个时候来！啊？"

秦月明跟着说："我一直都想找机会看看你演戏，如果能帮上忙，我也想指导你一下。"

就在双方僵持不下的时候，杜拾瑶风风火火地赶来了，边跑边问："拍了吗？我错过吻戏了吗？江哥拍完了吗？"

秦月明回头回答："拍了，但是没过，之后会重新补拍。"

杜拾瑶立即松了一口气："幸好幸好。"

江云开更崩溃了，躺在椅子上都不想动了。太难为人了，他本来就不愿意拍这种腻歪的戏，结果还来了一群人围观。

他什么心情？没有心情，甚至想把这几个人挨个举起来扔出去。

秦月明看过刚才的镜头了，不过就是壁咚后接吻。

女主意识到男主要吻自己，快速伸手捂住了男主的嘴，男主这时拍的是眼神的特写镜头。两个人对视一会儿后，男主拿开女主的手，低下头吻女主。

这是个借位的吻，然而两个人借位的程度，简直可以在中间放两个手掌。

秦月明坐在江云开身边跟他讲戏，说得特别认真："你需要有点侵略感啊，就是那种……占有的眼神你懂吗？"

江云开抿着嘴，欲哭无泪："你闭嘴吧。"

"我在给你讲戏。"

"你给我讲戏我才难受，导演讲的时候我就没事。"

秦月明想了想，拿出自己的手机，点进视频软件找出最近看的电视剧，找到一段吻戏给江云开看。

江云开的重点却是："找得这么准？你平时就看这个吗？"

"我也要看剧的好吗？我这是学习！"

"学习吻戏，你还挺有野心的啊！"

"不是，我记得是在这里！"秦月明觉得不服气，低声问他，"你昨天不也看了那些东西？"

江云开觉得莫名其妙："什么东西？"

"就是……俞清儿的。"

"我看那个干什么啊？我就是看了热搜上的消息，说钟嵘打人。"

"你没看？"

"哈？我需要看吗？那东西有什么特别的吗？不是，我看那个干什么啊？"

江云开说完还拿出自己的手机点进了微博，主页能看到最近的浏览记录，里面就是一些娱乐博主的微博，其中就有"杠精娱乐精神"这个博主的微博，其他微博就都跟这件事无关了。

接着，江云开打开了下载记录，都是软件更新记录。

他又打开微信，说："都没人给我传那些乱七八糟的东西，你看看我昨天的聊天记录，就你和南云庭的。"

听到"南云庭"三个字，杜拾瑶立马凑过来问："你们聊什么了？"

"对骂。"江云开大大方方地打开聊天记录给她看，果然满屏都是对骂，骂得还特别逗。

杜拾瑶笑着走开了。

江云开把手机丢给秦月明，又说："你自己看，软件里能看到我最近的观看记录，我看的都是相声，上次去砸场子我是有备而去的。"

"我不看。"秦月明有点尴尬。

"啧，你看剧就爱看吻戏是不是？"

"我是给你举例子！"

霍里翔站在旁边看了半天，忍不住问："他们两个人怎么吵得莫名其妙的呢？"

杜拾瑶摇了摇头："不知道啊。"

为了缓解尴尬，秦月明将手机递到江云开面前，说："你看看人家是怎么拍的，学习一下行吗？你看看男主角的眼神，就是这里。"

江云开认认真真地看了一段吻戏，这段吻戏其实也是借位，靠的都是意境。

他看完之后，秦月明又把进度条拉了回去："你看男主角的角度。"

"嗯。"

"学到了没有？"

"他们差不多高，我怎么学？"

女主角和江云开的身高差了三十厘米，这场吻戏拍得颇为困难。但视频里的男女主角似乎差不多高，女生穿上高跟鞋应该有一米七多，男主角也就接近一米八。

秦月明把霍里翔拽到墙边，又叫江云开过去："你壁咚一下。"

江云开看到霍里翔就抗拒，霍里翔也有点受不住，连连闪躲。

换杜拾瑶上就更尴尬了，她毕竟是江云开哥们的女朋友。

秦月明没辙，自己站在墙边，让杜拾瑶帮忙看角度。

江云开勉为其难地俯下身，秦月明捂着他的嘴，看着他的眼睛说："眼神不行，再凶一点。"

江云开调整眼神，秦月明又说："不够欲。"

江云开瞬间不自在了。

光眼神秦月明就指挥了好半天，最后干脆自己示范给江云开看。她的眼神的确足够有侵略性，也足够"欲"，弄得江云开微微发怔，甚至觉得她要亲自己，下意识慌了神。

接着，秦月明让他来展示。江云开试着调整状态，一直盯着她看。

两个人靠得很近，秦月明背靠墙壁，退无可退，被江云开禁锢在狭小的空间内。

江云开越靠越近，一直看着她。她抬起手来挡住江云开的嘴唇，江云开稍微有点不悦，依旧在靠近，近到两人的鼻尖都能蹭到。

他看着她，仿佛在看自己的所有物，想要占有，想要……吻她。

秦月明觉得他的眼神可以了，稍微推开他一点，对杜拾瑶说："你看看角度。"

杜拾瑶立即点头："好！"

江云开配合地握住了秦月明的手腕，将她的手腕按在墙上，做出了要接吻的动作。

杜拾瑶一直在旁边看，说："还是穿帮了，江哥的身体太僵了，不够帅。"

霍里翔伸手去按江云开的脖子，跟杜拾瑶说："江哥这里全是力气，我往下按的时候就感觉他在用后背顶我的手，努力想直起身子来，浑身上下都在抗拒。"

秦月明用没被按住的那只手调整江云开脸颊的角度，问他："你头侧一点呢？比如……"

江云开配合她的动作微微侧头，然而这时霍里翔还在按他的脖子。他稍有松懈，霍里翔还在用力，直接按着他的头朝秦月明亲了过去，亲得结结实实的。

杜拾瑶看到了两个人接吻的瞬间，赶紧捂住嘴，生怕惊呼出声。

霍里翔不知道发生了什么，他站在江云开身后，江云开又比他高不少，他根本看不到那边的情况，便问杜拾瑶："怎么了？"

这句话让江云开回了神，他赶紧往后退，松开了秦月明。

秦月明的脑子也有点短路，她轻咳一声，说："就……微微侧过头能好一点。"

江云开低声应了一句："嗯。"

杜拾瑶装作什么都没看见，跟着说："对对对，那个角度就能看到江哥的后脑勺，应该是没问题的。"

霍里翔在旁边问："这是指导完毕了？"

秦月明赶紧点了点头。

这时，鸭宝在门外喊："江哥，要开工了。"

"好。"江云开立即走了出去，问鸭宝，"有没有水？"

鸭宝从包里拿出一瓶矿泉水给他，江云开拧开瓶盖"咕咚咕咚"一口气喝了一瓶，然而还是觉得渴。渴得他嗓子疼，跟要喷火似的。

"还有吗？"他问。

鸭宝又拿出来一瓶："怎么喝这么多？"

江云开又喝了起来，然而喝了半瓶就不喝了，模样越来越狼狈。

喝进去的水仿佛在他身体里沸腾了，滚烫滚烫的，他胸腔里燃起了一把火，烧得他整个人都要炸了。

杜拾瑶站在房间里独自凌乱，霍里翔还在调侃江云开："看到江哥这么难受的样子我就觉得解气！哈哈哈！"

霍里翔笑了半天，快步跟出去，还说："我要去看他拍戏，我还没看过拍戏现场呢。"

杜拾瑶也跟着走了："我也去。"

秦月明没有跟出去，她有点耳鸣，抬手揉了揉耳朵。

她双手堵着耳朵，更分明地听到了自己凌乱的心跳声。"怦怦怦"，沉重的心跳声似乎在敲击耳膜，让耳膜肿胀，甚至出现了疼痛、酸胀的感觉。

她松开耳朵捂着心口，后来干脆懊恼地蹲下身来，神情有点绝望。因为她发现有点不对劲，这种感觉让她非常不安。

想起刚才的吻，她忍不住懊恼起来。刚刚那莫名其妙的情绪是怎么回事？吃醋吗？接吻之后乱了心跳是怎么回事？心动吗？

秦月明觉得自己完蛋了，她怎么偏偏就对这个傻乎乎的弟弟产生感觉了？

想到之前江云开一次又一次的澄清，她瞬间就清醒了。江云开不喜欢她，从来没想过要跟她在一起，只是将她当朋友，而她却突然动心了。

她怎么可以这样？怎么这么不受控制？

秦月明怕其他人看出异样来，也跟了出去看江云开拍吻戏。

看着江云开和女主角对戏，她表面上挺淡然的，其实心里竟然……不舒服起来了。

很快，脑海里有一个声音告诉她：刘创说以后不给江云开接戏了。

转瞬她又反应过来，这算什么？江云开接不接戏和她有什么关系？

这回拍得挺顺利的，江云开拍完走过来问他们："我们去吃饭？"

秦月明想了想，回答："不了，我要回去调整状态，明天就要重新开机了，你们去吃吧。"

江云开不敢看她，只"哦"了一声，多少有点失落。

秦月明跟他们道别之后，离开剧组回了家。

到家后，幺儿坐在沙发上拿出手机，打开外卖软件问她："月明姐，你吃点什么？"

秦月明情绪有点低落，低声回答："不想吃了，我去躺一会儿。"

幺儿赶紧站起身来，对她说："月明姐，你不用太在意心心说的话，她也没有责怪你的意思，就是希望你能多保养保养。"

"嗯，我明白的。"

"所以真的不吃吗？我订鸭脖呢？"

"不吃了。"

秦月明回到卧室躺在床上，拿出手机来，发现江云开并没有给她发消息。她立即将脸埋在被子里，慌得不行。

怎么办？她要不要跟他保持距离？突然疏远他会不会被人看出来不对劲？但是一直保持现在的关系，她真的不敢确定自己会不会越陷越深。

秦月明揉着自己的头发，难受得不行，心想：都是你朋友太少了，有人对你好一点你就动心，你怎么回事？

在被子里滚了一圈后，她又开始思考该怎么处理两个人的关系了。

仔细想想，那个男生对她那么好，离她那么近，她仿佛一伸手就能握住他的手，跟他在一起。

然而那个男生又是离她最远的，一次次地否认他们的关系。一个不会隐藏自己心思的男生，如果真的喜欢她，怎么可能隐藏得滴水不漏？

他只是把她当朋友才对她好，他并不喜欢她，这才最伤人。

秦月明有理智，她知道她和江云开不合适。

他们两个人条件相差巨大，看似都是娱乐圈的人，其实并不是门当户对的。

如果她真的跟江云开在一起，看看蔡思予，似乎就可以想到她的将来。

她身负巨债，哪里有脸去谈恋爱？江云开和她在一起，就仿佛和一个拖油瓶在一起，她怎么可能去给她喜欢的人增加负担？

所以……她要控制住这份心情，把那些心思锁起来、埋起来，就是不能放出来。

江云开和杜拾瑶、霍里翔吃饭的时候，全程都有点魂不守舍。

他总是拿出手机来，想着要不要和秦月明解释一下之前是他不小心，希望她别误会，或者跟她道个歉，但是他不知道该怎么说。

杜拾瑶也看出他的不自在了，开口说："江哥，月明姐经常拍戏，没事的。"

江云开愣了一下，接着眯起眼睛，眼神越来越危险，问她："你是不是……"

杜拾瑶立即抬手发誓："我瞎，我哑巴，我绝对不会多嘴。"

江云开忍不住"嘶"了一声，接着说："其实我喝完酒记事。"

杜拾瑶愣住了，不明白他这句话什么意思。

江云开低头继续说："虽然你们是在客厅聊天，但是我能听到。"

杜拾瑶终于反应过来江云开在说什么了，上次江云开喝醉酒，她和南云庭在酒店客厅里待了一阵子，两个人说了好多话，大多是她在撒娇。

她说的都是"哥哥，我好想你""哥哥，你怎么这么帅""哥哥，我以前就是你的迷妹"之类的话。

想到这里，她红了脸，对江云开说："好的，我明白了。"

霍里翔不明白他们在说什么，只顾着吃了，吃完后散场时还跟他们说："行了，下次再聚，期待三月份我们继续合作。"

杜拾瑶也说："嗯嗯，好的！"

和他们道别后，江云开坐在车里，靠着椅背，陷入了迷茫的状态。他又拿起手机看了看，依旧没有想到该怎么跟秦月明说，于是放下手机苦恼得直揉头发。

他想起南云庭跟他说过的话，心里顿时乱成一团。他是不是喜欢秦月明？现在看来，好像是的。不然他和她接吻之后为什么会觉得心脏要炸开了，狂跳个不停。

他明明是挺能贫的一个人，怎么突然就不善言辞了呢？

太难了！这个问题太难了！

鸭宝边开车边问他："江哥，回家吗？今天回哪个家？"

"去理发店。"

"理发？"

"剪头发。"

鸭宝把车开去了江云开常去的理发店，进去后，江云开问理发师："有手机支架吗？"

"有的，我给你拿过来。"理发师也对江云开十分熟悉，立即拿来一个手机支架。

江云开给刘创发了一个直播间的号码，接着将手机固定在支架上，开始直播。

江云开突然直播，长期关注他的粉丝看到微博提示第一时间冲了进来。

"怎么没有提前通知啊？突然直播？"

"啊啊啊！我第一个进来的，哥哥我爱你！"

"理发店吗？"

"哥哥好帅！"

江云开对着镜头说："今天突然来场直播，给大家看一下我剪头发。"

弹幕开始刷屏。

"正月剪头死舅舅！"

"确定是剪头发？"

江云开盯着屏幕看，说："让我看看我的舅舅大人进直播间没？欸，他来了，好的，我们开始剪头发！就在正月剪！"

刘创看到微信消息还觉得非常纳闷，进入直播间就很无奈了，江云开这是要气死他的节奏。

江云开也气，刘创联合秦月明他们逗他，围观他拍吻戏。他本来就不情不愿，结果还来了人围观，他能不气吗？所以现在他要现场直播理发。

刘创给江云开刷礼物，还发了弹幕："乖，别闹。"

江云开看着礼物笑道："刘创我就问你，知错了没？"

"错了，错了，我错了。"

弹幕更多了。

"哈哈哈，江滚滚果然还是那个江滚滚，太坏了。"

"虽然不知道发生了什么，但是我太喜欢看狗娃使坏了。"

江云开立即问："叫谁狗娃呢？叫江滚滚我都忍了，但狗娃是什么鬼？"

突然，他看到系统提示秦月明进入了直播间。他立即一怔，看着弹幕刷屏。

"亲哥来了。"

"亲哥也来看江哥耍宝吗？"

"姐姐！不要被影响了，我们支持你的新戏！"

结果没一会儿，系统又提示秦月明退出了直播间。

"姐姐走了？"

"我猜她是不知道直播间会有大 V 进入的提示，只想悄悄看，结果被人发现就赶紧走了。"

"前面的似乎真相了。"

"这速度真是慌了。"

江云开想问秦月明是怎么回事，但手机正在直播，他最终还是忍住了，对理发师说："就烫一下吧，不要那种爆炸头。"

理发师立即答应，询问江云开有没有什么想要的发型。

江云开说："我之前最常用的发型就行。"

其实这场直播只进行了二十分钟就结束了，他最开始的目的就是气刘创。

直播结束后，他的头发也被涂了药膏，他拿着手机打开微信，给秦月明发消息："怎么了？"

过了许久，秦月明才回复："突然收到了手机提示，我点了一下提示的小框就进入直播间了。"

我唱歌挺好听的："你设置一下，不接收这种提示就可以了。"

月："好。"

江云开再次打字，想解释白天的事情，最后又全部删掉了。

他想了想，打字输入："我好像喜欢你。"

他看着输入框，觉得自己突然表白可能会吓跑秦月明，又赶紧删掉了。

接着，他退出和秦月明的对话框，给南云庭发消息："在哪儿呢？"

我跳舞挺好看的："家。"

我唱歌挺好听的："我今天过去。"

我跳舞挺好看的："滚。"

我唱歌挺好听的："就去。"

我跳舞挺好看的："不欢迎。"

我唱歌挺好听的："我觉得我喜欢亲哥。"

我跳舞挺好看的："我的天啊？过来，现在！"

江云开烫完头发，再到南云庭家里的时候已经晚上十一点多了。

南云庭捧着薯片给他开门，一双水汪汪的大眼睛看着他："你还知道过来？既然超长待机，就别那么早发预告，害得我空等几小时。"

江云开指着自己的头发问："新发型怎么样？"

"能怎么样？你做这个发型都多久了，就跟焊在你头顶了似的，能从黑色变成亚麻色都是你的新突破。"

带着江云开进门后，南云庭倒在沙发上，捧着薯片"咔嚓咔嚓"地吃，无精打采地说："来，跟'爸爸'说说你是怎么开窍的。"

江云开不服，脱掉外套随手扔在一边："我是你'爸爸'。"

南云庭指了门口说："不想聊了，滚吧。"

"爸爸。"

南云庭指了指不远处的单人沙发，示意江云开可以坐下了。

江云开坐下后就坦白了："就是接吻之后发现的。"

南云庭猛地坐起身来，看向江云开，问："你这么猛呢？亲哥没揍你？"

江云开将今天的事情一五一十地说了。

南云庭乐了："那个小 CP 粉估计乐坏了。"

"什么？"江云开还真不知道杜拾瑶的隐藏属性。

"没事，聊聊你的想法吧，怎么？打算追亲哥了吗？"

江云开靠着沙发颓然地看着天花板上的吊灯，说："不知道啊……太突然了。"

其实在南云庭看来，这两个人的感情变化过渡得挺自然的，从秦月明出现后，江云开就开始"双标"，现在喜欢上对方太正常了。就是江云开没恋过爱，并且有些迟钝，不知道喜欢一个人是什么样的感觉。这个意外的吻，才真正让他意识到自己的感情。

"'爸爸'给你分析分析？"南云庭盘着腿，终于把薯片放下了，又拿起奶茶喝了一口。

江云开看着这小子吃吃喝喝的，觉得他太嚣张了，就是欠骂。

南云庭是标准的吃不胖体质，比秦家姐弟还夸张。这小子一张巴掌脸，头的大小是超模标准，上镜特别好看，在现实里却有那么点别扭，好在无伤大雅。媒体给他的评价也都是"从漫画里走出来的绝美少年"。

江云开呢，在现实里看着身材完美到不行，上镜就显胖，骨架大真的要命。

"'爸爸'您说。"江云开难得乖巧可爱。

南云庭对他的态度非常满意，于是开始分析："你跟亲哥不合适。"

"没了？"

"嗯。"

江云开气得不行，恨不得抡起单人沙发砸他。

南云庭赶紧接着说："第一，不门当户对，虽然你肯定是不在意的，阿姨我也知道，只要人家肯收留你这种家伙，她都会接纳。但是，秦月明不一定会觉得你们合适，而且他们姐弟欠着那么多钱，在短时间内两个人都不会谈恋爱，不然真的是给对方增加负担。"

江云开摆了摆手："不用提钱，跟钱相关的都不是事儿。"

南云庭点了点头，继续说："第二，秦月明弟弟讨厌你，你觉得你能感化秦夜停吗？"

"秦夜停要是阻拦，我们就是梁山伯与祝英台！罗密欧和朱丽叶！我们不畏强权！"

"第二，你们形象气质不搭。"南云庭抬手竖起三根手指。

"无所谓，只要感情到位，长相也不是问题。"

"第四，秦月明明显就不喜欢你这种类型的。"

"难道她就喜欢钟嵘那种？就那个渣男？我都纳闷了，秦月明当时怎么想的？"

南云庭笑了："钟嵘早期还真是小鲜肉，你看看他九年前的节目，他那时候都是成熟稳重的形象，走的暖男路子。"

南云庭想了想，又问："你怎么知道他的事？"

江云开没吱声，但南云庭猜到了。

估计江云开发现自己喜欢秦月明后，特意去找钟嵘的消息看了。

看一个人不顺眼的时候，这个人的任意一个特点都会成为他的致命缺点。

他暗恋的女神的前男朋友，简直就是他的眼中钉、肉中刺。

江云开一边看一边在心里骂，这家伙是怎么追到秦月明的呢？还天天编排秦月明追他，都是一堆废话！

江云开又摆了摆手："我觉得你说的这些都不是问题。"

"所以现在最大的问题是秦月明不喜欢你。"

这句话跟照心一击似的，戳得江云开心口疼，害得他揉了半天。

"更可怕的情况是她只把你当弟弟。"

江云开心口的剑插得更深了。

南云庭调整了一下姿势，开始认认真真地跟他说："其实你现在要做的事情非常简单，就是跟她的朋友搞好关系。"

"她的朋友特别少，就一个蔡思予，她后来认识的朋友也全是我的朋友。"江云开不解。

"对啊，朋友帮你说说话就是最好的助攻。我跟瑶瑶说，她肯定会帮你，你想想看怎么能让蔡思予也跟着帮你。"

"蔡思予真的很难控制，她只是看上去特别好亲近，其实跟谁的关系都不是特别好。"

"她有软肋。"

"你是说她儿子？我绑架她儿子？威胁她让她帮我？"

南云庭被江云开的脑回路震惊到了，气得直抹脸，又朝他竖起一个大拇指。

江云开拿出手机，立马准备让鸭宝联系人。

南云庭抓起沙发垫就朝他砸了过去："帮蔡思予要回孩子的抚养权！你脑袋里怎么全是些伤天害理的想法？"

"我毕竟也不是个好人啊。"

南云庭继续分析："你能让蔡思予帮你，就基本上稳了百分之二十了。"

"才百分之二十？"

"你想知道你成功的基本概率是多少吗？"

"百分之十？"

"不，负数。"

"那你说我什么时候表白呢？"江云开又问。

"别太唐突了，你如果突然表白，得到的会是秦月明突然疏远你的结果。你要在最近这段时间给她造成一种潜移默化的影响，让她意识到你是一个正常的男性，而不是一个弟弟，你是有可能保护她，甚至跟她在一起的人。"

"太难了。"江云开一脸愁容，觉得这话说得跟绕口令似的。

"努力吧。"

"我要是跟秦月明说她的眼睛里有星星，她会不会跟我一夜荒唐？"

南云庭皱眉看着他，仿佛在看一个傻子。

江云开无奈地点头："我懂了。"

剧组重新开机之后，对秦月明的影响的确是有的，不过问题不大。

她回来的时候张诗尧被换掉了，有些戏得重拍。

秦月明因为之前一直在参加春晚的彩排，加上统筹的安排，她和张诗尧的对手戏还真没拍多少。所以她现在需要重拍的戏并不多，之后正常拍摄就可以。

秦月明回到剧组后，制片人特别认真地跟她道歉。只要她空着，制片人就在她身边转悠，想动之以情，希望她体谅他们的不容易。

秦月明保持微笑，最后说："其实我当初会选择继续签约，也是对你们充满了期待，然而真的来了剧组之后，却是失望透顶。"

制片人刚要再次开口，秦月明就微笑着继续说："其实您不用再跟我说什么了，我都懂，我进这圈子也不是一天两天了，您没做错。"

在这个圈子里，想不被欺负就要拥有顶级演技、顶级流量，红了以后，就会发现身边的人都特别友善。

不然，秦月明这种没有背景的人恐怕只能被人踩在脚底，无可奈何。

这一次是她的粉丝来投资了，下一次呢，她要一直靠粉丝吗？这不现实。

所以秦月明知道，她现在要稳住人气，多出几部像样的作品，再次实打实地红起来。

她很着急，生怕错过好的作品。这也是她不肯错过这部剧的原因，她选择这部剧，是看好这是一个不错的作品。

制片人也算是明白秦月明的意思了。她是愿意零片酬拍戏的人，只要团队优秀，只要剧本可以。她来这个剧组是奔着作品来的，而不是因为制片人。他们拍完这部戏后怕是也不会再有什么合作了，除非制片人能拿出足够打动她的作品。

拍摄结束后，秦月明回到酒店房间里，刚护理完皮肤拿起手机，就看到了江云开的消息。

我唱歌挺好听的："今天的工作结束了吗？"

秦月明拿着手机来回摆弄，不知道要不要回复，最后还是礼貌性地打字回复："嗯，结束了，很累，想休息了。"

我唱歌挺好听的："我能看你一眼吗？"

月："有什么事吗？"

我唱歌挺好听的："想你了呗。"

月："我卸妆了。"

我唱歌挺好听的："我也卸妆了，公平。"

秦月明快速整理头发，接着打字回复："可以。"

江云开立马发来了视频邀请，秦月明点了接通，就看到他在对着镜头整理头发。

"这回剧组里氛围怎么样？"江云开问她。

"氛围是好多了，制片人想让我和大家和睦相处，但我不太想表现出大度的模样，可能我还是不够大气吧，把人气跑了。"

"之前王先生投资的时候，他围着张诗尧转，现在换你粉丝投资了，他就围着你转。这种人你不用在意，好的制片人很多，这次只是一个反面例子。"

"嗯。"

"我今天节食还健身了。"

"啊？"

这个话题跨度很大，让秦月明有点不知道该怎么接了。

江云开还扯起衣服给她看腹肌："你看，我腹肌都重新出现了，是不是一点都不胖？"

秦月明看着镜头里的……肉体，愣了一下，接着含糊地回答："哦……嗯。"

"你看侧面，是不是都薄得不行了？刘创还让我减肥，是不是过分？"

"嗯……是有点。"

江云开说着又给她看脸，还给她看自己的发型："我发型又改回来了。"

"这个发型确实顺眼一点。"

"对，之前的那个是什么玩意儿。"

两个人聊了一会儿就挂断了电话，江云开也不想打扰秦月明休息。

秦月明仰面躺在床上，想起江云开的样子就控制不住地想笑，紧接着又捂着脸在床上打滚。

啊啊啊！腹肌她喜欢！腰线也喜欢！脸也喜欢！就这样怎么死心？她心里痒得厉害，绝望地想，自己偷偷地……就那么小心翼翼地在脑袋里欣赏可不可以？

这个秀色可餐的臭弟弟就在她身边转来转去的，一张脸就可以让她无条件投降了，身材又正好是她喜欢的，就是那种肌肉不夸张、线条恰到好处的。

她偷偷兴奋了好一会儿才开始调整自己的状态，要优雅，要淡然，要自带仙气，不能让任何人看出来她其实很……好色。

江云开挂断视频电话后，看到南云庭一脸绝望地坐在他对面，都不敢抬头。

他问："这么聊天不行吗？"他很努力地展示了自己是一个男人啊！

"突然秀腹肌，亲哥不得觉得你有病？"

"那怎么办？"

"我觉得对待亲哥那种女孩子，你得跟她聊一些诗词歌赋什么的。"

江云开的头立马摇得和拨浪鼓一样，他说："如果我参加选秀需要卖惨，那我能说出来的话只有'我大学能毕业不容易，希望各位评委给我一个机会'。"

江云开上的大学是体育大学，他是田径系的，半路杀出来成了歌手，他的教练都措手不及。

"或者你可以和她聊聊新剧啊、聊聊电影啊、聊聊谁的演技不错啊。"

"这个可以。"

南云庭站起身朝着外面走，打算去蹲坑。

他刚走进厕所，江云开就跟过来扒着门看着他："现在的女生都看什么剧？你问问杜拾瑶。"

"出去。"

"我都不嫌弃你臭。"

"我还没拉出来呢臭什么臭！"南云庭真的要被他搞崩溃了。

江云开实在没辙啊，他的朋友里就南云庭交过女朋友，周若山平时除了举铁就是说唱，余森估计还不如他呢，所以他只能求助南云庭。

然而南云庭也没追过秦月明这种类型的，也非常苦恼。在他看来，秦月明就是女神，一看就不好追。

江云开依旧扒着门问："你说我现在再给她发'晚安'她会不会嫌我烦？"

南云庭脱下拖鞋朝他砸了过去："滚滚滚！"

江云开终于放弃问南云庭了，回到客房躺下，拿出手机，突然灵光一闪，点进了"守得云开见月明"超话。他想在这里看看网友们的分析，看看秦月明对他有没有好感。

在超话里逛了一会儿，江云开体验到了身心被治愈的感觉。

在网友们的分析中，秦月明看他一眼，就是浓浓的宠溺，还可以称之为"深爱一个人的时候眼神是控制不住的"。

秦月明在真人秀里询问他的身份，后期全程保护他，就是因为发现了他的身份，怕他穿帮，这是"爱的守护"。

秦月明不是爱管闲事的性子，却在他怼了前队友后发布微博，话语暧昧，就是在帮他转移视线，紧急救场。

他们用兄弟的身份相爱着，不会被粉丝攻击，也不会让旁人觉得不合适。他们是好兄弟，也是最爱对方的人。

江云开翻看了很多条微博，后来还发现了一个CP粉群。他入群之后才发现这是一个大群，只有有突出贡献的人才能进入内部小群。据说，内部群里都是巨巨（很厉害的人），都是一些拿着显微镜观察江云开和秦月明的忠实CP粉。

江云开很想进去，用自己的小号试着在群里聊了一会儿，还特意伪装成一个女生，结果聊着聊着就被踢出去了。他觉得莫名其妙，他什么也没说啊。

江云开去私聊一个人，被告知："你处处维护江云开，还有妹子查到你的账号经常为江云开骂架，你其实是'老司机'吧？"

看着这句话，江云开陷入了迷茫，原来CP粉内部的考核这么严格呢？

这个账号的确是他平时用来怼黑粉的，他没有气馁，在自己的备忘录里又翻出一个账号，登录之后疯狂删除里面的微博，点赞也取消。

接着，他去关注了《异闻探秘者》的官博，在主页转发了很多关于CP言论的微博。做完这些他又觉得有点过了，删了几条微博，只留下了他自己认可的。

他想了想，得产粮才能被那群CP粉接纳。大半夜的，他盘腿坐在床头，冥思苦想这粮该怎么产。他会什么？视频剪辑？P图？画画？什么都不会啊。

于是，他把微博名字改成了"江云开今天追到秦月明了吗"。

他想自己发一条微博，还想配张图，却发现手机里的图全是他的自拍照，最后只能打电话给鸭宝。

"江哥……"鸭宝睡得迷迷糊糊的。

"你把你平日里拍的那些花絮给我发过来，我看看，要有我和亲哥的。"

"要哪天的？"

"有我们两个人的就发。"

"那你开电脑吧。"

鸭宝是直接发压缩包的，里面有几百张照片，还都是精修过的。

鸭宝和幺儿都是跟在艺人身边的助理，平日里不是在拍照片，就是在录视频，顺便给他们艺人打下手、撑个伞。

这个压缩包里的照片都是备用的，说不定什么时候就能用上，比如有时需要发一条微博，或者要在哪里发一条花絮，又或者是发给媒体用。

江云开在里面找到了一张合影，是他们一起去听相声的那天拍的。秦月明摘下了口罩和墨镜，围巾也只是搭在肩膀上，对着镜头比了一个剪刀手，表情俏皮里还带点小傲娇。江云开站在她身边，扯开羽绒服外套露出里面的大褂，表情很夸张，故作凶狠，其实也就是猫咪咆哮的模样。

他对这张合影十分满意，特意传到手机里，用P图软件做出了大头的效果，还加了点小贴纸之类的装饰，再加了一个偏粉色的滤镜，觉得满意了，便发在了微博上。

江云开今天追到秦月明了吗："没有。[图片]"

发完微博后，谨慎起见，他并没有再次加群，而是准备把这个号养一养，等看起来像老CP粉后再加群。

做完这些事，江云开心满意足地准备睡觉，一沾枕头就睡着了，灯和电脑都没关。也不知道是不是梦到秦月明了，他嘴角还带着浅浅的笑。

赛车比赛开始了，秦月明已经准备好了驾照，还有改装过的车子，和霍里翔一起去参加。

两个人报名的时候非常低调，霍里翔还是托朋友私底下报的，然而消息还是被传了出去。初赛的那一天，秦月明开着车子进入准备区时，看到周围有很多人聚集。

选手的车子有专门的停车场，过杆扫车牌号，其他车子不能进。

秦月明坐在车里没出去，想在这里等霍里翔，往车窗外看的时候突然发现有些不对劲。

幺儿干脆下车去看了看，回到车里后说："月明姐，有你的粉丝，我看到你的手幅了。"

秦月明有点惊讶，问："怎么回事？"

"我确定霍哥不会说出去，他自己也是艺人，现在人气也挺高的，一定会避讳。他的兄弟也靠得住，只可能是主办方这边有工作人员泄露消息了。"

秦月明愁得不行，她只是想得到一点奖金，就算拿不到第一，拿个其他奖项也可以啊！只要能缓解一下还债的压力就可以，但是她做这种"不务正业"的事情被粉丝知道就不太好了。

突发状况，幺儿已经联系刘创了。

这时，秦月明接到了江云开的电话，她立即接通，听到对方说："什么情况啊？我的车在半路就堵住了。"

"堵车了？"秦月明有点诧异，很快就反应过来，"你也来了？"

因为赛道的问题，比赛场地设置在隔壁城市，秦月明是早有准备，昨天就住在了附近。霍里翔还在来的路上，这么久还没到，估计也是堵了。

"对啊，霍老师问我来不来，他要让我自惭形秽！我肯定得来啊，特意赶工过来的，准备让霍老师给我上一课。"

"我现在在选手停车场了，外面有很多粉丝，我和幺儿没带保镖过来，不敢出去。"

"你让幺儿给主办方打电话，他们泄露了消息，你让他们解决。"

"好。"

最开始秦月明的车真没引起粉丝的注意，主要是那辆车太普通了，丢在车队里十分不起眼。他们都以为秦月明得开辆粉色的小跑车过来，结果一直没等到，很拉风的车大多是网红开的。

有粉丝跑到选手区等候的位置，对照车牌号，惊呼出声："那辆黑色的车是七仙的！就是那辆！"

粉丝们认出来后，渐渐把这里的入口堵住了。这时主办方终于过来了，派来了四个保安。

保安不是专门的保镖，多少有点不专业，幺儿下车后跟他们叮嘱："粉丝会很多，很多人会录像拍照，你们不要伤到粉丝，我们现在要去登记，一会儿还会回来。"

保安都答应了，想着粉丝大多是小女孩，能有什么力量。等秦月明戴着墨镜下了车，四个保安才被镇住了，那群小女孩的尖叫声，还有一下子就冲过来的阵势，让一个保安下意识躲到幺儿身后了。

幺儿只能临时控场，努力跟粉丝沟通："不要挤，让我们先去登记，大家理解一下。"

秦月明用了二十分钟才走到登记点，保安不给力，不敢碰那些女孩子，很多粉丝倒着走，边走边录像，秦月明只能在人群中间一点一点地挪步。

好不容易到了选手登记的地方，粉丝进不去，情况才好了一些。

登记倒是挺简单的，选手拿着身份证和驾照，扫一下身份证，对着镜头通过身份认证，接着摇个号，签个名字就可以了。

周围一群司机愣愣地看着秦月明，议论纷纷。

"她会开车吗？"

"来作秀的吧？"

"听说她很缺钱，估计是奔着奖金来的。"

"千万别跟她分到一组，别挡在跑道上不会转弯了。"

"应该不会，估计我们刚开始就把她甩后面去了。"

秦月明没理他们，门外人太多，她都不好出去了。

江云开再次打电话过来，问她："你怎么样？"

"刚刚登记完毕，要回停车场了……现在有点困难。"

"别怕，哥来了。"

"跟谁自称'哥'呢？你来了情况会更糟。"

"你放心，你的粉丝里没有多少喜欢我的。"

这点江云开还真清楚，他和秦月明简直有次元壁，两家粉丝的画风都不一样。

两个人打开了微信共享位置，没多久，一个穿着黑色羽绒服的男生就冲了过来，正是江云开。他包裹得非常严实，粉丝都没认出他来。

鸭宝跟在他身边，手里还捧着一束花，因为追不上他，模样颇为狼狈。

秦月明看着这一幕，忍不住笑了，快步走出去，粉丝们顿时一拥而上。

她尽力走到江云开身边，被江云开护在身边后，江云开跟个保镖似的对粉丝说："大家去看看比赛，去观众席，那边用不用占座？你们能不能给我占个座？"

有粉丝注意到了他，试探性地问："你是江云开吗？"

江云开回道："是的，我是迷弟，我们都是粉丝。"

江云开就是这种人，跟谁都能聊两句，跟秦月明的粉丝也能聊上。最有意思的是，他才聊了两句就觉得他们熟了，开始数落粉丝："别倒着走，练绝活呢？就你，还笑成那样，一会儿摔了怎么办？"

"江云开，你怎么总在七仙身边转悠？"有粉丝问他。

"我是迷弟啊！"

"你是不是在和七仙交往？"

"你们快帮我追吧，过年的时候我就因为没找到对象被我妈踹了好几脚。"

秦月明的粉丝立马嘶吼道："不行！"

"你们不合适！"

"我不许！"

"不行！七仙不能谈恋爱，'妈妈'不许。"

这些话把江云开给气的，他扭头看向那几个"妈妈粉"，问："你们跟霍里翔差不多岁数，当什么'妈妈粉'？"

这话怼得一群粉丝偷笑。

江云开带着秦月明快速往停车场走，边走边说："速度快点，跑起来，来来来，别耽误比赛了。"

好不容易把秦月明送到选手停车场，其他人都不能进去了，幺儿都被挡在了外面。

秦月明回头跟他们道别，目光在江云开身上停留了一瞬间，然后快速移开。

江云开留在了粉丝堆里，粉丝开始拍他了，反正真人都到跟前了，不拍白不拍。

江云开也不在意，问他们："观众席在哪儿啊？"

粉丝们指向一个方向，说："那边。"

怕影响其他选手进场，江云开带着粉丝走到一边，又问："你们占座了吗？"

"有朋友在占座，我们是来碰碰运气的。"

江云开："运气挺好，碰到我了。"

粉丝："吁——"

江云开又说："走吧，一起去观众席，别让主办方觉得秦月明扰乱秩序了。让你们朋友帮我和我助理也占个座，对了，还有亲哥的助理。"

"好！"

江云开指了指一个粉丝手里的手幅，问："那个能给我一个不？"

粉丝热情地递给他一张手幅，说："可以，再给你一把扇子。"

"这大冬天的要什么扇子？"

"扇子上面印了七仙，是折扇，吊坠是七仙的 Q 版小玩偶。"

江云开看了看那个扇子，厚脸皮地说："行，给我一个吧。"

一群人走到半路，江云开回头看了一眼，突然问："怎么还有人没走呢？"

"等霍里翔呢！"

江云开震惊地问："他还有粉丝呢？"

"对啊，肯定有的，霍里翔多可爱啊。"

江云开摇了摇头："口味太重了！"

到了观众席，秦月明的粉丝仍旧兴奋得不行，他们不仅见到了秦月明，还带过来了一个江云开。

江云开还真不挑，就坐在粉丝中间，有人递来板子要签名，他也会签。合影他也不推辞，毕竟是来见自己女神的，他自然化了妆，不惧怕镜头。

最开始粉丝们还很开心，结果聊着聊着，他们就开始崩溃了。

江云开颇有兴致地问一个粉丝："你快高考了还来这里看她比赛，看到她的车'嗖'地过去了，你会感觉到快乐吗？你不好好学习会快乐吗？"

那个粉丝最开始不过是想说自己读高三都能抽时间来看秦月明，说明她对秦月明是真爱，结果被江云开拎着单训了五六分钟。

眼看着她都成为别人录像的目标了，女孩干脆捂着脸道："啊啊啊，我不想跟你聊了。"

"你这人聊天真的是的，非得让别人拣你爱听的跟你聊，我要说你长得好看，你信吗？"

"我信！"粉丝崩溃了。

"我半信半疑。"

江云开突然接到了一个视频电话，接通之后，他把屏幕朝着粉丝转了一圈，对视频里面的霍里翔说："看见没？都是亲哥的粉丝，看看他们的目光，他们是不是都不爱看你？"

"江哥，你做个人吧！"霍里翔刚接通电话就看到这么多人，吓得把手机翻了个面，不让大家看他的脸。

江云开调整手机问："怎么了？"

"我第三组上场。"

"亲哥呢？"

"亲哥第五组。"

"人还挺多的？"

"初赛人都多。"

江云开拿着手机看着赛道，这里属于半室外，虽然有遮雨棚却也不暖和，他觉得有点冷，新年来参加这种比赛也真是有情怀。

江云开又问："初赛结束之后就完事了？"

"不是什么正规比赛，入围决赛的还会再比一轮，毕竟场地租金也挺贵的，今天就能角逐出来前三十。"

江云开随意地点头："行吧，不聊了，冻手。"

下一秒，秦月明凑近了镜头，他立马不嫌冻手了，继续拿着手机看着屏幕。

"你是在观众席吗？"秦月明问他。

听到秦月明的声音，很多粉丝立马凑了过来，秦月明微笑着问好，适应能力非常强。她似乎一点也不惊讶，比霍里翔刚才慌张的样子优雅了不知道多少倍。

江云开努力用自己冻得有些发僵的脸微笑着回答："对，等着看你比赛呢。"

"嗯，我会好好比的。"

粉丝们也纷纷给秦月明加油。

挂断视频电话后，有粉丝问江云开："七仙会开赛车吗？"

江云开点了点头："对，还开得挺虎的。"

"就是非常冲动、淘气的开法吗？"

江云开被逗笑了，回答："对，你们的偶像开车非常冲动。"

比赛很快就开始了，第一组的车开过去的时候，观众席没什么反应。

到底是业余赛车手的比赛，很多自我感觉开车速度很快的人，到了这里一下子就被比了下去。还有很多网红是过来凑热闹的。

他们开的多是豪车，光看车一个比一个牛，真上场了之后开车水平也就那么回事。

周围还有开直播的，似乎有人听说江云开在看比赛，想过来拍一下他，鸭宝立即起身阻拦了，态度十分客气。有人还在远远地偷拍江云开，江云开也不在意，朝那边比了一个心，接着继续看比赛。

等到霍里翔上场之后，江云开开始组织粉丝："大家象征性地给霍里翔加加油，我们统一一下口号。"

粉丝问他："喊什么啊？"

"霍哥霍哥别气馁，重在参与谁怕谁。"

粉丝又问："江云开，你和霍里翔是不是相爱相杀？"

"我们两个人只有相杀。"

"那你和亲哥呢？"

"我们是手足情深。"江云开就算已经认识到自己喜欢秦月明了，也不能大张旗鼓地说自己喜欢她，不然麻烦一大堆。

广播通知第三组的比赛即将开始，江云开也不跟粉丝贫了，认认真真地看比赛。他嘴里数落，但其实很关心霍里翔的比赛。

霍里翔不仅喜欢赛车，还真有点水平，不然也不会一眼就看出来秦月明赛车水平不错，兴致勃勃地想跟她结交。

第三组的车，霍里翔那辆算是最好的，改装方面秦月明也帮忙参谋过，改装得不错，霍里翔在第三组简直是遥遥领先。别看他平日里没个正经样，正式开始比赛了，车子还真开出了气势来，引得粉丝们一阵尖叫。

看完这一组的比赛，江云开才收回视线给霍里翔发微信消息，询问他们这个比赛是怎么比，霍里翔算不算入围了。

霍里翔下车不久就回复了消息："算时间的，选出时间最短的前五十名。"

我唱歌挺好听的："你刚才挺牛啊。"

霍里翔："必须厉害啊，我刚才去打听了，我目前排在前十。"

我唱歌挺好听的："这个比赛危险不？"

霍里翔："危险肯定有啊，没看到中间设了医护站吗？就怕碰上撞车之类的事，业余车手就是意外多。"

我唱歌挺好听的："亲哥不会有什么危险吧？"

霍里翔："我看她经验挺丰富的，估计是女艺人里车王级别的，你不用担心。"

江云开还是有点担心，尤其是第四组上场后，出现了两辆车剐蹭的事情，其中一辆车甚至在赛道上转了几个圈。

好在车手没受伤，车子很快被工作人员拖走了。

江云开看着旁边被撞得扭曲的护栏，心里忍不住嘀咕：小姑娘家家的，怎么就喜欢这种事？怪让人担心的。

第五组的比赛即将开始，粉丝开始议论了："七仙要上场了！"

粉丝们纷纷站起身来给秦月明加油，江云开也跟着站起来，站在一群粉丝中间堪称鹤立鸡群。

秦月明的车是黑色的，在她这组的车里算是低调的。

很多改装车都改过外观，她这组的尤其严重，最拉风的恐怕是那辆贴着美少女战士图案的粉色小跑车，那个车手上车前还在跟其他车手聊天，似乎非常健谈。

秦月明一直坐在车里没出去。

其实她最开始改装的时候就特意改装过车窗玻璃，从外面看不到里面，这样也能防止被人认出来。现在她的身份已经曝光了，但她依旧准备装"死"。

粉色小跑车的车手是个网红少女，她探头看了看秦月明的车，问身边那位大哥："大哥，那黑车里真的是秦月明啊？"

"听说是，不过她一直在车里坐着。"

"我还以为秦月明怎么着也得开一辆像样的车。"

"她那辆车也还行。"

车是可以的，但由一个当红女艺人来开就有点低调了，尤其还是参加比赛。

网红少女撇了撇嘴，忍不住摇头："不太行吧，我这车起步就能把她那车甩得老远。"

"你这车确实不错，改装得多吗？"

"光改装就花了不少钱。"

比赛即将开始，其他车手也上了车。粉色小跑车就在秦月明的车旁边，车子启动后那种轰鸣声听起来颇有种震撼的感觉。网红少女似乎很得意，看向一旁秦月明的车。

秦月明也跟着启动了车子，那声响让网红少女怀疑，秦月明那辆车里是不是有电锯？

号令一发，秦月明的车子立即开了出去。

别看车子不怎么惊艳，但是被秦月明改装得极为合理，尤其在漂移方面十分优秀。她漂移选的都是最合理的位置，干净利落地转弯，接着快速向前。同组的不管是跑车还是改装老手的车，都被她甩得远远的。

秦月明开车确实虎，或者可以说是大胆自信。一共要开三圈，秦月开到最后一圈时，赛道上就只有她一辆车了，车子的轰鸣声犹如野兽的嘶吼，霸气且凶蛮。

这种唯我独尊的气势引得她的粉丝们兴奋得不行，跟疯了似的尖叫。

等到秦月明的车子退场，江云开紧紧握着的拳头才松开，他算是放下心来了。

他又在心里嘀咕：参加这种比赛干什么啊？别这么拼命了好不好？怪让人担心的。

秦月明将车子开进停车场，下车去登记的时候听到了一阵掌声。

其他车手也都看了刚才的比赛，从那种漂移的技术就能看出来秦月明是个行家，这些人也就发自肺腑地给她鼓掌了。其实很多人都想过来问问她的车是怎么改装的，可惜秦月明是艺人，他们不太好意思来搭话。

秦月明刚刚找到霍里翔，对方就手舞足蹈地对她说："你目前是第二。"

"嗯，不错。"

秦月明其实并没有尽全力，她那辆车的改装追求的是轻便，有一些地方如果消耗太大，恐怕会影响零件的寿命，她不想再花钱买零件了，最好能凑合着比完。

她和霍里翔坐在休息室里等待，霍里翔充当了助理的角色，给她端过来一杯咖啡。

秦月明喝了一口咖啡，朝外看了看，随口问道："外面冷不冷？"

霍里翔吹了吹咖啡，回答："肯定冷啊。"他摸出手机看了一眼，又说，"三摄氏度。"

"这种天气看比赛很辛苦吧？"

"你是说粉丝还是江云开？"

秦月明垂下头迟疑了一下才回答："都有。"

"粉丝说不定会冷，但江云开那种体格估计没什么事，他不是自称参加过冬泳吗？"

至于江云开究竟有没有参加过冬泳，这件事就没有人知道了。

"嗯，希望早点比完吧。"

初选结束之后，前五十名就算是角逐出来了，被淘汰的选手默默离场。入围前五十名的所有选手需要重新摇号参加下一轮比赛，秦月明最后的成绩是第四名，霍里翔是十七名。

他们两个人排队时，有车手突然对秦月明说："秦月明，不错啊！"

秦月明对他微笑："谢谢。"

"车子改装花了不少钱吧？"一位车手问了在场的很多人想问的问题。

秦月明举起一只手，张开五指。

车手问："五十万？不错不错。"

秦月明说："五万以内。"

改装成可以漂移的车，和一般的改装不太一样，但说五万以内还是让不少车友震惊了。

看秦月明并没有不理人，车手们就纷纷过来跟她聊天了，一个问题接一个问题地问："你涡轮肯定换了吧？提升了多少？两秒？"

"排气换了吗？排气就得不少钱了，五万够用？ECU（车载电脑）呢？"

这些问题秦月明都一一回答了，并且很有耐心。

来这里参加比赛的都是汽车发烧友，听秦月明说几句话就能听出来她是不是行家，仅仅聊了一会儿，众人对她的认可就又多了几分。秦月明不是花架子，是真的懂，而且说的五万以内也是真的。

秦月明拿了号码之后，一群车手纷纷询问："第几组？"

秦月明回答："第二组。"

之前还有点看不上秦月明那辆车的网红少女也入围前五十了，不过位置比较危险，排在四十五位。

她原来觉得，来参加这次比赛的人里面，她应该是最亮眼的一个了，女车手在这个圈子里多少会被照顾一些。

汽车发烧友的经济水平大多一般般，但也有百分之二十是真富。她想着来试试，真有点名气了说不定可以认识几个帅哥。结果来了之后，她就发现自己之前非常感兴趣的一位车手沈柚全程都在看秦月明，不由得有点懊恼。

谁能想到秦月明居然这么厉害？她之前还跟别人说秦月明恐怕不行，现在真觉得脸疼。

秦月明正跟几个人聊改装的事，沈柚走到霍里翔身边小声问："我能加她微信吗？"

霍里翔想了想，回答："不熟估计不行。"

"帮帮忙，我想认识她一下。"

"是车友的认识，还是？"霍里翔挑眉。

沈柚是霍里翔的好朋友之一，也是玩车认识的。他跟霍里翔经济条件差不多，两个人都对赛车非常感兴趣，年龄也相仿，值得一提的是沈柚长得还不错。

沈柚身高一米八二，脸细长，鼻梁高挺，眼窝略深，显得浓眉大眼，唇红齿白，还真有点奶油小生的感觉。

他有豪车，喜欢逛夜店，身边女孩子不少。他觉得秦月明跟那些网红肯定不一样，要是真能要到微信，他说不定能跟秦月明交往。

秦月明长得漂亮，车还开得不错，对他来说吸引力很大。

不过他没跟霍里翔这么说，只是低声说："我觉得她车开得不错，这种水平的女车手还真挺少见的。"

"确实不错。"霍里翔聊得开心了，"比完赛我们肯定一起吃饭，你到时候跟着我一起去。"

"行。"沈柚立即答应，不由得有点小期待了。

第二轮比赛很快开始了，第一组结束后，秦月明再次上场。

这一次秦月明跟沈柚在一组，秦月明准备上车时，沈柚跟她打招呼："我是霍里翔的好朋友。"

秦月明动作一顿，接着对他问好："你好。"

"嗯，一会儿加油。"

"好的，你也是。"秦月明说完就上了车。

这一组里，秦月明跟沈柚算是水平相当，沈柚又想在秦月明面前秀一把车技，所以开得十分卖力，没有一点实力还真得不到霍里翔的认可。

沈柚在初赛的时候就刚巧排在秦月明前面，所以他有自信在这一局赢过秦月明，引起她的注意力。

然而，他并不知道秦月明的习惯，秦月明受不了有车在她前面，会觉得碍眼。就在沈柚刚超过秦月明的时候，她竟然弯道超车，呼啸而过，快速超越了他的顶级跑车，扬长而去。

沈柚都震惊了，之后两圈他完全追不上秦月明，被碾压到最后。

车子停稳后，秦月明下了车立即去查看车子的情况，沈柚走过来跟她打招呼：

"很厉害啊。"

秦月明笑着回应："过奖了。"

霍里翔在第一组就已经比完了，本来想等最后的成绩出来再走，但秦月明担心江云开冷，急着要离开。

沈柚也跟着一起过去，问他们："我请你们吃饭？"

霍里翔摆手拒绝："我订了饭店，我给你们发位置，我们在饭店停车场集合。"

秦月明临走的时候还去跟粉丝打了招呼："我要回去了，你们也赶紧回去吧，很冷。"

粉丝们纷纷回答："好的。"

"七仙！我们爱你！"

"刚才的比赛超级棒！"

幺儿上了秦月明的车，秦月明全程按照导航的路线去了饭店，进去后坐在二楼等待。

接着，霍里翔和沈柚到了，沈柚进来后就主动跟秦月明聊天："你开车多少年了？我看你漂移的样子是老手。"

"很早，有驾照后就开了。"秦月明知道他是霍里翔的朋友，便客客气气地回答。

江云开带着鸭宝进入包厢的时候还在笑，江云开手里捧着一束花，打算给秦月明庆祝，结果他一进来就看到秦月明在跟一个陌生帅哥聊天。

江云开走到秦月明身边，把花给她，说："刚才开得不错。"

"谢谢。"秦月明接过花看了看，发现花有点被冻坏了，不过她还挺喜欢的，接着顺手把花放在一边。

霍里翔立即探头问："我怎么没有？"

"我把我那件大褂送你？"

"尺寸不合适。"

秦月明一边坐着幺儿，另一边坐着沈柚，于是，江云开就站在旁边看着沈柚，用行动示意沈柚换位置。然而沈柚不看他，装傻继续坐着。

幺儿看了看这形势，主动起身让开，说："我去看看菜单。"

江云开坐在幺儿的位置上，突然伸出手对秦月明说："冻手。"

秦月明看到他手指都冻红了，碰了碰他的指尖，低声问他："你怎么没放在口袋里？"

"刚才想等你给我发消息，就一直拿着手机来着。"

"我包里有暖手宝。"

江云开没管，伸手拉着秦月明的手，硬是将自己的拳头塞进了秦月明的手心里，接着抬头看向沈柚，问："这位是？"

霍里翔刚才在点菜，这才反应过来："我朋友，沈柚。"

沈柚看了看江云开和秦月明握在一起的手，目光很快移开，接着说："你好，久仰大名。"

江云开立即摇头："不太好，冷死了。"

秦月明小声提醒："他只是在跟你打招呼。"

"我也是正常聊天啊。"江云开拽着秦月明朝向自己，还拉着她的手不松开，问，"你手怎么也这么凉？"

沈柚看着他们就这么坦然地握着对方的手，心想，难不成这两个人已经在一起了？

"你们在交往吗？"沈柚小声问。

秦月明立即将手抽了回来，慌乱地解释："并没有，只是关系还挺好的。"

"哦……"沈柚若有所思，接着微笑着问秦月明，"我可以加你的微信号吗？我挺想跟懂行的人聊聊车子改装的事。"

秦月明想了想，看向霍里翔，她不太想加不熟悉的人的微信号，但又怕霍里翔尴尬。

江云开替她回答了："不可以，艺人很少乱加好友的，不方便。"

接着，他转移话题，对霍里翔说："霍老师，我要麻小（麻辣小龙虾）。"

"好。"霍里翔低着头还在认真点菜。

趁着菜还没上来，江云开站起身朝秦月明使了个眼神，接着走了出去，走之前还在她耳边打了个响指。

秦月明立即明白了，也起身跟着走了出去，假装要去洗手间。

秦月明出门刚走了几步就被江云开拽到了拐角处，江云开拽着她的手腕让她站在角落里，不爽地开口道："站好。"

霍里翔选的这家饭店还不错，地点安全，没有监控，这次也没有狗仔跟过来，江云开进来的时候就观察过了。

秦月明不明所以，眼巴巴地看着他，还真站得规规矩矩的，问他："怎么了？"

"让你说话了吗？"

秦月明立即闭了嘴。

江云开一手掐腰看着她，故意凶巴巴地问："知道错哪儿了吗？"

秦月明摇了摇头。

"你去跟粉丝打招呼，我都笑呵呵地走向你了，结果你扭头就上车了，都没看我一眼，你怎么能把我扔在那里呢？"

秦月明依旧眼巴巴地看着他。

江云开急了，奶凶奶凶地说："问你话呢！"

"许我说话了？"

"嗯，说吧。"

秦月明叹了一口气，真没想到自己刚比完赛就要被江云开训一顿。

不过，她没有生气，反而软软地回答："我当时只是想让粉丝赶紧回去，我知道小霍联系你了，知道你也会来饭店。而且，我们要避嫌啊，这样才不会给你添麻烦。"

"嗯，行，然后我来了就看到你在跟其他男人聊天？看那男人的眼神和那做作的样子，人家可不是单纯地想跟你当车友。"

自从开了窍，江云开一下子连任督二脉都打通了，还十分邪性，秦月明方圆十里有来历不明的异性他都会不爽。

秦月明解释："可他是小霍的朋友。"

"他朋友怎么了？金贵啊？你为了那小子连我的心情都不管了？"

秦月明看着他，微微扬眉，问："你是在兴师问罪吗？"

"我是在不高兴！我心态都爆炸了。"

"我做错了？"

"我拼命赶工才有时间过来看你比赛的，在室外冻了几个小时，结果你却抛弃我、冷落我，你觉得你错没错？"

对秦月明来说，这还真是绝无仅有的体验，她恐怕真的是被惯坏了，被江云开训了之后还有点委屈，梗着脖子不回答了。

她最开始听话是因为不明所以，后来耐心解释就是给江云开面子了，结果江云开还没完没了。

秦月明心想：就是你过分！蹬鼻子上脸了是吧？我还有小情绪呢！

江云开没辙了，伸手去捏她的脸，触感软绵绵的，非常舒服。

他似乎上瘾了，又揉了揉秦月明的脸，引得她不高兴地道："你再介（这）样子，我就生气了吼（哦）。"

秦月明说着就要把他推开，结果江云开突然凑近了她，坦然地跟她对视，轻声道："你稍微重视我一点，好不好？"

他们两个人有身高差，江云开突然这样微微俯下身，两个人平视着对方，距离一下子就拉近了。

秦月明看着江云开，眼睛里全是不高兴，皱眉道："那你也不可以凶我，我什么辈分啊？还被你训！"她的前辈包袱重得仿佛有八百万斤。

江云开笑了："好啊。"

秦月明看他没有闭眼睛，不知道他这次的微笑是真笑还是假笑，无奈地叹了口气，扭头去了洗手间。

她出洗手间的时候看到江云开还在门口等着，便问："你是在等我还是？"

"让你看一看做人的差距，虽然你抛弃了我，但我对你是不离不弃的。"江云开耸了耸肩，模样十分气人。

"幼稚。"

两个人回到房间的时候，霍里翔看着他们说："你们真跟小学生似的，上厕所都得搭伴去。"

江云开坐下后感叹："哟呵，感情你还上过小学？"

霍里翔不服气地道："你这是瞧不起谁啊？我是大专毕业的，跟月明姐这种学霸当然比不了。"

秦月明的手机连续振动，她瞥了一眼，系统提示刘创发来了十几条消息。她再抬头看向幺儿，幺儿一直在咬着嘴唇看手机，她就知道肯定出事了。

秦月明并没有去看手机，而是跟他们正常吃饭。她觉得要是真有事情，刘创和幺儿就能处理，幺儿没跟她说，就没到非得她亲自出面的地步，她不想因为其他事情影响她和朋友的聚会。

江云开帮秦月明剥小龙虾的时候，看向幺儿随口问道："怎么了？"

幺儿突然回过神来，说："就是……月明姐参加比赛的事情被曝出去了。"

"那你也不至于这个表情吧。"

秦月明给江云开夹菜，说："我们先吃饭。"她并不想牵扯到朋友。

霍里翔有点好奇，拿起手机看了看，很快就知道发生什么事情了。

接着，他拿着手机问沈柚："你是不是认识这个人？"

沈柚看了看，赶紧说："我和她说，让她把微博删了。"

"她已经删了，不过被一些营销号截图了。"

这回江云开也坐不住了，取下一次性手套，拿来手机看了一眼，很快就将手机放到一边，扭头看向秦月明，问："你早就想到了是不是？"

秦月明终于拿起手机看刘创发来的消息，果然和她想的一样。

江云开抢过她的手机给刘创发语音消息："把热搜撤了，撤干净点，短期内都不要让她再上热搜。"

很快，刘创又发来了消息："我用你告诉？不过你怎么和她在一起？"

"我们一起吃饭呢，还有小霍。"

发完消息之后，江云开将手机放在桌面上，戴上新的手套继续剥小龙虾，安慰秦月明："不用当回事，刘创会努力控制舆论的。"

"其实也不用太回避，这件事是我回避不了的，估计会跟随我一辈子。我不想因为这个影响我之后的生活，所以还是要按照自己的想法活，做我自己想做的事情。"

"嗯，你做得对，但这种事没必要被别人评论。"

沈柚原本是来刷好感的，结果突然出事了，他又不想被牵扯，就非常懂事地先走了。

霍里翔总是偷偷看手机，想看看热搜下去没有。确定热搜被撤掉了，他又偷偷看其他几个人的表情，连呼吸都小心翼翼的。

吃饱之后，江云开站起身来，直直地站在墙壁前，这是他吃完饭后的习惯。为了保持腹肌，他也是非常努力了。

他又看了看手机，刘创发消息过来跟他说了是怎么一回事。

今天那个网红少女对秦月明羡慕嫉妒恨，回去之后就搜了一些旧消息出来，接着发了一条微博："听说秦月明的爸爸当年因为改装车子偷工减料，害得两名优秀的车手死亡，秦月明的爸爸也畏罪自杀。我今天去参加比赛，居然看到秦月明也来参加了，她怎么还有脸来？不觉得愧疚吗？"

这条微博的配图就是一条旧新闻的截图，还有她偷拍的秦月明在比赛现场摇号的照片。

没想到这条微博突然火了，引来了一群人喷网红少女。与此同时，还有之前就看秦月明不顺眼的人过来趁机黑秦月明。

秦月明再次爆红，她最近在热搜出现得太过频繁，引得一些"键盘侠"视觉疲劳了，"键盘侠"终于找到了她的一点黑料，当然兴奋至极。

这些"键盘侠"跟秦月明有什么深仇大恨吗？或者秦月明做了什么违背道德的事情吗？都没有，"键盘侠"就是想骂人。秦月明长得漂亮就是整了容，他们没看过她的剧也要说她演技僵硬，只要她过得好，他们就不好。

有一小部分在现实里活得压抑的人，会在网络上找到宣泄的点。这些风头正旺的艺人就会被他们盯上，他们要充当"正义之士"，让这些艺人得到舆论的制裁。虽然他们只是一小部分人，却不断地在网络上散发恶臭。

江云开就经受过这种风波，他们组合刚红起来的时候就被全网黑。"键盘侠"说他们的造型土气，说他们的言行举止没有教养，说他们的歌难听。到现在，江云开已经习惯了。

其实仔细想想，很多神级艺人都曾经不被认可，但是只要他们走过了那个最艰难的阶段，真的有好作品出来，就会得到认可，会有真正的粉丝帮他们说话。

秦月明的情况要比朝九晚五组合当年好一些，因为她有作品、有老粉，且这次的风波并不是她本人犯了什么错误。

江云开看着刘创发来的资料，才知道了秦月明早年的经历。

秦月明的父亲曾经是一名赛车手，并且有过不错的成绩，退役后自己开了一家修车铺。因为有之前的人脉，还有一些粉丝愿意过去，所以修车铺生意还不错。

秦月明和秦夜停的童年还挺幸福的，家里至少是小康水平。然而，有一天突然出了事，一辆在秦月明父亲这里改装过的车子突然出现问题，比赛时不受控制，导致两车相撞。

这件事最后的矛头直指秦月明的父亲。

秦月明的父亲一直坚称自己的改装和零件都没有问题，但是没有人听他的解释，根据车辆的检测报告，算是确认了这件事。

后来秦月明的父亲自杀，母亲伤心欲绝，家产都用来赔偿了依旧不够，秦家之后的日子过得十分节俭。祸不单行，秦月明母亲重病，听说这种病也跟长期心情压抑有关，她挣扎了半年就去世了。

从那以后，秦月明和秦夜停就跟在小叔身边，也是这位小叔把秦月明签给了大地娱乐。

小叔不是什么善类，挥霍秦月明的收入，最终让秦月明愤怒地跟他彻底断了来往。

十几岁的秦月明一个人撑起了自己的家，她成了大地娱乐的练习生，还要照顾秦夜停。姐弟二人互相扶持，那种亲情只有他们两个人能懂。有人传闻秦月明和秦夜停关系不好，那才是最伤害秦夜停的事。

秦月明离开后，秦夜停险些跟着垮了，他一个亲人都没有了，还要听旁人道是非。

刘创："其实很多人都说，秦月明父亲是被别人用来挡枪了，那种情况只能有一个官方解释，就是这个解释害了他们一家子。"

刘创："秦月明早期曾经在采访的时候澄清过自己的父亲是被冤枉的，但是当时再次被抨击，就连还在读书的秦夜停都被连累了。在那以后，秦月明就再也没有说过这件事，不过，她心里还是难受的吧。"

刘创："本来挺好的家庭，就这么垮了，他们姐弟二人受了不少苦，感情好也是自然。"

看完这些消息，江云开觉得很心疼。秦月明明已经承受那么多了，为什么现在还要被人非议？那些年……她一定非常痛苦吧？

他只是随便想一想就觉得心口都揪紧了，他心疼她、在意她，恨不得现在就为了她去大杀四方。

霍里翔坐在一边挺纠结的，叹了一口气，问："这个比赛还参加吗？"

秦月明点了点头："当然。"

"其实我觉得……应该没什么事，这波过去了，估计就没人提了。"

"是福不是祸，是祸躲不过。"秦月明打了一个响指，"放心吧，我没事的。"

几个人离开饭店，霍里翔首先说："我自己开了车，这会儿要开夜车回去了，再见了。"

"小心点，别开太快了。"秦月明叮嘱。

"我心里有数，拜拜。"

江云开的确是赶工后过来的，直接开的房车。

他上车后招呼秦月明跟着上去，秦月明还当他有事，上去后坐在他身边问："怎么了？"

江云开自从知道秦月明父亲的事情后，表情就一直不太好看，他扭头看了秦月明半天，说："我知道我不能小看你，你不需要安慰。"

秦月明点了点头："没错。"

"可你到底是一个小女生，能扛起来多少？"

秦月明看着他，微微发愣。

江云开转过身来，突然伸手将她抱进怀里，按着她的后脑勺低声说："我不高兴了就跟你说，你要是不开心了也要跟我说，这才公平。"

秦月明被他抱得一愣，竟然没来得及反应，等回过神来却发现自己已经在江云开怀里了。他这个人太自来熟了，熟到……会让她产生误会。

"虽然我不知道该怎么做，但是我肯定会竭尽所能去调查你父亲的事，就算只能抓到一点线索也不放弃，这件事我们不能就这么含糊过去。"江云开依旧在说，他心里有一股劲，就是想为她做点什么。

秦月明身体僵硬地被他抱着，终于有点被触动了。

她叹了一口气，干脆大大方方地靠在江云开怀里，也不知是说给他听还是说给自己听："唉，我想这些年夜停也在努力，不过……"

如果有一点进展，秦夜停都不会不说，估计他也是一筹莫展吧？

"我没脑子，但是我有人脉，而且我路子比你弟弟野多了。"江云开说得还挺认真的，"我跟那些空口承诺的渣蓝不一样，我说到做到。"

"真的？"秦月明嘴角带着笑，依旧有点玩笑的意味。

"真的，我以前无所事事，没有什么人生理想，就想混日子，反正家里有钱，我吃穿不愁，做混世魔王没有问题。但是我有个朋友临终前跟我说，我唱歌好听，希望我可以唱他的歌给更多的人听。我答应他了，现在我也做到了。"

江云开原来是个体育生，一个标准的世家纨绔子弟，野蛮生长，长成了一副嚣张样。可是有一天，他突然跑去跟刘创说，他想做一个歌手，红得越快越好。

当时刘创的公司刚成立不久，签的艺人都是十八线，他试着让江云开做了男团成员，没想到江云开一炮而红，还成了玖武娱乐的王牌。

或许，有人质疑江云开的人品，有人质疑他的性格，还有一小部分人觉得他长得也就一般，没多好看，但是很少有人质疑他的歌声。江云开有着被天使吻过的喉咙，可以唱出最动人的歌。

当年朝九晚五组合歌红人不红的时候，他们的歌在大街小巷被人传唱，后来还有人震惊：我的天！原来这首歌是朝九晚五的？

江云开承诺了，就会做到。他从未想过要做明星，现在却红得家喻户晓。

今天，江云开认认真真地做了第二个承诺，他答应了秦月明，就一定会帮她调查真相。

秦月明经历过那么多风风雨雨，外表看似柔软，内里其实有一副铁石心肠。一般的事情打击不到她，一般的举动也感动不了她。然而这一刻，她的心却出现了些许松动。

江云开的怀抱很舒服，暖融融的。这一瞬间的温暖让她感动，她躲在江云开怀里笑："那我可当真了。"

"你必须当真。"

鸭宝本来是要跟着秦月明上车的，然而一抬头就看到两个人抱在一起了。

他脚步一顿，手足无措。

幺儿也看到了，立即警惕地打量四周，生怕有狗仔躲在车里偷拍，还走了几步去看周围的车里有没有人。

鸭宝还在车边傻乎乎地站着，幺儿连忙去拽他："过来帮忙啊。"

"帮什么忙？"

"你跟的艺人有事情，你不得打掩护啊？你怎么做助理的？"

幺儿之前跟那位大花艺人的时候，就经常帮忙打掩护，都有经验了，这方面她是专业的。

鸭宝却完全不在状态内，傻乎乎的，不知道该做什么。

鸭宝抬手抹了一把脸，无奈地道："我平时顶多处理江哥打架、骂人这种事，拉架就行了。我还真没见过江哥和女孩子在一起，更没想过江哥有一天会做出这种事。"

他都怀疑人生了，江哥……刚才干了什么？拥抱难道是兄弟之间的什么特殊仪式吗？

鸭宝又拍了拍脸，让自己振作起来，他觉得他的江哥可能长大了。

江云开身边一般没什么女孩子，他和女孩子的相处也大多不太和谐。主要是他性格的问题，他不让着女生，还经常试图跟女生讲道理，嘴巴总是特别坏。

这种人就应该单身！他不配拥有爱情！

鸭宝在跟幺儿求经验的时候，秦月明下了车，朝她自己的车走过去，对幺儿说："我们走吧，回去你开车吧，我有点累。"

"没问题！"幺儿立即跑过去。

上车后，幺儿启动车子，迟疑地问秦月明："月明姐，你和江哥……"

秦月明揉了揉太阳穴，无奈地说："我要被他搞疯了……"

"怎么了？"

她一次次想放弃，甚至想过就此不和江云开来往了，可江云开却一次次出现在她面前。每次她要放弃了，他就做出一些莫名其妙的举动，让她越陷越深。她觉得她聪明一世，却在江云开这里栽了跟头。

"没事，我们没有谈恋爱，他只是在安慰我。"秦月明说完就靠在椅子上休息了。

她也知道幺儿担心的事情，其实幺儿不必这么小心翼翼的，她真不是那种很难伺候的性格。

幺儿开着车子，一路上手心都是汗。但秦月明现在情绪不太好，只能由她来开车。

另一边，鸭宝的情况真不比幺儿强多少。

鸭宝开着房车,跟坐在后面的江云开说话:"江哥,你太突然了!你真的是……你怎么可以这样?"

江云开纳闷地问:"我怎么了?"

"你……你突然拥抱女艺人!我措手不及!"

"我那不是安慰她吗!"

"安慰也用不着这么身体力行啊!以前也没见你这么安慰过谁。每次我心里压抑,都要哭了,你还坐在我身边笑出声来。"

江云开本来想偷吃巧克力,却被搅和了心情,不服地反问:"嘿,我是你老板,我还得跟你解释了是不是?"

"也不是,就是太突然,吓到我了,不过我知道你们没事。"

江云开听着有点不对劲,于是问:"我们怎么就没事呢?万一有点事呢?"

"能有什么事?"

"你说我能追上秦月明不?"

鸭宝猛地将车停在路边,半站起身子看着他,对江云开嚷嚷:"不行啊江哥!不能谈恋爱啊你!"

"我怎么就不能谈恋爱了?南云庭女朋友都没断过!"

"南哥藏得住事,你藏不住啊,你恋爱第一天整个娱乐圈都能看出来!"

江云开不服,跟鸭宝对着吼:"那就公开!"

"你是偶像啊!偶像怎么能谈恋爱呢?江哥……"

"偶什么像!不偶像!我要谈恋爱!就要谈恋爱!你再跟我嚷嚷我现在就打电话表白。"

鸭宝突然回过味来了,问:"你是说你还没表白呢?"

"嗯。"

"哦。"鸭宝松了一口气,坐好继续开车。

江云开立即扒着椅背问他:"你'哦'是什么意思?你觉得我追不到是不是?"

"嗯,是我多虑了。"

"我怎么就追不到?啊?秦月明她会瞎的!会瞎的!"江云开吼得掷地有声。

鸭宝却没多在意,只是云淡风轻地说:"江哥,你也挺累的,系好安全带,休息一会儿吧,到地方了我喊你。"

"你什么态度！你看轻我是不是？"

"唉，江哥，你要学会独自坚强，你都单身二十四……不，二十五年了，也不差后面那几年，你说是不？"

江云开被鸭宝气得够呛，愣是半天没憋出一句话来，气得直打嗝。他伸手拿来水瓶喝了一口水，心里还是不服气，他觉得他能追到，死皮赖脸、发愤图强也要追到！

实在不行他就往实力派的方向奋斗，那样他就不用减肥了，巧克力吃得坦坦荡荡。

之后的一段时间，秦月明都非常低调，躲在剧组拍戏，有比赛的时候就继续去参加比赛。

比赛那天幺儿特意带着保镖去了，就怕赛车圈里有人闹事，好在大部分人还是很理智的。

刘创他们压热搜压得非常及时，营销号也删除了很多微博，事情最后没发酵起来。没有人再提，风波就被压到了最小。

秦月明参加比赛也尽可能地保持低调，去了就比，比完就走，不接受任何采访，来也匆匆去也匆匆，全程戴着口罩。

比赛时还有霍里翔帮忙，两个人有个照应，之后倒是没有再出什么事情。

二月十三号，公司安排秦月明回公司录歌。

公司购买了秦月明和江云开在粉丝见面会上唱的那首歌的版权，允许两个人翻唱。

秦月明到的时候，江云开已经在了，一个人对着墙壁在活动舌头。

江云开有个习惯，他录歌之前不会吃东西，会喝一点温水，然后活动舌头。就是将舌头平伸出口外，接着收回来抵着下牙龈，再卷起舌尖……

这种动作做起来挺羞耻的，所以江云开都是对着墙壁做。没想到秦月明进来后走过来跟他打招呼，还探头看他在干什么，问他："为什么这么坐？"

江云开舌头还没收回来，抬头看向秦月明，有点尴尬。

"录歌前的准备……"江云开轻咳了一声，小声解释。

录歌之前，江云开说话都会非常小声，这也是准备工作之一。

秦月明立即来了兴趣："你教教我吧，我对录歌一窍不通，我会唱，但是录歌需要做什么准备完全不知道。"

秦月明参加过配音录制，却也知道这跟录歌不太一样。

"其实你不做这些准备也没事。"江云开说。

"教教我吧。"秦月明坐在他身边。

江云开无奈了，对她说："你喝点温水。"

"好。"秦月明让幺儿去接温水。

接着，江云开教她卷舌头："你会卷舌头吗？这样……你舌头不太灵活啊，你是不是大舌头？你这模样就像吐舌头的熊猫表情包。"

秦月明收回舌头，凑近让他示范："你再示范一下。"

江云开有点尴尬，被心上人仔细盯着舌头看是什么感觉？反正……不太舒坦。

江云开示范完之后，秦月明跟着学，两个人对着墙表情怪异地做"舌头操"。

江云开看着秦月明张开嘴巴，还有红色的舌尖在他眼前晃动，心里没来由的又是一阵燥热。他想起他之前亲过她的嘴唇，现在竟然向往起更多来。

注意到江云开停了下来，秦月明也跟着停下来，问他："怎么了？"

江云开立即侧过头去："没事，就是觉得这模样挺蠢的。"

他回答完就恨不得将自己的舌头割下来，这说的是人话吗？

秦月明没在意，只是嘟囔："难怪你对着墙做，确实挺羞耻的。"

秦月明又喝了一点温水，接着，两个人开嗓了。他们开嗓唱的是比较柔和的歌曲，声音不大，和发音训练差不多。

他们这边准备得差不多了，工作人员也准备好了，两个人正式开始录歌。

真正开始录歌，秦月明才意识到专业的歌曲录制果然非常讲究，也可能是这一次合作的录音师比较挑剔，她唱歌的时候发出轻微的"口水声"都不可以，会被老师说。

她紧张得身体都僵硬了，还真有点放不开嗓。

江云开对她说："你别紧张，也不要故意去避讳那种小动作，不然会不自然，实在不行让他们修音。"

录音师忍不住说："江老师，咱不能这么教啊，再来一次，录歌就是一次次地录，江老师录一首歌也需要好多天的。"

他们现在的阶段其实就是磨棚，也不算正式录制。

所谓的磨棚就是歌手拿到一首歌之后，在录音棚里反复练习。因为录音棚里环境好、设备专业，会更直接地发现问题所在。与此同时，还有录音师在旁边听着，随时指导，音调、感情等都可以调整。

录制一首歌，歌手在录音棚里磨七八个小时都很正常，江云开他们组合每次出新专辑，遇到问题的时候一首歌都会磨个几天。

别看江云开不太正经，录歌倒是非常讲究，每次都精益求精，但是……他对秦月明双标。

他的理念就是：可不能把秦月明累坏了。

他们一直磨到凌晨，录音师和江云开听了之后都觉得已经很不错了，但他们还可以录得更好。

录音师起身伸了个懒腰，说："先休息休息，总这么磨嗓子受不了，尤其秦老师是第一次录歌，这么枯燥怕是受不住。"

秦月明十分客气地说："辛苦你们了。"

"你音色非常好，其实很有潜质，戏也拍得好。"录音师有点语无伦次，最后说，"我先回去睡觉了，明天早上我们继续。"

秦月明还有戏要拍，不能耽误太久，明天就要完成录制，所以今天该休息了，明天再继续。

录音师走了之后，江云开问她："回家？"

秦月明看到幺儿都躺在休息室里睡着了，不忍心吵醒她，便扭头问江云开："公司里有休息的地方吗？"

江云开看了看，休息室里一张小床睡着幺儿，一张沙发睡着鸭宝。

他们公司的确有寝室，里面住着一些练习生，都住满了，其他的寝室应该也早就被这群经常加班到深夜的工作人员占满了。

江云开带着秦月明在公司里又看了看，发现真没有可以睡觉的地方了。

最后，他们去了刘创的办公室。

刘创这里经常接待客户，有一个小型的会议室，里边放着两张三人沙发，黑色的，皮质很软，看起来可以用来休息。

"只有这里了，你确定？"江云开咧着嘴，表情有点嫌弃。

秦月明看了看表，说："就这里吧，没事的，现在都两点半了，六点就又要开始录音了，就不折腾了。"

她用外套盖着自己，躺在沙发上休息。沙发的扶手不高，可以充当小枕头，还挺舒服的。

江云开也没走，也拿外套盖着，躺在了另一张三人沙发上，两个人头顶着头。

寂静的夜，黑暗的空间，只有他们两个人，他们甚至能够听到彼此的呼吸声。如果是之前或许他们还能自在一些，但是自从发现自己的心意后，跟喜欢的人共处一室心中就会产生奇异的想法。

他们需要非常努力地控制，才能将那种心情压下去。

秦月明调整了好一会儿才睡了觉得好了一些，想了想，说："晚安。"

江云开只是含糊地应了一声："嗯。"

躺了一会儿，江云开听到了秦月明翻身的声音，问她："你嗓子会不舒服吗？要不要我去给你接杯温水？"

"没事的，我以前就是麦霸。"

"那就好。"

或许是真的太累了，两个人很快就睡着了。尤其是江云开，他是那种一沾枕头就能睡着的体质，似乎侧面证实了"没心没肺的人睡眠质量都高"这句话。

秦月明醒来的时候，睁开眼睛就发现她和江云开脸对着脸，她的目之所及是江云开的头顶和闭着的双眼。近距离看，她才发现江云开的睫毛很长，还很浓密，投下了一道阴影。

她心口微微发颤，伸出手小心翼翼地碰了碰江云开的头发。似乎是因为经常做头发，江云开的头发很软，很蓬松。

她又小心翼翼地碰了碰他的睫毛，接着是高挺的鼻梁。

感觉到有什么不老实的东西在触碰他，江云开在睡梦中迷迷糊糊地伸手抓住这个东西，握在手心，接着往自己这边拽。

秦月明吓了一跳，然而还是被他拽住了手，江云开抱着她的手臂继续睡。

她试着把手抽回来，心虚得不行，心跳又乱了节拍。下一秒，起床气很重的江云开居然直接将她拽了过去，抱在怀里按住，让她不能再不老实。

秦月明整个人都被拽了过去，就跟拔萝卜似的，她就是那根萝卜。

她吓了一跳，赶紧推醒江云开。

江云开终于醒了，看着怀里的秦月明，顿时一愣。

秦月明居然还能理直气壮地问："你是梦到了倒拔垂杨柳吗？"

江云开吓了一跳，直接翻滚下沙发，摔在了地上。

他是真的睡得迷迷糊糊的，很多举动都是在睡梦中做的。他下意识地把骚扰自己的东西拽过来抱住，完全就是跟自己的猫在一起的习惯，没想到抱住的是秦月明。

刚才软绵绵的触感是什么？这事儿不能细想。

江云开觉得脑袋疼，狼狈地从地上爬起来。

秦月明也快速坐起身来，开始整理自己的头发。

江云开连忙道歉："对不起啊，我把你当成我的猫了……"

"哦，没事。"秦月明站起来，披上自己的外套朝外走，"我让幺儿给我准备洗漱用品，等我洗漱完了我们继续录歌。"

江云开掐着腰调整自己的呼吸，点了点头。等秦月明出去之后他才瘫在沙发上，一大早就这么刺激，他真有点受不住。

秦月明简直是狂奔出去的，出去后没走几步就又羞愧得捂脸狂奔。

她躲在楼梯间里，用手指碰碰自己的脸，觉得热得厉害。丢死人了！她色迷心窍地去碰人家，结果被抓个现行，真是尴尬得很了。

秦月明调整了一会儿心情才走进楼梯间，叫醒幺儿，让她在行李箱找出两个人的洗漱用品。她在公司卫生间里整理完毕后，又调整好状态投入工作了。

心心也来了公司，过来给秦月明上妆。

今天的录音过程会被拍摄成纪录片，有可能会发布到网上，妆容必须精致。

秦月明化完妆就去了休息室，第一次看到鸭宝给江云开化妆。

江云开一边举着镜子看自己，一边感叹："我怎么这么帅？我都恨不得亲自己一口。"

"口红别亲花了。"秦月明开口说。

注意到秦月明来了，江云开立即收起镜子装深沉："你稍微等我一下，我马上就好了。"

两个人进入录音棚后一起面壁做准备动作，做了一会儿又下意识地看向对方，都觉得有点好笑。

昨天的录制还算可以，他们今天要尽可能做到精益求精，还要拍摄一点花絮。

今天比昨天顺利多了，秦月明表现得很好。

录制完毕，录音师朝她做了一个"OK"的手势，还说："非常优秀。"

秦月明笑了笑，伸了个懒腰，看了看时间，已经是下午五点了。

她喝温水润喉的时候，江云开走过来问她："什么时候的飞机？"

"明天早上。"

"去我那儿聚一聚吧，正好大家都有空。"

"怎么都有空？"

"可能是因为大家都是单身吧。"

秦月明不明白这和单身有什么关系，拿起手机看日历，才发现今天居然是情人节。

于是她便应了："好的，我们一群单身狗聚一聚。"

秦月明和江云开一起去了别墅，进门后发现刘创和蔡思予已经在了，两个人正在拿着平板电脑看最近的热门影视剧，吐槽别家艺人的演技。

秦月明坐在沙发上，先看到的是广告。

蔡思予问刘创："刘大总裁，你能不能办个会员？能提升不少工作效率。"

刘创回答得理直气壮："你当我不想？公司的资金都用来给江云开做公关、给秦月明撤热搜了，我都没有零花钱了。我们公司看似风光，其实已经到了最危急的时刻，他们太红了，红到要控制局面太难了。"

蔡思予忍不住朝他竖起大拇指："厉害啊刘总，抠门抠得义正词严，颇有大家风范，还顺便在我们月明面前卖个乖？"

刘创还挺骄傲的："那是，这是做老板的头脑，你学着点。"

秦月明抱着抱枕说："思予，你别太欺负刘总了。"

"我最近都没欺负他，我还开始叫他老师了，是不是啊刘老师？"蔡思予说着又看向刘创。

刘创都不想搭茬，说多了都是算计，他干脆放下平板电脑跟江云开聊天去了。

秦月明拿起电脑继续，看了一会儿，问蔡思予："这部戏怎么了吗？"

"哦，刘老师在跟我炫耀，当初他拒绝了这部戏的投资，这部戏果然扑街了。"蔡思予说，"我问他投资的哪部戏爆了，他思考了三分钟没回答出来。"

秦月明笑出声来。

江云开抱着猫走过来问秦月明："白酒、啤酒、红酒，你对哪个更感兴趣？"

秦月明特别嚣张地回答："我都OK。"

"厉害啊，我这里可有珍藏，全球就九十多瓶的那种，一会儿给你拿来。"

没一会儿，又来人了。霍里翔、杜拾瑶、昊图都来了，和江云开同组合的周若山、南云庭、余森也都来了。这么多人聚在江云开家里，倒是一点也不显得拥挤。

霍里翔问江云开："上次来我看到有泳池，现在怎么没了？"

江云开正在准备菜单，抬头随意地回答："你想游泳？冬天泳池的水肯定放了啊。"

"泳池都填上了？"

江云开走过来，在墙壁上按了一个开关，接着地板就打开了，下方出现了泳池。

霍里翔看着这个泳池，沉默许久才"哦"了一声。

江云开问："要放水吗？可以放温水。"

霍里翔讪讪地摇头："不必了，我就是随口问问。"

真正的豪宅，他这种土豪是不懂的。

好在秦月明也跟着过来感叹了："好厉害，还能隐藏？"

这样霍里翔才不会显得那么没见过世面，大家都一样。

江云开介绍："对，还可以室内室外隔开，冬天可以在室内游泳，而且是温水。"

秦月明又说："早知道我就带泳衣过来了。"

江云开光想想她穿泳衣的样子就忍不住红了脸，回答："下次可以。"

"好。"

今天的聚会完全由江云开安排，他准备好酒水和菜单后，终于有空过来跟大家聊天了。

江云开说："每次看到我们组合聚得这么全，我就觉得我们要完了。"

当红的人气组合，按理来说工作应该排得满满当当的，他们几个却能私底下聚会，这是要过气的征兆。

刘创第一个不开心了："我是一个人道主义的老板，现在都没给你们安排那么多工作了，这难道不是我的功劳？"

"是是是，我们敬老板一杯！"南云庭立即捧场。

杜拾瑶小心翼翼地举杯，她这是第一次和地下恋男朋友的老板一起聚会，生怕被老板发现什么端倪。

圈里都说刘创可不是什么好人，整个娱乐圈最浑蛋的就是他。所以杜拾瑶一直对他怕怕的，像个无助的小鸡崽一样躲在秦月明身边，秦月明不知不觉中成了护着她的老母鸡。

刘创扫视了一眼在座的这些人，忍不住感叹："真是奇景啊，在座居然没有一个有对象的。"

杜拾瑶拿着酒杯的手抖了一下，南云庭依旧是云淡风轻的模样。

蔡思予大大方方地说："如果大家有小鲜肉，不要大意，介绍给姐姐。"

刘创立即撇嘴："你能不祸害小鲜肉了吗？"

蔡思予不服："怎么能叫祸害呢？我这是用爱去升华灵魂。"

霍里翔突然问："奚图，你上次得奖之后不是说想谈恋爱了吗？怎么样了？"

奚图喝了一口酒，随后摇了摇头，模样有点沮丧："说完那些话之后，我的经纪人几乎全天盯着我，我一拿起手机，他就开始盯着我的手机屏幕，生怕我谈恋爱，还每天跟我谈心。"

霍里翔惊讶道："这么严格？"

刘创却说："其实我能理解老张，他们鸡窝里难得飞出一个金凤凰来，好不容易红了一个，要是扭头就谈恋爱，人气肯定会受损，他自然盯得紧。别看奚图得了奖，但他的定位还是小鲜肉，以后要是真的发展起来，那也是实力派小鲜肉，走的还是流量路子。"

奚图垂下头道："我也仔细思考过了，当前还是想先成立自己的公司，等自己有实力了才能谈恋爱，不然我现在给不了任何人安全感。"

奚图到底是一个传统的男人，核心理念就是要给自己女朋友稳定的日子。他不想谈恋爱后女朋友被粉丝攻击，他自己的实力也没有那么强大。他给不了女朋友想要的生活，甚至不能提供任何帮助，所以他不敢轻举妄动。

爱，只要开口了，就要承担责任。

蔡思予问："成立公司？自己的工作室吗？"

奚图摇了摇头："科技公司，这是我一直以来坚持的信念，我打算自己开公司，招聘团队研究我的项目。"

秦月明夸赞他："励志！"

奚图对她笑了笑："谢谢。"

趁着大家都没注意，江云开悄悄拿起一包薯片，刚打开就被刘创伸手抢走了。

他立马不高兴了，对着所有人抱怨："我过的这是人过的日子吗？每次组合一起化妆，他们三个都开始上妆了，就我一个还在做脸部消肿按摩，化妆师那手劲大得啊，恨不得按掉我两颗牙……"

杜拾瑶说："可是周哥看起来比你壮啊。"

周若山立即挽起袖子秀肌肉："我已经开始走肌肉型男的路线了，大家都知道我脱衣有肉，不会说我胖。"

江云开跟着补充："我个子高，骨架大，要想有纤细少年感真的很难。但是不知道为什么，我的粉丝就是喜欢我瘦，粉丝总觉得我还是那个十九岁的少年。"

秦月明拿出手机开始搜索，想看看江云开刚出道的时候是什么模样，看了之后忍不住感叹："好嫩。"

江云开凑过去问她："我现在很老吗？"

秦月明乖巧地回答："是成熟了。"

江云开好哄，立马开心一些了。

这群人凑到一起就闹哄哄的，今天他们似乎统一了阵营，一致想让江云开醉酒失忆，吃饭时挨个跟江云开敬酒。

秦月明有点搞不明白，杜拾瑶笑着凑过来说："你忘记了吗？上次江哥喝醉酒后就失忆了，什么都不记得了，谁也不认识了，就记住了一件事——自己非常有钱。但是他看到你之后，还能记得你是他的理想型。"

秦月明还真忘记了，问："真的假的？"

"真的！我们几个都记得，不信你问问思予姐。"

秦月明来兴致了，放下酒杯说："我这次一定要看一看。"

"但是你不陪着喝，江哥醉不了啊，除了你，在场的估计没有谁是他的对手。"

秦月明也有点为难，接着干脆对江云开说："江家娃娃，我想看你喝醉以后的样子。"

江云开开蒙了："哈？"

秦月明是真的特别期待，继续说："他们都说你醉酒后特别有意思，你这次在家里应该没什么事吧？"

江云开指着餐桌上的白酒说："我努努力，行吧？我喝白酒醉得快。"

"行啊。"

南云庭是知道江云开心思的，顿时笑得不行。之前的江云开是多牛的一个人，天天就知道吹，说他肯定不惯着自己的女朋友。结果呢，秦月明这么无理取闹的要求，他竟然同意了。

人啊，单身的时候越张狂，心动之后越小心谨慎。

酒过三巡，一群人醉的醉、倒的倒，受不住的都去客房休息了，江云开居然还没醉。

依旧留在楼下的，只有刘创、蔡思予和奚图了。

刘创也喝了酒，坐在蔡思予身边吹自己的创业史，什么家里都反对、没人看好他啊，他一个人打拼出现在的成绩多么厉害啊。

蔡思予不太爱听这些，随便应付着。

江云开觉得肚子有点撑，靠着椅背对蔡思予说："你前夫最近的工程，有点问题……"

蔡思予突然来了精神，看向江云开，什么都没说，等他继续说下去。

"我让人去盯着了，他这次负责的是跨国工程，居然也敢在中间做手脚。工程有点问题，如果被发现，他们家一下子就垮了一半。"江云开又喝了一口白酒，继续说，"他们不是什么好人，所以，怎么圆滑地把孩子要回来，你得自己来了，我可以把我掌握的证据给你。"

蔡思予眼睛一亮，她自己也知道，她现在跟乔家打官司是肯定不占优势的。但是，如果她手里有筹码，那就完全不一样了。

"这样会不会激怒他们？我们要好好想一想。"秦月明比较担心蔡思予的安全，问，"他弟弟那里能不能利用一下？"

蔡思予点头道："对，要好好想一下，我一定要把洛壹的抚养权要过来。"

刘创突然开口："不用那么怕，你是有背景的，我……们家也不是什么好人，我可以……保你平安。"

蔡思予看了看醉醺醺的刘创，依旧没理他，转而看向江云开，有点纳闷："你是什么时候开始注意的？我一直在盯着，可是……"可是她并没有发现任何线索。

江云开忍不住翻了个白眼，说："豪门真要隐瞒的事情，你派的人能查到什么啊？我不一样，我狐朋狗友多，认识的人里有跟他们家有项目合作的，我拜托他帮忙了。你前夫会提防陌生人，但在我们圈子里这些出了名的混球面前，防备心就会弱一些，蛇鼠一窝你知道吗？"

"好，谢谢你。"蔡思予突然正经起来，拿起酒杯示意，"我敬你一杯，这个人情我记住了。"

江云开回敬道："我这边会继续盯着的，有其他发现第一时间告诉你。"

奚图对这种话题不感兴趣，站起身说："我回去了，经纪人看得很紧，不让我在外面留宿，拜拜。"

秦月明抱着自己的腿坐在椅子上，盯着江云开看："你什么时候才能醉啊？"

"我已经很努力了。"江云开说着又喝了一杯酒。

秦月明想了想，伸手拦住他："算了，你还是别喝了，不然会影响嗓子。"

江云开站起身揉了揉肚子，说："有点胀，我去楼上的健身房消消食，你们这些人里只有我一个人需要健身。"

几个人就此散场。

秦月明去了客房，发现用人已经将她的包放在房间里了。她在包里翻找了一下，找到了自己常年带在身边的药，拿了酒后吃的，又出了房间。

她记得江云开说过，健身房在顶楼，结果她敲了敲门走进去，却发现是书房。她再去健身房，发现里面也没有人。

她拿出手机给江云开发消息，江云开没有回复，于是她干脆给他打电话，在某个方向听到了铃声。

秦月明朝着那个方向走过去，拉开玻璃门，走进了阳光房里。

江云开曾经吹过自己的阳光房，不过他们今天是在楼下聚餐，并没有来看。

阳光房真的很漂亮，进去之后就看到大片的植物。玻璃窗上还固定了不少星星灯装饰，房门此时也是开着的，走进去有种梦幻般的感觉。

秦月明挂断电话，往里走了一段，看到江云开靠在秋千的藤椅上。他的腿就那么随意地搭在边缘，也能看出来很长。

她走到江云开身前，发现他真的睡着了，不过这姿势看起来不太舒服。估计他不知道那种酒后劲大，当时没觉得有什么，结果扭头就困了。

她有点发愁，不知道要不要将他叫醒，让他回房间睡觉。她伸手试着帮他调整一下姿势，结果突然被握住了手腕。

"醒了？"秦月明问他。

江云开眯着眼睛问她："你谁啊？"

秦月明愣了一下，紧接着就笑了，又问他："你还真的什么都不记得啊？"

"什么乱七八糟的？"江云开松开她的手，坐起身来上下打量她，问，"你叫什么？"

"秦月明。"秦月明配合地回答，看着他失忆的样子，觉得很有意思。

江云开迟疑了一下，又问："你有男朋友吗？"

"没有欸。"

"哦……你是我喜欢的类型。"

秦月明立即笑得不行，她总算看到江云开喝醉酒的样子了，这是真的失忆啊。原来他真的失忆了，还记得他喜欢什么类型的女生。

然而，杜拾瑶没说，江云开虽然醉酒后会失忆，但醒酒后是记事的。秦月明下意识地觉得，很多人醒酒后都不记事，就和她一样。这使得她动了歪心思，想调戏江云开一下。

"其实你也是我喜欢的类型。"秦月明用手指点了一下江云开的鼻尖，说，"我喜欢长得好看的、身材好的。"

"那你要不要做我女朋友？"

"不能，我们两个人的条件差太多了，我欠了很多钱，不能谈恋爱。"

"钱？钱不是问题，我有钱。"江云开说得特别狂，嚣张得不行。

"我还是想等我还债还得差不多了，然后再找一个跟我旗鼓相当的男生做男朋友。"

秦月明说的是实话，这就是她内心的想法。所以，她即便心动了，也仍旧会和江云开保持朋友关系。虽然她还是会觉得难受，但这是最好的处理方法。

江云开醉酒后，本就不太聪明的脑袋会变得更不聪明。

所以，他不明白秦月明说的这些话是什么意思，纳闷得不行："你……能不能说得简单点？"

"就是……我们不能在一起。"

江云开猛地站起身来，一直盯着她看，说："我喜欢你这样的，你也喜欢我这样的，我们为什么就不能在一起？"

"并不是互相喜欢就可以在一起啊。"

"为什么啊？"江云开凑近秦月明，让她近距离看自己，又问，"我是不是挺帅？为什么就不可以呢？"

秦月明迟疑地问他："你是真的不记事吗？"

"什么不记事？"

"你自己是谁？"

"我是江云开，我有钱！还帅！"

"那我是谁？"

"秦月明啊！你刚才不是说了吗？"

秦月明看着江云开此时的样子，确认他不是伪装的，于是问他："我可以碰你的脸吗？"

"嗯，可以。"

秦月明终于能碰江云开的脸了，这次是大大方方的。她其实挺喜欢江云开这张脸的，第一次看到他的照片就在想，弟弟的对家长得还蛮不错的。之后在现实中见面，江云开明明模样那么狼狈，但脸依旧好看，也真是神奇。

这家伙态度嚣张，做的事情也让人生气，却偏偏有一张能让人原谅他的脸。

秦月明挺颜控的，对这种长相、声音、身材都符合她审美的男生根本没有抵抗力。更何况江云开还对她这么好，每天围着她转，撩拨她的心，自然让她心动了。

她摸了摸江云开的额头、鼻梁、脸颊，然后用手指按了按他的嘴唇。她亲过他，当时只觉得他的嘴唇很软，但是没有仔细体会。说真的，他这种嘴唇薄的男生，会不会十分薄情？

江云开也在看她，眼神有点迷糊，只是怎么看她怎么顺眼。看着她不安分的手，他突然问："你……是想接吻吗？"

此时他的眼神充满了侵略性，秦月明吓了一跳，手触电般收了回来。她惊恐地看着他，心跳失控地加速了。

两个人的距离那么近，让她失了神志。她的确没有醉酒，可是也喝了酒，或许真的是酒劲上来了，她居然回答："可以啊。"

得到了允许，江云开伸出手扶着她的后脑勺，将她带到自己身前，然后低头吻住了她。

秦月明最开始还有点僵硬，然后就渐渐顺从了。她缓缓闭上眼睛，手扶着江云开的脖颈，微微踮起脚配合。

本能使然，江云开将她抱进怀里，就算醉了也吻得小心翼翼的。这个女孩毕竟是他喜欢的类型，那么精致，不能碰坏了。

两个新手在实践中寻找经验，呼吸乱了节奏。和上一次不同，这次两个人都想亲个够本，许久都没有分开。

天光渐暗，星星灯还亮着，昏暗的灯光下，只能看到两个人的轮廓。

安静的空间里，不知名的花在冬日绽放，白色的花瓣层层叠叠，散发着阵阵清香。

两人鼻翼里不只有花香，还有对方的味道，以及相同的酒味。

许久之后，两个人才分开，江云开却没松开抱着秦月明的手。

秦月明低下头，胡乱地擦了擦嘴唇，再抬头看他，发现他只是傻乎乎地看着自己。

她赶紧抬手帮江云开擦干净嘴唇，抹除作案痕迹，又从口袋里拿出药，说："你喝了酒，身体应该会有些不舒服，吃了这个就会好一些。我早期应酬之后会吃，这个属于保健品，没有依赖性。"

江云开抱着她的手又紧了一些，他含糊地回答："你喂我。"

秦月明看他迷迷糊糊的样子，估计他行动不便，于是推了推他，准备去接水。

江云开却还是不松开她，还嘟囔："没抱够。"

秦月明立即凶他："你松开我，不然我没办法去接水，你坐在这里等我回来。"

江云开乖乖地松开了她，但一直跟在她身后，声音含糊地说："我也去。"

秦月明没办法，带着江云开一起去了健身房找水。

她拿起一瓶矿泉水，拧开瓶盖后递给江云开："喝一口水。"

江云开接过水瓶乖乖地喝了一口水。

秦月明又把药放进他嘴里："用水送下去。"

江云开也乖乖地用水将药送了下去，还张嘴给她检查。

"行，你也回房间睡觉去吧，早点休息。"秦月明就跟个渣女一样，明明占了弟弟的便宜，还跟个没事人似的，根本不想负责任。

她正准备溜之大吉，江云开却跟在她身后按住了门，说："我没亲够。"

江云开力气很大，动作很强势，她根本拽不开门。

秦月明想跟他讲道理，结果刚转过身就被他按在门上，被吻得完全没有反抗的余地。

她稍微动一动江云开都觉得她是要跑，把她控制得死死的。她只能抓着他肩膀处的衣服，继续被他吻着。

事实证明，动歪心思是会被人教做人的，秦月明这一次被江云开吃得死死的。

醉酒后，江云开的行为都是出自本能，他喜欢谁就会去表白，想做什么就会直接做。

秦月明以前的公司一直给她立仙女人设，给她接的戏虽然有感情戏，却没有太多吻戏。就算真的有吻戏也是借位，为了保住人设，避不开的吻戏还强制性地用替身。

她和钟嵘交往的时候也只发展到了牵手的阶段，再没有其他进展。

她第一次这样疯狂地接吻，终于慌了阵脚。

江云开喝醉之后比她想象的难控制，她用力推他，然而毫无用处。

她发现，如果江云开认认真真地跟她掰腕子的话，她估计不是他的对手。

江云开确实看起来不太聪明，但身体素质好到她完全抵抗不住。

秦月明后悔了，她不该看到江云开喝醉酒后的样子，他刚才问那个问题她更不该答应。

这一次她亲够了，够够的了。

这个吻不知道持续了多久，秦月明有点无所适从，最后逼不得已狠狠地踩江云开的脚。江云开吃疼，这才松开了她。

她赶紧打开门跑了出去，模样狼狈得不行。

注意到江云开没追来，秦月明才松了一口气，回到自己的房间里反锁房门，走到镜子前照了照，发现嘴唇都有点肿了。她才知道接吻腮帮子会这么累，是因为太紧张了吗？

她颓然地坐在床上，又等了一会儿，确定外面没有动静了才起身去洗漱。

洗漱完毕，她躺在床上依旧睡不着，心跳终于平复了一些，有那么一丢丢的开心。

她又翻了一个身，对自己念叨：睡觉，赶紧睡觉，明天还得拍戏。

江云开醒来的时候发现自己躺在健身房里的垫子上，他起来活动了一下，觉得浑身不舒服，紧接着动作一顿，许多画面一瞬间涌进脑海里。

他愣愣地回忆昨天的事情，觉得有点匪夷所思，做什么美梦呢？

然而，桌上的确有拧开盖子的矿泉水瓶，水瓶边还放着一板药，格子空了一格。

他立即往外走，想去找秦月明，结果走到秦月明的房间门口就发现房门开着，用人在打扫卫生。

见到他来了，用人捧着一个盒子递给他，说："这位客人已经离开了，这个是留给您的。"

"哦……"他记得秦月明一大早就要坐飞机回去拍戏。

江云开接过盒子打开，发现里面是一双限量款的球鞋，拿出来仔细一看，还是他的尺码。

这款鞋他已经有了，也是这个颜色，不过因为这双是秦月明送的，他还是很开心。

江云开捧着球鞋上楼，到处都找不到手机，最后才想起来是落在顶楼阳光房的藤椅上了。

他拿回手机点进微信，看到了秦月明昨天晚上来找他时发的消息，还有未接的电话。

他顺势坐在藤椅上，抬手拢了拢头发，看着不远处的位置傻笑起来，他好像是在那里亲的秦月明。

是从什么时候开始的？他笑的时候居然可以不闭着眼睛了，是因为想一直看着她吗？

他知道自己肯定脸红了，一个劲地揪耳垂，嘴角一直上扬，嘴巴就没合上过。

她让他亲、帮他擦嘴唇的时候模样还挺可爱的，她怎么那么甜啊……

她那个回答是什么意思？不是不喜欢他，只是因为她欠着钱？所以她喜欢他是不是？

想到这里，江云开笑出声来，立马给南云庭发消息："我跟你讲！秦月明肯定喜欢我！她爱我！她绝对爱惨我了。"

我跳舞挺好看的："你还挺有理想的。"

我唱歌挺好听的："你不懂！不出一个月我就能谈恋爱！你信不信？"

我跳舞挺好看的："不愿意跟你聊天，我累了，睡会儿。"

我唱歌挺好听的："一大早的你干什么了就累了？"

我跳舞挺好看的："单身狗懂什么？"

江云开突然就懂了，南云庭和杜拾瑶是利用他这地方谈恋爱了啊。

他突然觉得自己炫耀错地方了，明明想秀恩爱，结果被人家秀得瞎了眼。

江云开拿着手机下楼准备吃饭，下去后看到蔡思予在等自己。

他立即反应过来，说："你等我一下，我去拿其他的证据给你。"

蔡思予跟在他身后上楼，在他找东西的时候，靠着门框站着，双手环胸，问他："你想追月明吧？"

江云开动作一顿，诧异地抬头看向她。

蔡思予看到他这表情就懂了，接着说："其实你突然这么上心想帮我，我就猜到了，我和你的关系还真没好到这个地步。"

江云开也不否认，边翻东西边回答："没错，我确实喜欢她，也想追她。"

"如果我从你手里拿走了证据，就算是承了这份人情，以后自然是要还你的。但是，月明是我最好的朋友，我也不能为了儿子卖了她。"

"无所谓，你在她犹豫的时候帮我说说好话就行。"

蔡思予叹了口气，又说："月明不会跟我聊这方面的事情，她一直都是自己做决定，之前她和钟嵘在一起也没有告诉我。"

"啊？你们女孩子不是最爱聚在一起谈这种事吗？"

"月明不一样，她自己很有想法，可以就是可以，不可以就是不可以。以前她人气高，长得又漂亮，追她的人很多。现在她背着巨债，很多人对她望而却步，所以她才少了很多追求者，你还真是不怕死。"

"死？"江云开把资料给了蔡思予，说，"哪有那么严重，钱不就是用来花的？花钱买条命很值啊。而且，她就算不跟我在一起，只是跟我借钱还上那笔债务，我也会借她的。"

蔡思予看着档案，随口说："可是这样我也帮不了你什么啊。"

"你就在她面前骂池闫就行了。"

"骂池闫？"

"他是我情敌。"

蔡思予笑了，点了点头，接着说："我能给你一点信息，她对你印象挺好的。"

"这不是废话吗？"

"她挺爱吃醋的，他们姐弟都是醋罐子，当初做练习生的时候，我跟别的女孩子关系好，月明都会吃醋。"

江云开想了想，依旧觉得这条信息可有可无："就我这性格和我这张嘴，我身边也没几个女性朋友，她连吃醋的机会都没有。"

"她……颜控还有点……"后边的话蔡思予不好说出口。

"还有点什么？"

"就是很喜欢帅哥。"

"呃……还有没有？"在江云开看来，这几条信息都没什么用啊，谁不喜欢帅哥？

"你最好趁早表白。"

"啊？"

"别让她猜，她只会自我否认，你知道她的曾经吧？她这种女孩子虽然看起来很自信，其实骨子里是自卑的。你如果不直接告诉她，她就会有无数个理由否定自己，不肯相信你喜欢她。"

江云开点了点头，随后嗫嚅地说："我觉得我要坠入爱河了，我马上就要谈恋爱了，你看她还送我球鞋了。"

"她如果不送你东西反而是好的，如果送你了，就是跟你礼尚往来，不想亏欠你太多。"

"我觉得她喜欢我。"

"喜欢不代表会跟你在一起啊。"

江云开疑惑了："为什么？"

"你可以试试看。"

蔡思予拿着资料离开了，留下江云开一个人不服气地整理自己的东西。

第六章
就是超喜欢你

江云开问刘创要了秦月明今天的航班信息，随后上了车准备去工作。

他看了看实时航班信息，计算好时间，给秦月明发消息："是不是下飞机了？"

秦月明过了一会儿才回复："嗯，刚刚上车。"

江云开立即打了视频电话过去。

电话接通后，秦月明坐在保姆车里整理自己的衣服，随口问道："怎么了吗？"

"哦，我就是想跟你说鞋子我收到了，挺喜欢的，大小正好合适。"

"我特意问了南云庭，他说你喜欢这个系列的。"

"其实你不用送我礼物，我不缺，你有钱就还给研究所吧。"

秦月明突然特别兴奋，跟他说："这一次我和弟弟一起还了不少债了，我们还留了一些资金，要投资开服装公司。"

"哦，那挺厉害啊。"

"嗯，我就是觉得这些年没白忙。"

心心在车里整理秦月明一会儿要穿的戏服，似乎想让她在车里就把衣服换了，她立即对江云开说："我不和你说了，要换衣服了。"

江云开生怕她挂断电话，连忙说："等一下，我还有事！"

秦月明停顿了一下，问他："怎么了？"

她边问边低头整理衣服，没看镜头。

"我喜欢你，从今天开始追你。"江云开对着镜头说得特别认真。

他觉得他要是再忍一分钟都会难受得不行，必须现在就说出来。

开车的鸭宝一直在听，听到这一句险些压线行驶，还好立即反应过来了。

秦月明突兀地抬头看向屏幕，然后手忙脚乱地挂断电话。

江云开有点不解，问鸭宝："我这是被拒绝了？她一句话都不想跟我说？"

鸭宝都要崩溃了："江哥，你没必要这么雷厉风行吧？你……你要吓死我是不是？"

"我怎么就吓死你了？我肯定能追到，你看着吧，她一会儿回消息就会同意。"

江云开发了个"疑问"的表情包过去。

月："你疯啦！"

江云开愣住了，他怎么表白之后还被骂了呢？

很快，秦月明又发了一条消息过来："心心和幺儿都在我身边呢，我还开了扬声器！你没看到她们吗？"

我唱歌挺好听的："那怎么了？鸭宝也在我身边，我们恋爱之后他们肯定要帮我们打掩护的，没必要瞒着啊。"

月："谁要跟你交往啊！"

我唱歌挺好听的："昨天亲得好好的，今天怎么就变卦了呢？"

这下秦月明不回消息了。

秦月明许久都没平静下来。

她下了飞机刚刚上保姆车不久，江云开就打来了视频电话。

她平日里跟江云开打视频电话也没有太大的顾忌，幺儿、心心也都是她信得过的人，她就没在意，完全没想到江云开会突然表白。

原本在整理衣服的心心动作突然一顿，幺儿边开车边频频偷看后视镜。

秦月明脑子里乱成一团。

江云开不是喝完酒就失忆吗？怎么还记得？

他家里装了监控器吗？在自己家里装监控器干什么？欣赏花开的时刻？

她完全不知道该怎么回消息了，愣愣地拿着手机，陷入了懊恼中。

她怎么就鬼迷心窍了呢！怎么就经不住美色的诱惑呢？

江云开又发消息过来了。

我唱歌挺好听的："还是说我昨天惹你生气了？我记得我是经过你同意了的啊，虽然后来是有点过分了。"

我唱歌挺好听的："我跟你道歉好不好？你别生气。"

我唱歌挺好听的："我是真的很喜欢你，你给我一个机会好不好？"

秦月明拿着手机恨不得找条地缝钻进去。

他记得？他说他记得！怎么会有这么神奇的体质啊！

车子里静得可怕，幺儿和心心都不敢有多余的动作，秦月明赶紧解释："他是开玩笑的。"

心心胡乱地点头，假装信了。

幺儿想了想，说："月明姐……我们会保密的，你放心吧。"

她们也不傻，江云开对秦月明什么样，刚才那句话到底是不是认真的，她们能分辨不出来？

"我、我不会谈恋爱的。"一向淡定的秦月明都结巴了。

"我们无所谓的，反正我们是跟着你吃饭的人，肯定是希望你好的。你就跟着自己的内心走，我们不掺和。"幺儿回答。

心心跟着点头："对。"

秦月明再次拿起手机，发现江云开又发来了几条消息。

我唱歌挺好听的："真的生气了？我就是太着急了，我错了好不好？你要怎样才能原谅我？"

我唱歌挺好听的："钱真的不是问题，我能一口气都帮你还了，要是你不想太亏欠我，我也可以先不管，等结婚以后再说。你不用觉得我们两个人条件差太多，在我家看来，我们智商差得也多，你不嫌弃我就万幸了。"

秦月明看着手机，"扑哧"一声笑了出来。她还没答应呢，这家伙就开始说结婚之后的事情了？

她的心情挺复杂的，喜欢的人突然主动跟她表白了，说不开心是假的。然而现实情况是，她知道她如果真的跟江云开在一起，未来会非常艰难。

首先，她只能继续奋斗，不能被恋情耽误。其次，江云开的身份是偶像，他如果谈恋爱被发现，对他的事业可以说是毁灭性的打击。就算再怎么控制，江云开的女友粉毕竟有那么多，他谈恋爱就是"偶像失格"。

秦月明赶紧掩饰好笑意，拿着手机继续看，看到对话框上边一直显示"对方正在输入"。

最后，江云开发来了一个表情包，居然是他自己做的玩游戏输了的可怜巴巴的表情。

　　秦月明看着手机屏幕，知道回避不是办法，于是回复："抱歉"。

　　月："能当什么都没发生过吗？"

　　我唱歌挺好听的："不可能。"

　　月："我现在不能谈恋爱。"

　　我唱歌挺好听的："想哭。"

　　月："别，你听我说好不好？我们需要理智一点。"

　　我唱歌挺好听的："已经哭了。"

　　秦月明下意识捂脸，她知道江云开说的可能是真的。

　　月："我考虑一下好不好？"

　　我唱歌挺好听的："好，我去剧组找你。"

　　月："你别来！"

　　我唱歌挺好听的："那你拍完戏给我打电话好不好？我们好好聊聊。"

　　月："好。"

　　我唱歌挺好听的："喜欢你。"

　　我唱歌挺好听的："超级喜欢你。"

　　我唱歌挺好听的："超级超级喜欢你，心情控制不住了，就是超喜欢你。"

　　秦月明看着手机，觉得自己的心理防线要崩塌了。

　　秦月明这一整天都有点不安。

　　虽然她拍戏的时候看起来一切正常，但休息的时候总要看一眼手机，确认江云开有没有发来新消息。

　　这种感觉就好像心里多了一份挂念，她总怕江云开发来新消息她没有回复，他就会胡思乱想。他要是哭了该怎么办？他如果一时冲动来了剧组就更尴尬了。

　　然而，她等了一整天，江云开都没有再发来消息。她卸完妆回到房间还在想，江云开是怎么了？放弃了吗？这么快？

　　她拿着手机查看江云开的微博，没更新。她再看朋友圈，也没更新。就连群里她都看了一圈，江云开也没说话。

　　她最后还是给江云开发了消息："我收工了。"

下一秒，视频电话就打过来了。

秦月明赶紧整理了一下自己的头发，然后才接通视频电话。

江云开看起来还在工作中，秦月明听到他跟鸭宝说："我休息三十分钟。"

鸭宝隔着老远喊："好！"

秦月明问江云开："你还没收工？"

"嗯，在拍广告，要一镜到底，我的已经过了，要等他们几个的过了再合拍。"

"听说一镜到底挺难的。"

"对啊，我磨得都没有耐心了，好在过了，现在能休息一会儿。我们几个聚在一起非常不容易，只能一口气拍完。"

"那为什么不先拍组合的？"秦月明有点纳闷。

"到了晚上八点，我们四个人才陆陆续续到齐，周若山来得最晚，当时其他人已经练习几遍了，就干脆先拍个人的了。"

"哦……那你现在说话方便吗？"秦月明居然有点拘谨，实在是……他们的关系突然发生变化，她有点放不开了。

"挺方便的，我在化妆间，就我一个人。"

"你之前一直拿着手机吗？"

"嗯，我想着你应该快收工了，就赶紧多拍了几次，没想到真的过了。我过了之后南云庭都要崩溃了，他也磨了一天了，没想到我过得比他还快。"

江云开说完还有点小得意，看眼神明显是在等待秦月明的夸奖。

秦月明此时脑袋有点短路，不知道该说什么好，于是只"哦"了一声。

江云开也只能"嗯"了一下。

他一直盯着屏幕看，眼巴巴地看了秦月明半晌，又开口问："你……是不是也喜欢我？"

这个问题真致命，江云开如果问她要不要和他交往，她说不定会侃侃而谈，拒绝得一气呵成。但他现在问了这个问题，她竟然陷入了纠结之中。

她迟疑片刻，回答："我对你印象挺好的，我觉得你很好……"

"别别别，别发好人卡，我不好，我哪里都不好，我就想你喜欢我。"

"可是我们应该仔细想一想，我们究竟合不合适。"

江云开一听就乐了，接着说："首先你别提你欠钱的事情，这事儿我能不知道吗？可是无所谓啊，大不了以后我们一起还。你要是不肯用我的钱，你自己还也可以，我赚的钱用来养你。"

"可是……"

"别可是了，你又想说我们不门当户对是不是？大不了我一会儿就去和我爸断绝父子关系，我家里人为了让我找到对象，肯定配合得明明白白的。从明天起我不姓江都行，我跟你姓。"

秦月明无语了，她还能说什么？这家伙也太不按套路出牌了吧！

江云开继续说："咱家没有保大保小的问题，你爱生不生，我不在意这个。你老跟孩子玩我还会吃醋，你不生最好，咱还能消停点。你也不用考虑你和我妈掉河里我救谁的问题，我不可能让你掉进去！再说了，我爱游泳，我就是浪里白条江小鱼，我救你的时候还能顺便把你助理捞起来。"

"可是……你是偶像啊。"

"偶像不偶像的不重要，我要是人气不行了就回去继承家业，我现在每个月的股份流水都比我做艺人赚的多。"

"你得对你的粉丝负责啊，你不能让他们伤心好吗？"

"我是杀人了还是放火了？我二十五岁了才迎来初恋我容易吗？"

"如果因为我让你人气下滑，或者连累到你，我也会自责的。"

"所以你是喜欢我的对不对？要是不喜欢你也不会跟我废话这么多，还为我考虑。"江云开乐了，凑近镜头问，"呐，要不要跟我谈恋爱？什么都好说，你愿意就行。"

秦月明看着手机，半天没说出一句话来，她第一次这么词穷。

江云开又开始掰着手指跟她算："我妈妈很喜欢你，我姥姥也觉得你不错，我舅舅就更不用说了，他非常欣赏你。我的朋友是你的朋友，我也喜欢你，觉得你特别好。"

"我弟弟不喜欢你。"

"呃……"江云开终于没词了。

秦月明对着屏幕认认真真地说："我还要再考虑一下，交往不是小事，我总觉得要谨慎一些。"

江云开终于笑了，笑得特别好看，又闭上了眼睛，引得秦月明想跟着他一起笑。

等他睁开眼睛了，秦月明立即将笑容止住。

蔡思予说过，秦月明非常果断。行就是行，不行就是不行，她不喜欢就会拒绝得干脆利落。如果秦月明说要考虑，那就是真的会考虑，也就证明他们两个人是有可能的。

"好，你好好考虑，我继续追，有你这句话就够了。在我看来，你担心的问题都不是问题。"江云开说完又忍不住笑了。

秦月明有点无所适从，只能努力转移话题："你好好工作，都很晚了，赶紧拍完回去休息。"

"不是我努力就行的，周若山呆呆的，他的镜头总是不过，我现在出去给你看他的拍摄现场。你等一下啊，我找找耳机。"

戴好耳机后，他叮嘱秦月明："我出化妆间了啊。"

"嗯。"

江云开拿着手机走出去，给秦月明看拍摄现场。

周若山正在拍摄，余森和南云庭在旁边。

江云开过来后，南云庭凑过来看手机，对着屏幕打招呼："亲哥！"

江云开对着屏幕说："你不用跟他打招呼，我戴着耳机呢，他听不到。你看看周若山现在的样子，跟大笨熊一样。"

他把摄像头转向拍摄现场，周若山努力调整了，然而再一次出现了小错误。

秦月明一直看着手机，总觉得特别开心。

她仿佛通过手机就能知道江云开现在的生活了，知道他在做什么、和谁在一起。他身边的所有人都认识她，知道他们两个人关系很好，知道她在江云开心里有着很特别的位置。

占有欲得到了满足，秦月明心里的幸福感都漾开了，特别甜。

江云开回到酒店时已经凌晨三点多了。

洗漱完毕后，他模样有点颓然，坐在马桶上拿出手机，登录微博小号，看到了不少未读消息。

江云开的微博小号现在有挺多粉丝了，主要是他每次发微博都会带CP超话，会被CP粉看到。

他每次的微博配图都是网上没有的，独一份，这也吸引了不少人。甚至有人开始怀疑这个小号的博主其实是秦月明和江云开团队的工作人员。

江云开没有再申请入群，却被别的粉丝邀请了，还顺利进入了内部群。不过他工作很忙，没怎么在群里聊过天。

他打着哈欠发了今天的微博。

江云开今天追到秦月明了吗："没有。［图片］"

配图是他很早就 P 好了的，是两个人在录歌的时候拍摄的照片，照片里他在帮秦月明调整设备，秦月明则是看着他微笑。他 P 图的时候特意在两个人周围画了一个粉色的爱心，也给其他工作人员打了码。

发完微博，他回房躺到床上，给刘创发微信消息："给我安排探班，我要去秦月明剧组。"

第二条早晨醒来，江云开化妆的时候又点进微博小号，看到了一条私信。

为糖开小号："你不会是鸭宝吧？"

为糖开小号："我记得这张合照是鸭宝拍的。"

为糖开小号发了张图片过来。

江云开点开图片，发现是他发微博的第一张图片，是看相声那天他和秦月明拍的合照。

他不爽地回复："你怎么知道是谁拍的？就好像你在现场似的。"

为糖开小号："江哥知道你进入我们群了吗？他不得薅你头发？"

江云开今天追到秦月明了吗："你谁啊？"

对方过了一会儿才回复："你不会是江哥吧？"

江云开不想回复了。然而，下一秒，他突然接到了杜拾瑶打来的视频电话。

接通后，他问："干什么啊？"

杜拾瑶看着屏幕上鸭宝在给江云开化妆，根本没空看手机，于是问江云开："江哥，你玩手机呢？"

"对啊。"

"看微博呢？"

"啊……嗯。"江云开点了点头。

杜拾瑶"鹅鹅鹅"地笑了起来，又问他："追到了吗？"

"什么玩意儿啊？你说什么呢？"

"今天追到了吗？别光打卡啊，你得努力追啊江哥。"

江云开突然回过味来了，强装镇定："怎么？南云庭跟你说什么了？"

"没说！但我明确地记得你们那张照片是鸭宝拍的，照片也只可能是从鸭宝手里传出去的。再看看刚刚那语气，我就猜到是你了。"

鸭宝听到了自己的名字，立即低下头问："什么照片？"

江云开摆了摆手："没什么！化妆吧你。"

他说完就挂断了视频电话。

紧接着，他打字给杜拾瑶发消息："你们给我老实点，不然我曝光你们的恋情啊！"

杜拾瑶："哈哈哈，江哥你居然暗戳戳地做这种事！"

我唱歌挺好听的："闭嘴！"

杜拾瑶："江哥！我是你们的 CP 粉！我保证不说出去。"

江云开当即翻了个白眼，谁能想到他的朋友就埋伏在 CP 群里呢？他认认真真地混进 CP 粉内部，还没打探到什么消息呢，就被他的朋友发现了。

杜拾瑶什么时候智商上线了？她有这脑子还用得着在真人秀里被人骂"傻白甜"？

我唱歌挺好听的："你什么时候进群的？"

杜拾瑶："真人秀第一期结束。"

我唱歌挺好听的："那你觉得亲哥对我怎么样？"

杜拾瑶："我觉得你们只要捅破那层窗户纸就能在一起了。"

我唱歌挺好听的："我还在追。"

杜拾瑶："追多久了？"

我唱歌挺好听的："今天第一天。"

杜拾瑶："我看你打卡好多天了。"

我唱歌挺好听的："那是准备要追、还没表白的时候。"

杜拾瑶："啊啊啊！"

杜拾瑶："表白了？"

杜拾瑶："亲哥怎么说？"

杜拾瑶："我现在都跳起来了。"

我唱歌挺好听的："南云庭都没跟你说吗？"

杜拾瑶："你这么一问，我突然意识到他似乎不太信任我，明明知道我是 CP 粉都不跟我说！"

我唱歌挺好听的："估计他觉得这是我的秘密，他不能把哥们的秘密告诉你。"

杜拾瑶："理解，不过亲哥怎么说？"

我唱歌挺好听的："她说要考虑一下。"

杜拾瑶："没拒绝就是好事！"

杜拾瑶："等我有机会了帮你探探口风！成功后请我吃饭啊！"

我唱歌挺好听的："行。"

江云开这次探班探得非常艰难，他没买直达的航班，特意买了拍摄地转机的航班。

他下飞机时是晚上七点，正赶上晚高峰的尾巴，到达剧组就八点多了。于是，他只能在剧组停留一个小时，接着再回到机场坐飞机离开。

这次的探班是临时决定的，如果江云开完成不了白天的工作，探班就作废了。下次再想和秦月明见面，他就只能等真人秀开机录制了。

江云开可等不了那么久，所以急吼吼地来了。

秦月明跟剧组沟通了一下，穿着戏服去跟江云开见面，惊喜道："你怎么突然来了？"

江云开也不说自己来得有多辛苦，只是拎起手里的东西对她说："我特意从深圳带过来的，都是你喜欢吃的。"

"你怎么知道我喜欢吃什么？"

"我收买了蔡思予啊。"

秦月明带着江云开上了自己的保姆车。上车后，她怕弄脏戏服，便脱掉了戏服的外套，套上了自己的外套。接着，她打开袋子，看着里面的东西兴奋得不行，果然都是她喜欢吃的。

江云开迟疑了一下，没坐在她对面，而是坐在她身边帮她剥小龙虾。

秦月明看着他，问道："你是不是还收买了瑶瑶？"

"那个缺心眼的家伙到你这里来自曝了？"

"没有，但瑶瑶这几天动不动就找我聊天，还聊感情问题，比如问我喜欢什么样的男生啊，有没有谈恋爱的想法啊。她还说我就算恋爱也无所谓，好多人艺人都是要结婚才公开。"

"哦……"

江云开忍不住笑了，想着杜拾瑶真的有功劳，该赏。

秦月明伸手掐住他的脖子，又问："说，你还收买了谁？"

"没有了。"

"哦，你怎么不吃啊？"

"我之后还有拍摄，这个时间段吃东西明天脸肯定会肿，我看着你吃就行了。"

秦月明立即来了精神，笑嘻嘻地继续吃东西，还故意吃得特别香。

江云开脱下一次性手套，问她："那么好吃吗？"

"对啊，超级好吃。"

"嗯，让我尝尝。"江云开说着，伸手环住了她的脖子，将她揽到自己身边来，然后吻住了她的嘴唇。

秦月明被吻得措手不及，惊讶得睁大了眼睛，伸手想推开他，却被他胡搅蛮缠地亲了半晌才松开。

嘴唇分开后江云开都等着挨揍了，结果却看到秦月明先拿起小镜子看自己的妆，确定妆没怎么花才放下心来，接着瞪了他一眼。

江云开得逞似的用大拇指抹了一下嘴唇，小声说："挺好吃的。"

秦月明原本气鼓鼓的，这下又顿住了。江云开长得好看，抹一下嘴唇居然也挺撩的，是因为她有暗恋滤镜吗？

她抬手拍了下江云开的手臂，然而江云开还穿着大衣，这力道就跟打闹似的。

江云开故作镇定地问："还要我剥虾吗？"

"你怎么可以这么淡定？"秦月明盯着他看，真想不明白这小子是怎么回事，突然打通任督二脉了吗？

江云开扯了扯衣服领子，给她看自己的耳朵："红了吧？"

秦月明伸手揪了一下他的耳朵，确实红了，这家伙居然用最娇羞的模样做最流氓的事情。

江云开酒醒后就觉得很遗憾，那个吻要是清醒的时候发生的该多好？他总感觉回忆起来自己很满足，但具体是什么感觉就不知道了。这下再次亲到了，他才算是没有遗憾了。

这种感觉比想象中的更满足，她的心跳伴随着她身上的味道，让他整个人都沸腾起来了。

他这辈子最幸运的事情恐怕就是遇到她，做的最英明的决定就是追求她。他这辈子最幸福的时刻，就是亲吻她、留在她身边。

秦月明又左右看了看，看到车门关上了，车里的帘子也都拉上了，这才松了一口气。

江云开在一边说："我上车前就注意到了，幺儿知道我来了，早就把车里收拾好了。她还挺机灵的，这要是鸭宝，估计还笑呵呵地坐在对面陪我们聊天呢。"

"我还希望幺儿坐在对面呢！"秦月明想着，那样江云开才不敢偷袭她。

江云开又给她剥了几只虾，放在她面前，说："我这个人吧，没脸没皮，幺儿坐在对面我照常亲你。"

秦月明看着他就来气，又掐了下他的脸。

"你手怎么这么凉？"江云开也不气，还顺势握住了她的手。

"拍了一天的外景戏，冬天拍戏就是这样。"

"哦。"江云开应了一声，再次拿下手套，拽着她的手放进自己的衣服里，问她，"暖和一点没？"

"嗯……你不觉得凉吗？"碰触到他皮肤的一瞬间，秦月明有点不淡定了。

"没事。"

秦月明小声问："我的手可以换一个地方吗？"

"想换哪里？"

秦月明立即笑嘻嘻地凑了过去，小声道："你腰是挺薄的，这种身材其实没必要减肥了。"

江云开愣愣地看了她半晌才问："我没想歪吧？"

秦月明看着他，露出天使般的微笑："想歪什么？"

他……被秦月明揩油了？江云开想了想又否定了，她应该不会这么做，应该只是想看看他胖不胖？

"是不是得我喂你了？"江云开拿着食物问她。

"嗯！"

"张嘴。"

"啊——"

江云开低下头又要亲她，这回秦月明躲得很快，躲闪间头顶的发簪发出清脆的响声。

江云开也没再纠缠，往她嘴里喂东西，有种投喂宠物的感觉。

坐了一会儿，江云开突然问："以前钟嵘是怎么追你的？"

"你们男生是不是都很在意女生的前男朋友？"

"不……我、我不在意，我就是想问问我的前辈有什么经验。"

秦月明把手收回来，随意地说："他……比较注意小细节吧，我曾经说过我觉得某条街的一个工艺品很好看，我当时在车上没能下去买，我只说了那个工艺品大概的样子，他就把所有相似的都买给我了。"

"哦……"江云开心里突然不舒服起来了，隔空吃醋。

他明明在意得要命还非得问，问完自己又不高兴了，也不知道他在作什么死。

这时，秦月明手机振动了一下，她拿起来一看，是幺儿发来的消息："月明姐，剧组希望江哥能帮忙客串一个角色。"

秦月明立即打字回复："他很快就要回去了，化妆都来不及。"

这种客串一般都是友情客串，不确定会安排多少场戏。江云开要是没有工作还好，但他这么忙，秦月明是不想让他留下来的，怕他太累了。

江云开似乎也收到了刘创发来的消息，扭头问她："剧组想让我客串？"

"你不用理，照常走就行。"

"我可以客串，没事，我还挺想出现在你的剧里的，航班无所谓，实在不行让私人飞机来接我。"

"没必要吧？"

"有必要，这样我就是为了工作来的，更说得过去是不是？"江云开说着就起了身，拉开车门走下去询问，"客串什么角色？"

幺儿和鸭宝就在车附近，幺儿首先回答："一个游侠。"

江云开点了点头："嗯，本色出演，没台词吧？"

"有，不过剧组说不多。"

江云开让工作人员带着他去化妆，鸭宝突然拉着他转过去，擦了擦他的嘴唇才让他继续走。

江云开还以为他偷亲秦月明沾上口红了，正心虚呢，就听到鸭宝抱怨："我就知道你会偷吃！你看看你嘴上的辣椒面！这要是被发现了我又得被你的粉丝骂，他们对我怎么那么凶呢？"

江云开心想：我真是高估这小子了，这么不机灵。

秦月明的合同里写了拍摄时间，她一般不会拍到很晚，但江云开今天要客串，她也就跟着熬夜了。

江云开换衣服、做造型花了挺长的时间。

秦月明又拍了一会儿戏，江云开才走出了化妆间。

鸭宝在他身后拿着大衣要给他披上，他也不愿意，站在旁边耍帅，他帅气的样子最起码得让秦月明看两眼。

秦月明拍完一组戏，才有空走过来说："造型很帅欸。"

江云开就等这句话呢，立即笑得见牙不见眼的，偏偏嘴上还谦虚："唉，可惜假发不是定制的，不然我绝对是个风流倜傥的翩翩公子。"

"你古装还蛮好看的。"秦月明从幺儿手里拿来手机，对着他拍照。

她拍了两张后准备收起手机，却被江云开拦住了。

江云开拿过手机看了一眼，接着又看向她，皱眉问："你是认真拍的吗？"

"对呀。"

"你……"

江云开飞快地删除了照片，随后将手机还给了秦月明，那拍照水平他真的是想夸都夸不出来。能把他身高拍成一米五的真的非常少见，秦月明是一个，还难得他不忍心骂她。

秦月明还挺失落的，不解地问："为什么要删掉？"

"你把我拍成什么样了，你心里没点数吗？不是，你一个挺好看的小姑娘，都不自拍的吗？拍照怎么那么丑？"

幺儿在旁边冷冰冰地说："月明姐真的不自拍，也很少别人。有一次刘总

171

鼓励她微博发张自拍，她拍了整整一个小时，我看了之后全部删除了，那些照片丑得我都看不出来是月明姐本人。"

江云开想起刚才那张照片还心有余悸呢，丑成什么样？就是你早晨起床，一脸油光，用 iPhone 前置摄像头拍出来的都没有那么丑。

秦月明不高兴了，拎着衣摆气鼓鼓地跟着剧组走，准备换场地了。

江云开跟在她身边解释："上帝给你打开一扇门，就会给你关闭一扇窗，你虽然照相不行，但是演技好啊，你还聪明，还招人喜欢。"

他低下头在她耳边说："尤其招我喜欢。"

秦月明又瞪了他一眼，说："我是想拍下来留念的，就是觉得你穿古装很好看才拍的。"

"你可以让别人拍啊，然后再传给你，不然你看到手机里的照片，对我的印象就会是身高 米五、有着奇异高光、面目狰狞的油腻男人。"

"我拍得有那么丑吗？你长得好看，怎么拍都好看啊。"

江云开笑了，秦月明生气的时候说的话怎么就那么好听呢？

他赶紧哄道："我错了好不好？一会儿我让鸭宝拍。"

秦月明轻哼了一声，不说话了。

江云开实在没辙了，拽着她走到拍摄场地里一个看起来景色很不错的地方。

江云开又拿来她的手机，用她的手指开锁，点进相机后把手机递给她，指挥道："开前置。"

秦月明打开前置摄像头，举起手机，看到她和江云开都在镜头里了，只是角度有些诡异。

江云开只能伸手去调整手机的角度、位置，确定可以了才放下手，说："你拍吧。"

在他的指挥下，秦月明终于拍了一张不错的合影，晃着手机给他看，满意地道："这张可以了吧？"

"漂亮！"

秦月明走回去把手机给了幺儿，问江云开："你没想过拍古装剧吗？你扮相蛮好看的。"

江云开还是第一次正儿八经地做古装扮相，上一次在真人秀里的不算。

他这次穿的是黑色劲装，袖口跟衣摆有暗红色的图腾装饰。发型虽然是用现成的假发做的，却也将那种风流倜傥的模样呈现出来了。加上他颜值在线，真演古装剧也会是盛世美颜。

"我戏路窄。"江云开回答。

"怎么就窄了？"

"主要体现在我演技不好。"

"呃……"

江云开接的戏在组合里确实是比较差的，他和南云庭都是只演各种偶像剧，实在是因为演技还没达标。

一遇上对演技有点要求的戏，他们自己就打退堂鼓了，不想拍了之后挨骂。相较而言，周若山跟余森演技倒是还不错。

江云开终于拿到了剧本，看了一眼后，问工作人员："我的戏有多少？我怎么感觉我什么都没干就扑街了？"

《唐时女官》的剧情分为几个单元，分别解决几件事，江云开扮演的游侠就是其中一个单元的配角。

这位游侠曾经救过女主，却误打误撞知晓了一些事情，被上头的人下令追杀。一个无关紧要的配角死亡，却让女主对于女帝的杀伐果断产生了质疑，心中出现了一丝裂缝，这也是女主成长的一部分。

江云开看着台词，忍不住嘟囔："我发现了，我出场就是为了死的。"

秦月明笑了起来。

怕江云开拍摄时出现问题，秦月明全程在他身边给他讲戏，一直指导他，导演也过来跟江云开沟通了。

正式拍摄时还挺顺利的，主要是这一场都是打戏，就是游侠突然出现，顺手救了女主。

动作指导只教了一遍，江云开就大致会了，在打戏方面，他的表现真的让人眼前一亮。他的武术动作干净利落，毕竟有底子在，耍一个剑花或者跟其他人交手都不在话下。

然而，他跟秦月明对话的时候却出现了问题。

江云开看着秦月明才说了半句台词，导演就喊停了，拿着喇叭问："游侠说话的时候能不能别含情脉脉的？你们现在素不相识！你那眼神怎么跟看自己的梦中情人似的？"

因为江云开的客串，剧组临时把游侠的戏份都挪到前面来拍了。

女主角醒过来后应该是白天，在茅草屋内拍摄。为此，照明灯把周围照得大亮，两个人在屋子里拍摄。

秦月明悠悠转醒，江云开将一个胡饼丢给她，说："喏，吃吧。"

秦月明并没有接，反而警惕地看着坐在窗台上的江云开，身上的伤令她无法移动位置，她下意识地伸手按住腰间的匕首，却发现匕首不见了，只剩一个空壳。

江云开从窗台上跳下来，吊儿郎当地说："你这个女人真是难缠，我明明救了你，你昨天还给我一刀。"

"你是谁？"秦月明很虚弱，声音都在发颤。

"我是谁重要吗？"江云开轻笑一声，接着朝外面走，说，"我们得趁早离开，如今已到申时，你赶紧吃一些，免得没体力。"

看到江云开走出去，秦月明才拿起胡饼看了看，思考了一会儿，终于吃了一口，接着大口吃完。

江云开说的"赶路"也非常过分，他拿来一个袋子将秦月明套了进去，接着扛着受伤的秦月明往外走，还问："伤口还可以吗？"

"没事。"秦月明声音闷闷的，脸上的表情并不好看。

江云开在系袋子的时候特意留了一个小口，让她可以看到外面。

路上有人认识江云开，笑着问："你这是扛了个活物啊。"

江云开也不在意，爽朗地回答："从牙侩那里买来的，不服得很，我得找个清静的地方好好收拾她。"

他说着还捏了一把袋子，袋子里的秦月明立即挣扎了几下。

搭话的那人笑骂了几句："马上宵禁了，你收敛点。"

之后的一场戏，是江云开扮演的游侠被刺杀，秦月明看到他的尸体愤怒又震惊，步伐踉跄，眼眶微红。

她走到江云开身边刚要说话，导演就喊了停："婉儿，我再说一次，你们两个人之间没有感情线，你连他的名字都不知道。你只是对他有些感激而已，他不是你的情郎，你得控制一下你的感情。"

躺在地上扮演尸体的江云开"扑哧扑哧"地笑起来，身休一个劲地发颤。

秦月明不理他，走到拍摄仪器前看回放，想看看刚刚自己的面部表情，好调整一下。

鸭宝拿着一瓶水走到江云开身边，在水瓶里插上吸管喂他喝水，说："江哥，你刚才简直是演技巅峰。"

江云开喝了一口水，问："扛着亲哥走的时候？"

"扮演尸体的时候。"

"滚。"

"好嘞。"鸭宝又拿着水走了。

等江云开这几场戏拍完，已经是凌晨三点多了。

秦月明提着衣摆跑过来问他："累不累？"

"确实有点，第一次进度这么赶地拍戏。"江云开边走路边脱戏服。

"我给你捏捏肩膀。"秦月明殷勤得不行。

江云开忍不住笑了，进入休息室的时候顺手把秦月明拽了进去。

鸭宝本来想跟着去帮江云开卸妆，结果被关在了门外。幺儿就在不远处，反应迅速地去拦截其他工作人员。鸭宝愣愣地看了门半晌才反应过来，连忙跟在幺儿身后跑。

幸好是拍深夜戏，剧组里留下的人不多，大多在整理设备，没几个人过来。幺儿说他们会把戏服送过去，就没人往休息室走了，都准备赶紧回去休息。

一进门，江云开就一个劲地把秦月明往怀里揉，感叹道："你们这儿的化妆间也不暖和啊。"

"我觉得还好啊。"

"就是冷，抱紧点。"

秦月明总算明白江云开的意思了，不情不愿地往后退，他们两个人还没亲近到这种地步吧。

江云开沮丧地说："我在你这里拍完戏就得回去了，我家的私人飞机早上五点来接我，我只能在路上休息一会儿，到了地方之后又要开始一天的拍摄，你就这么对我？"

秦月明看着他那可怜兮兮的模样，瞬间心软了。

她回抱江云开的腰，靠在他怀里说："就一会儿。"

江云开立马笑了，微微俯下身将脸埋在她的颈窝里，说："下次见面就得真人秀开机了，我第一次这么期待一项工作的开始，真是见不到你就觉得度日如年。"

"其实忙着忙着就过去了，还挺充实的。"

"可是我想你啊！"

"可以视频啊。"

江云开还是不高兴，小声道："我恨不得将你揣兜里带走，想你了就把你从兜里拿出来看看。"

"你把我当手办了？"

"嗯……秦月明。"

"嗯？"

"我喜欢你。"

江云开这句话几乎是贴着秦月明的耳朵说的，离得那么近，好听的声音挠得她耳朵痒痒的，让她身体都僵硬了几分。见她没回答，他就用鼻尖蹭她的耳朵，弄得她麻了大半个身子。

秦月明伸出手推他："别闹。"

江云开顺势抓住她的手，在指尖亲了一下："能和你一起拍戏，我很开心。"

秦月明收回手，同时退出他的怀抱，说："我也很开心，不过你得回去了，早点休息。"

"我有没有奖励？"

"你自告奋勇还要奖励？"

"好吧。"江云开无奈地点了点头，接着深深地叹了一口气，又说，"那我换衣服了，你也去吧。"

秦月明去了自己的化妆间换衣服，还没换完就听到鸭宝在门口打招呼，说他们先走了。

秦月明穿好衣服出来的时候，他们已经走得很远了，没有最后的道别，这时，她才感觉到了一丝怅然若失。

她果然还是喜欢他啊，喜欢和他在一起的感觉，非常放松、非常开心。

她甚至不讨厌他突然的小动作，或者耍赖的模样，还觉得蛮可爱的。

如果……她拒绝了，那他们两个人是不是就此陌路了？肯定会避而不见吧？她想想就觉得心里难过。

有那么一瞬间，她甚至想，管他呢，豁出去吧，错过了怕是会后悔一辈子。

然而再想想，他们谈恋爱需要面对那么多难题，她又陷入了纠结之中。

究竟会是理智胜利，还是心里的情感胜利？她还是说不清楚。

她知道不能总这么拖着，不能在一起就要干净利落地拒绝，拖泥带水最伤人。

然而，她就是狠不下心来，心里的难受越发分明了。

江云开回去之后过了两天才正式跟秦月明联系上。

他去拍摄后，只在吃饭的时候抽空给秦月明发了一条消息，刚巧秦月明正在拍戏，没有立即回复。等秦月明回复的时候，他也忙起来了。

晚上江云开实在是太累了，还没下车就睡着了，后来是鸭宝扛着他回酒店休息的。

之后的一天，两个人依旧错过，看到的都是对方的留言。

第一天。

我唱歌挺好听的："我到拍摄地了，在吃午饭，一会儿又要开始工作了。"

两个小时后。

月："抱歉，我才看到，我刚刚结束拍摄，你休息了吗？"

第二天。

我唱歌挺好听的："昨天太累了睡着了，今天的工作又开始了，看，杭州西湖的日出。"

江云开把那张日出的照片发了过去。

四个小时后。

月："真好欸，我刚吃午饭，你今天的工作内容是什么？"

一个小时后。

我唱歌挺好听的："拍公益广告。"

第三天，秦月明回到酒店，正在敷面膜的时候手机屏幕突然亮了起来，是江云开打来了视频电话，她迟疑了一下才接通。

江云开似乎正趴在床上，看着她脸上的面膜，不爽地问："怎么还蒙面啊？"

"我在敷面膜。"

"看出来了。"

江云开唉声叹气的："唉，我没有动力了，快点给我打气。"

"振作起来啊靓仔。"

江云开笑了起来："你叫我一句渣蓝。"

"你这是什么癖好？"

"叫嘛！"

"渣蓝。"

江云开开始唱歌了："她只是我的妹妹，妹妹说紫色很有韵味。"

"这是什么梗？"

"呃……渣蓝语录，她只是我的妹妹，你要是这么想我也没办法。"

"你是渣蓝吗？"

"我不是，我对喜欢的人有多好你感觉不到吗？"

秦月明欲言又止。

江云开似乎看出来了，立即说："别别别，你可别跟我讲道理，我不想听，我只想听你愿意做我女朋友这句话。"

"哦……我……再想想。"

"我的新剧今天上映了，你要不要跟我一起看？"

在江云开的概念里就是这样，他要和秦月明有共同话题，一起看剧啊，一起聊点有意思的话题。他要潜移默化地让秦月明习惯他的存在，融入他的生活。

这是一个小阴谋，秦月明要是真想拒绝他，也要接受那种突然失去他的落差。

两个人同时拿出笔记本电脑，放在腿上，准备好了之后倒数"3，2，1"，然后点击播放键，同步看剧。

秦月明将手机放在一边的小架子上，取下面膜，一个劲地拍脸。

江云开显然一直在看她，问："不用去洗脸吗？"

"没事，睡觉前洗干净就可以了，我先看完这一集。"

江云开的新剧是偶像剧，讲的是江云开和女主角在大学相遇，最开始看对方不顺眼，然后渐渐了解对方，最终喜欢上对方的故事。

江云开和女主角的颜值都可以，画面也漂亮，适合年轻人看。

然而秦月明是站在不同的角度看的，看了一会儿就说："你的演技嘛……还可以，不算很尴尬，但是也不自然，你在这方面不如奚图有灵性。"

"哦……"说他不如奚图，江云开就有些不高兴了。

"不过你唱歌好听啊。"

"不好听就完了，我可是歌手。"

秦月明又看了一会儿，继续点评。看了半个小时的剧，江云开仿佛在上课，一点爱的火花都没有，他恨不得挂断电话。

两个人一口气看到第三集，秦月明的点评渐渐少了，她说："嗯……这部剧要大爆很难，但是应该能四平八稳，不会很扑街……"

江云开看一眼电脑，然后继续看手机，忍不住问："你这是看得绝望了吗？都不点评了？"

突然安静下来，他还有点不适应。

秦月明突然把电脑合上，起身说："不和你聊了，我去洗漱了。"

"哦，那你先别挂……"江云开话还没说话，秦月明就把视频电话挂断了。

秦月明气鼓鼓地进入洗手间洗漱，对着镜子嘟囔："还说自己不是渣男？追着我，还对别的女孩子那么好！"

她用力揉搓自己的脸，洗完之后用一次性洗脸巾擦干净，涂抹护肤品的时候继续嘟囔："看到女主角就那么开心吗？还叫小朋友？叫我就是哥？"

上床后，秦月明躺在床上继续生气。

他让她看剧是什么意思？叫嚣吗？告诉她就算她不要他，还是有一群小女生喜欢他？看看他在剧里那轻浮的样子！成何体统？居然笑得那么好看！啊啊啊！她要气死了！

秦月明翻了一个身，想起江云开居然还给别的女孩子吹伤口，顿时更生气了。

这时，手机响起了提示音，江云开发来了消息："怎么了？我演技那么差吗？"

月："演技好！非常好！"

我唱歌挺好听的："我很努力了，你都不知道那个女主角多讨人厌，一NG（演员在拍摄过程中出现失误或笑场）被说两句就哭，我都想骂她。"

秦月明突然觉得心情好多了，于是问："你们私底下关系不好吗？"

我唱歌挺好听的："好什么啊，拍完就没联系过，前几天配合剧组做宣传，她全程没跟我说一句话。"

月："你拍戏的时候惹她了？"

我唱歌挺好听的："怎么说呢……我这个人的性格你也知道，能跟我聊天后还不生气的，都得霍里翔那个性格的。"

秦月明忍不住笑出声来。江云开和那个女孩子只是拍戏而已，私底下关系并不好，能跟江云开相处得很好的女孩子只有她了。她对江云开来说是不一样的，她是独一份的！

她故作镇定地打字回复："其实光看剧情还是挺甜的。"

我唱歌挺好听的："我是真不爱看我的剧，看着就别扭，下次我们一起看个别的。"

月："好。"

月："你喜欢看什么类型的？"

秦月明等了五六分钟，江云开都没回复。

又过了一会儿，江云开才回复："亲哥，我这边有点事，我们明天聊，你先休息吧。"

月："好，你也早点休息。"

秦月明正准备睡觉，突然接到了杜拾瑶的电话，她立即接通："瑶瑶。"

"月明姐！我完蛋了，呜呜……怎么办啊？我这次一定完蛋了……"杜拾瑶在电话那边哭得撕心裂肺的，声音都有些哑了。

秦月明吓得立即坐起身来，问："瑶瑶，怎么了？你先别哭，慢慢说。"

情况确实挺糟糕的，杜拾瑶最近这段时间在跟南云庭地下恋，结果被狗仔队偷拍到了。

狗仔队分别联系了南云庭和杜拾瑶的公司，询问他们要不要买下来。玖武娱乐那边是想买下来不公开的，但杜拾瑶的公司想法不一样。两方出现了矛盾，最后事情也没摆平，只要十二点一过，两个人约会的照片就会被曝光。

女团成员和男团成员谈恋爱，这种新闻被曝光出来情况会有多糟糕可想而知。

他们两个人都是靠人设吃饭的，尤其是南云庭，他是整个朝九晚五组合里女友粉最多的人。南云庭的女友粉要是看到自己的"男朋友"和自己不喜欢的女艺人在一起，那绝对会疯掉。

南云庭掉粉是一方面，杜拾瑶也会被骂。或许将事情压下来是最好的办法，但是杜拾瑶的公司偏不。

杜拾瑶的公司签合同的时候就明令禁止艺人谈恋爱。艺人们私底下有什么过密的举动，公司会睁一只眼闭一只眼，但是如果被发现了，公司高层知道了怪罪下来，经纪人等工作人员自然会愤怒。

杜拾瑶还比较极端，是跟现在的流量偶像谈恋爱。

这一次的照片非常实锤，是两个人接吻的画面。

两个人是一起吃饭的时候被拍到的，饭店包间的窗户有一层帘子，他们以为没有问题才放下了防备。结果因为是在夜里，他们的位置又靠窗，房间里开灯后外面还是能够拍摄到一些画面。

拍下来的照片虽然看起来并不清晰，但眼尖的人还是能看出来那两个人就是南云庭和杜拾瑶。所以，狗仔队这一次的料要价挺高的。

玖武娱乐想平息这件事，刘创是一个非常护犊子的老板，知道南云庭平时就挺风流的，倒还算淡定。他气归气，出了事先解决了再说。

杜拾瑶的公司却干脆决定放弃杜拾瑶，雪藏杜拾瑶一阵子再说。

杜拾瑶到底是刚出道没多久，也没大红大紫，她如今的分量还不够让公司平息这场风波。放弃一个杜拾瑶，对公司来说反而是最简单的方法，这样还能杀鸡儆猴。

杜拾瑶人气尚且不稳，要是事情曝光后被攻击一阵子，接着再被雪藏一阵子，她怕是再难翻身了。她是混组合的，吃的是青春饭，雪藏对她来说简直是灭顶之灾。

得到处理结果后，杜拾瑶就慌了神，组合里的其他成员也都不敢参与这件事，生怕被牵连。经纪人还在生气，不理会杜拾瑶，杜拾瑶实在没办法了，只能打电话给秦月明。

秦月明努力安抚她的情绪，让她先冷静下来，同时打开笔记本电脑刷新消息。她想，刚才江云开估计也是知道南云庭那边出事了。

秦月明现在也很慌，她甚至不知道杜拾瑶和南云庭在一起的事情。她在感情上不太敏感，还真的一直没有发现，此刻既惊讶又担忧。

这是她担心过的情况，现在却发生在了杜拾瑶和南云庭身上。

她刷新网页之后，爆料出现了，瞬间成了爆款热搜。

她点开评论去看，场面非常糟糕。

南南的小宝贝："南南你到底喜欢她什么？喜欢她黄头发大波浪吗？喜欢她身材好吗？喜欢她跳舞没形象吗？"

嘀嘀老司机吗："我要对之前骂过的跟哥哥传过绯闻的女艺人道歉，你们都比杜拾瑶强太多了。"

脆弱地说："不是哥哥，一看就不是。"

顶流小仙女："两分钟亲了三次，呕，这是有多饥渴？"

秦月明需要询问一下具体情况，于是先跟杜拾瑶说："瑶瑶，你先冷静一下，我这边问问刘创怎么处理这件事。"

在她挂电话前，杜拾瑶突然问．"月明姐，你说南云庭会不会跟我分手？"

此时的杜拾瑶完全不敢联系南云庭，特别害怕联系了之后得到的只有两个字——分手。

秦月明只能安慰她："别怕，他不是那样的人。"

秦月明怕刘创正在忙，便先发消息给江云开："你是不是知道南云庭和瑶瑶的事情了？公司打算怎么解决？

她等了一会儿，江云开一直没回她，她又给江云开打电话，但无法接通。

最后，她只能给刘创留言："方便告诉我公司打算怎么处理这件事吗？瑶瑶是我的朋友，我很担心她。"

江云开和秦月明一起看了三集自己的新剧，然后才知道南云庭那边出事了。

他当即起床，胡乱穿上外套后就飞快地下了楼，跟着鸭宝一起去公司。他在车里脱掉睡裤，穿上破洞裤，估计下车就会冻成老寒腿。

幸好他住的是距离公司很近的房子，很快就到了公司。进入公司的时候，公司的好多同事都是刚从家里出来的，聚在一起临时开会商量事情应该怎么解决。

刘创把南云庭扔进自己的办公室，命令南云庭的助理和另一位同事看着南云庭，然后就去开会了。

江云开走进刘创的办公室，询问："怎么回事？"

南云庭也挺不爽的，气得肺都要炸了："还能怎么回事，被偷拍了呗，拉上窗帘了都没有用，那帘子透光。"

江云开又问："花钱买下来呢？"

"那边的公司不同意！刘总都出了两家的钱了，甚至还在加钱，结果人家说不想欠人情？那边直接和狗仔队谈崩了，估计一会儿照片就会被曝出来了。"

江云开愁得直揉脸，这种事真的非常棘手，他虽然来了公司，却不知道事情该怎么解决。

他想了想，问南云庭："你联系小杜没有？你安慰她一下，她年龄小，现在估计正六神无主呢。"

南云庭闷闷地回答："没联系……"

南云庭今天穿了一件肥大的运动外套，领子竖起来是桶状的，他将下巴埋进衣服里，面色阴沉，看起来戾气很重。

"小杜公司没人性，她身边的那群塑料姐妹不在这个时候抢她的资源就不错了，你不安慰她，她怎么办？"

"没必要联系，肯定得分了。"

听到这句话，江云开先是一怔，随后就有点来气："南云庭你不觉得你很渣吗？是你先去勾搭她的，你把她撩到手了，现在出事了你就要分手？她那边的公司不管她，说不定以后就雪藏她了，她已经惨到不行了，你还抛弃她？"

"不然呢？和她继续交往？"南云庭突兀地吼了出来，"我除非脑子进水了才会这么做！"

"我不是让你公布恋情，你可以冷处理这件事，不回应，也不承认……"江云开还想继续劝说。

南云庭冷笑一声，说："江云开，你要不要这么天真？只要曝光了，就会有无数双眼睛盯着我们！现在对外说我们分手了还有回转的余地，但是如果再让人扒出来我们还在交往，粉丝就会对我彻底失望。"

"所以，你要为了你自己的人气彻底放弃小杜？"

"对！我们不过是逢场作戏而已，她当初答应我的时候也该想过有风险。"

江云开看着南云庭，表情渐渐变得可怕，他对南云庭的处理方法有些失望。

"南云庭！"江云开干脆随手把手里的东西砸向南云庭，砸到他身上后才发现是手机。

南云庭被砸得一愣，问他："你什么意思？你要为了她跟我撕破脸吗？"

这些年，江云开和南云庭都是最铁的兄弟。南云庭有秘密从来不瞒着江云开，谈恋爱了也找江云开打掩护，江云开就认识南云庭好几任女友。江云开也把南云庭当成最好的哥们，他对秦月明动心之后，只跟南云庭一个人说了。

这居然是他们两个人第一次闹得这么僵。

"你的前几任女友都图你什么？有的想蹭你热度，有的让你买东买西的，有的就是觉得跟你南云庭谈过恋爱非常值得炫耀。但是杜拾瑶图你什么？她就是你的粉丝，她和你在一起都带着崇拜心理，小心翼翼的，不敢被曝光，生怕影响到你。秦月明和她关系那么好都不知道你们两个人的事！你就这么对她？"

江云开真的很气，就是因为南云庭是自己最好的兄弟才更加生气。他觉得杜拾瑶人挺好的，傻乎乎的，对南云庭也不错，这样处理的话受伤害最严重的只有杜拾瑶一个人。

江云开又在办公室里走了几步，补充道："小杜有合同明令禁止还谈恋爱，是她不对，她确实应该承担后果。但是，南云庭你有没有想过，如果追她的人是别人，她根本不会答应，只因为她之前就是你粉丝！她不能拒绝的就只有你一个。"

"江云开，你可以感性，你可以任性，但是我不能。我擅长的只有蹦蹦跳跳，我能跳几年啊？再过几年我就过气了，偶像剧也不会找我演了，我不珍惜现在这几年就完蛋了，所以我只能和她分手。"南云庭争辩。

南云庭也知道自己是靠什么吃饭的，就是靠着那张脸，还有跳舞不错。他不像余森那样演技好，不像周若山那样个人特色明显，也不像江云开那样唱歌真的很好听，随时可以单飞。

南云庭只能靠着组合，如果有一天组合解散了，他就真的彻底完蛋了。

所以，在这种情况下，他只能尽可能地保全自己。

江云开气得直拍脑门，如果他不认识杜拾瑶，那么他估计也不会有太多感触。就是因为他两个人都认识，他还知道杜拾瑶是一个不错的女孩子，所以看到南云庭的处理方式他才会生气。他不能偏帮南云庭，他做不到！

江云开走过去踹了南云庭一脚，南云庭震惊地抬头看向他，又被他拽住衣襟，江云开还说："你就应该让你的粉丝看看你有多渣，然后糊进地心！"

"我们这么多年的兄弟，你为了一个才认识几个月的女的跟我动手？"南云庭难以置信。

"我记得你跟我说过，没有女生会等着我开窍，这句话我还给你。没有几个女生会等着你浪子回头，你现在让她心灰意冷了，你们就再也没有可能了。"

江云开说完就松开南云庭，转身出了办公室。他就不应该急匆匆地过来，不但帮不了什么忙，还生了一肚子气。

鸭宝连忙跟着出去，生怕江云开惹事，果不其然看到他踢翻了一个花雕柜子。

南云庭狼狈地坐在沙发上，身边还站着他的助理和另一名工作人员，都是慌乱的模样。

什么东西突然响了一声，南云庭找了找，发现是江云开刚才用来砸他的手机。

他和江云开都知道对方手机的密码，他拿起手机熟练地输入密码解锁，打开微信看到了秦月明发来的消息。

他迟疑了一下，准备打字回复，刚打了杜拾瑶的名字又删除了，接着换了别的称呼。

我唱歌挺好听的："你联系小杜了吗？她怎么样？"

月："她打电话给我了，哭得声音都哑了，也不知道哭了多久。她说公司要雪藏她，情况挺严重的。"

南云庭无奈地握紧了拳头，却又觉得自己无能为力。

他拿着手机想了好久才打字回复："你好好安慰她。"

月："嗯，我在安慰了，公司那边准备怎么处理？"

我唱歌挺好听的："尽可能地压住这件事，不造成太大的影响。"

月："可是南云庭的人气很高，瑶瑶也是近期比较有人气的新人，现在他们的新闻已经成了头条了。"

南云庭不知道该怎么回复了。

紧接着，秦月明又发来一条消息："南云庭会跟瑶瑶分手吗？"

南云庭不打算再回复了，将手机丢在一边，伸手去揉被江云开踹过的地方，真疼，疼得他想骂人。鼻子有点发酸，他抬手擦了一把，擦了一手背的眼泪。

事情已经够糟了，他和女朋友还在热恋就不得不分手，他兄弟还揍他，他崩溃得一塌糊涂。

第二天，事情并没有得到妥善的处理。

南云庭的很多大粉都受不了这个打击，纷纷脱粉。这些大粉经常用自己的钱去买有他的杂志、买周边、买门票，结果却看着他和别人谈恋爱？

更何况这个对象还是他们无法接受的类型，这也使得他们彻底失去了理智。

黑子不可怕，粉转黑回踩才可怕，他们手里有黑粉都没有的料。

南云庭的一个两百万粉丝的后援会微博账号还清空了所有微博，可见粉丝的伤心程度有多严重。

南云庭的微博大批掉粉，公司不得已只能给他买粉丝，来填补这个空缺。他的微博粉丝量看似在涨，实际上是怎么回事很多人都知道。

杜拾瑶则是一直被骂，她成了众矢之的，无数粉丝骂她偶像失格，骂她倒贴，骂她装傻白甜。她的微博被攻陷了，很多粉丝还发带话题的微博说她和南云庭不合适。

紧接着，下午就传出了消息，说《异闻探秘者》的嘉宾可能会换人。杜拾瑶惹怒了公司，公司打算换一位艺人去《异闻探秘者》，公司和节目组还在沟通，最终消息还不能确定。

秦月明一直在剧组拍戏，偶尔看一眼手机都觉得十分揪心。

她是杜拾瑶的朋友，跟南云庭也认识，这么看着他们出问题，她心里也跟着担忧。

因为杜拾瑶跟南云庭的事情，她甚至想到了她和江云开，如果他们两个人谈恋爱被曝光，也会是这种狼狈的场面吧？眼前就是活生生的例子。

秦月明又拍完了一场戏，吃晚饭的时候收到了蔡思予的消息："我在瑶瑶这里，我还在跟她的经纪人沟通，这家公司真的不比大地娱乐好多少。"

月："你好好安慰瑶瑶，我这边实在脱不开身，事情发生得太突然了。"

蔡思予："放心吧，你别担心这些事情，我也是三十多岁的大姐姐了。而且你别过来，你过来只会给事情增加热度。小霍都请假不去说相声了，剧场有记者堵着他想问他知不知情。"

月："瑶瑶那边情况怎么样？"

蔡思予：“他们公司的确是想换掉瑶瑶，不让她再参加真人秀了，但节目组还是希望用原班人马，毕竟合同已经签了。”

蔡思予：“我也跟节目组沟通了，希望他们能帮帮忙，刘创那边也是这个态度。所以如果他们真要换掉瑶瑶，就要打官司了，估计他们也不想。”

蔡思予：“不过，因为这件事，真人秀可能会延期拍摄。”

月：“不能换掉瑶瑶，有真人秀还能维持一段时间的热度，还有瑶瑶之前已经接了的工作也需要完成，估计他们公司也不想放弃那些利益。之后我们再想想办法，事情总会解决的。”

蔡思予：“我听说，瑶瑶已经确定的戏也打算转手给同组的其他人了，原本这个组合里发展最好的是瑶瑶，现在公司干脆舍弃她了。”

月：“他们公司为什么这么极端？”

蔡思予：“好像是瑶瑶得罪过公司的某位高层，那个人做了点手脚。”

秦月明气得不行，心里越发心疼杜拾瑶了。

她明明知道违约谈恋爱确实是杜拾瑶不对，却还是忍不住会心疼，甚至会想杜拾瑶怎么那么傻啊，为什么要谈恋爱？

蔡思予：“还有，昨天江云开和南云庭动手了，你劝劝江云开，让他别那么意气用事。”

蔡思予：“其实南云庭想分手也可以理解。”

看到这条消息，秦月明想起她昨天安慰杜拾瑶的话，心里一阵愧疚。

她拿着手机，突然不知道该不该给江云开发消息了。

不谈恋爱就不会有这些事了……不谈就好了。

第七章
我们交往吧

真人秀的开机时间果然延后了。主要是节目组跟杜拾瑶的公司周旋之后，公司虽然答应会让杜拾瑶去参加真人秀，却出了一系列的幺蛾子，导致真人秀的开机时间起码要延迟一个月，这也使得其他嘉宾都要跟着更改档期。

秦月明倒是没有什么问题，她这部古装剧的拍摄时间比较长，商定的是五个月拍摄完毕。真人秀推迟了，她留在剧组继续拍戏就可以了。之后她也没有其他的剧，只有两个广告需要拍。再有就是她的服装品牌要开始推出一批服装了，最近心心都在盯着生产线，制作成功之后就可以让秦月明穿上拍照了。

心心还设计了一些男装，自然是秦夜停来做模特。

他们的经营模式就是先做预热，将服装的图片发到网上进行宣传，淘宝店铺也要事先创建好。接着开启预售，他们会按照预售的数量进行制作。对于他们这种不能投资很多，甚至不能积压太多库存的商家来说，这种模式是非常友好的。

心心出了很多设计图，秦月明也都看过，觉得非常不错。

蔡思予除了被邀请去做一档综艺的固定嘉宾外，也没有其他的工作，这段时间陪伴杜拾瑶最久的人也是蔡思予。

霍里翔不去拍真人秀就继续说相声、玩赛车。

奚图那边也没有多大的问题。

问题最大的是江云开，刘创为了改江云开的档期，最近没少到处跑。实在是江云开的工作排得太满了，真人秀延后的话会影响到他四月的工作，刘创还要一一去跟那些合作方道歉。

杜拾瑶最近都很沉默，没有任何消息传出来，她甚至没有再露过面。她的组合成员也有被采访，都表示并不知道这件事。

热度渐渐过去了，紧接着，大众的目光被一位小花怀孕的消息吸引了过去。

南云庭最近的工作并未停止，他只是没有接受采访，也不回答记者的问题。

秦月明最近拍摄的取景地在山里，她进入深山后手机就没有信号了，难得有两格信号打电话都听不清楚，想上网基本不可能。

连续拍了半个月后，秦月明才跟着工作人员出去。实在是在山里没什么好吃的，摄影师开着越野车带着几名演员和工作人员，浩浩荡荡地出山去吃东西了。

周边也没有什么像样的饭店，他们只能找了一家民宿，不住店，只吃饭。最后还是搬出秦月明来，民宿才破例让他们进入，还要他们保证不打扰到其他客人。

手机刚刚连上网，消息就铺天盖地地来了。秦月明看着手机有点迟疑，她回避江云开也有半个月了。这么拖着也不是办法，她自己也清楚，想了想，还是开始看未读消息。

刘创发来了很多条消息，大多是工作安排，其中有一条就是和池闫再次合作的消息。

池闫手里有一部国际影片的资源，需要秦月明在这部电影里和他扮演一对东方恋人。这个资源在旁人看来绝对是一个好到爆炸的资源，王牌导演、大制作、全球上映，听说是要冲击大奖的。

刘创也知道池闫有其他的目的，但还是希望秦月明能考虑一下，错过了还真挺可惜的。

接着就是蔡思予、心心发来的消息，大多是说工作的，顺便问问拍摄情况怎么样。

秦夜停的消息一向少得可怜，半个月也只有一句："在山里注意身体。"

还有就是杜拾瑶也终于缓过来了，主动跟秦月明聊天了，说自己已经想开了，没事了。

秦月明依次回复了消息，接着打开了江云开的对话框。

我唱歌挺好听的："我骂过南云庭了，但他们还是分手了，这也是没办法的事情。我知道南云庭做得不对，你要是以后不想理他我也不拦着。"

我唱歌挺好听的："我看到你发的动态了，你要进山里拍摄？"

我唱歌挺好听的："已经进山了？我打你的电话无法接通。"

我唱歌挺好听的："啊啊啊，我要疯了！"

我唱歌挺好听的："想你啊亲亲，你要进山多久？"

这些天，江云开每天都会给她发来消息，自言自语地说自己这几天发生的事情，顺便说想她，让她出山了赶紧联系他。

秦月明一条一条地看完，这时，摄像大哥递来菜单，问她："秦老师想吃点什么？"

她放下手机，点了菜之后，跟工作人员一同吃饭。

吃完后，她起身说："我要去跟经纪人聊一下工作，你们等我一会儿，我尽快回来。"

其他人纷纷回答："没事，不着急，我们还没吃完呢，而且打算一会儿出去买点东西带回山里。"

秦月明找到了一个没人的房间，给江云打电话。

江云开很快就接通了，兴奋得不行："我的亲哥啊，你可算出山了，我都要疯了！"

秦月明低声说："抱歉，我最近都在山里出不来，没能和你联系。"

"为什么是电话？我想视频，我想看看你。"江云开说话的声音本来就好听，此时故意撒娇就更加犯规了。

"视频不太方便。"

"哦……你一会儿还回山里？"

"对。"

江云开叹了一口气，难受地回答："我简直要成望妻石了，恨不得冲进山里找你。你两天后是不是要去比赛？是总决赛了吧？我争取过去。"

"你还是不要过去了，很多粉丝都知道了，上一次你去观赛的视频到处都是，这次去的粉丝估计更多，你在观众席不太安全。"秦月明说。

"再不看看你，我就要想你想疯了。"

"江云开。"秦月明突然低声叫了他的名字。

"嗯？"

"我仔细想了想，我们应该不合适，所以我正式回答你……不可以，我们没办法交往。"

江云开迟迟没有出声。

秦月明继续说："这几天我一直在想我们两个人的事，我确实对你印象很好，我也喜欢你这种类型的男生，但是我们两个人现在的状态都不适合谈恋爱。"

"是因为南云庭和杜拾瑶的事情，你被吓到了吗？"

"他们的事情确实让我意识到，谈恋爱对男偶像来说影响真的很大。"

"你放心好吗？我已经开始尝试转型了，我的个人专辑已经在筹备了，之后我会转型成男歌手，不走流量路线了。"

"如果你转型成功了，我还单身，那个时候……"

"秦月明，我跟南云庭不一样，我的恋情就算曝光了我也不会跟你分手，我绝对不会让你一个人面对那些事情，所有的困难我都会陪着你度过。而且，我们两个人有基础，就算真的曝光了也不会太突兀，粉丝的接受度应该很高。"

"对不起。"秦月明依旧坚持自己的决定，"需要删微信吗？"

"我去找你好吗？你别自己一个人瞎想、乱做决定。"

"我想了半个月，已经决定了，以后我们就当什么都没发生过，我们两个人还是同事，拍真人秀的时候记得伪装好，好不好？"

"不好！"

说心里不难受是假的，秦月明颓然地坐在椅子上，抿着嘴，眼眶微红，眼泪却没有落下来，她不能让其他人看出破绽来。

或许，他们两个人的感情起源于一见钟情，也可以是"见色起意"。然后，这份感情结束于深思熟虑。并不是互相喜欢就可以在一起的，他们之间的阻碍很多，问题也多，他们现在还没办法去面对那些事情。

"我要挂电话了，我们不要再联系了。"秦月明再次开口。

"我现在就订机票去找你。"

"你不要来，你来了只会让我觉得很烦。"

"别这样好不好？你别一枪把我打死，最起码给我一个慢慢追你的机会好不好？"江云开的声音都有点哽咽了，他似乎是在揉脸，声音带着波动。

秦月明是他的初恋，他非常认真地对待这段感情，没想到最后居然被拒绝了。以后要和她形同陌路吗？他做不到。

"还是算了吧，就这样吧，我不想继续说下去了。"

秦月明挂断了电话，江云开很快又打了过来。她拒绝之后删除了好友，接着将江云开的手机号也拖入了黑名单。

秦月明一个人坐在椅子上发了一会儿呆，手机再次收到消息，是刘创发来的："没有剧本，他们拍戏都不给剧本，到手的只有一个人物小传。"

刘创说的是那部国际电影的人物小传，秦月明打开文件看了看，陷入了沉思。

退出文件，她又收到了刘创的消息："你和江云开吵架了？"

月："呃……我拉黑他了。"

刘创："哦，那我替这个小傻子跟你道个歉，他虽然总干一些莫名其妙的事情，说一些讨人厌的话，但是心不坏。你也别一直不理他，不然他容易闹罢工。"

月："他跟你说什么了吗？"

刘创发过来一个视频，还说："鸭宝发来的。"

秦月明点开视频，看到江云开一个人坐在角落里，跟录歌之前做舌头操差不多，只不过是面对着墙壁哭。虽然鸭宝拍得挺模糊的，但她还是能看出来江云开哭得挺惨的，她的心瞬间揪紧了……

两天后，秦月明去参加赛车比赛的总决赛。

到达现场的时候，她并没有看到江云开，观众席也没出现骚乱，她才放下心来。

霍里翔完全不知情，随口问："我还以为江哥今天会来呢，结果没来？他不来看他亲哥了？"

"我们吵架了。"秦月明回答。

"哟，你们能吵起来？说，是不是你对其他弟弟好了，他不开心了，不然我真想不到他跟你吵架的理由。"

秦月明推了霍里翔一把，没好气地道："别乱起哄，今天好好比赛。"

霍里翔边活动关节边说："我参加预选赛的时候还挺自信，结果没想到现在排第十五了，这些人是真的都没在预选赛上用大招啊。"

"所以还挺刺激的。"

秦月明笑了笑，正准备活动一下，幺儿突然给她发来了消息："月明姐，来记者了，恐怕会拍摄比赛过程，采访我们要接受吗？"

她很快打字回复："不接受。"

幺儿："好的，我现在开始处理。"

秦月明现在不适合接受采访，杜拾瑶和南云庭的热度还没过去，如果现场被记者问了关于他们的问题，场面会十分尴尬。

而且，她很厌恶记者提起自己父亲的事情，说不定会当场不受控制地黑脸。这样还不如直接不接受采访，避免不必要的麻烦。

秦月明友情提示霍里翔："外面来记者了，你好好表现，别出现什么不太好的举动。"

"我能有什么不好的举动？比不过就去骂架？你当是我江哥？"

这家伙张口闭口江云开的，让秦月明有点不自在。

她又看了一眼观众席，心里空落落的。她发现自己真的是又当又立，明明是她拒绝江云开的，结果江云开真的没来，她心里还会失落。她这种人真的活该被虐，不配拥有爱情。

观众席突然骚动起来，秦月明踮着脚往外看，霍里翔也跟着看，小声问："江哥还是来了？"

秦月明低下头，看幺儿发来的消息："月明姐，思予姐和夜停哥来了，蒋晁也来了，不过蒋晁被记者当成保镖了。"

秦月明真说不清楚自己是什么心情，哭笑不得，最后也只是回复："好，我知道了。"

比赛由排名靠后的选手先开始，最让人期待的是最后一组，秦月明就在最后一组。

其实秦月明之前确实保留了大招，毕竟不想让车子损耗得太厉害。

到了总决赛，她就不准备再收敛了，比完这一场她就把车子还给江云开，再分给他一些奖金……

想到这里，秦月明又是一怔。她嘴上说着断干净了，却还开着江云开的车。这种心情真糟糕，她还是放不下他。

霍里翔比完下场后，还过来鼓励秦月明，一个劲地拍巴掌："亲哥亲哥！拿个第一玩玩，加油加油！"

"好。"秦月明点了点头，接着上车做准备。

等秦月明走了，霍里翔才取出手机，戴上耳机问："我说你怎么跟亲哥吵的架啊？用得着我这边视频给你看？"

霍里翔比赛前把手机放进储物柜了，拿出来就看到一屏幕的未接电话，他回拨过去，江云开让他开视频。江云开要看秦月明比赛，还不能让秦月明发现了。

霍里翔真的很无奈，只能装成没事人一样，等秦月明上车了才拿出手机给江云开看。

江云开看着屏幕问："她今天有没有看观众席？"

"肯定看了啊，思予姐和她弟弟来看比赛了，外面还有记者，我们眼巴巴地看了半天。"

"没找我啊？"

"找了吧……怕你过来引起混乱。"

"哦。"

"比赛开始了，请听现场播报员小霍给你做第一视角讲解。这一轮一共是三辆车，我们秦月明选手开的依旧是那辆黑色的小破车……"

江云开语气不善地问："什么叫'小破车'？"

"和另外两辆比就是小破车，一辆法拉利，一辆盖拉多。"

"我有其他的车。"

"别的车改装贵，月明姐算得精着呢。开始了开始了，漂移！这个漂移非常利落，车道都冒烟了！"

江云开急得直嚷嚷："你手别抖，我都看不清了！"

赛车比赛的时间其实挺短暂的，主要是因为速度很快。

三圈结束后，秦月明开着那辆"小破车"遥遥领先，冲过终点的一瞬间引爆全场。

秦月明粉丝多，人多力量大，在她夺冠之后全场沸腾起来，这里简直成了秦月明的主场。

霍里翔失控地大叫，欢呼了半天才想起来自己在跟江云开视频，然后就看到江云开把耳机都拿下来了，嫌弃地看着屏幕。

霍里翔光顾着举起双手挥舞去了，不知道江云开刚才看到的是什么画面。

霍里翔只能强行挽尊，轻咳一声，说："亲哥的第一稳稳的。"

"猜到了。"

霍里翔又说："我要去找亲哥了，你跟亲哥聊两句？"

"不聊了。"

"那我帮你跟亲哥说说？"

"不用了，你别跟她说我的事，我挂了。"

挂断视频电话后，霍里翔把手机放进口袋里，屁颠屁颠地去找秦月明庆祝了。

秦月明刚刚取出东西，跟霍里翔击掌，霍里翔兴奋地说："第一！"

秦月明也笑得非常开心："三千万。"

"啧。"外人眼中的仙女却是这副见钱眼开的样子，霍里翔忍不住摇头。

"嘿嘿。"秦月明傻笑了一会儿，兴奋地问，"奖金今天给吗？直接打到卡里吗？"

霍里翔也被她逗笑了，带着她去领奖。

两个人到了领奖台附近，就有记者过来采访了，霍里翔只能尽量帮忙挡着记者，让秦月明过去。

秦月明问霍里翔："你第几？"

霍里翔回答："还在统计呢，反正你第一是稳了。"

广播播报了最后的排名，秦月明毫无疑问是第一名，霍里翔则是第九名。

霍里翔也挺兴奋的，再次跟秦月明击掌，紧接着就听到秦月明小声问："第九名有奖金吗？"

她的重点还是奖金。

霍里翔点了点头："有，不过跟重在参与差不多了，我在意的是名次！"

秦月明叹气道："有钱的人比情怀，没钱的人比金钱。"

颁奖的时候还搞得挺盛大的，秦月明在欢呼声中领了奖，之后就去找蔡思予、秦夜停和蒋晁了。

一见面，秦月明就嘟囔："扣了好多税。"

秦夜停伸手揉了揉她的头，笑着说："已经很好了。"

"再还两千万，剩下的钱备用，然后再买一辆越野车。"秦月明大手一挥，"今天我请客！"

蔡思予感动得直鼓掌："太难得了，我们小气鬼秦月明终于肯请客了。"

霍里翔也跟着感叹："我第一次被月明姐请客。"

秦夜停扭头凶他们两个人："你们不要这么说我姐姐，我姐姐平时吃零食的时候没分给你们吗？"

下一秒，秦月明弱弱地说："欠钱之后，我很少吃零食了……"

秦夜停看了秦月明半晌，叹了口气，只能承认："好吧，我错怪他们了。"

江云开在公司录歌，这一次录制的是他的个人专辑。然而他今天的心思全都在秦月明那里，看完比赛知道结果后，他又录了四个小时的歌。

休息的时候，他拿出手机，看到朋友圈里朋友们发了新的照片。

霍里翔："第一次被亲哥请客吃饭，恭喜亲哥拿了第一，并且喜提越野车一辆！［图片］"

霍里翔一共发了四张照片，一张是餐桌的照片，两张是几个人的合影，最后一张是秦月明捧着脸的照片。她似乎喝了酒，笑容灿烂。

江云开看了半晌，忍不住嘟囔："拒绝我之后居然还笑得这么开心。"

他往下拉，看到蔡思予也发了动态，内容大同小异。再看，秦夜停也难得地发了动态，配图是秦月明拿到冠军后领奖的画面。

他浑浑噩噩地走向刘创的办公室，进去后就坐在办公桌前，往桌面上一趴，耍赖道："我要休假，我受不了了，我要崩溃了，我要休息。"

刘创在看剧本，抬头看了江云开一眼，接着说："你去我里间睡一会儿吧，休息两个小时，然后继续去录歌。"

江云开绝望地问："你是我亲舅舅吗？"

"去吧，别在我眼前烦我，我的爱好是翻旧账。"

江云开叹了一口气，走到里间拉上屏风，躺在沙发上想，他和亲哥曾经一起在这里睡过。现在就只有他一个人了，他一定会孤枕难眠。然而，两分钟后他就睡着了。

江云开迷迷糊糊醒来的时候，听到外面有说话的声音。

他还没睡足，翻了个身准备继续躺着，然后就听到刘创说："你和池闰合作会不会觉得尴尬？"

那个人迟疑了一下才回答："其实还好，我拒绝过他了，但是不知道他有没有彻底放弃。"

江云开一瞬间就精神了，他听得出来这是谁的声音。秦月明居然比完赛后就来公司了？他们似乎是在聊池闫？南云庭之前说的国际大片的资源真的来找秦月明了？就是有很多吻戏和床戏的那个？

刘创继续说："池闫现在已经不需要流量了，也不会捆绑谁炒作，你跟他合作还挺安心的。只不过他那边的关系不知道处理得怎么样了，如果你被牵扯进去就不太好了，盛筱的粉丝也挺多的。"

秦月明点头："我知道。"

"还有其他几个剧本可以选选，都在这里，你先看一看。我要去吃饭了，吃完饭我们继续聊。"刘创说着站起来伸了一个懒腰，走出了办公室。

秦月明是聚餐回到这边的，想过来看看新剧本，毕竟在《唐时女官》后她就没有新戏了。

屏风突然被打开，江云开匆匆忙忙地从里面走出来，坐在她身边的椅子上盯着她看："你要接那部戏？"

秦月明还挺意外的，迟疑了一下才问："哪部？和池闫合作的？"

"对，就是那部戏！他是为了什么才拉这个资源给你的，你心里没数吗？凭什么他也追你，你还要考虑跟他合作拍戏？我也追你你却拒绝得这么直截了当？你连我的微信都拉黑了，是不是太双标了？"

看着江云开气势汹汹的模样，秦月明微微愣神，她确实在考虑，但是不接这部戏的概率比较大。可是，江云开怎么突然就爆发了呢？

"秦月明！你怎么这么过分啊！"江云开简直要暴走了。

"我……怎么了？"秦月明愣愣地看着他。

听到这个消息的一瞬间，江云开就脑补了秦月明和池闫拍吻戏的样子，他光是想想就觉得脑袋要炸开了。

"池闫对你什么想法你自己不清楚吗？你们要是真拍吻戏了，他的嘴不得跟皮掇子似的拔都拔不下来？"

"我是马桶吗？"

"你是仙女，你是香饽饽，谁看到你都想啃两口！"

秦月明转向他，想让他冷静下来："你先冷静一下。"

"我冷静什么啊我？我怎么冷静？是不是因为我比你小，你就不把我当回事？可是实际年龄你只比我大一岁！"

"我没有嫌弃你年龄小。"

"我不成熟、不稳重是不是？他池闫稳重，但是他长得贼眉鼠眼的，他哪里好？你们这群演戏的最不安分，一部戏一段恋情，入戏太深容易喜欢上对方是不是？那我算什么啊？"

江云开越说越委屈，情绪也越来越激动，居然出现了哭腔。

秦月明看得目瞪口呆的，她还真是第一次见到男孩子……这么撒泼的。

她一下子变得笨拙起来："没有啊，我演过很多戏也没因戏生情。"

"那你什么意思？你还是要接这部戏是不是？他想借这部戏占你便宜，你看不出来吗？拍国际片可不能借位的！"

秦月明更加不解了，怎么就占便宜了呢？

她今天才看到剧本梗概，还半遮半掩的。这是一部惊悚悬疑片，主要讲述一些旅游的人被困在荒岛，岛上发生了一系列匪夷所思的事情。

这个岛上有跟他们一模一样的人，两拨人聚在一起后都无比震惊。

原本池闫和秦月明要扮演的是一对夫妻，然而在和他们完全相像的另一群人里，秦月明却跟一个金发男人是一对，池闫和一个法国女人是一对。

这个故事全程都是在解密、探索、互相试探。人们发现他们到了两个平行世界的交叉点，只有杀死跟自己一样的人才能活下去。第一个死的就是秦月明扮演的角色，池闫和金发男人完全分辨不清死的究竟是自己的恋人还是对方的恋人。

这份梗概里甚至没写秦月明扮演的这个角色在只剩一人后，剩的究竟是哪一个世界的人。还有就是她为什么笃定杀死一个人就会回去，她究竟发现了什么？

梗概简陋得不行，江云开是知道了什么吗？秦月明可不知道，当初南云庭为了刺激江云开，满口胡言说了一堆有的没的。这也让江云开受的刺激非常大，他现在酸得简直要失控了。

秦月明试探性地问："你是不是误会了什么？"

"我没误会！"江云开开始掉眼泪了，他随手擦了一把，继续说，"你去拍，我不阻拦你，我也不是那种胡搅蛮缠的人，我不会耽误你的前程，你去拍！"

"哦……"

"你还'哦'！你真要拍是不是？别让我知道你们交往了，我不是什么好人！我告诉你……你……你要是跟别人在一起了，我就生气……我生气超可怕的，我……我会让你们两个人都在娱乐圈混不下去！我说到做到！"

秦月明一直盯着他看，不知道为什么有点想笑，还有心情问："那你打算怎么让我混不下去？"

江云开奶凶奶凶地吼道："我就到处说你亲完我不负责！"

秦月明抬手用食指蹭了蹭鼻尖，轻咳了一声，努力憋笑。

她知道这种场合如果笑出来江云开一定会更加崩溃。

她将手里的剧情梗概、人物小传递给江云开，说："你自己看，这种剧情还能有吻戏吗？"

江云开伸手接过来看了看，接着抬头看向秦月明，问："惊悚片？"

"是啊。"

江云开又看了看，接着问："没了？"

"据说他们都不给完整的剧本，只有参演了才能拿到后面的剧本。"

江云开表情逐渐扭曲，突然开始骂骂咧咧："南云庭唬我，他就不能做个人吗？啊！"

"而且我不太想接这部戏。"秦月明靠着椅背跷起二郎腿，继续翻看其他剧本。

知道没有那些乱七八糟的戏，江云开的情绪瞬间平复了大半，他还疑惑地问："为什么？这个资源严格来说……挺不错的。"

"因为不想双标啊！"

江云开沉默了，秦月明这简简单单的一句话好像给了他一小巴掌。

"既然我已经拒绝他了，就不想再接受他的好意，不然之后就很难处理这段关系了。所以，我还不如不接这部戏。如果为了好的资源就出卖灵魂接了这部戏，那我跟俞清儿有什么区别？"

江云开终于开始觉得自己丢人了，在办公桌上快速寻找纸巾，抽出两张擤鼻涕，接着丢进垃圾桶里。

他打开手机前置摄像头，想看看自己哭成什么样了，看模样还不算太狼狈才放下心来，接着解释："南云庭之前……胡说一通，我就以为是那种很……香艳的戏。"

秦月明瞥了他一眼，不说话。

江云开心虚地道歉："好啦，是我太激动了，胡搅蛮缠的，我跟你道歉。"

"哦。"

"你也别太在意，你就当我刚才疯了，反正我经常疯疯癫癫的。"

"嗯，我还要看剧本，并且要等刘总回来继续商量之后的安排，所以你能不能让我安静地看一会儿剧本？"

江云开知道秦月明这是赶他走的意思，心里难受了一会儿，还是垂头丧气地站起身来，"哦"了一声。

"对了。"秦月明突然叫住他。

江云开回过头来看向秦月明，秦月明将车钥匙手给了他。

他下意识地接住，接着听到秦月明说："车子停在小区负一层 C 区 302，我租了一个车位，这个月底就到期了。你开车的时候小心一点，夜停今天停车的时候把配置改回去了。"

"哦……比完了是吧？"

秦月明试探性地说："嗯，作为感谢，我会给你转五百万过去，你看可以吗？"

江云开将车钥匙放进口袋里，说："我对钱不感兴趣。"

"我也不知道该怎么感谢你，或许你有什么需要的吗？"

江云开走回去，扶着秦月明转椅的扶手，将她转过来面对自己，接着微微俯下身去，低声说："亲一下就结了，成吗？"

秦月明先是一怔，随后侧过脸去："我们没可能的。"

"我就是单纯地想占你便宜，不管有没有可能。"

秦月明蹙眉，想坚持自己的做法给江云开转钱。

然而，江云开突然站起身来，往后退了两步，说："算了，突然不感兴趣了。"

实在是秦月明蹙眉的样子有点伤人，他不想为难她，心里却十分不舒服。

江云开走出刘创的办公室，准备继续录歌，结果录音棚里没有人。

他跟别人打听了一下，才知道录音师他们也吃饭去了。

他也没吃饭呢，秦月明和别人吃完了，都不管他了……

秦月明一个人坐在刘创的办公室里，看剧本的时候有点走神。

她想着江云开说的话，一次一次地在心里仔细思考，他每句话是什么意思。

想到江云开的最后一句话，她居然还有点难过。

这时，刘创拎着一份外卖走了进来，说："给你带了份沙拉和果盘。"

"哦，感谢。"秦月明坦然地伸手接了过来。

刘创坐下之后问她："剧本看得怎么样？"

"还在思考，我想接正剧，IP剧还是少一点比较好。"

"但是你要想好，拍IP剧速度快、来钱快，你如果想快点还钱的话，IP剧是很好的选择。"

"我还是想要事业和还钱并重。"

"可以。"刘创点了点头，"那我以后就侧重正剧。"

刘创是一个非常好说话的经纪人，所有的利弊都会跟艺人分析清楚，最后让艺人自己做决定。他护短、有钱、好说话，简直是完美经纪人的典范。

秦月明的手机突然亮了一下，她拿起来一看，是秦夜停发来了消息："池闫似乎有事情要跟你谈，我可以告诉他你的号码吗？"

秦月明把经纪人的微信名片推送过去。

月："让他加我经纪人。"

秦夜停："好的。"

秦月明跟刘创说："池闫可能会加你微信号。"

刘创拿起手机看了一眼，果然看到了池闫的好友申请，随即忍不住笑了："你还真是距离感十足啊。"

之前他都是跟池闫的经纪人接触，这还是第一次直接跟池闫联系。

很快，池闫就打来了电话，刘创接通后客气地说："你好，我是秦月明的经纪人刘创。"

"嗯，你好，她在你身边吧？"

"在的。"

"麻烦你把电话给她。"

刘创看向秦月明，询问她的意思。

秦月明伸手接过手机，说："喂，有事吗？"

"你迟迟没给我回复，是因为不太想接这部戏吗？"池闫的声音一如既往地温柔，充满了成熟男性的魅力。

秦月明叹气道："嗯，我不想欠你人情。"

"说到欠人情恐怕是我欠你的，如果当初你不帮我牵线认识胡导演，我也不会有今天的成绩。我想还你这份恩情，给你介绍这个很好的资源，你都不愿意接受吗？"

"我不想跟你有太多的牵扯。"

"如果我不参演呢？"

"哦？"秦月明突然扬眉，"灵魂"动摇了。

电话那边传来池闫的轻笑声，他特别无奈地道："你要我拿你怎么办？"

"我并没有要求你做什么。"

"对，是我主动的。"池闫跟哄孩子似的，接着说，"我之后会去参演另一部戏，那部戏更适合我。你可以放心去试镜这部戏，你的搭档估计还需要选择一番。不过，只要不跟我搭戏，你就会舒服很多吧？"

其实在这部国际电影里，秦月明的角色只是配角，真去算番位，估计会排在第四、第五的位置。然而这个角色真的很考验演技，并且举足轻重，是整部电影里无法忽视的存在。

秦月明其实是心动的，只是碍于池闫在。如果池闫不参演，只是还当年的恩情的话，她就没有那么纠结了。

她稍微思考了一下，问："请问，另一个角色你能帮忙安排一个人去试镜吗？"

池闫震惊了，好半天才开口："不是吧你，我都不去演了，你还要把另一个角色也占了？"

"你可以还人情还到底啊。"

"好吧，你说说想安排谁去试镜，我也只能帮忙争取机会，最后能不能用就看那个人的本事了。"

"蒋晁。"

池闫立即懂了："就是秦夜停签的那个新人？你确定他可以吗？"

"我可以亲自教他，能不能成功就看他自己的造化了。"

"行吧，我去问问看，有消息了告诉你。"

"告诉我的经纪人就可以了。"

"好。"

挂断电话后，秦月明就觉得心里轻松多了，重新拿起剧本看了起来。

刘创忍不住笑了，拿回手机看消息，同时说："如果蒋晁真的在这部戏出道，那真是非常高的起点了，你就不怕他心浮气躁？"

很多演员都有这样的情况，起点太高，第一部作品成绩非常好，第二部作品如果成绩不好的话，会难以接受，很久都不能调整好心态。

秦月明微笑道："蒋晁不会这样，以他的性格，他会觉得我们给他安排的每一部戏都是给他的工作，他认认真真地完成就可以了。"

"没有上进心？"

"也不能这么说，就是性格不一样，蒋晁很可爱。"

蒋晁毕竟不是他的艺人，刘创也没多问，而是说起了其他的事情："今天江云开会有一场直播，为他代言的产品做宣传。"

想到江云开刚刚哭过，秦月明有点担心，他那状态能可以吗？

刘创打开直播软件，这时江云开已经在直播了，就在公司的休息室里。

他脸上敷着面膜，说话的时候声音有点含糊："我觉得这绝对是史上最无聊的直播，我看看，这是有五十八万人一起看我敷面膜。"

秦月明看到面膜的一瞬间就放弃担心他了。

江云开看着弹幕说："聊聊天啊，聊什么？你们的弹幕闪得飞快，我也看不清什么啊。"

这时，弹幕里似乎有人提到了南云庭，想问江云开有什么看法。

江云开看着弹幕没说话。

"江哥你千万不要谈恋爱。"

"就算是秦月明我们也不接受。"

"哥哥去劝劝云庭弟弟吧。"

"你们别再问了可以吗？哥哥和他们两个人都是朋友。"

"云庭弟弟和那个女人在一起，你看好吗？"

"云庭弟弟最近憔悴了，哥哥关心关心他吧。"

江云开半晌才开口："我给你们唱首歌吧。"

说着，他真的开始唱歌了，还是清唱，唱的是梁静茹的《勇气》。

"终于做了这个决定，别人怎么说我不理，只要你也一样的肯定……

"爱真的需要勇气，来面对流言蜚语，只要你一个眼神肯定，我的爱就有意义。

"我们都需要勇气，去相信会在一起……"

秦月明听着江云开唱歌，低头看剧本，手指微微颤抖，最后握成拳头。

秦月明跟秦夜停说了要带蒋晁去试镜的事情。

秦夜停放下手里的复习材料，看着帮他整理床铺的蒋晁，突然问道："你会说英语吗？"

蒋晁停下动作，回答："How do you do（您好），How are you（您好吗）。"

秦夜停长长地叹了一口气，拿出手机查询找个英语私教要多少钱。看到价格之后，他又把手机收起来，对蒋晁说："过来，我教你英语，你最近有一个试镜，导演和工作人员是外国人。"

"好的好的。"蒋晁立即跟着秦夜停出去了。

两个人到了楼下，蒋晁开始收拾沙发上的小毯子。

秦月明的房子挺小的，秦夜停的工作室又没有资金给蒋晁租宿舍，就算秦月明、幺儿她们不在，蒋晁也不能进女孩子的房间。于是，他干脆睡在客厅沙发上，条件十分艰苦。

好在蒋晁不挑，还挺乐观的，每天笑呵呵地跟着秦夜停到处跑，觉得虽然时间不长，却学了不少东西。他之前是和师兄弟一起住宿舍，师兄弟脚臭、打呼噜，这里好多了，他自然每天都高高兴兴的。

秦夜停找出自己读大学时的英语书，拿给蒋晁，问："看得懂吗？"

蒋晁接过看了看，摇头道："这咋没翻译呢？"

果然，书还是得买，秦夜停于是拿出手机买了几本英语基础教材，因为是同城，今天晚上就能送到。

买完书，他又拿出本子，开始给蒋晁写音标，说："我今天先教你音标。"

"好，要不你先写着，我去做饭？"

"你饿死鬼投胎吗？"

"我……确实……饿……"蒋晁真的能吃，大米饭都比秦夜停多吃一碗半，而且到点不吃就会饿。

"去吧。"

秦夜停继续写音标，还写了一些简单的语法，想了想又开始发愁，是不是得先教蒋晁口语。实在没辙了，他给蔡思予发消息，让蔡思予赶紧回来。以他的耐心，如果教蒋晁，他一定会连续骂蒋晁一整天。

蔡思予："回不去，我跟心心在厂里呢，今天出样品。"

秦夜停已经不知道第多少次叹气了，最后还是认认真真地写笔记。

他写字连笔，字体刚劲有力，十分好看。不过，意识到蒋晁看不懂他的字后，他就只能一笔一画地写，写得颇为吃力。写完一些总结之后，他拿着笔记走到蒋晁身边，在蒋晁做饭的时候教他最基本的口语。

蒋晁学习东西的时候挺认真的，跟着一遍一遍地学。

两个人一起吃饭的时候，秦夜停还在给蒋晁上课。

夜里，秦夜停走下楼，想去取一听啤酒，看到蒋晁还坐在餐桌前。

蒋晁对自己还挺好的，给自己准备了果盘放在身边，面前是新到的英语教材。遇到不会读的单词，他就用手机查询，一遍一遍地听读音，跟着学。

之前秦月明说过她看上蒋晁的原因，是那次拍真人秀她猜测蒋晁做群演之前肯定去现场来回走过，不然不会对现场那么熟悉。

后来秦夜停问了才知道，蒋晁何止是来回走过，他是提前到了拍摄地，在那里晃了三天，夜里就在空房子里随便睡了。群演的工资，一天也只有八百元。

江云开扯了扯口罩，在好友的陪同下去了地下赌场。这里是缅甸，江云开也是抽空才过来的。其实这里还有很多排场很大的赌场可以去，然而他要找的人不在那些赌场。

走进去的一瞬间，江云开就觉得里面乌烟瘴气的，也不知道是不是空气不流通，导致这里像被烟熏过一样，有点呛人。

有女人注意到了他，被他的身高和身材吸引，还有他身上的衣服一看就价值不菲。常年混迹这种场所的女人，有时候一眼就能猜测出对方是不是真的有钱人。

显然，江云开一看就是一条肥鱼。

江云开跟着朋友走到里面，朋友嘴上还叼着一根雪茄，侧头看了他一眼，忍不住乐道："你这模样出现在这里，真有点凤凰落鸡群的感觉。"

"我已经穿得很低调了好不好？"

"有能耐你身高缩几厘米，或者你再驼背一点。"

"少废话。"

两个人又走了一段路，朋友指了指前面一位蓬头垢面的老人，说："就在那儿呢。"

江云开点了点头，朝那位邋遢的老人走了过去。

江云开没做艺人的时候，朋友也是什么样的人都有。他人够义气，做人也讲究，所以人缘一向不错。

自从决定调查秦月明父亲的事情，他就没打算走什么正经渠道去找证据，他知道秦夜停肯定都试过了。而且幕后黑手要是真想嫁祸的话，表面上肯定都遮掩得干干净净的。

所以，江云开的调查就从一些旁门左道的地方下手。

江云开走到老人身边坐下，跷着二郎腿问："来吗？"

老人笑着问："来什么？"

"你随意。"

其实这个赌场里大多是华人，沟通无阻碍。

老人给江云开发牌，同时一个劲地打量他，低声说："没想到你敢进来。"

他到底是个老江湖，人精得很，随便看几眼就认出江云开了。一名当红艺人来了地下赌场，还在这里赌钱，这如果被曝光出去，怕是要闹上一场腥风血雨。

"不入虎穴焉得虎子，这才能看出我的诚意，你说是不是？"江云开看了一眼牌面，接着就将牌扣在了桌面上。

"我看过电视，你和那丫头关系不错。"老人也不隐瞒他认识秦月明的事，毕秦月明竟也是他的故交之女。

"是啊，被你们这群人害成那副样子，还能活得好好的，是不是挺惊讶的？"

"好什么好，跟死了差不多，还不如死了呢。"

"总比你好，出去也是死。"江云开冷笑一声。

老人不再说话了。

江云开继续赌牌，对老人说："告诉我我想知道的，你以后就可以自由了。"

"你就没想过你过来的时候被盯上了？"

"我会怕他们？而且，这件事对于他们来说早就板上钉钉了，他们高枕无忧这么多年了，早就不理会了。你真是做老鼠做久了，太警惕了。"

江云开说话带刺，挺刺激人的。但是他也知道，跟这种人说别的没用，他这样淡定，反而会让这位老人动摇，觉得他恐怕真的有两下子。

江云开又打了几局，还真赢了些钱，一看就不是新手。

他见好就收，从口袋里取出一张纸条放在桌面上，说："我手机号，有想法了联系我。"

江云开和朋友一起往外走的时候，有女人走过来，刚刚靠近就熏得江云开直咳嗽，这是用香水泡过全身了吧？

女人穿着紧身的裙子，身材玲珑，裙身布满了亮片，闪闪发亮，她朝江云开露出一个自认为诱惑力十足的笑容。

江云开瞬间躲得老远。

"帅哥，喝一杯吗？"女人对他说。

"戒了。"

"那喝饮料？"

"我戒的是液体。"江云开回答完就拽着朋友快速跑了出去。

走出去后，江云开终于觉得解放了，站在门口换气："里面那空气真辣眼睛。"

他朋友歪着嘴笑："刚才那女的应该不是仙人跳的，是真的看上你了。"

"我能看上这样的？"江云开皱眉，他天天看到天仙，能看上这种庸脂俗粉？

"也是，混娱乐圈的，身边漂亮的多。"

"行了，我先回去了。"江云开快步走向停车场，接着上了车。

车上的鸭宝惊呼道："江哥，我的呼吸都要停止了，刘总如果知道我陪你来这种地方，一定会把我的腿卸掉！"

"我去了又没干什么。"

"你还想干什么？"

江云开系上安全带，忍不住抱怨："我怎么跟你家室似的，出去还得跟你汇报行踪是不是？你看看你那怨妇一样的语气。"

"江哥，你省点心吧！"

"啧，闭嘴。"

"江哥，明天真人秀开机，你能不哭了吗？"

提起这个，江云开的动作就顿了一下，他颓然地坐在副驾驶席上，含糊地应了一声："嗯。"

"一定不要哭了！尤其是拍摄的时候，知道吗？"

"你把嘴闭上吧，一天到晚说个不停，就应该我做你助理，你上脱口秀去。"

鸭宝最近真的被江云开哭怕了，最吓人的一次是坐电梯的时候，江云开突然就哭了。

鸭宝问了半天，他才回答："我不想回这个家了，想到她家在楼下我就难受。"

没办法，鸭宝只能连夜开车带着他回了别墅。

结果一进门，江云开又开始闹："我们在这个房子里有其他的回忆，你为什么要来这里！"

鸭宝只能翻开记事本，寻找哪个房子能避开这位大爷和秦月明的回忆，接着再开车过去。这时他才不得不感叹，幸好江云开房子多。

这回江云开终于消停了，凌晨两点才睡觉，鸭宝也是操碎了心。

江云开当天坐飞机回去，刘创临时通知有事要跟他商量，让他必须回公司。

到了公司，他快步走进刘创的办公室，里面的几个人原本还在聊天，在他进来后瞬间安静了。

江云开也不在意，坐在沙发上打量着另外三个人。

南云庭依旧是之前的阴沉模样，手放进口袋里，低着头不说话，有点躲避江云开的目光。

周若山有点尴尬，想缓解一下气氛，却一时间不知道该说什么，便没开口。

余森则是一向话少，这种场面就更不会应付了，只能指望周若山超常发挥。

显然，周若山让余森失望了。

然而，江云开是不会让大家冷场的，不挑事真不是他的性格。

他坐下之后，扯着嘴角冷笑道："听说某人在采访的时候说自己是单身。"

"我目前本来就是单身。"南云庭冷声道。

"我还以为你会讲究点，也就是不提这件事，大家不提就行了。结果呢，才一个月的时间，你就急不可耐地澄清了。"

"对啊，你也知道一个月过去了？是谁跟我说一个月之内肯定会坠入爱河的？听说你最近天天哭，是不是吃了爱情的苦？"

南云庭这句话显然戳到江云开的痛处了，江云开瞬间就炸了，吼道："都是因为谁？还不是某些人的错误示范吓到别人了？"

"你自己追不到人还怪我？关我什么事？你们要是情比金坚，我连续渣几个都影响不到你们分毫，还不是人家觉得不值得因为你被骂？"

"你承认你自己渣了吧？"

"我是说你没用！"

江云开和南云庭果然呛起来了，周若山赶紧起身拉架："停！江哥追谁了？没追上？"

余森也好奇地看着他们。

你们打不打架不重要，八卦得第一时间说明白了，不然憋着多难受？

南云庭看了一圈，原来还是只有他一个人知情，于是他又低下头不说话了，继续赌气。

江云开继续骂他："看看你那个丧气的样子！失恋了吧？难受了吧？粉丝流失了吧？你活该！"

"江云开我忍你很久了！你说话这么不招人听，我能跟你做这么多年朋友已经很不容易了。我有一颗包容世界的心，才能容忍一个不着调的你！"南云庭站起身来扯他的衣襟。

"你想跟我动手是不是？你们三个一起上都打不过我一个。"江云开特别嚣张，依旧在叫嚣。

"是！你最牛，你就觉得你的想法是对的，我怎么做都是错的。"

"本来就是你错了！"

周若山赶紧做和事佬："别吵架，我们也是个和谐的组合是不是？大家有话好好说。"

江云开立即反驳："和谐个头！"

南云庭："我们都多久没一起开过演唱会了，组合名存实亡了。"

江云开："你这意思是想解散是吧？"

南云庭："解散就解散！"

气话说完之后，两个人又都不说话了。江云开气得不行，拳头握得紧紧的。南云庭则是在逞强，故作镇定，其实眼圈都红了。

他们实打实地冷战了一个月了。其实冷战这种事，以江云开和南云庭的性格真的很难坚持住，他们明明都沉不住气，偏偏这次谁也没搭理谁。

一直沉默的余森突然说话了："还是不要解散吧。"

周若山立即点头："对啊，别解散了，我们感情这么深。"

余森解释："倒也不是感情深，就是我不想被采访。"

江云开立即翻了一个白眼，瞧瞧他们的塑料组合情！

他们组合每次被采访，回答问题最多的都是江云开，其次是南云庭，他们两个人也比较有梗。周若山就有点木讷了，余森更是话少，所以有点害怕被采访。

有组合在，几个人一起被采访，江云开就可以一个人秒杀一片，余森还能偷懒。经常有人说他们三个人欺负余森，不给余森话筒，其实余森不但一点也不在意，还挺开心的。

这时，刘创走了进来，手里还拎着果篮，问他们："聊什么呢？"

江云开气急败坏地说："聊解散呢。"

刘创也是一个久经沙场的经纪人了，听到这句话也不慌，反而淡定地问："聊得怎么样了？"

江云开回答："投票吧，两票解散。"

周若山立即说："两票不同意。"

刘创把果篮拎到他们面前，问："选一选，想吃哪种水果？"

周若山还真选了起来，问他："怎么还有果篮啊？"

刘创淡定地回答："哦，有人来送礼了。"

余森说："我要青苹果。"

刘创让助理去洗水果，接着对他们四个人说："今年六月开始的巡回演唱会，你们有想去的地方吗？"

屋子里顿时安静下来了。

周若山纳闷地问："江哥不是在筹备个人专辑吗？"

"嗯，对，到那个时候，他的专辑已经做得差不多了。演唱会上也会让他唱新歌，还能顺便宣传一下新专辑。"刘创回答。

江云开纳闷地问："我的工作都排到年底了吧？"

"不耽误，你们都在一起这么多年了，歌就那么几首，舞蹈都跳了百八十遍了，也不用过度练习，所以还好吧。"

四个人面面相觑，南云庭问道："为什么这么突然做决定？太草率了吧？"

"为了救你，就得你兄弟上！"刘创突然严肃起来。

南云庭瞬间沉默下来。

刘创看着他继续说："最近我都懒得说你，错了就是错了，你别死撑着，道个歉能死啊？你过去跟杜拾瑶道个歉，你不方便让我去善后也可以，让杜拾瑶渡过这个难关。你要是处理稳妥了，江云开也不会跟你甩脸子！可你呢？我是不是把你惯坏了，你干的这叫什么事！"

南云庭出道初期确实经常被训，人比较皮，还不怎么勤快，也在情理之中。但是出道几年后，他渐渐有了人气，就基本没有什么人说他了，他粉丝也多，都是捧着他、夸他。

刘创算是脾气不错的经纪人了，一般也就训江云开训得比较多，这么对南云庭说话还是头一次。

见南云庭还不出声，刘创从桌面上拿起一个剧本用力摔在地面上，又说："秦月明最近想拍正剧，这是她接的唯一一部 IP 剧，因为她想带杜拾瑶进剧组。她怕杜拾瑶的公司不同意，怕杜拾瑶彻底被雪藏，还愿意自己让一些片酬，让杜拾瑶的片酬高一些。她认识杜拾瑶才多久？她自己还欠着债呢，就能这么帮杜拾瑶。你呢？杜拾瑶是你的前女友，她被舆论伤成那个样子，你总得做点什么吧？"

这要是其他的经纪公司，经纪人肯定巴不得自己的艺人别再跟那个绯闻对象联系了，但是刘创不一样。他还是觉得做人不能太过分，稍微有点道义是应该的。

他不指望南云庭做什么，只要南云庭示意一下，他就能去帮忙。但是南云庭从头到尾都撇得十分干净，他也只能默默看着江云开跟南云庭闹矛盾。

江云开什么脾气刘创知道，要是南云庭一直处理不好，江云开就会一直看他不顺眼。

在南云庭沉默的时候，刘创看向江云开，接着说："还有你！公司出事了，你就会过来捣乱，还来我办公室打架？你挺流氓的啊，怎么不出去格斗呢？"

江云开原本还在不屑地看着南云庭，这下瞬间没脾气了，跟着低头挨训。

刘创继续说："这几天你怎么回事？工作延误得不像样，天天不在状态，我得到的反馈都非常差！"

"我努力调整了。"江云开回答。

刘创走回办公椅前坐下，捏了捏鼻梁，说："我最近非常疲惫，你们是我一手带大……一手带起来的，却最不让我省心。"

四个人都不说话了。

刘创摆了摆手，"先不说这个了，我给你们安排演唱会的事情，把你们几个的助理也叫过来，我们在这里开一个小会整理行程。工作要调整，地点要安排，你们怎么配合宣传也是问题。"

秦月明在真人秀录制前一天到了酒店，找到房间后，按了门铃，同时拿出手机发消息："我到了。"

房门很快被里面的人打开，那人立即将秦月明拉进了房间，接着就是一个熊抱："月明姐！我想死你了，我知道你去我公司了，但是我经纪人不让我过去见你，你帮我拉资源的事情我都知道了。"

秦月明为了杜拾瑶接了一部还算不错的都市 IP 剧。

这部剧其实是大女主戏，讲述三个女性的职场、爱情故事。秦月明扮演的是一位女强人，工作五年，她给杜拾瑶拉的角色是刚大学毕业的应届生。剧里还有一位人到中年、潇洒离婚的女性。

三个女人在不同的公司，行业也不相同，原本不会有交集，却因为爱去同一家健身房时不时遇到，就此熟悉了。

杜拾瑶的公司不想让她接这部戏，毕竟已经决定要雪藏她了。

后来剧组在片酬方面有了让步，他们依旧不同意，秦月明就干脆亲自杀到了杜拾瑶的公司，去跟杜拾瑶的老板面谈。秦月明在娱乐圈算是前辈，要是真想动用以前的人脉关系，很多公司都要掂量掂量，这是蔡思予都没办法做到的。

想雪藏杜拾瑶的就是那位曾经追求过杜拾瑶却没能成功的高层，秦月明就跨过那位直接跟老板谈，让那位参与不了。反正事情已经到这个地步了，只能如此。

秦月明先说长远利益，再说公司名声，最后说到杜拾瑶这个人。

她的理念就是闹出这些事情杜拾瑶其实是有热度的，为什么不趁着这个热度将杜拾瑶捧起来呢？黑红也是红，看看江云开，再看看她。圈里很多女艺人都会利用绯闻撕来资源，为什么就他们不利用呢？

秦月明这样说了之后，杜拾瑶的老板也动摇了。近期杜拾瑶的热度的确起来了，关注度很高，真人秀延迟开机也是最近的热点，不利用一下可惜了。再想想大地娱乐现在的风评，老板也觉得没必要那样，最后还是同意了。

这一回，杜拾瑶算是彻底撑过危险期了，劫后余生。秦月明帮了她很大的忙，她现在看到秦月明简直像看到了恩人，自然兴奋得不行。

秦月明也抱着杜拾瑶低声说："我最近也好想你。"

杜拾瑶原本就是一个很瘦的女孩子，竟然还能再瘦一圈，也是神奇。

秦月明看着她一个月的时间瘦得跟竹竿一样，忍不住心疼道："你最近都没有好好注意身体吗？"

"我就是心里憋着一股劲，觉得就算公司不待见我了，我自己的基本功也不能落下。所以我天天铆足了劲在练习室练习，因为没有食欲，也吃不下什么东西，心情还很不好，就一下子瘦了好多。"

"我说过我会帮你想办法的。"

杜拾瑶吐了吐舌头："最开始我以为你和思予姐其实就是在安慰我，我都不抱期望了，没想到你还能说通我的老板。"

跟"南云庭不是那样的人"一样是安慰人的话，南云庭就是那样的人，最后还是跟她分手了。不过分了也好，她本来就违反了合同，继续交往反而不好。

只是南云庭果断得太伤人了，前途、粉丝和她之间，他毫不犹豫地做出了选择，更显得她不顾一切也要和他在一起的行为有些傻了。

房间里，杜拾瑶拿起手机问："月明姐，你听江哥唱的歌了吗？我听了好多次，每次都哭。"

CP 粉还是 CP 粉，自己什么情况无所谓，撮合 CP 最重要。

秦月明还以为她再次见到杜拾瑶，会听到杜拾瑶哭诉自己有多难过。然而，杜拾瑶拿着手机迫不及待地安利江云开直播的时候唱的歌，看着秦月明的眼神仿佛在说：你们还没在一起啊？

秦月明回避这个话题，问她："你现在多少斤了？"

"八十三斤吧……我原来是九十四斤，毕竟我身高也不矮。"杜拾瑶说着点开了视频，又问她，"是不是超好听？"

秦月明伸手碰了碰杜拾瑶的胸，问："你是怎么做到的？这么瘦还有胸？"

杜拾瑶低下头看秦月明的手，简直无法想象一个天仙一样的人居然在做这种事，都没反应过来需要躲开。

好在秦月明很快就收回了手，坐在杜拾瑶对面脱下鞋子，接着盘腿坐在了沙发上。

杜拾瑶一直看着她，愣了好一会儿才回过神来，"我……遗传吧，我妈妈身材也是这样的。"

"真好……"秦月明眼巴巴地看着。

她就非常苦恼，穿 A 杯紧了，穿 B 杯还差那么一点。蔡思予和杜拾瑶身材都非常好，让她羡慕不已，天知道她有多喜欢她们这种身材！

视频播完了，杜拾瑶设置了洗脑循环。

秦月明听得非常无奈："你不准备跟我说说你最近是怎么过的吗？"

"我说完了啊。"

"说什么了？"

"铆足了劲练习啊。"

"没了？"

"嗯，就一个月我还能干什么？"

"分手很伤心之类的话呢？你不想哭诉一下？我好安慰你啊。"秦月明在路上可是酝酿了好多安慰的话。

然而，杜拾瑶摇了摇头："不用，我看开了。"

整整担心了一个月的秦月明："呃……"

看着秦月明发愣的模样，杜拾瑶突然苦笑起来，然后表情渐渐变得不自然："月明姐，我们能先不聊他吗？我提起他又会哭，我不想哭，明天还得录节目呢。"

她怎么可能这么快释然？她只是不想到处散播负能量，让朋友跟着难受。她想让秦月明看到她开开心心的模样，想让帮助过她的人看到，她可以振作起来，他们没有白费力气。

　　秦月明立即点头："我懂了。"

　　杜拾瑶很快调整好心情，再次举起手机："你听江哥唱的歌。"

　　再次被迫听歌，秦月明直捂脸。

　　"我觉得江哥这首歌不只是唱给粉丝听的，说不定是专门唱给你听的，你听过了吗？"

　　"嗯……你循环几次了……"

　　"所以你们要不要交往啊？我觉得你们两个人超级合适。"

　　"我拒绝他了。"

　　"我猜到了……我听说江哥最近状态特别不好，不会是因为我的事吧？"

　　"你不要乱想。"

　　杜拾瑶退出视频，将手机丢在一边，突然特别认真地问："月明姐，你现在开心吗？"

　　"啊？"秦月明被问得一愣。

　　"我当初和南云庭在一起的时候就是这样想的，如果我拒绝他了，我会后悔吗？我会开心吗？不过你的情况跟我不太一样。"

　　秦月明垂下头，她的确不太快乐，甚至每天都有点郁郁寡欢。

　　"你可能觉得你拒绝他对他的未来是好的，对你自己也是好的，你不想给他增加负担。但是你仔细想一想，你拒绝他之后他真的会领情吗？他每天都很沮丧，甚至影响了工作，你这样算是对他好吗？"

　　杜拾瑶认认真真地问秦月明，这个一向傻乎乎的女孩子突然正经起来，秦月明还真有点不能适应。她抿了抿嘴，没回答。

　　杜拾瑶继续说："你再问问你自己的心，你真的不喜欢他吗？你对他一点好感都没有吗？错过他你不会觉得遗憾吗？你可能会在意你的债务，但是江哥完全不在意，你一个人执着这一点，这样大义凛然给谁看呢？你只是感动了你自己，却伤害了两个人。"

　　"我不想因为我耽误他……"

"他都不在意，他的合同里没规定不许谈恋爱，你的合同也没有。两个人互相喜欢就要在一起啊，没必要思考这么多。"

秦月明心口微微震颤，这些天她一直在忧虑的事情再次在心里翻腾。她还是会在意江云开，还是放不下，这一点她自己也承认。

杜拾瑶的手机响了一下，她最近都没什么工作，手机便开了铃声模式。

她打开手机看了下消息，对秦月明说："小霍来了，图哥也在酒店里了，他们叫我们下去吃饭。"

秦月明点了点头："我先回我房间收拾一下，一会儿就下去。"

秦月明回到自己的房间放下行李，然后就下了楼。

她刚走进包间就看到一个人在里面，脚步一顿，是江云开。

秦月明跟江云开四目相对，又立马双双扭过头去不看对方。

秦月明坐在椅子上，拿出手机看小群里的聊天记录。

奚图："我跟经纪人在开视频会议，要稍微等一会儿。"

杜拾瑶："我要补个妆！马上下去。"

霍里翔："我也马上，刚进屋，喘口气。"

江云开一直没说话，结果却是最先到的。

他面前放着自己带来的一点零食，原本还给秦月明带了鸭脖，不过没拿出来。他用竹签扎了一个丸子吃了一口，接着抬头朝秦月明看过去。

两个人明明就在同一个空间里，却没有任何交流，这种氛围真的让人觉得非常憋屈，江云开甚至不能确定明天真人秀的录制状态。

他又看了秦月明一眼，秦月明依旧一脸淡然，好像难过的只有他一个人。他一个人沉浸在失恋当中，好像被秦月明戏耍了一番。

他又一次红了眼圈，委屈巴巴的，难受得不行。

这时，霍里翔走了进来，笑呵呵地说："你们两个人在呢。"

他看了看江云开，迟疑地问："江哥这是怎么了？怎么眼泪汪汪的？"

江云开立即回答："丸子太辣了。"真是个纯属唬人的理由。

"你不是挺能吃辣的吗？"霍里翔拿起一根竹签，似乎也想尝一个丸子。

然而，江云开用竹签一口气扎了剩下的三个丸子，全部放进了嘴里。

霍里翔愣愣地看着他，心想：江哥以前也这么护食吗？

江云开艰难地吃完了丸子，一抬头就看到杜拾瑶进来了。他上下打量了杜拾瑶一番，问道："你怎么瘦了这么多？"

杜拾瑶耸了耸肩："女孩子瘦了是好事。"

"你这样跟个骷髅似的，好个头，吓人！"

杜拾瑶坐下后说："这次我可以放心吃，估计还能胖回去一点。"

江云开心情又不好了，问她："南云庭跟你联系了吗？"

杜拾瑶摇了摇头："没，分手我都是看的新闻，他说他目前是单身，我才知道，哦，原来我单身了。"

江云开越发不爽了。说真的，他和杜拾瑶关系没有多好，相较之下他跟南云庭关系更好，但是对事不对人，他有点生气。

奚图也进来了，坐下后问："思予姐还没来？"

"她也快到了。"秦月明回答，"她最近都在忙服装的事情，也挺辛苦的。"

他们吃饭吃到一半的时候蔡思予才到，她也不在意大家已经开饭了，还带来了香槟，庆祝他们重聚。

原本气氛有些低沉，主要是今天江云开气压有点低，秦月明也不太说话，杜拾瑶有点不敢直视江云开，小霍都难得地老实起来。蔡思予到底是大姐，没多久就让气氛重新好了起来。

大家吃完这顿饭离场的时候，奚图故意等了等秦月明，侧头问她："你没事吧？气色不太好。"

秦月明看着江云开的背影，迟疑了一下才回答："没事，我去找江云开说点事情，拜拜。"

奚图怔了一下，接着点头。

秦月明快步追上江云开，碰了碰他的手臂，说："过来一下。"

江云开错愕了一下，还是跟着她走了。

附近有一个观景台，半圆形的落地窗边上放着圆形的桌椅。不过秦月明没有走过去坐下，走到近处就停住了脚步，回头看向江云开。

江云开也停下来，一言不发地看着她。

秦月明直视他的双眼，问："还喜欢吗？"

"嗯？"

"你还喜欢我吗？"

"嗯。"江云开颓然地点了点头，才过去这么短的时间，他怎么会忘掉？

"哦，那我们就交往吧。"

"哈？"江云开瞬间睁大了眼睛。

"反悔了？"

"没没没，就是有点突然。"

该说的事情说完了，秦月明指了指楼上，说："好了，没事了，睡觉去吧。"

江云开还有点愣神呢，傻乎乎地看着她，惊讶地问："刚交往就睡啊？这么快的吗？"

"我是说分别回房间休息，这个时间应该睡觉了。"

"哦……"江云开尴尬地笑了笑，"我也觉得是，我……我也没想过那么早就一起睡，也不是，我没想这么多，呃……那……那回去休息吧。"

他都有点语无伦次了。

秦月明故作镇定地转过身，朝着电梯走过去。

江云开好半天才回过神来，跟在她身后上了电梯。

两个人并肩站在电梯里，看着电梯门上映着他们的身影，都有些紧张。

江云开见电梯到了秦月明这层才想起来刷卡，他住在楼上。

"拜拜。"秦月明回头说。

"嗯……拜拜，我的小女朋友。"江云开递出手里的东西，"给你买的。"

鸭脖，你爱吃的。

★★ **第八章**
⛵ 做我的公主

　　秦月明回酒店房间的途中接到了刘创的电话，对方告诉她朝九晚五组合今年要开巡回演唱会。

　　刘创希望秦月明可以做演唱会的特邀嘉宾，毕竟之前公司就宣传过，她跟朝九晚五组合关系很好。公司可以配合她的行程安排，只去其中一场就可以，不过刘创更希望她参加第一场。

　　做特邀嘉宾就要跟着一起表演节目，刘创也不需要她表演难度太高的，但是想让她跟朝九晚五组合排练一个舞蹈。组合舞蹈跟单人舞蹈还不一样，需要走位，这就需要他们五个人一起练习了。

　　得到秦月明的同意之后，刘创就安排起了行程。接着，他开始絮叨，说江云开跟南云庭吵架了，最近情绪都很低落，工作状态不太好，让她帮忙劝劝江云开。

　　刘创问她："你跟他吵架是不是也是因为杜拾瑶和南云庭的事？其实没必要，男女之间分分合合的事情太多了，没必要太在意。"

　　秦月明支支吾吾地回答："其实也不是。"

　　她总不能对刘创说她拐了他的外甥吧？

　　"我和南云庭聊过了，他不敢跟杜拾瑶联系，也不想真的说分手。但是他这么处理不分手也不可能了啊，他要再想和杜拾瑶重来，那根本就是追妻火葬场。你跟杜拾瑶聊了吗？她怎么想的？"

　　刘创还真挺八卦的，非得跟秦月明聊这两个人的感情问题，挂断电话的时候秦月明的手臂都酸了。她甩了甩手臂，躺在床上休息，看到手机上有很多条未读短信。

　　杜拾瑶："你们在一起了？"

杜拾瑶："亲哥，你真的是实战派，佩服佩服。"

杜拾瑶："亲哥你加一下江哥好友，把他从黑名单放出来吧，他都要疯了。"

杜拾瑶："你还没挂电话啊？"

月："他居然和你说了？"

杜拾瑶正在失恋呢，江云开怎么能刺激失恋的人？还有没有点情商了？

杜拾瑶："不是，江哥有一个小号，每天记录有没有追上你。刚才他发微博了，没说追上了，就发了两个字——嘻嘻。我一想这是成功了啊，就去问江哥了，江哥就承认了。"

月："什么小号？"

杜拾瑶发了张截图过来，秦月明按照截图找到了江云开的微博小号，往下翻那些微博，忍不住笑了起来。

那些图片 P 得还挺有意思的，怪可爱的，原来他们有这么多合影啊。

这时，杜拾瑶又发消息过来了。

杜拾瑶："亲哥，快加江哥吧，不然你会收获一个发了疯的男朋友。"

秦月明还真忘了，连忙在群里找到江云开的微信号，加他为好友。

很快，江云开就发来了消息："恋爱的前三十分钟，我们的时间浪费在什么地方了！"

月："我在看你的微博。"

我唱歌挺好听的："我微博怎么了？"

月："嘻嘻。"

我唱歌挺好听的："小杜那个叛徒！不过我也没发什么，都是记录我追你的过程。"

月："对，但是你点赞了好多微博。"

江云开发了一个省略号过来。

秦月明翻起了江云开点赞的微博，发现居然还有小漫画，漫画里他们牵手手、亲嘴嘴……再看，还有同人文，估计江云开还是追的连载，更新一篇他就点赞一篇。

我唱歌挺好听的："能不看了吗？"

月："长夜漫漫，无所事事，不如看看我的男朋友都喜欢些什么。"

我唱歌挺好听的："我能打视频电话看看你吗？"

月："别打扰我看微博。"

我唱歌挺好听的："哦，好的。"

他们谈恋爱的第三十五分钟，两个人在恋爱中的地位高下立判。

这边秦月明在看江云开点赞的微博，那边江云开在拿着手机取消点赞，比的就是速度。

看得差不多了，秦月明才接着跟江云开聊天："你还不睡觉吗？明天还得录节目呢。"

我唱歌挺好听的："高兴得睡不着。"

月："明天表现得自然一点，不然后果是什么你也知道。"

我唱歌挺好听的："行，我努努力。"

第二天开始拍摄真人秀，霍里翔走到录制地点，发现江云开已经到了，并且妆都化完了。

他一个人站在墙边，也不知道在想什么，突然就开始用脑袋撞墙。

霍里翔乐了："以前看到有老人用后背撞树，说是强身健体，缺哪里练哪里，你这是练脑子呢？"

江云开瞥了他一眼，没好气地地道："你可把嘴闭上吧。"

两个人互相嫌弃了一会儿，江云开就看到秦月明从化妆间出来了，她上半身穿着西服外套和白衬衫，下半身配着一条短裙，这是校服装扮。

江云开觉得她走来的一瞬间简直自带滤镜，周围仿佛带着蒙蒙雾气。他的视线扫过秦月明的长腿，又默默移开，心里却在重复一句话：我女朋友怎么这么好看！

等霍里翔进了化妆间，秦月明走过来问江云开："你拍真人秀之前也面壁吗？"

江云开突然凶巴巴地说："你不觉得你有点过分吗？"

秦月明不明所以："我怎么了？"

"没事闲的长这么好看干什么！你让我怎么冷静！"

秦月明被哄得乐呵呵的，说："你穿校服还蛮好看的。"

"还行吧，我经常穿。"江云开是男子组合的成员，就爱搞少女喜欢的形象，这种制服他经常穿。

秦月明这种充满少女感的打扮就很少见了，自然让人眼前一亮。

江云开又看了看她的打扮，微微蹙眉，走过去询问工作人员："今天是在室内拍吗？"

现在这温度，光着腿去室外还是有点冷的。

工作人员回答："对，这次是室内布景。"

江云开这才点了点头，回头看到秦月明坐在角落里看手机。

明天是清明节，不知道是谁带的头，很多网友带着恶意@（艾特，在网上提到、呼唤某个人）秦月明，祝她清明节快乐。

刘创他们发现了，让秦月明先别上微博，不要理会这些黑粉。哪有人会祝活人清明节快乐的？这不是故意抹黑一个人吗？

秦月明看了一会儿手机，接着登录微博，淡然地发布了一条微博："感谢大家的祝福。"

没多久，粉丝就出现了，纷纷评论起来。

楚子航的村雨："心疼七仙，我们别理那些黑粉。"

当西索降临地球："同志们，我们来教教晚辈做人吧，太佛系果然不行。"

一颗大白菜："天止最近在比赛，这次就由我们来组织好了，七仙你好好录真人秀，放心吧，没事的。"

恋恋："秦月明作品《高跟鞋与双肩背包》定档二〇二〇年七月，姐姐别怕，我们在，我们只过仙女节。"

薄月寒星是清宵："啊啊啊，七仙性格也太好了吧！要是我都要气炸了！"

默克："我是瑶瑶的粉，以前是，现在还是。感谢七仙帮瑶瑶找资源，我们都知道的，对你转粉，爱你。"

粉丝们战斗归战斗，还要安利秦月明的作品。

一个人的天空："黑七仙的人去看看《异闻探秘者》，去看看两场晚会，再来跟我说我们七仙不好看！你们看着她的脸，摸着自己的良心，再说一句她不好看？"

杨阳央漾："看到这个话题我就又生气又心疼，还'秦月明节日快乐'？快乐你个头！祝那些恶意发微博的人祖孙三代明天过节。"

此鱼非愚："意外收获，搜索'秦月明节日快乐'就能搜到你关注的人发的微博，我从这里领走了三个学生，现在他们在我的办公室里罚站。"

秦月明发完微博就把手机给了幺儿，跟着其他几个人一起听节目组提前安排一些事情。

今天的录制比较特殊，改成了直播模式。节目组的设定非常有意思，会进行现场直播，观众可以发弹幕，还有导播人员切换镜头。然而观众只能看到前半段的直播，最后解密的地方就不再直播了，大家只能等节目播出。

这就是一个超级长的节目预告，互动性很强，还不会流失观众。

直播开始了，蔡思予因为化妆问题姗姗来迟。

见她穿着校服，江云开第一个说："班主任，你为什么要穿我们的校服？"

蔡思予气得推了他一把。

弹幕飞快地飘过。

"江家娃娃嘴巴好欠，哈哈哈。"

"班主任，笑死我了。"

"瑶瑶瘦了好多啊。"

"NYT（南云庭）渣男有人反驳吗？"

"好好看直播不行吗？居然跑到这里来掐架？"

"杜拾瑶这是打算卖惨了吗？恶心。"

"七仙制服好好看！"

"七仙勇敢飞，妈妈电脑看直播，手机帮你战八方。"

今天的节目是魔法学院主题，魔法学院中频频出现诡异事件，引来探秘者团队探寻事情真相，探秘者装扮成该校的学生，在假期潜入学校。

套路还是原来的套路，有剧情，有"危险"潜伏，队伍中还有卧底。

这次的拍摄地点是一所国际私立高中，节目组的装扮也足够到位，这个学校的建筑物本来就是欧式设计，又加上了一些装饰物，就有了魔法学校的感觉。

进入学校的途中，秦月明拽着NPC（非玩家角色）往里冲。

NPC被拽得非常无奈，难受地跟她解释："我……我的行走路线是在外面。"

"走，我们进去说，外面太冷了。"

NPC知道这个节目的嘉宾比较流氓，但没想到会流氓成这样。

等NPC在建筑里尴尬地走完了剧情，秦月明大手一挥，豪气万丈地道："同学们，我们去吧！"

霍里翔穿着校服有点别扭，主要是他很少穿这种衣服，感觉太拘束了。

他看了看周围，忍不住感叹："怎么有种鬼子进村的感觉？"

话音刚落，他们就落荒而逃，因为学校纪检部的学生戴着袖标出现了，似乎是在搜查他们，他们只能赶紧躲起来。

弹幕又是一波讨论。

"秦月明果然是 NPC 杀手，又有虐待 NPC 的新手段了。"

"七仙拎着群演的样子轻松得像拎麻袋。"

"为什么亲哥抓 NPC 的时候我仿佛看到了江云开崇拜的眼神？"

秦月明在档案库搜索线索的时候，江云开捧着一个储蓄罐走了过来，说："亲哥，你看看这个是不是很诡异？储蓄罐居然出现在了档案库？"

"你看看里面有没有什么线索，比如纸条什么的。"

"哟！还真有，我抠出来。"江云开开始跟储蓄罐做斗争，怕破坏道具，没直接摔碎储蓄罐，只能使用各种方法夹出来。

过了一会儿，他又捧着几本书去找秦月明："亲哥，你看看这几本书的顺序有没有什么讲究？"

秦月明仔细看了看，摇了摇头："好像没什么联系。"

又过了一会儿，江云开拿着几个档案袋过来："亲哥，我把档案袋给你搬过来了。"

秦月明放下笔记本扭头看向他，皱眉道："其实你可以打开档案袋，看看里面都有什么，你试着参与进来可以吗？你也是固定嘉宾之一。"

"哦，那我看看。"江云开于是站在她身边看档案袋。

蔡思予单手掐腰，看着江云开的模样，似笑非笑。就算秦月明没跟她说，她也看出来了。昨天这两个人一句话都不说，江云开还委屈巴巴的，然而他今天就光围着秦月明转了，甚至恨不得对着秦月明摇尾巴，反差太明显了。

杜拾瑶避开镜头，"扑哧"一声笑了，江云开谈恋爱以后也太黏人了。

CP 粉真的是开心得不得了，纷纷发弹幕。

"亲哥 ×34。"

"感谢计数君，让我也注意起了江哥叫'亲哥'的次数。"

"江滚滚好像一条大狗，开开心心地把东西叼给主人。"

"哈哈哈，你也是固定嘉宾之一！这个需要提醒吗？"

这一期的设置里，有一位嘉宾有隐藏身份，是卧底，这个人可以给队友使用魔法技能，干扰队员查找线索。

第一个被卧底使用魔法的就是秦月明，她被禁锢住了双手，不能碰任何东西。

这时，魔法学院的怪物刚好出现，江云开一直都跟在秦月明身边，看到怪物出来就扛着她跑起来，没有负重的人都没跑过江云开。

江云开停下来后，秦月明难受得不行，被人扛着真不舒服，她绝望地说："江云开，我是手被控制住了，不是腿也被控制了。"

"可是你不能摆臂，跑起来不快啊。"江云开回答得理直气壮。

秦月明试着想象了一下，觉得江云开说得还真有点道理。

弹幕里又是一片欢乐。

"刚才仿佛跑过去一只扛着仙女的大黑耗子。"

"江云开跑得好快啊我的妈！"

"笑死我了。"

"小霍看到江滚滚扛起亲哥后，表情十分精彩。"

"剪辑后一定超级有意思。"

后面江云开依旧没收敛，叫"亲哥"的次数已经高达五十七次了。

禁锢魔法时效过了，秦月明在找线索的时候忍不住说："如果我会魔法，一定立马使用技能把江云开的嘴给封上。"

蔡思予就站在她旁边寻找线索，说："卧底使用魔法是为了耽误我们寻找线索，封上江云开的嘴反而有助于我们寻找线索。"

江云开看着这两个人，一个是老婆大人，一个是老婆大人的闺密，他一点地位都没有，也不能反驳什么。于是，他伸手敲了敲秦月明的肩膀。

秦月明回过头来，就看到江云开噘着嘴对着她哼哼，示意自己这样就没办法说话了。

之后，在其他人忙碌的时候，江云开一直噘着嘴卖萌，秦月明都有点受不了了。

霍里翔干脆哀号："亲哥，你还是让江哥说话吧，我受不了他这个智障的模样了。"

奚图放下资料看着江云开，问道："你到底是不是卧底？你今天全程都在跟秦月明捣乱。"

江云开立即不服了："我是在帮忙，我那叫捣乱吗？"

下一秒，其他五个人异口同声地说："叫。"

江云开不说话了。

观众们在弹幕里讨论起来了。

"我也觉得江云开可能有特殊身份，他今天太不正常了。"

"如果江滚滚是卧底，那他封住亲哥的手是不是为了扛着她跑？"

"前面的人说得有理有据。"

"今天江滚滚的确有点不自然，他在古城那期就是这样。"

"江哥绝对是卧底，没跑了。"

"有没有可能是图图在甩锅？"

"这个节目不看到最后，真的不知道谁说的是真话。"

"我仿佛没有脑子，全靠弹幕提示。"

"这一期亲哥很努力，排除她是卧底的可能。"

"蔡蔡是最后来的，有没有可能……"

"对哦，所有人都来了，蔡思予才姗姗来迟。"

"我到现在都不知道那个人是怎么用的道具，完全看不出来。"

到了后半程，直播终于停止了，这样嘉宾们就轻松一些了，之后可以剪辑掉他们疲惫的模样。

录播开始后，他们又互相试探起来。江云开因为这一期的表现非常怪异，一下子成了众矢之的。其实蔡思予和杜拾瑶知情，只是想逗逗江云开，最后要投票选出他们之中的卧底时，蔡思予和杜拾瑶还是投给了奚图。

奚图震惊了，问："你们不是都怀疑江云开吗？"他还以为他已经瞒天过海了。

蔡思予第一个说："江云开是那种藏不住事的人，刚才我们这么多人诈他都没诈出什么线索来，只能证明他真的不是卧底。"

杜拾瑶装得跟真像那么回事似的，说："对，我也是这么想的。"

最后揭晓真相，奚图确实是卧底。这档真人秀除了秦月明那期完美卧底以外，后来大家都留了心眼，全程认真观察，想瞒天过海真的很难。

魔法学院的异闻他们一一破解，却还是有一条猜错了。奚图没有毁灭证据，而是扭曲了证据，让人震惊不已，所以他们最后也只算赢了一半。

结束录制后，已经晚上十点了。

奚图原本预订了当天晚上十点半的机票，确定已经赶不过去了，他就干脆不着急了，跟着他们一起去吃饭，打算明天早上再走。

江云开也是当天晚上就要离开的，毕竟还有其他工作，但他临时改了安排，再次让私人飞机来接。毕竟刚刚谈恋爱，他不舍得走，能多看女朋友一眼是一眼，偷偷拉个手就更值了。

江云开换衣服的时候，鸭宝递来手机说："月明姐的粉丝大战黑粉，上热搜了，特别精彩，月明姐的粉丝绝对是粉丝界的精英。"

江云开还不知道这件事，拿过手机看了一眼，不由得有点气。

秦月明的粉丝还是很有组织纪律性的，发现一个黑粉就组团教育，不说脏话地教黑粉做人。而且，他们用一下午的时间就罗列出了四十八个专业的黑粉账号。

这些黑粉账号非常有意思，只在每次要去攻击哪个艺人的时候才会登录。他们在这个时间段还会转发一些无关紧要的微博，或者伪装成某位艺人的粉丝，故意引战。

秦月明其实也有一部分年龄很小的粉丝，但他们似乎粉上秦月明就会变佛系，也跟着统一了画风，这种理智派粉丝居然还撕出了路人缘。

江云开知道局面已经被控制住了，但心里还是不舒服，他登录自己的微博大号，转发秦月明的微博。

江云开："@秦月明，过你的儿童节去。// 秦月明：感谢大家的祝福。"

评论立即滚滚而来。

七味："他来了他来了！他带着他的护短来了！"

元宝："哥哥今天录制辛苦啦！"

凛冬将至："老公！我会抢票的！加场次好吗？我真的怕抢不到！"

春眠："我就知道滚滚肯定坐不住，果然忍不过今天。"

烟雨画桥："这是录制完了？卧底到底是谁？是不是你？"

江云开收起手机，整理好自己的东西跟鸭宝一起坐车离开录制现场。

回到酒店的时候，他发现守在外边的粉丝还是挺有秩序的，于是心情不错地给粉丝签名。

有粉丝问他："哥哥，你和瑶瑶一起拍节目会尴尬吗？"

江云开垂着头签名，随口回答："有什么可尴尬的，我又没招惹她。"

"哥哥，你真的不会很尴尬吗？我们特别担心你。"

江云开扯着嘴角笑，淡然地回答："担心什么啊，我什么大风大浪没经历过？没事儿，你们别想得那么复杂。"

签了一会儿名，江云开进了酒店，直接去了酒店包间等着。

然而，他左等右等都没等到有人来，又特意走出去看看自己有没有走错地方。

秦月明回到酒店房间整理东西，突然对幺儿说："我和江云开谈恋爱了。"

幺儿先是愣住，整理东西的动作都顿了一下，紧接着她就笑了，点了点头，说："行，我知道了，我保证会做好工作的。"

"为什么我感觉你还挺开心的？"

"我就是觉得你终于把我当自己人了，所以开心，你和江哥……其实我也觉得挺违和的。"

秦月明还挺意外的，说："我一直把你当自己人啊。"

"你就是太客气了，客气得有些生疏。这种感觉就好像，我们只是工作关系，不能开玩笑，我也不能不正经，只能摆正态度工作。"

秦月明仔细想了想，问："我的作风是不是有点太老干部了？"

幺儿回答："确实有点，但是很可爱，是个认真的老干部。"

秦月明无奈地笑了笑，换了一件外套走了出去。

到达指定的包间门口，她正好看到江云开在拿着手机对照包间的门牌号，忍不住说："每次都是我们两个最先过来。"

"吃饭不积极，思想有问题。"江云开看到有人来，立马放心了。

两个人一起走进包间，江云开坐下后看起了菜单。

秦月明脱掉外套挂在椅背上，回头看到江云开用手拍了拍身边的座位。

她忍着笑坐过去，还没做什么，又听到江云开小声说："我知道你很喜欢你的男朋友，但是这里有监控。"

"哦……其实我没想做什么。"

江云开又咬牙切齿地说："但是我想把那个监控给砸了。"

"冷静一下，我们是文明的情侣。"

"好的。"

"我看到你转发微博了，其实没必要。"

"怎么可能没必要？还不许我冲动一次？"

"说起来马上就是清明节了，我在清明节'死而复生'是不是更有仪式感？"

江云开扭头看向她，皱眉道："你别以为你拿你自己开玩笑我就不会生气。"

"好，我错了。"

看到其他几个人还没进来，秦月明小声问他："你最近都有什么工作啊？"

"其实挺多的。"

"我会做你们演唱会的嘉宾，到时候会跟你们一起排舞，这样我们就有名正言顺的理由见面了。"

江云开挑了挑眉，突然觉得这个安排还挺好的，不然他们两个人就算谈恋爱了也没什么见面的机会。

他立即问："什么时候排练？"

"初次排练是在六月，说会排两天。之后就是舞台彩排了，我会提前一天到那里和你们一起彩排。"

江云开忍不住问："一共就三天啊？"

"对啊。"

见他又不高兴了，秦月明立即凑过去说："我这个月二十号在京市，大概晚上八点就能收工。"

江云开侧头看向她，点了点头："我知道了，我尽可能在那天回去。"

"你喜欢什么样的泳衣？"秦月明突然问。

听到这个问题，江云开直捂脸，他知道秦月明是在调戏他，但是这真的很刺激。

他瞬间脸颊和耳垂通红，小声回答："都……都行。"

这时，杜拾瑶和蔡思予边聊天边走了进来。

见包间里的气氛不对，她们立即问："打扰到你们了吗？"

"没有。"秦月明赶紧摇头否认。

杜拾瑶坐下，对他们两个人说："刚才南云庭给我打电话了。"

江云开和秦月明立即严肃起来，看向杜拾瑶。

杜拾瑶咬着嘴唇努力忍耐了一会儿才说："他跟我道歉了，说没脸见我，没脸找我。他说他用自己的积蓄投资了一部戏，可以让我做女主，我拒绝了。我不想和他有太多牵扯了……"

江云开问："还有其他的吗？那家伙没跪下道歉吗？"

他对这种道歉不太满意。

杜拾瑶摇了摇头："我听得出他的歉意，还有他哽咽的声音，他还说他真的很喜欢我。可是他现在说这话有什么用呢？在最关键的时刻他还是放弃我了啊，我怎么可能不怨呢？不过也好，分了挺好的，毕竟我当初就不应该谈恋爱，是我错了，我认了。我现在只想好好生活，更努力地工作，这样才能对得起还在维护我、担心我的粉丝。"

秦月明点头道："就此结束吧，潇洒一点，以后努力变得更好就行了。"

杜拾瑶红着眼睛点头："嗯！"

江云开什么都没说，心里却暗暗轻松了一些。他的确是夹在中间最尴尬的存在，这两个人如果能妥善处理他们的事情，他才能自在一些。

四月二十日，秦月明有一个拍摄任务，没想到还提前收工了。

合作方也非常满意秦月明的配合度以及业务能力，原本还要邀请她一起吃饭，她拒绝了。

秦月明兴奋地回家，进了电梯没有按自己家所在的楼层，而是按了楼上一层。

她走到江云开家的门口，输入密码后进入房间，里面还是一片黑暗。

她打开灯，站在客厅里看了看，冷冷清清的，似乎还没有人回来。

接着，她又走进厨房，想看一看冰箱里有没有什么食材，给江云开准备点食物。

她刚打开冰箱门就看到里面放了一个三层的蛋糕，还是定制款，也不知道是请什么大师做的，是古代发簪的形状，还是掐丝珐琅的。旁边有玉珠，还有花做装饰，好看得像一件工艺品。外面罩上了透明的罩子，缠着红绳，系着漂亮的结。

秦月明忍不住扬眉，关上冰箱门后又开始在房间里寻找，发现客厅的茶几上放着一张纸条，上面写着："已知线索——有人精心准备了礼物，目标任务——找找礼物在哪里。"

她忍不住笑了起来，江云开真过分，第一次约会就搞真人秀里那一套，还得她自己寻找线索，不过还挺有意思的。

秦月明站起身左右看了看，接着走到泳池边，看到里面都是粉色的玫瑰花瓣。在她的印象里，约会准备的应该是红玫瑰吧？

帘子上吊着一个小盒子，她取下来打开，看到里面是一条宝石项链，价签被取掉了。

她又在房间里找了找，在餐桌上发现了一个盒子，里面是一个小型的王冠。

她拿起王冠看了看，忍不住纳闷，为什么都是一些饰品？

之后，她又找到了耳环、手链、戒指。

秦月明往二楼走，刚走到拐角处就看到楼梯上放着蜡烛，一直通向上面。

她笑出声来，跟着蜡烛走到一个房间门口，甚至做好了心理准备，也许江云开会把自己当成礼物包起来，等她拆开。

房间里的灯亮着，她走进去，看到了粉色的壁纸、漂亮的公主床，还有各种家具。房间里有单独的衣帽间，里面有满满的服装、鞋子、包包。她拿出一些衣服和鞋子看了看，都是她的尺码，并且价签都不在了，这就意味着——不能退换。

房间另一侧还有单独的浴室、洗手间，洗漱用品一应俱全。

她看到梳妆台上有一张纸条，上面写着："不想把你当仙女了，不如做我的公主吧。"

字挺丑的，她却有那么点感动，江云开这是给她准备了一个家啊……

蜡烛铺出来的路在前方有一个小缺口，那个方向是秦月明去过的影音室。她推开走进去，就看到江云开正坐在沙发上跷着二郎腿玩游戏。

注意到她进来了，江云开随口说："等我玩完这一局。"

之前的梦幻感瞬间消失，秦月明坐在江云开身边，看着他玩游戏，还会时不时指挥他两句。

江云开也会听，毕竟他知道秦月明也是游戏高手。

玩完这一局，江云开放下手机，笑着问她："怎么样？我是不是很用心？"

"你们土豪都是这么谈恋爱的吗？"

"别人怎么样我不知道，我就知道我该怎么做。"江云开从自己的口袋里拿出一张卡递给她，"无上限黑卡，要知道国内很多人那所谓的黑卡都是定额五百万，像我这种没上限的很少。"

秦月明没接，只是静静地看着他。

江云开直接拉过她的手，把卡放在她手心里，说："我都说了，你赚的钱负责还债，我赚的钱负责养你。我求求你收下这张卡吧，不然我也不知道你还能图我点什么，有钱是我的一个优点，你说是不是？"

秦月明叹了口气，将卡放进了自己的口袋。

江云开指了指桌面上的影碟，又问："你看看有没有想看的影片？这里没有的还可以联网看。"

他们两个人都是公众人物，没办法去电影院，就只能在家里凑合看电影，这也算是一种约会了。

"为什么楼下那么多首饰？"秦月明边挑碟片边问他。

"我记得你参加典礼的时候缺少首饰，就拍了几件。"

"拍？"

"嗯，在拍卖会上拍的，放心吧，是我妈妈和我姥姥参加的拍卖会，没人会注意的。"

秦月明立即捂脸，这……会不会让江云开的妈妈误会她是为了钱和江云开在一起的啊？

她弱弱地问："你和她们说我们在一起了？"

江云开摇了摇头："没有，我说我自己要收藏。"

"你觉得她们会信？"

"放心吧，没事儿，我们家的人脑子都不太机灵，并且一致认为我找不到女朋友。其实之前我妈妈对我还是有点信心的，但是知道我没跟你在一起之后，她也绝望了。"

秦月明有点惊讶，这家人到底是怎么做到这么有钱的？全靠"外聘"人才吗？还是只靠为人仗义？

秦月明选了一部惊悚片看了起来，江云开看着片头就在想，他家里怎么会有惊悚片呢？肯定是南云庭拿来的！

五分钟后，秦月明拍了拍躲在自己怀里的巨大的男朋友，安慰道："别怕，我在呢。"

"啊啊啊！什么人想出来拍这种片的？一惊一乍的！"

"我觉得挺好看的。"秦月明很是淡定。

"没事儿，我陪你看……"

"江云开，我也不是那种不懂事的女朋友，明明知道你胆子小还选这种片。只是呢，我的男朋友不太懂事，难得见一次面就这样跟我相处？"

江云开奇怪地看向她，不解地道："我很认真地准备了约会啊，哪里做得不好吗？"

秦月明摇了摇头，突然按着江云开，让他仰面躺在沙发上，接着坐在他身上，用手捏着他的下巴，说："但是姐姐不吃素。"

她好多天没见到她的小男朋友了，就这么坐在一起看电影？她可忍不住。

江云开不是她男朋友的时候，这种身材是用来欣赏的。现在他是她男朋友了，秀色可餐的弟弟就可以"享用"了。难得见一次面，自然要做见面后才能做的事情。

江云开看着秦月明此时的样子，惊讶得连眨眼都忘记了。

见男朋友的表情逐渐呆滞，秦月明的恶趣味瞬间得到了满足。

她俯下身在他的嘴唇上轻轻啄了一下，坦然地看着他的眼睛，说："其实我很喜欢你。"

江云开总算体会到什么叫"会心一击"了，就是自己的理想型用他全然不知的一面对他说"喜欢"。看着她这种坏姐姐的模样，他竟然也觉得蛮刺激的。

江云开忍不住笑起来，问她："你就不怕反过来被我'吃'了？"

"其实……也没什么关系。"秦月明并不介意这一点，毕竟大家都是成年人，还是在谈恋爱。

江云开直接伸手按着秦月明的脖子让她俯下身来，接着就是一个长长的吻。

他们两个人终于在一起了。一场非常莫名且尴尬的相遇，让两个人出现了交集，明明都动了心，却迟迟没有开窍，好不容易知晓了对方的心意，却有太多的顾虑。现在，他们终于能够抛下一切在一起了。

交往后，两个人就要异地工作。江云开要配合之前拍过戏的剧组参加各种宣传活动，还要制作自己的个人专辑。真人秀又突然延期到了四月，日子忙碌得脚打后脑勺。

秦月明则是一直都在剧组拍戏，努力加快进度，争取早日杀青。她目前待拍的两部戏，一部是和杜拾瑶合作的戏，一部是现代军旅题材的正剧。这期间，她还带着蒋晁去了国际电影的剧组试镜。

秦月明去这个剧组试镜了三次，蒋晁就非常频繁了，短短十几天一共去了八次，每次都有不同的要求。秦月明和秦夜停每次会对蒋晁进行指导，最后剧组能不能用蒋晁还是未知数。

两个刚刚谈恋爱的人，就只能每天发发消息，晚上回到酒店后视频，难得有时间了就一起追剧。实在没有时间追剧，他们就看笔记本里对方拍摄的广告，对广告进行点评。

好不容易等到了今天，他们似乎只有认认真真地去吻对方，才能告知对方自己的感情。喜欢、思念，热恋期的那份心情，让他们恨不得每分每秒都和对方在一起。

恐怖片的背景音乐突然出现一声爆破音，吓得江云开身体一颤，舌尖都缩了一下，秦月明笑场了。

两个人停止亲吻后，秦月明整理好头发，去换了一部影片，接着重新坐好。

江云开故作镇定地从茶几上拿起水杯喝了一口水。

秦月明开始安安静静地看电影。

江云开坐在她身边，看着她的侧脸，问："你这是吃饱了？"

秦月明点了点头。

"那我现在要怎么做才对呢？"

秦月明摇了摇头："我没怎么谈过恋爱，我也不知道。"

两个人就这么继续坐着，坐了一会儿，江云开伸出手拉住了秦月明的手，两人十指紧扣。

牵手的一瞬间，秦月明的心口悸动了一下，也许这才是正常顺序的恋爱吧。牵个手而已，她居然也会觉得异常甜蜜。

两个人拉着手静静地看电影，偶尔有些小举动，衣服发出窸窸窣窣的声响来，不易察觉。

又过了一段时间，秦月明收到了幺儿发来的消息："月明姐，夜停哥突然下楼了。"

秦月明打字回复："他应该已经猜到了，不用着急，没事的。"

江云开问："怎么了？"

"我弟弟应该猜到我们在谈恋爱了。"

"怎么猜到的？"

"我们家的人脑子都很好。"

"呃……"

　

秦夜停注意到楼上前段时间突然开始装修，最近这几天才停了下来。

其实秦月明今天回京市并没有跟弟弟说，她回家之后直接去了楼上，和江云开约会。

然而，秦夜停傍晚回来的时候，有粉丝跟他说，他姐姐今天也回来了，他们看到秦月明的车。他回到家里，却并没有看到姐姐。

秦夜停在家里等了一阵子，到底还是坐不住了，去了楼下停车场，看到秦月明的车果然在车位上，幺儿还坐在车里玩手机。

秦夜停敲了敲车窗，幺儿看到他，一下子就傻了，不知道该不该下去。

秦夜停还算淡定，对幺儿说："回去吧，别一直坐在车里。"

幺儿赶紧下车，跟做错事了似的跟在秦夜停身后回到了家里。此时蒋晁连饭都做得差不多了，还招呼她一起吃饭。

他们又等了一会儿，秦月明才下楼，她进门后秦夜停也没抬头看她，而是一直在看手机。

秦月明在餐桌前坐下，问秦夜停："在做什么？"

"给你预约挂号。"

"我身体很好啊。"

"挂的眼科，给你好好检查检查眼睛，不然你怎么会先看上钟嵘，然后看上江云开？"

秦月明淡定地回答："因为江云开蛮可爱的，长得也不错。"

"你先是让猪给拱了，现在又让狗给啃了？你真是爱心人士，这么关爱畜生的生活，还是干脆把自己当食料了？我是不是该给你挂精神科？"

"夜停。"秦月明试图让他冷静下来。

秦夜停豁然起身，椅子与地板摩擦，发出刺耳的声音。他转身快步上楼，秦月明立即起身追上去。

秦夜停还在抱怨："我现在算是理解粉丝看到自己的偶像和不喜欢的艺人在一起是什么样的感觉了，就好像自己捧着的宝贝被从化粪池里爬出来的怪物给舔了，自己的宝贝居然还很享受。"

秦月明点了点头，说："从你的形容词里，我感受到了你的愤怒。"

秦夜停歇斯底里地问："那你为什么还要跟他在一起？"

"因为我喜欢他，我是真的深思熟虑过才跟他在一起的。"

"我这么努力让你回来，并不是让你跟江云开谈恋爱的！"

秦月明回来之前，秦夜停在全国各地都有房产，甚至在国外也有。他还有车，有自己的附加产业，日子过得非常滋润，收入算得上圈了里的前几。

秦月明回来之后，他却只能住在这个小宿舍里，家里只有一个房间属于他，公司的艺人还只能睡在客厅沙发上。

条件是真的又艰苦又让人不舒服，可秦夜停很开心，他不觉得有什么，只要姐姐回来就好。但是，自从知道了姐姐在跟江云开谈恋爱，他居然有一瞬间的不悦。他付出了这么多，却便宜了那个家伙？

"你是我最亲近的人，你救了我，所以你应该也想让我获得幸福对不对？"

"呵，要是我突然跟顾祺在一起了，你接受得了吗？"

秦月明仔细想了想，居然勾起嘴角笑了起来，说："我想了想，居然觉得还挺刺激的，我想象不出她叫我姐姐的样子。"

秦夜停无奈得直揉眉头。

秦月明认认真真地说："你是江云开的对家，那你应该也是最了解他的人。你努力挖了他很多黑料，发现他学生时代打架其实是为了维护自己被欺负的朋友，发现他确实没有混乱的男女关系。最后呢，你能攻击的就只有他脾气不好，对人不够友善。"

秦夜停靠着墙，微微垂着头，表情不爽，这点他确实承认。

秦月明就站在他对面，同样靠着墙，眼神温柔地看着他。

见弟弟不说话，秦月明继续说下去："你知道，他其实人不坏，你讨厌他是

236

因为他身上有你向往的一切，可他却把一手好牌打得稀烂。一个在蜜罐里长大的男生，浑身都散发着被人溺爱过的气息，所以你看他不爽。"

"我没有……"

"你看似强大，其实很软弱，你付出一切让我回来，就是不想一个人面对这些吧？你害怕一个人，你需要姐姐回来陪你，姐姐被你最看不上的人抢走了，所以你会觉得寂寞？"

"你知不知道当年我看到钟嵘在镜头前说那些事情时心里有多气？"

对秦夜停来说，就是因为恨着钟嵘一次又一次地提起秦月明，看到江云开说秦月明是自己的理想型时，他才会那么愤怒，从而攻击江云开。

然而，秦月明还是跟江云开在一起了，他反而成了牵线的人。

如果江云开不是他的对家，就不会去那个别墅区，从而遇到秦月明。同样，大地娱乐也不会用秦月明和江云开的绯闻挑衅秦月明，试图让江云开攻击秦月明。这样刘创也不会注意到秦月明，秦月明可能会选择其他公司。

"我永远都是你的姐姐，就算谈恋爱了也不会抛弃你。而且，我觉得江云开是一个很好的人，或许你们的相处不太融洽，但是……你可以以欺负他为乐啊。"

秦夜停本来还在蹙眉，听到这句话就震惊地看向秦月明："你确定他是你男朋友？"

"我喜欢看他气急败坏的样子，特别可爱。"

"是，你看世间万物都可爱，看到癞蛤蟆都恨不得摸两把。"

门铃突然响了，秦夜停立即猜到是谁来了，吼道："不许开门！"

然而蒋晁行动力一向很强，此时已经开了门，江云开顺势进来，手里还拎着一个蛋糕。

看到秦夜停不爽的样子，江云开立即抬手示意："停，我不跟晚辈吵架。"

什么叫欠骂？这就叫欠骂！人家本来就不同意他们交往，结果江云开已经当自己是姐夫了，还说他是晚辈？秦夜停气得差点失控打人。

江云开将蛋糕放在餐桌上，对秦月明说："我前阵子去找了一个叫达叔的人。"

要不是有新消息，他也不愿意这个时间下来，不然肯定会看到一个暴走的秦夜停，他怕秦夜停挠他。

秦月明本来准备拉架，听到这句话立即一怔，她知道达叔是谁，快步走过去，问："他在哪里？"

"在缅甸的一个地下小赌场做荷官。"

"然后呢？"

江云开将自己查到的事情原原本本地告诉他们，接着说："我刚才接到了电话，不是达叔打来的，而是另一个人，对方让我不要插手这件事，然后就挂了电话。"

秦月明蹙眉问道："那些人还在盯着达叔？还打电话警告你？"

江云开笑了笑，说："我在那个赌场收买了一个人，那个人告诉我，并没有外来者找过达叔，应该是达叔找了一个人伪装之后给我打的电话。"

"为什么？"秦月明想不通。

秦夜停在一旁冷冷地说："试探，或者想加价。"

江云开用手指敲了敲桌面，点头说："达叔作为人证基本可以确定了，但是我们不能有金钱交易，不然就是收买证人，我给他的承诺是让他重获自由。"

秦家姐弟看着江云开，似乎都在怀疑他到底靠不靠谱。

江云开又说："我这次是真的动脑子了，这绝对是我人生的华点。"

秦夜停扯着嘴角冷笑："找到达叔就是你人生的华点了？"

如果他想找，他也能找到。

江云开问他："你懂车吗？"

秦夜停摇了摇头，他对车的兴趣一般。家里出事的时候，他还没到可以摆弄车的年龄。从那以后，他就对车有点排斥，他们姐弟二人只有秦月明一个人喜欢车。

江云开从口袋里拿出手机给秦月明发图片，接着在她的脸颊边打了一个响指，说："动动你聪明的小脑瓜看一看。"

秦月明无暇顾及江云开撩她，拿出手机看那些图片，表情始终是凝重的。

江云开这一次是真的用心了，他不但动用了自己的人脉，甚至还去请了重案组经验丰富、退休后在家喝茶的老警员去调查。

这位老警员可是非常难请的，还是江云开的爷爷亲自到了人家家里，陪着人家下了一下午的棋，动用了早年的战友情谊，人家才答应帮忙看一看。他也只是看一看，看能不能找到突破点。

这位爷爷看了卷宗，接着去了很多家车厂问了行家，又调查了秦月明父亲、受害车手的恩怨关系，甚至调查了那一批所有的车手。

出事车辆的检查结果显示赛车的确经过了改装，也的确是秦月明父亲改装的套路。

秦月明的父亲当时甚至亲自去看了车辆残骸，也没有发现问题。

车检结果是改装零件用得不对，就是车辆内部出现了问题，协调性差。然而，这个结果最后却被媒体解读成是秦月明的父亲改装时以次充好，赚黑心钱。

检验报告写得明明白白，事情板上钉钉，警方也没有深入调查，就此结案。

当时这件事上过报纸，舆论最后导致秦月明的父亲自杀，影响了秦月明一家人之后的人生。

秦月明当年尝试调查过，觉得是别人栽赃嫁祸。她之所以参加真人秀能如此大放异彩，就是因为在这方面下了功夫，她的大学专业也跟法律有关。

可惜她当年被公司压榨得没有什么时间，四处调查也没查到任何线索，她还被学校开除，刚还完债务没多久就出事了，这件事就此告一段落。

秦夜停后期也调查过，但等他有能力调查的时候事情已经过去好几年了，根本查不到什么。

"整场比赛的车辆型号都是一样的，只是车体装饰不一样。"江云开指了指那些图片。

秦夜停一直盯着他，蹙着眉头问："所以呢？"

"其他赛车也改装过，如果有人特意把一辆赛车改装得跟出事的那辆车一样，接着又换了两辆车的车体装饰呢？结果就是你父亲亲手改装的车安然无事，而那辆被偷梁换柱的车出了事。"

秦月明懂了，快速浏览那些图片，说："你是说，不是有人改了我父亲改装过的车，而是根本就是换了车？"

"对，参加了这么多期探秘者，我们应该多方面思考这个问题……"江云开想卖弄一下。

秦夜停不爽地提醒："在这件事情上不要耍滑头，你直接说你的场外高人是怎么说的吧。"

江云开撇了撇嘴，点头同意了，说："你们有没有想过，其实是出事的车手想害人，结果对方早有防备，暗中照着他的车子进行改装，又在比赛之前换了车体装饰。如果那位受害人没有做手脚，两人就相安无事，但是如果出事了，就是一种自卫……"

秦月明震惊地道："你是说，有可能其实是出事的那辆车的车主有心害人，结果反而被人害了？"

"对。"

秦月明之前的确认为是受害人跟害他的人有利益冲突，所以被设计害死了。然而，很多人遇到自己的事情就会陷入死胡同，所以……有传说中的医者不自医。

如果转换之前的概念，其实是受害人想害人，结果被人提前察觉，从而自己被害了呢？那她之前分析过的对内竞争关系就不对了，他们需要关注的并非受害人阻碍的人，而是那些阻碍了受害人夺冠的人。

秦夜停也在思考，接着问道："可是……如果受害人想对车子动手脚，却发现对方的车子跟自己的完全一样，不会产生怀疑吗？"

江云开回答："秦月明比赛的时候，有人觉得她表现不错，就问她的车子是怎么改装的，然后照着她的来改装。秦月明会怀疑对方是要害自己吗？"

秦月明又问："所以你调查了车辆改装零件的批次？"

江云开点头："对，我看了配置表，挨个查询后终于发现有一个零部件是有批次的，内部会刻字。我们可以去看看出事的那辆车的零件批次，再查查你父亲那些零件的进货批次，是不是这么回事，一查便知。"

秦月明说："之后我们再去调查同场比赛还有谁的车是这么改装的，就可以查清真相了。"

江云开点头道："对，而且那位现在肯定功成名就，身份地位非常高，不然达叔也不会怕他怕到这种程度。"

秦月明看着这些资料，淡然地点了点头："好，我知道了。"

江云开非常喜欢被秦月明夸奖，此刻，他就眼巴巴地等着秦月明夸他，可秦月明却一直在看手机。

秦夜停又看了江云开一眼，接着说："我们很少会因哪条线索而惊喜，因为怕只是空欢喜，所以干脆不抱有希望。所以她现在也是这样，你不用期待了。"

江云开"哦"了一声，看到幺儿和蒋晁在旁边等着他们，似乎是想吃晚饭了。

江云开坐在椅子上指了指那边，说："可以上菜了。"

蒋晁说："哦，先来五碗米饭？"

秦夜停冷冰冰地指着江云开说："不，他不吃，他减肥。"

江云开不想跟妹夫吵架，于是点了点头："行吧，我不吃，确实挺晚了。"

秦夜停却没放过他，继续说："我们家要吃饭了。"

江云开诧异地看向他，问："你这就赶我走啊？"

"不送。"

江云开看向秦月明，秦月明只能说："那你就让着点晚辈。"

她这么一说，江云开就开心多了，笑着起身往外走。他走到门口准备换鞋的时候，秦夜停也走了过来，打开了门。

江云开还在提鞋就被秦夜停一脚踹了出去，在走廊里跄跄了好几步。他站稳回头看过去，秦夜停已经关上了门。

"我……"江云开这小暴脾气真的受不住了，不过想想自己漂亮的女朋友，他只能忍了，穿好鞋回家。

门内，秦夜停趁蒋晁和幺儿端菜的时候瞪了秦月明一眼。

他刚才真的很想无视江云开喉结那里浅浅的牙印，但还是觉得气不顺。现在江云开走了，他才问秦月明："原来你不仅喜欢鸭脖，还喜欢狗脖子？你喜欢他就是因为他脖子长？"

"嗯……"秦月明笑了起来。

"你也不嫌脏，啃了也不怕中毒。"

"你这种单身狗不懂。"

秦夜停不爽了。

秦月明问他："你什么时候能把顾祺给我拿下啊？"

秦夜停气得直翻白眼："我还没消气呢！"

秦月明又拿起手机看起了那些线索，心里还是有些波动，现在有了新线索，她就有了新方向。

她低声道："如果这一次能让爸爸沉冤得雪，我也想让爸爸妈妈回来，只是让他们回来看到真相公布了就好，我们替他们证明了就好……他们会很开心的……"

秦夜停终于心软了，伸手将姐姐抱进怀里安慰。

秦月明和杜拾瑶的新剧本来不算什么大 IP 剧，然而选角官宣之后就直接上了热搜，只因第三位主角居然是顾祺。

秦月明和顾祺居然能够合作，而且还是合作一整部剧，这真是破天荒的事情。这两个女人向来水火不容，有她没我有我没她的行事风格持续了那么多年，秦月明回来后她们居然合作了！

于是，不少人开始好奇，这究竟是什么惊天动地的剧本，才能吸引来这两位冤家？

紧接着就是对杜拾瑶的热议了。杜拾瑶前阵子也算是风头正旺，因为一段恋情的曝光，她虽然伤心欲绝，却有了足够的曝光度。

还一度有传闻说杜拾瑶要被雪藏，是秦月明到处奔走才挽回了杜拾瑶的命运。这次的消息一出，似乎侧面证实了秦月明真的帮了忙。

杜拾瑶前阵子就认认真真地发布了道歉声明，检讨自己违反合同谈恋爱的事情，说得十分诚恳。这也是她在曝光恋情后首次发声，加之她暴瘦，状态看起来很不好，多少得到了些许同情，挽回了一些粉丝。

总之，种种因素使得这部戏还没开机就话题十足。

秦月明和杜拾瑶在剧组开记者招待会的那天才算是跟顾祺正式见了面。在后台等待的时候，杜拾瑶紧张得眼睛都直了，她原本以为有秦月明在她会安心，但顾祺来了之后她就慌了。

两个实力派演员聚在一起，得把她的演技衬托成什么样子？她会不会被嘲讽不自量力？太难了！

光看这个配置，她就是走后门带资金才混进来的，结果她还有片酬！因为秦月明让了片酬，她的片酬居然没比这两位大咖低多少。她觉得自己要完蛋了，她一定会被嘲讽的！

秦月明递给杜拾瑶一颗薄荷糖，杜拾瑶这才回过神来："月明姐，我害怕。"

"顾祺那个女人确实很可怕。"

"你们两个飙戏的时候要是被我干扰了怎么办？"

"其实跟我们演戏很爽的，很容易被带入戏。"

杜拾瑶还是很担心："我该怎么办啊？"

"你需要注意的事情就是……我跟顾祺吵起来之后，你帮忙拉拉架就行。"

"我不敢啊，顾老师气场太强了。"

"唉，算了，没事儿，我能用语言气死她。"

没一会儿，顾祺的团队就来了。

秦月明的团队就两个小姑娘，杜拾瑶的团队被削减了，但也有四个人。顾祺就夸张了，她的小团队来了十三个人，据说还没来全。

秦月明和杜拾瑶站在一起，身边站着他们的团队成员，在阵仗上就输了。

顾祺看了看秦月明身边的人，问道："玖武娱乐很穷？你身边就两个人？"

秦月明笑道："主要是我很穷，你带这么多人来干什么？采访的时候还需要啦啦队吗？"

"你好像就没富裕过。"

"怎么，想给我捐款吗？"

顾祺冷笑一声，走到秦月明身前仔细盯着她看，问："你知道我为什么要接这部戏吗？"

"为了一部好戏？"

"因为我最后会成为你的后妈，我想体验被你叫妈妈的感觉。"

"我们同时出道，我演古装剧你跟着演古装剧，我演偶像剧你也跟着演偶像剧，我拍了文艺片后，听说你也拍了文艺片，结果口碑和票房双低谷。现在终于有了改变，我还在演年轻角色，而你已经开始演家长了，不再是跟着我的脚步走了。"

"我拿过影后。"顾祺明显被气到了。

"那恭喜你了，不知道我能不能在二十九岁的时候有你这样的成就。"

顾祺咬牙切齿地说："祝福你。"

"谢谢。"

顾祺看了秦月明半晌，终于把目光转向杜拾瑶，问："你贵姓？"

杜拾瑶立即回答："我姓杜，叫杜拾瑶。"

"哦……"顾祺打完招呼就离开了。

杜拾瑶立马松了一口气，忍不住说："月明姐，我觉得你少说两句话你们就吵不起来。"

"可是……每次都是她先挑衅的啊。"

杜拾瑶挠了挠头，感觉这真是一个难题，真要命。

秦月明正在准备采访稿的时候，幺儿快步走进来说："月明姐，国际电影那边来消息了，你的角色确定了！刘总说可以去签合同了。"

"蒋晁呢？"

"今天又去试镜了。"

"第九次了……"

"可是我听说，蒋晁第一次去的时候人还很多，去一次就少几个人，他也算是杀入总决赛了。"

秦月明低头给秦夜停发消息："我的角色确定了，蒋晁这次去试镜紧张吗？"

秦夜停："没有，知道就算不通过每个月也会有固定工资后，他就没紧张过，还很开心地想去跟人家用英语聊天，提高口语能力。"

月："他果然跟其他艺人不太样。"

秦夜停："上进心和野心太弱。"

月："可是他听话又可爱。"

秦夜停："你看什么不可爱？"

月："发脾气的弟弟。"

秦夜停："忍着吧，毕竟是你惹的。"

月："鞋收到了吗？喜欢吗？"

秦夜停："嗯，还可以，图案有点花。"

月："我还以为你们男孩子都喜欢这样的。"

秦夜停："都？"

秦夜停："你送我和江云开一样的球鞋？"

月："不，颜色不一样，但是一个系列的。"

秦夜停："呃……"

月："他的是皮卡丘，你的是妙蛙种子。"

秦夜停："呵呵……"

秦夜停发了一张图片过来，秦月明点开一看，是球鞋被扔进垃圾桶的照片。看环境不是家里，应该是秦夜停陪着蒋晁去试镜了，还穿着她送的鞋子，结果干脆扔了。

秦月明没生气，反而笑出声来。

过了一会儿，秦夜停又发来消息："蒋晁试镜过了，我跟着去签合同。"

月："光脚去吗？"

秦夜停："回去跟你算账！"

第二季《异闻探秘者》的录制虽然初期不太顺利，还延迟了开机时间，但播出后效果非常好。

节目组大胆尝试了直播录制过程，引发全民互动，最后放出带真相的版本。这样前期就能吸引来很多观众，播放量居高不下，《异闻探秘者》成了该视频软件的独家王牌节目。

这个节目甚至因此成为当年最受欢迎的真人秀，人气居高不下。然而，甜蜜团的成员都知道，他们以后恐怕不能再保持原班人马参加了。

奚图因为档期错不开，于是放弃了这个节目固定嘉宾的位置。接着就是杜拾瑶，公司最后还是跟节目组闹掰了，导致杜拾瑶无法再参加《异闻探秘者》之后的拍摄。

甜蜜团最后留下了四位成员，新成员还在招募中。

这个消息刚刚传出去，粉丝就表示难以接受。他们对这个节目抱有情怀，希望能保持原来的味道，新成员加入后是什么感觉，谁也不能确定。而且原来的嘉宾都磨合出默契了，新成员来了之后现场一定会很尴尬。这样想想，很多粉丝就不想看了。

然后，突然有小道消息传出，说节目组在跟秦夜停谈签约。

秦夜停的分析能力不会比奚图差，颜值也绝对在线，他还是秦月明的弟弟，江云开的对家。如果秦夜停参加，绝对能挽回一些粉丝。至于最后一位嘉宾，他们就不得而知了。

消息传得沸沸扬扬的时候，秦月明已经开始和朝九晚五组合排舞了。

练舞室里，朝九晚五组合的四个成员齐齐站好，对秦月明进行了热烈欢迎。

江云开说："欢迎秦老师光临视察。"

秦老师还真开始拿腔拿调了："此处用莅临更为合适。"

其他几个人大笑出声。

秦月明本来以为会有排舞老师，然而他们只给她看了一段录像，然后就对她说："我们实践一下。"

朝九晚五组合是有底子的，这首歌他们唱过千百次了，这次只是临时加了一个人，改变了些许走位，他们自然熟悉得比秦月明快。

秦月明发现了，跟这几个人排舞根本不需要老师。

南云庭的个人魅力完全体现在跳舞方面，他想教一个人也是手到擒来。虽然他性格轻浮了一些，但脾气和情商都比其他人好，也不会不耐烦。

每次在演唱会开始之前，组合成员都表现得不靠谱的时候，大多是南云庭临危受命、独挑大梁，组织其他几个人排练。

今天练舞的时候，也主要是南云庭给秦月明指导。

中间休息的时候，秦月明跟他们席地而坐，问南云庭，"你怎么全程都不敢跟我对视？"

"我……毕竟渣过你朋友。"

"是啊，我挺想揍你一顿的。"秦月明拧开瓶盖喝了一口水，接着说，"可我又能说你什么呢？只能说每个人的选择不同吧。"

说南云庭不该谈恋爱？她和江云开还在偷偷谈恋爱呢。说南云庭的处理方式不对？但是在那种情况下，怎样处理才是对的呢？

错了就是错了，南云庭既然承认了，她就没办法再说什么。

"你说……几年之后，我和她……还有可能吗？"南云庭突然问。

他居然承认了，浪荡这么多年，这是最让他难过的一次分手。

秦月明坦然地看向他，反问："你觉得我和钟嵘还有可能吗？"

南云庭愣了一下，接着苦笑道："我懂了。"

他起身问秦月明："你要不要吃点水果？我对女孩子可是比某些身为男朋友的人更体贴。"

秦月明忍不住扬眉："我想喝酸奶。"

"有，我去拿。"

"感谢。"

南云庭正准备出去，江云开就已经捧着一个托盘进来了，托盘里有水果、果汁、酸奶、白开水，甚至还有鸭脖。

南云庭脚步一顿，突然对江云开改了印象："牛啊，耙耳朵（怕老婆的男人）。"

"滚。"江云开骂完他就去给秦月明献宝，"要哪个？"

秦月明选了酸奶，对江云开甜甜一笑："这个，感谢。"

余森和周若山就坐在一边看着，周若山喝了一口矿泉水，接着举起瓶子问："啊，好奇怪啊，为什么我的矿泉水突然酸了起来？"

余森淡定地回答："泡柠檬了吧。"

接着，两个人就这么直勾勾地看着江云开和秦月明，一副视死如归的模样。

你们虐吧，尽情地虐吧！我们不怕虐！我们是单身狗中的战斗机！单得无所畏惧！单得舍我其谁！单得轰天动地！

其实他们根本没问过江云开和秦月明是不是在一起了，之前南云庭吵架的时候说了江云开在追人，他们对视一眼就知道江云开在追谁了，实在是一点技术含量都没有。

之后，他们看到江云开对秦月明孝顺得跟亲孙子似的，再看看秦月明的态度，就立马确定了：这两个人绝对在一起了。

看着江云开这狗腿子的模样，他们就忍不住冷笑。想起江云开曾经吹过的所有的牛，他们就觉得应该跟秦月明聊聊江云开的经典语录，大家一起乐乐。

余森突然说："周哥，我想喝葡萄汁。"

周若山立即跑到秦月明面前偷了一颗葡萄过来，塞进余森嘴里，说："来，咱先吃一颗葡萄，然后再喝一口酸酸的矿泉水，就当我们喝过葡萄汁了。"

南云庭应景地唱起了歌："他说风雨中这点痛算什么？擦干泪，不要问，为什么……"

他边唱边推着余森和周若山走，练舞室里就只剩下秦月明和江云开了。

江云开被起哄了也不生气，反而美滋滋地对秦月明说："他们就是羡慕。"

"他们都知道了？"

"我没说，不过看这样……应该是猜到了。"

"你能不能试着伪装一下？"

"喜欢你这件事真的……藏都藏不住。"

江云开站起身来，走到秦月明前面的空地上站好，说："我跳舞给你看。"

他说着就开始跳舞，跳的还是那种非常"油腻"的舞蹈，舞蹈动作大致可以分为：搓大腿，掀起衣摆露腹肌，晃晃胯胯轴。

但是，秦月明就是吃这套啊！江云开逐渐知道她喜欢什么了，自然对症下药。

江云开跳的都是他平时不太爱在外面跳的动作，他总觉得太有诱惑力了。他就喜欢那种很酷炫的动作，比如刚学舞蹈就非得学托马斯回旋，特别中二。但是在女朋友面前跳，他就无所谓了。

秦月明看得特别兴奋，恨不得现在就上手，等江云开跳完后，她对他勾了勾手指。

江云开立即坐到她对面，盘着腿看着她，两个人几乎同时凑过去接了一个吻。

朝九晚五的第一场演唱会是在海市举办的。

他们之前宣传的时候并没有提过会邀请嘉宾，所以秦月明突然出现就是惊喜。

秦月明是在演唱会中后段才出场的，原本是四个人的舞台，升降舞台突然又送上来一个人。她和其他四个人一样穿着宽松的衬衫和西装，打着领带，发型是简单的单马尾，干净利落。

秦月明跳舞的时候力道很足，帅得让人恨不得尖叫，女孩子帅起来真的没男孩子什么事了。

她出现的一瞬间，全场沸腾，不过台上的几个人并没有停，继续唱歌跳舞。

秦月明戴着耳返边唱边跳，现场效果一流，听得出来是真唱，且声音特别稳。

等到一首歌结束，大家才开始互动，南云庭主动说："感谢秦月明老师来到我们的演唱会现场做特邀嘉宾。"

江云开问观众们："秦老师的表现怎么样啊？"

台下的粉丝立即应声："好！帅！"

南云庭调侃："这一次因为有秦老师的加入，我们江哥都变得比以前更努力了，不但没有迟到早退，还主动让出了 C 位。"

南云庭这是在调侃。朝九晚五组合以前也邀请过别的嘉宾一起跳舞，为了队形好看，就根据身高定位置，大家都没多想。然而，演唱会结束后，该嘉宾的粉丝愤怒了，说他们的偶像就是给朝九晚五做陪衬去了，出于礼貌，江云开让出 C 位不是应该的吗？

虽然后来朝九晚五组合官方和嘉宾都澄清了，但是，因为这件事，朝九晚五好一阵子没再邀请过嘉宾了。

这一次，南云庭公开拿出这个梗调侃，就是表示有些事情不过是小事，玩一玩闹一闹就过去了。

江云开戴着耳返听了一会儿，说："感谢来到现场的粉丝。"

现场又响起了欢呼声，等欢呼声小了一些，江云开指向大屏幕，继续说："包括这几位匿名的热心粉丝。"

镜头一转，大屏幕上出现了观众席的画面，秦夜停、蒋晁、蔡思予、霍里翔、奚图都在，探秘团独独缺了身份敏感的杜拾瑶。

被说成是江云开的粉丝，秦夜停表情挺难看的，对着摄像头默默地举起了手里的灯牌。

灯牌开关一打开，"七仙勇敢飞，弟弟永相随"一排闪亮的字就出现了。

江云开笑得眼睛都没有了，数落秦夜停："闷骚。"

蔡思予跟着举灯牌，上面的字是"心机配绿茶，闺密好味道，喜欢你，有道理"。

外界一直说秦月明和蔡思予是心机和绿茶的闺密组合，因为志同道合，所以关系好，这个灯牌就证明了她们本人一点都不在意那些言论。

秦月明都惊呆了："什么鬼！"

霍里翔的灯牌更无厘头，上面写着"一骑红尘妃子笑，我要我要我还要"。

江云开问："你要什么？"

结果奚图居然也跟着举起了灯牌："点歌。"

真是……一群神经病。

果不其然，秦月明参加朝九晚五组合演唱会的事再次上了热搜，演唱会的视频片段更是在微博、抖音里获得了超高的点赞量。

秦月明唱完一首歌就跟台下的朋友互动，这段互动也是热搜的重点。

之后，他们五个人又唱了一首歌。这是一首安静的情歌，旋律优美，仿佛述说少女的心事，真想不到居然是一个男生写的。

秦月明最近被网友称为热搜仙女，动不动就上热搜，黑粉嘲讽说玖武娱乐就是有钱，旗下艺人天天买热搜。但那些热搜究竟是不是买的，很多人心里有数，黑粉只能忽悠那些没脑子的路人。

又过了不到半个月，秦月明再次霸占热搜，最高纪录是一天内她和她的剧霸占了九条热搜。

秦月明和奚图主演的电视剧播出了。这部电视剧因为凸显了当代女性女强人的一面，剧情也精彩，很快就通过了审核，顺利上星，在两家卫视频道同时播出。

一般来讲，双台同播会导致分流，收视率能达到 0.8 就算不错了，达到 1.0 就是一部小爆的剧了。这部剧却创造了奇迹，播放第三天双台收视率均超过 1.3。

而且，这部剧的网络播放量也保持第一名，同期其他所有剧的播放量加在一起都比不过它。

光看数据，这部剧真的是凭借一己之力拉长了条形图。

收视率高，播放量高，话题度也高，剧集每天更新之后，就立即会出现几条热搜。网友们纷纷讨论当天的剧情，跟着剧里的角色一起哭一起笑，讨论女主的抉择是否正确。

奚图也因此成了近期最热的流量小生，女友粉疯涨。

秦月明和奚图的热度居高不下，也让他们的 CP 成了热门。"图月夫妇"上线，CP 粉吃糖吃到开始扒真人秀里两个人的互动，两季真人秀里他们两个人的所有互动都被总结出来了。一时间，"云守月夫妇"都没有人提起了。

"图月夫妇"在真人秀里全程都没有培养过 CP 感，却被 CP 粉总结为"腹黑夫妇"，说是只要他们想，搅乱一整期不成问题。想想，两个聪明的人在一起……他们的宝宝会多聪明啊！

江云开看着这些热搜，一瞬间气得七窍生烟。

于是，他给奚图发了消息。

奚图最近都不想理江云开，江云开跟个炮楼似的，他说什么都会被对方阴阳怪气地回呛。然而江云开总是阴魂不散，奚图也是非常烦恼。

奚图最近为了宣传新剧，和秦月明一起参加的活动非常多，两个人甚至还会一起拍摄杂志封面，一个月最少有十天在一起。

今天有一场新闻发布会，后面还有粉丝见面会，他们还会一起工作。

奚图坐在化妆间里等待的时候，收到了江云开的消息。

我唱歌挺好听的："物极必反你知道吗？"

奚图："什么意思？"

我唱歌挺好听的："孩子！"

奚图发了三个问号过去。

我唱歌挺好听的："不过你没有机会的，你脱单都难，你和你的机器人过一辈子吧！"

奚图："呃……"

奚图扭头问自己的助理："我今天又上了什么热搜？"

他对娱乐圈的消息一向不大感兴趣，很少去看热搜，真有事了也只会问问助理。当初杜拾瑶和南云庭的事情闹得那么大，还是经纪人交代他被采访的时候不要乱说，他才知道的。

助理随口回答："哦，有人用你和月明姐的照片合成出了孩子的样子，还挺好看的，大家就顺势猜测你们的孩子会不会非常聪明，肯定是个学神。"

秦月明和奚图都上过名校，也都很聪明，会被粉丝这么猜测也不奇怪。

奚图再看看手机，此刻对话框已经被江云开的表情包刷屏了。他苦闷地看着手机叹气，心想他当初就不应该突然加这些人，没完没了的。

这时，秦月明过来了，问他："准备得怎么样了？我告诉你啊，今天别想再让我替你回答问题了，我可不是江云开。"

奚图点了点头，突然问她："你和江云开在一起了？"

秦月明惊讶得眼睛都睁圆了。

"我先出去了。"奚图的助理赶紧摆手，然后狂奔出了房间。

奚图又对秦月明说："我的助理还算懂事，不会乱说。"

秦月明含糊地说："我们的关系确实很好。"

奚图笑了笑，点头道："其实我基本明白了。"

秦月明和江云开正在热恋，在朋友面前说起这件事，她突然露出了些许少女的羞涩，接着说："你这次多说几句话，我先去走一遍现场。"

"好。"

秦月明出去后，奚图清了清嗓子，才发现自己的声音在微微发颤。

他苦笑起来，心想，挺好的，这也……挺好的。

秦月明最近都很心机，参加发布会等活动都是穿着心心设计的服装，为的就是宣传他们的新品牌。

他们的淘宝店已经上线了，秦月明和秦夜停都在微博做了宣传。有几套作为主打的衣服都是秦月明和秦夜停亲自做模特，拍了产品广告。姐弟二人都是标准的衣服架子，套麻袋都好看，穿上这些衣服就更好看了。

衣服的定价也非常良心，他们并没有恶意提价，却也没有把价格压得很低。他们不想赚粉丝太多钱，只想让这些服装的质量对得起价格。

他们两个人的粉丝大部分是真的觉得衣服很潮，跟市面上其他衣服不一样，很有个性，真心喜欢。还有一部分是知道他们姐弟二人不容易，就跟着去捧场。

淘宝店开店当天，就出现了页面卡顿、客服接待不过来的情况。当天一共上架了十五件衣服，男装女装都有，三天的销售额就超过了七千万。

他们的淘宝店初期现货很少，大多是预售，等粉丝们收到衣服之后，就爱上了那种上身效果以及产品质量。吹爆好吗？按头安利，买！像这种质量好又好看的衣服必须珍惜！

蔡思予一直在帮忙，算是服装店的大股东之一。她招来了专业的工作人员运营，按照他们这种销量来算，就算之后热度有所下降，一年的净利润也是一个不小的数字。

还有，等秦夜停合同到期后和那些有意向的项目签约，收入也十分可观。

秦月明因为这部剧大爆，片酬也有所增长，还有各项代言的费用。

他们姐弟二人的收入加上淘宝店的分账，算起来应该可以在六年内还完所有欠款。

秦月明收工后，进入化妆间就脱掉了高跟鞋，终于觉得轻松多了。

她坐下来拿出手机，看到了未读消息。

我唱歌挺好听的："我用我和你的照片合成了孩子的样子，我们的宝宝也挺好看的。"

我唱歌挺好听的："我查了，孩子会选择优秀的基因，而且智商随母亲，所以我们的孩子也不会很笨。"

江云开发了一张图片过来，又问："是不是挺可爱的？你说叫什么好呢？"

我唱歌挺好听的："我也不是想让你给我生孩子，就是看到热搜有感而发，你可以以事业为重，我都听你的。"

月："我收工了，要卸妆了。"

我唱歌挺好听的："我这边也马上要结束了。"

月："我今天回公司。"

我唱歌挺好听的："那我也去。"

办公室，刘创狐疑地看着江云开，问了第三遍："你真没惹事？"

江云开真不知道他什么毛病，回答："没啊……"

"那你来我这里做什么？回家休息不好吗？"

"我就不能来看看你，跟你谈谈工作？"

刘创翻出江云开的工作日历，晃了晃，问他："你有什么想说的吗？"

江云开看着这些工作安排就闹心，没好气地道："想骂你。"

"所以我们两个人有什么好谈的？我骂不过你，但是你骂完我还是得去工作，多此一举。"

这时，秦月明终于来了，她进来后直接坐在江云开身边，说："抱歉，我来晚了。"

"不晚，我正好想跟你商量一下时装周的事情，过来，跟我去看一下送来的衣服。"刘创起身准备带着秦月明出去。

秦月明起身跟着刘创往外走，刚走到门口，门就突然被追过来的江云开关上了。她被江云开扶着肩膀转过身按在门板上，一个吻迎面而来。她闭着眼睛配合，环住江云开的脖子，两人吻得难舍难分。

刘创还在说工作安排，一回头却见人没出来。他愣了一下，想推门进去，就发现门被反锁了。他敲了敲门，还没人开。

秦月明跟蔡思予手挽手一同去逛商场。

工作室和服装店两个生意都成功了，她们想庆祝一下。原本她们还想拉上秦夜停一起，结果秦夜停执着于跟大地娱乐互撕，忙得不亦乐乎。

这段时间正好是时装周，她们来了时尚之都，自然要去消费一番，才算不虚此行。

挑选衣服的时候，蔡思予小声说："我演戏演得少，如果演得不好怎么办？"

秦月明问："女人逛街用得着演？"

蔡思予立即乐了："你说得对。"

两个人逛了一圈，又杀去了卖包包的区域。

蔡思予大手一挥："你选一选吧，我送你一个包。"

秦月明摇头道："不，你帮了我很多，所以应该我给你买才对。"

"你回来我才跟着振作起来，你帮我找了真人秀的资源，才让我东山再起。而且，我真的跟着你沾光赚了不少钱，争夺抚养权也有底气了。"

蔡思予拉着秦月明进了专柜，转了一圈，拎起一个包说："这个怎么样？新款。"她还凑到秦月明耳边小声说，"你们家那位最喜欢的牌子。"

秦月明十分淡定地来回看了看，其实一直在瞥价签。然后，她把包放了回去，拉着蔡思予去看其他的。

"不喜欢？"蔡思予问她。

"我不配！"

这个包太贵了！这家店还有奇葩的配货要求，买这个包真的很奢侈。

然而，蔡思予把秦月明拽了回去，最后还是买了那个包。

秦月明嘴上说着不要，但是闺密都给她买了，她还是开心得不得了，拎着包简直走出了走红毯的气势。

"好不好看？"她问蔡思予。

"人好看，怎么都好看。"

两个人又逛了一会儿，秦月明低声提醒："一定不要到处乱看。"

"我明白。"

她们逛到了首饰区，突然有孩子叫了一声："妈妈！"

叫人的是个男孩，他还向蔡思予狂奔而来。

蔡思予似乎很是意外，惊喜地看向男孩，这是她的儿子乔洛壹。接着，她蹲下身张开手臂抱住了儿子，感人肺腑的母子重逢戏码上演了。

秦月明询问："是你的孩子吗？"

蔡思予点了点头，跟乔洛壹介绍："这是你秦阿姨。"

乔洛壹配合地跟秦月明打招呼："秦阿姨。"

蔡思予抬头的时候，看到前夫和他的现任妻子一同走了过来，身边还有保姆推着婴儿车。乔洛壹应该有专门的保姆带着，只不过孩子大了，保姆不用贴身跟着，没想到居然让他在这里遇到了蔡思予她们二人。

蔡思予看了看乔洛壹，欣喜地问："你过得怎么样？"

乔洛壹点了点头："挺好的，妈妈你别担心，最近阿姨都没有再打我了。"

"打你？"蔡思予惊呼出声，接着挽起乔洛壹的袖子看。

乔洛壹手臂上真的有伤，蔡思予心口瞬间揪紧。

蔡思予立即站起身来，朝着前夫的现任妻子走了过去，一巴掌抽在了她脸上。

所有人都没反应过来，事情就这样发生了。

这个女人是第三者，前夫出轨的时候，蔡思予很淡定，只要离婚就可以了，她也受够这种生活了。今天，是她第一次对这两个人发起反击。

离婚的时候，对方诬陷是蔡思予作风有问题，蔡思予明明是被抛弃的可怜人，却被网友们唾骂了多年，伤上加伤。现在，她要以其人之道还治其人之身。

蔡思予打完巴掌秦月明就过来了，看似是在拉架，其实随时都在做防护，只要有人来动粗，秦月明第一时间就能保护蔡思予。

蔡思予指着那个女人的鼻子骂道："你插足我的婚姻时我没有对你做过任何事情，只希望你嫁进去之后对我的孩子好一点。可是，你明明受过良好的教育，为什么要虐待孩子？为什么要做出这么残忍的事情？"

那个女人简直傻了，睁大眼睛怒吼："蔡思予，你不要命了是不是？你居然敢打我！"

"对，我敢打你！你偷偷打孩子，活该被打。"

那个女人曾经也打过蔡思予一巴掌，当着许多人的面指着她的鼻子说她浪荡，还说她妄想在豪门享福。当时蔡思予没有底气愤怒，现在这巴掌她还回来了。

蔡思予前夫似乎也没想到会发生这样的事情，先是呵斥蔡思予让她冷静下来，接着把乔洛壹拉到自己身边，亲自去看儿子身上的伤痕。

他知道家丑不能外扬，这个时候必须先控制住场面，于是他说："别吵了，跟我过来。"他似乎是想带着他们去安静的地方说清楚。

"我已经不是你们家的人了，你凭什么指挥我？"蔡思予成了一个暴怒的母亲，平日里的从容和优雅都不见了。

秦月明也没有一直看热闹，插话道："乔先生，这件事我们的确需要理智地解决，不过今天不太合适。思予现在很愤怒，我们也要问清楚孩子身上的伤究竟是怎么一回事。现在的情况是你们那边有问题，孩子我们恐怕要先带走。"

乔先生冷声说："我也要调查，孩子不可能让你们带走，你们现在就跟我过来说清楚。"

秦月明指了指一个角落，说："那里好像已经有记者了，孩子不能被你带走，这样我们不能确保他的安全。继续僵持下去究竟对谁不利，您自己考虑一下。"

乔先生蹙眉，他突然觉得事情恐怕没有这么简单，一切都太凑巧了。然而，他确定乔洛壹跟蔡思予是无法在私底下联系的，乔洛壹也没法配合蔡思予才对。他当然不会知道，自己的亲弟弟在中间牵了线。

乔先生似乎不想继续纠缠了，双方又说了几句话之后，蔡思予干脆拽着乔洛壹的手就走。

前夫的现任妻子似乎想冲过来打蔡思予，要把那一巴掌还回来，结果才走了几步就被秦月明握住了手腕。秦月将她的手臂拧到了诡异的程度，疼得她差点哭出来。

"你最好老实点，你们带的保镖都不一定是我的对手。"秦月明说完就松开了她，跟着蔡思予离开。

其实秦月明是带着私怨的，这对夫妻欺负过她的闺密，她就顺势多用了一些力气，她刚才的力道足够让那个女人去医院。

秦月明和蔡思予带着孩子快速离开商场，走到门口，看到幺儿已经在等了。

上车后，秦月明还觉得不解气："应该打那个渣男才对，只收拾小三没意思。"

"如果打了，事情就不好解决了，那个男人爱颜面，让他颜面尽失更解气。"

蔡思予跟秦月明对视一眼，接着击了一个掌，完美配合。

当天，各大媒体的头条就热闹起来了。

一家出了名的狗仔媒体发布了一段视频，视频中还有旁白介绍："大家都知道，我们一向喜欢扒秦月明的料，没想到这一次跟拍秦月明居然有意外收获，亲眼见证了蔡思予与其前夫的婚变大戏。

"在蔡思予打了刘女士之后，我们热爱八卦的记者简直就是百米冲刺过去的，拍到了一些细节，大家自己看吧……

"听他们对话的意思，蔡思予和前夫离婚是因为前夫出轨啊，没想到刘女主这样的名门之女也会做小三？都是一个圈子里的人，说不知道这个男人已婚不太可能吧？

"小编就知道秦月明不是个善茬，你看她打人的熟练程度，就这副暴力的样子还卖弄仙女人设，简直是打粉丝的脸！"

拍摄的狗仔是秦月明联系的，这家媒体的确喜欢跟拍她，一直黑她，用这家媒体来曝光消息才自然。这家媒体跟拍秦月明就是因为她有热度，大爆料他们也不会错过，这次就真的跟秦月明合作了。

也正因为是这家媒体发布的，没有人会怀疑是秦月明自导自演。而且，双方就算合作了，媒体发的视频还是要黑秦月明两句，仿佛被秦月明的粉丝骂两句他们就能火。

网友们纷纷评论起来。

Hiroko："不觉得七仙的人设崩了，反而觉得解气。她们闺密二人关系一直很好，七仙当时是为了保护蔡思予才出手的。她打得好！该打！"

世间爱若有尽时："都说蔡思予人品不行，还说她放荡，可是谁有蔡思予什么料吗？仔细去看蔡思予的节目，就会发现这个女人又成熟又有味道，魅力是从骨子里散发出来的，气质浑然天成。总不能因为人家身材火辣就给人家贴上不好的标签吧？"

你在黑我哟："出轨离婚哦……一点也不意外。"

沐小蒨："蔡蔡离婚的时候好多人都骂她，现在想想好心疼，丈夫出轨，她被扫地出门，还要背负骂名！"

三个小时后，蔡思予发布了一条道歉微博。

微博的内容十分得体，她首先跟大家道歉，说她因为看到自己的孩子长期经受家暴，愤怒到失去理智，才会在大庭广众之下出手伤人。

接着，她说明了自己作为一位母亲，看到孩子受到虐待时的心疼，微博还附上了乔洛壹身上那些伤痕的照片。全文完全没有提及前夫出轨的事情，还算留有情面。

这就是另一种博好感的方法了。如果夫妻离婚后出现了大型对骂、互撕的场面，就会有一部分人失望。他们的理论是，毕竟夫妻一场，还这么落井下石，有点过分吧。分手后不在人前提及前任，不在背后骂人，是一种修养。

现在大家都知道蔡思予前夫出轨了，蔡思予也就不提了，努力扮演好弱者。

蔡思予看到乔洛壹身上的伤就心疼，问儿子："你怎么这么傻呢？"

乔洛壹却不在意，笑嘻嘻地说："妈妈，我就这条胳膊有伤，你一下就猜中了，我们怎么这么有默契呢？"

"你就是说话好听。"

"才不是，我是真的觉得妈妈超厉害。"

蔡思予被哄得开心了，开始给乔洛壹铺床。

乔洛壹跟在她身后问："妈妈，干妈和江云开在一起了吧？"

"不许乱说哦。"

"我懂的！就是……我能不能预定他们的女儿？妹妹一定会很漂亮吧。妈妈，你帮我催催他们两个人赶紧生吧。"

蔡思予看着自己儿子最近总围着秦月明和江云开转，孝顺得跟他们亲儿子似的，心里有点愧疚。想到乔洛壹惦记着他们还没出生的女儿，她就觉得这个小东西真的是欠打。

秦月明从剧组回到家，进门就看到江云开正在教乔洛壹跳舞。

一个大男孩带着一个小男孩，对着镜子一遍一遍地跳舞，跳得还挺帅的。

乔洛壹长得非常精致，经常被错认成女孩子，个子在同龄孩子里也算高的，穿上宽松的衣服跳舞显得有模有样。

秦月明看了一会儿，问："你们在练习腿部动作？"

江云开回答："这叫插兜舞。"

乔洛壹单独跳给秦月明看了一遍，接着问："干妈，我跳得怎么样？"

"挺好的。"秦月明拿出手机准备录像，"你们再跳一遍，我录下来。"

江云开立马走过来拿走了秦月明的手机，递给蔡思予，说："思予姐你来录，她的水平我不太相信，拍出来容易显得我和你儿子一般高。"

蔡思予笑着答应了："好。"

秦月明气鼓鼓地站在一边看着。

两个男生对着镜子又跳了一遍，并且有伴奏，蔡思予全程录了下来，接着发到了微信群里。

秦月明这次是为了正事特地从剧组回来的。

江云开对她说："你先等一下，我去把调查结果拿过来。"

"好。"秦月明坐在沙发上休息，心里还在想调查的事情。

乔洛壹跑过来坐到她身边，在她面前晃了晃两只小手，接着打了一个响指，手中居然出现了一朵玫瑰花。

秦月明惊讶得不行："哇！怎么变的？好厉害。"

"说出来就没意思了，其实我变之前特别紧张。"

"怕穿帮吗？"

"不，怕这朵花配不上你这个大美人。"

乔洛壹才说完这句话就被蔡思予拧着耳朵带走了，蔡思予很不喜欢儿子油腔滑调的，也不想让儿子打扰秦月明处理事情。

没一会儿，秦夜停也从楼上下来了，坐在秦月明身边问："累不累？"

"还好。"

秦月明现在在拍那部大女主戏。一开始，她和顾祺还会掐架，后来她们就统一阵线，开始指导杜拾瑶的演技了。因为有她们两个人在，拍摄进度很快，完成度也很高，仅仅靠她们的演技就足够撑起这部戏了。

江云开很快送来了调查资料，摊开资料指着一处说："你父亲用的零件的批次确实跟出事车的零件的批次不一样，这辆车确实不是你父亲改装的那辆。"

秦月明看资料的时候手都在抖，反复确认后竟然红了眼圈，这个冤案终于能翻案了。

秦夜停也仔细看了看调查结果，接着看向江云开，等待下文。

江云开又拿出另一份清单，继续说："我去调查报废车辆的时候果然遇到了阻碍，不过我派去的人比较有办法，还是拿到了所有车辆的改装记录。这辆车在比赛之后经过了多次改装，将很多零件都换掉了，然而巧的是，关键的零件没有换。我已经让人把车辆送到相关机构做证据了。"

秦月明拿来单子仔细看，秦夜停直接问："是谁的车？"

"车主姓张，叫张虎全。"

秦夜停错愕了一瞬间，居然只"哦"了一声。

接着，他喝了一口水，继续说："他曾经照顾过我一次，当时我因为脾气问题惹火了投资商，他出面帮我说了话。那时候我就很疑惑他为什么帮我，他说他的女儿是我的粉丝，我才没有多问。"

"估计是愧疚吧。"江云开说。

张虎全，如今国内赛车界的泰斗，有自己的赛车俱乐部，旗下赛车手数不胜数。不过，他已经转为幕后，渐渐低调起来了。据说他的身家已经超百亿，人脉关系更是可怕。

秦月明反复看那些资料，问道："能翻案吗？"

无论对手是谁，她都要追究到底。

江云开点头说："去最高人民法院报请延长案件追诉期限，如果核准，就可以无限期追诉。"

秦月明姐弟二人就这么静静地看着资料，没有想象中的狂喜，也没有多么激动。须臾，两个人终于开始讨论如何起诉，不过看起来依旧很淡定。

等他们商量得差不多了，秦夜停拿着资料找律师去了，江云开才问秦月明："怎么了？"

"其实看到证据的那一刻我就意识到，我们之后有得忙了，心一下子就沉重起来了。因为，我知道这件事是最关键的，我怕自己处理不好会再次造成不好的影响，毕竟那个人也不是好惹的。而且……我心里真的很难受，我的父亲只是被卷进风波里的无辜受害人，为什么……他看到我的父亲那么痛苦，都没有出来发声呢？为什么？"

江云开将她抱在怀里安慰，这时秦月明才露出了软弱的一面，低声哭了起来。

不过，秦月明很快就振作起来，联系了律师，跟秦夜停商量哪天去报案、在哪里处理。

江云开之后还有工作，看他们用不到他了，就准备离开。

乔洛壹突然跑过来问："你就这么走了啊？"

江云开点了点头，说："怎么，想让我继续教你跳舞？我家就在楼上，你跟我上去？"

谁知乔洛壹居然叹了一口气，扭头走了，似乎对他非常失望。

261

江云开非常纳闷，最后还是自己上楼回了家。

洗漱完毕后，江云开回到房间，看到手机上有未读消息。

我跳舞挺好看的："你们交往也有几个月了吧，还没一起过过夜？"

我唱歌挺好听的："我们是真爱，循序渐进、长久的那种。"

我跳舞挺好看的："好吧，你会接吻我就很欣慰了。"

我唱歌挺好听的："你放屁！老子什么不会？老子什么都会！"

我跳舞挺好看的："是是是，您最牛，需要资源吗？自己学习。"

接着，南云庭真的发来了一个压缩包，江云开直接将手机丢在了一边。

这家伙瞧不起谁啊？他都会！他不看！

秦月明最近很忙，既要帮着蔡思予抢儿子，又要处理自己父亲的案子，他怎么能在这种时候做这种事？这不就不懂事了吗？他得多畜牛才会去想那些事？

蔡思予这边，前夫怕影响他们家族的声誉，不想打官司，还在努力地撤热搜，想尽可能地平息这件事。

前夫和现任妻子应该是商量过了，妻子说自己没有打过孩子，也许还找了保姆等人确认。然后，他们终于底气足了一些，态度强硬地要求蔡思予把孩子送回去。

然而，蔡思予紧接着就把前夫那项问题工程的相关证据丢了出去，说如果他们还想要孩子，她就把这个证据给国际合作方看。那项工程如果解约，对乔家来说会是灭顶之灾。

乔先生简直气疯了："你果然是有备而来！"

蔡思予依旧装傻："还不是你们打孩子才激怒了我？"

"她绝对没有打过孩子！"

"你做了错事会承认吗？她还对外说自己没做小三、没搅和我们两个人的感情呢！"

"你这样咄咄逼人像什么样子？"

"那我们就鱼死网破好了。"

如果乔先生不同意，蔡思予就要起诉了。

关于打孩子的事情，其实真的是有理说不清。双方都拿不出证据来，只要乔洛壹一口咬定，乔先生那方再怎么反驳都没用，更何况乔洛壹身上真的有伤。

而且，乔洛壹是想跟着母亲的，这点谁都看得出来。

舆论压力是乔先生非常在乎的，生意更是他的命门。如果他不同意，蔡思予就会一直闹下去，这样撤热搜都没用。只要蔡思予一发微博，事情就会再次被炒起来。再加上蔡思予身边的朋友都是流量爆棚的艺人，这些人如果参与了这件事，只会让事情变得更加糟糕。

几天后，乔先生让步了，说可以让蔡思予定期去探望孩子。蔡思予果断拒绝，并且发去了诉讼书。乔先生愤怒地让蔡思予撤诉，然而现在的蔡思予已经不是当年的金丝雀了，完全不受他的控制。

蔡思予这边还有江云开、刘创在背后撑腰，江家老爷子似乎也在暗暗支持。

乔先生的父亲乔老爷子气得不轻，还很舍不得孩子。乔洛壹聪明，简直就是乔老爷子的掌心宠，如果抚养权归蔡思予所有，老爷子肯定不愿意。

为此，乔老爷子甚至亲自去找了蔡思予。

这位老爷子嚣张得很，来了就想仗势欺人。结果，乔洛壹几句话就搞定他了。

"爷爷！我也想你啊，可是我不想跟爸爸、阿姨生活在一起，在他们身边我总会挨打。而且阿姨不喜欢我，她更喜欢自己的孩子。如果……我以后哪一天突然去世了，估计也是因为阿姨不喜欢我。爷爷，就算我离开家里了，我也还是您的孙子啊……"

想到乔洛壹要面临的事情，乔老爷子迟疑了，最后还是放弃了，只是让蔡思予好好照顾乔洛壹。

乔老爷子动摇之后没两天，乔先生也放弃了乔洛壹的抚养权，只要求蔡思予撤诉，便不再提及此事。至此，乔洛壹的抚养权正式归蔡思予所有。

有了孩子之后，蔡思予张罗着要在京市买套房子。

这天，刘创带着蔡思予在秦月明住的那个小区看房，问她："看中哪套了？我便宜卖给你。"

刘创家里是做房地产生意的，结果他剑走偏锋，跑去开娱乐公司了。他手里的底牌就是房子多，缺钱了就卖套房子，公司就又有资金了。

蔡思予专心看房子，乔洛壹却悄悄拉住刘创的手，问他："叔叔，你怎么不找女朋友啊？"

刘创回答："忙啊！我哪有空去认识女孩子？"公司里的女艺人倒是有对他有想法的，但是他有前车之鉴，就不愿意找这种了。

"唉。"乔洛壹突然叹气。

"你叹什么气？老气横秋的。"

"叔叔，你劝劝我妈妈吧，我不想看她一直形单影只的，你要是认识优秀的叔叔，就介绍给她认识认识。"

"哦，行啊。"刘创觉得这都不是事。

他还真来了兴趣，让助理去帮乔洛壹买香蕉牛奶，随后蹲下身对乔洛壹说："来，跟我说说你想要什么样的新爸爸。"

"就是……厉害的！在我妈妈被人欺负的时候，他要能保护妈妈。"

"嗯，这个是应该的。"

"还有，要人品好的，我旧爸爸人品就不好。"

"对，这也是重点。"

"然后就是要像您这么优秀的，可以自己经营那么大的公司的。"

刘创一想，乔洛壹这个标准有点高啊。要是照着这个标准找，那还真不好找，像他这么优秀的真不多见。

"不太好找啊……"刘创感叹。

乔洛壹又叹气："是啊，像叔叔这么优秀的人真的是太少了。"

刘创一听就乐了："行，叔叔帮忙找。"

答应完乔洛壹，刘创又去跟蔡思予介绍房子了。

乔洛壹拿着香蕉牛奶喝，看着刘创，不由得想：这人该不会是个傻子吧？

蔡思予最终在那个小区买了一套房子，比秦月明的公寓还大。房子一共三层，卧室就有五个，毕竟她现在也有这样的能力买这种房子。

那套房子刘创之前装修过，同样是样板间的装修风格，和秦月明的房子是一拨人装修的。按照刘创的话说，这几套房子他都是叫给家里做精装修的工程师过来装修的，本来租出去了，不过既然蔡思予看上了，他就付了些违约金，卖给蔡思予了。

因为有了新家，这些天，蔡思予都在忙着收拾新房子，添置东西。

蔡思予的房间在三楼，乔洛壹的在二楼。这是乔洛壹要求的，他说两个人的房间能离远一点就离远一点，这样互不打扰。乔洛壹早熟，个人领域意识也很强，蔡思予也就同意了。

乔洛壹捧着香蕉牛奶说："像我这样的男人独占欲也很强，很爱吃醋的。"

蔡思予捧着咖啡站在他对面说："像我这样的女人打孩子特别厉害，很爱生气的。"

说是这样说，蔡思予却从来不舍得动手打乔洛壹，最多就是拧拧他的耳朵。

乔洛壹抬头看了看她，居然出了大招："妈妈你找个男朋友吧，不然你更年期的时候只有我一个人受着。"

他这话一出，愣是把蔡思予气得半天没说出话来。

秦月明那边的调查进行得非常顺利，让她没想到的是，张虎全居然主动找到了她。

张虎全亲自来了玖武娱乐，刘创并不知道这其中的恩恩怨怨，只知道这是一位大佬，对方过来说要找秦月明的时候，他笑呵呵地拒绝了。

在刘创看来，张虎全恐怕是看上秦月明了，他不打算让自己公司的艺人搞这种乌烟瘴气的事，他们玖武娱乐还没沦落到需要用女艺人来傍大佬。

张虎全笑着说："你不用这么暗示我，我不是那个意思，我是秦月明父亲的故交，想见见她，顺便帮她还债。"

刘创这才笑着同意了，发消息让秦月明过来。

秦月明来到接待室，见门口还站着保镖，手里都拎着皮包。她拿出手机，发现果然没有信号了。保镖的皮包里一定有干扰设备，她也常备着这种设备，所以对此非常熟悉。

于是，她干脆放弃了录音，坦然地走进去，坐在张虎全的斜对面看着他。

张虎全面容还挺慈祥的，他看着秦月明，笑着说："本人比屏幕上更漂亮，你小的时候我见过你一次，当时就觉得你是个美人胚子。"

秦月明不想听这些恭维话，只是冷漠地看着他，说："你比我想象的淡定。"

"故作镇定罢了，这些年，我内心一直很煎熬，也曾暗中观察你们姐弟二人的动态。"张虎全说着，从包里拿出一个档案袋，放在桌面上。

秦月明随便看了一眼，见上面写了"遗嘱"两个字。她没碰，依旧冷漠地坐着。

"我怕我做得太多了会引起怀疑，所以一直小心翼翼的。几年前我就立了遗嘱，我去世后，百分之六十的遗产都会归你弟弟所有，同时，会有人公布那个案子的真相。在你回来后，我把遗产的比例改成了百分之七十。"

秦月明气得发抖，咬牙道："我父亲含冤而死！我母亲郁郁而终！你却想等寿终正寝了再还他们一个真相，自己一点惩罚都不受？"

"我只是正当防卫。"张虎全转着手指上的扳指，模样依旧稳重，神情没有半分波动，"意识到情况不对后，我连夜改装了车子，甚至改得天衣无缝。如果那个人没有心存恶念，就不会出事，更不会连累其他人。是我要去害你的家人吗？不是。"

"可是你明明可以在出事后站出来替我父亲证明，车辆出事不是因为他的改装有问题。"

"那我的前途就被毁了，我的名，我的利，全都毁了。我本以为过一阵子就没事了，没想到你的父亲居然会自杀。"

秦月明闭上眼睛，她有点想哭，想失态地愤怒，却仍在强行忍耐："我会公布事情的真相，你的名和利都将不复存在。"

"如果你愿意隐瞒这件事，我遗产的百分之七十依旧是你们姐弟二人的。而且，你目前欠的二十亿我也会替你还上。"

"不需要。"

"你现在继续追究，得到的只是一个真相。如果你不追究，你和你弟弟的日子会过得非常舒服，这样难道不好吗？二十亿！你以为你的小男朋友家里会毫不犹豫地帮你还钱吗？"

张虎全竟然连她的恋情都调查出来了。

的确，江云开为了调查秦月明父亲当年出事的真相，出动了不少人，也招惹了不少人。

得知他们把废旧车辆送往了公安机关，张虎全就知道事情已经败露了，于是他光明正大地来找秦月明了。

"我要的就是真相，我很庆幸我能得知真相，还我父亲清白。我这辈子最想做的事就是还他清白，让他在地下不再难过。"秦月明站起身，继续说，"我不怕你，如果你要用什么手段封杀我也无所谓，我是从地狱里爬出来的，就不会再惧怕深渊。"

秦月明说完就离开了，张虎全看着她的背影，叹了口气。之后，张虎全又在接待室里坐了十分钟，才带着自己的人离开。

秦月明和秦夜停去报案的事并未保密，很快就有消息流传出去，说秦父案的嫌疑人是张虎全。

对此，网上开始议论纷纷。

殇儿："最开始我以为秦家姐弟是要找一个替罪羊，把他们身上唯一的污点洗掉。然而，我突然看到嫌疑人是张虎全，顿时浑身一颤，这绝对不是替罪羊，没人敢让张虎全当替罪羊！"

如梦幻泡影："如果秦父案真的是冤案，那秦家姐弟真的太可怜了，受了这么多苦。"

Hayato："仅仅想想秦夜停这些年经历的事情，我就要哭出来了。"

葡萄怎么不见了："太可怕了！七仙爸爸完全是无辜的啊！结果闹得家破人亡。"

凌珑："我又去看了秦月明赛车的视频，之前看只是看个热闹，这次居然是含泪看完的。她还能坚持做她喜欢的事，没有被父亲的事情影响，真好。"

苏酥："张虎全撤热搜了吗？上去！我们要真相！"

案件的正式审理的确让人大跌眼镜，张虎全当庭认罪了，并且对秦月明和秦夜停道歉。

本来他们还以为张虎全会挣扎，会使出各种手段，结果达叔都没有出庭作证，事情就这么结束了，像开玩笑一样。

从开庭到宣判，秦月明一直木木的。她的父亲洗清冤屈了，张虎全要登报说明自己的罪行，为秦月明的父亲作证，真相大白了。

案子结束之后，秦月明回到家，一个人坐在阳台上发呆，笑不出来，也哭不出来。

她说不清楚自己的心情，她明明恨不得将那个人千刀万剐，然而事情真的结束了，她却还是无法完全释然。

这么多年，他们姐弟是苦过来的，而他们的父母，也不会再活过来了。

秦夜停处理完所有后续后，走到秦月明身边坐下。

"张家人直接给研究所转了钱，我们没有债务了。"秦夜停低声道。

可能是内心有愧，张虎全还是帮他们还了钱。研究所不在乎他们的恩恩怨怨，收到钱就可以了。

"哦……"秦月明淡淡地回应。

"我们做到了。"

"嗯。"

秦夜停不再说什么了，就这么静静地陪着姐姐。

坐久了，秦月明一歪头，将头靠在弟弟的肩膀上。

她突然嘟囔起来："我还记得小时候，我在一边修车，好好的车反而被我修坏了，爸爸也不生气。他让你骑在他脖子上，告诉你这个是发动机、这个是排气……妈妈做饭挺难吃的，她说要养生，做菜少油少盐，没什么味道，我们却都爱吃。"

秦夜停抬手快速在眼角擦了一下，"嗯"了一声。

"我们去扫墓吧，告诉他们这些事，他们会很开心的。"

"好。"秦夜停迟疑了一下，说，"也告诉他们你有男朋友的事情吧。"

秦月明顿了一下，接着点头："好。"她的心终于软化了一瞬间。

秦夜停要接受江云开挺难的，江云开身上就没有能让他看顺眼的地方。在他眼里，他姐姐是最好的，值得拥有天底下最好的东西，江云开配不上他姐姐。

但是，江云开在调查他们父亲的事情上帮了大忙，秦夜停也不是不讲理的人，就渐渐接纳了这个姐夫。江云开不是一个很聪明的人，却做到了他们姐弟二人没做到的事情，能看出他是真的用心了。

江云开为了秦月明到处奔走，跟钟嵘那种人不一样。他是在认认真真地对待秦月明，这就够了。

扫墓的那一天，江云开也跟着去了。

他特意穿得特别正经，穿了一身西装，头发也染回了黑色，提前询问了很多规矩，然后跟着秦家姐弟一起去了。同行的还有蔡思予和乔洛壹。

他们都穿着黑色的衣服，步伐挺沉重的，走到墓前却仿佛走进了花的世界。

在他们之前就有人来拜祭过秦月明的父母，墓碑前有很多花和礼物，还放着一些小瓶子，瓶子里都是手工折的千纸鹤。地上还有很多封信，信封上文字的字迹都不一样，看得出是很多不同的人写的。

秦月明蹲下身打开一封信看了起来，字体稚嫩且清秀，应该是年龄不大的女孩写的。

女孩在信里写着："叔叔、阿姨，你们的孩子特别优秀，特别棒，他们为你证明清白了。"

粗略一看，起码有百来封信。

秦月明抬头看了看这些花，再看看这些小礼物，都是十分用心的。她再也绷不住了，就这样蹲在墓碑前捂着脸哭了起来，哭得一发不可收拾，呜咽声让人跟着难受。

哭出来也好，哭吧，都过去了。

江云开拍摄 MV 的时候，看了 MV 的女主角好多次。

现在江云开和秦月明的恋情没公开，他们的 CP 也过时了，还没有奚图和秦月明的 CP 传得厉害。所以，在大众眼里，江云开和秦月明都是单身。

江云开老这么看人家小姑娘，引得小姑娘全程带笑，觉得江云开是看上她了。

小姑娘准备去卸妆的时候，江云开突然问："你能不能把项链卖给我？"

女孩子一怔，心想这也许是什么撩妹的新技巧，于是反问："你为什么要买？"

"哦，我觉得项链挺好看的。"

"买下来送给别人吗？"女孩震惊了。

江云开立即嫌弃得不行："我送别人东西怎么会送旧的？就是不想跟你撞款式了，所以干脆把你的买下来。"

女孩子傻了，她从来没见过江云开这种男生，又问："同款很多，你怎么不去垄断？"

"等我看到其他人戴了同款再说吧，你先把这条卖我。"

女孩子不知所措，最后还是不想招惹江云开，便同意了，翻了一倍的价格把项链卖给他。

江云开把项链买了之后就随手扔在垃圾桶里了，对鸭宝说："看好样式，去买一条新的。"

"哦……好的。"鸭宝探头看了看，答应了。

目睹了全程的南云庭忍不住骂江云开："你可真是个大猪蹄子，对秦月明以外的所有女生都跟个畜生似的。"

江云开也不在意，自顾自地拿着手机跟秦月明聊天："我愿意啊，大猪蹄子好啊，饿了还能啃自己两口。"

说着，他把自己的手伸到南云庭面前："来，闻闻'爸爸'的猪蹄味道正不正？"

南云庭点头道："嗯，卤的。"

秦月明主演的那部胡三爆的电影上映了。

估计是因为对主角的演技认可，还有就是对胡三爆的期待，第一天的票房还是很可观的。

观影第一天，大家的反馈是：不算太失望吧。

主要是他们给这些演员、导演定的目标真的太高了，电影稍有一点问题都会被攻击。

紧接着，第三天、第四天，票房出现了小逆袭。

秦月明的扮相在微博走红了，粉丝评价："绝代佳人不过如此。"

有影评人这么说："整部电影可圈可点，秦月明可以说是电影里的一大亮点，所有画面随便截图，每一帧都美得像一幅画。她的眼睛里有故事，她看人的时候那双眼睛仿佛在述说她自己的心情，演技深入灵魂。"

秦月明在电影里的戏份真的不多，仿佛就是一个添头，让这部影片不算无 CP 的，让男主角的感情更细腻，凸显男主角有血有肉、爱得深沉。然而正是这个添头，让这部电影大放异彩。

随之而来的是票房逆袭。

其实很早就有人推断，这部电影不算大制作，没有太多特效和大场面，所以票房怕是不能破胡三爆的纪录了。然而，最终的票房还不错，比胡三爆第三部电影的低了一些，却也算不错的成绩了，大家都非常满意。

秦月明一直在配合剧组到处跑，跟着参加各种活动，电影上映期间也是话题不断，她都没时间跟江云开聊天。

电影眼看着就要下映了，江云开才约到了秦月明一起去看，同行的还有杜拾瑶、蔡思予和霍里翔。

本来江云开是要两人约会的，结果这些电灯泡还是跟来了，让他挺不爽的。好在奚图没来，不然他绝对会被笼罩在"图月夫妇"的光环下，看谁都不顺眼。

他们买的是最晚的一个场次的电影票，等到别人都进去得差不多了，他们才在灯都暗了的情况下进场，齐齐走到最后一排坐下。

秦月明和江云开挨着坐，江云开捧着爆米花，另一只手偷偷拉着秦月明的手。秦月明没有挣脱，表面上十分正经地看电影，私底下却在偷偷挠江云开的手心。

霍里翔坐在江云开身边，自己的爆米花都吃完了，就去拿江云开手里的。没有了爆米花的遮挡，霍里翔依稀看到江云开和秦月明两个人拉着的手慌乱地松开了。他什么都没说，捧着江云开的爆米花吃。

之后的电影在讲什么霍里翔都不知道了，他全程都在想，江云开是怎么做到的呢？他是怎么让秦月明看上他这个小傻子的啊？江哥牛啊！

看完电影，江云开整个人气场都不对了，回去的路上都没有说话。

杜拾瑶则是很兴奋："我的天啊，太好看了！最后我都要哭了，月明姐你演技太好了，你在里面简直太美了！这绝对是可以记入史册的古装美女画面了，难怪现在B站都在做你的合集。"

秦月明小声问："B站是好网站吗？"

杜拾瑶懂了她的疑问，小声回答："是正经的网站……呃……算是吧。"

时间也不早了，大家便回家了。

到了小区，蔡思予和秦月明、江云开住在不同的楼，就分开行动了。

秦月明进入电梯按了自己住的楼层，然而江云开站在她身后把她按的取消了，转而按了自己家的。

秦月明回头看他，问："有事？"

"嗯。"

秦月明看他的表情就不太对，于是叹气道："好吧。"

她知道了，江云开又得哄了。

走到江云开家里，秦月明脱掉呢大衣挂在衣架上，扭头问他："你困不困？"

江云开凶巴巴地盯着她："你是不是对朱或动真心了？"

朱或是剧里男主角的名字，江云开这是真入戏了。

秦月明耐心地跟他解释："并没有，我只是在演戏。"

江云开不依不饶的："怎么可能？你最后看他的眼神简直要爱死他了好吗！"

秦月明不说话了，轻车熟路地取出医药箱，从里面拿出一个退烧贴，撕开后拍在了江云开的脑门上，说："来，冷静一下，分清一下演戏和现实。"

江云开还是不听话，抱起她让她坐在柜子上，两只手撑在她两侧，眼睛认真地看着她，说："你绝对是入戏太深、爱上对方了才会有那种眼神，别跟我说演技，我也演过戏。你还跟奚图传CP，你们两个也很熟，电视剧我看过，你宠他都比宠我多……"

秦月明伸手环住他的脖子，主动吻住了他的嘴唇，质问戛然而止。

许久没有见面的两个人难得重逢，自然难舍难分，许久后秦月明才停下，贴着他的嘴唇说："我爱你，江云开。"

江云开终于不闹了，被她一句话秒杀了。

他从口袋里拿出一个小盒子，打开，里面是一条项链，他亲自帮秦月明戴上，问她："是不是很好看？"

秦月明看了看，笑着说："嗯，挺好看的。"

江云开没说自己跟土匪一样买了别人的项链又扔了，只是得意地笑了笑，等待秦月明夸他。

秦月明又亲了他一下，接着问道："我可以跟你算账了吗？"

江云开一愣，反问："算什么账？"

"我是你的女朋友，我对你一心一意，只爱你一个人，你却怀疑我入戏太深，爱上别人了，难道不过分吗？"

江云开怔了一下，赶紧道歉："好，我错了。"

他说着就要抱住秦月明，可惜两个人都穿着毛衣，一靠近就有静电，他们只能又快速分开了。

秦月明不悦地说："脱掉。"

江云开听话地脱了毛衣，接着就看到自己的女朋友又变成了那副样子。秦月明像小狐狸一样一个劲地盯着他看，恨不得把他吃了。他还挺愿意的，主动凑过去喂她。

秦月明明显饿了，想吃消夜了。她还很爱吃"鸭脖""鸭锁骨"这种东西，这点江云开深有体会。

喂秦月明吃消夜的时候，江云开还有空拿出手机来看自己之后的行程，接着对她说："我最近都没有什么需要露面的工作，你可以放肆了。"

等秦月明满足了，江云开突然问她："我可以咬回来吗？"

秦月明穿着宽松的毛衣，领子很大，露出了一根肩带。她举手投足间都有种魅惑的味道，韵味十足。她刚刚还在笑，听到江云开的问题后迟疑了一下，然后凑过去问："那你轻一点好不好？"

"好。"

秦月明像八爪鱼一样抱着江云开，江云开干脆将她抱上楼。

被扔到床上的时候，秦月明开始给江云开画范围："我还要参加发布会，从这里到这里……"

"好。"

他们进来得很慌乱，卧室里只有地灯亮着，非常昏暗，只能看到对方的轮廓。

江云开突然庆幸没有开大灯，仅仅是看着秦月明的轮廓，他就有点受不住了，浑身的血液都在往头顶冲，让他指尖都在发烫。

秦月明看出了臭弟弟的慌乱，摸着他的头发安抚。

中途，江云开突然紧紧抱着她，想让自己稍微冷静一点。

他努力说服自己，秦月明天还有工作。

"江家娃娃。"秦月明突然叫他。

"嗯？"

"你怀里好暖和。"

"你冷吗？"

"嗯，空虚寂寞冷……"

江云开忍不住笑了，她又开始说那种话了。

然后，秦月明又说："空虚了，就要填满啊……"

江云开居然懂了她话里的意思，决定不忍了。

然而到了后面，无所不能的江哥居然败北了，他觉得丢人，干脆躺在床上装死，羞愧得直捂脸……他不会！啊啊啊！丢死人了！

　　秦月明特别无奈，居高临下地看着他，伸手掐着他的脖子，像女王般命令道："手拿开，我要看着你。"

　　江云开将手拿开，不明白秦月明为什么在这时候还沉迷他的脖子。

　　有些事情，开始了就停不下来了。

　　第一次吃糖，尝到了甜头，又是充满精力的年纪，自然不会轻易结束。

　　江云开帮秦月明整理她的长发，小心翼翼地问："感觉还好吗？"

　　秦月明抱着他小声说："我好喜欢你的表情啊……"

　　江云开又不好意思了，却还是说："我再给你看一次好不好？我觉得我会了。"

　　"好啊，我确实没吃够。"

　　早晨起来的时候，江云开觉得神清气爽，趁秦月明还没有醒来，他洗漱完毕就下楼给秦月明做早餐。

　　没一会儿，秦月明打着哈欠下了楼，身上只披了一条毯子，引得江云开看了她好几眼。

　　昨天夜里没看清，现在能看清了。

　　"身体没有什么问题吧？"江云开问她。

　　秦月明："其实还好。"

　　"尝尝味道可不可以，我第一次做。"江云开将早餐推到她面前。

　　秦月明吃了一口，说："嗯……没我们江家娃娃好吃。"

　　江云开都要被她调戏得麻木了，随口回答："嗯，我们秦家姐姐也超好吃。"

　　秦月明吃了几口就不吃了。

　　江云开问她："不合胃口？"

　　秦月明摇了摇头："饱了。"

　　"怎么才吃这么点？"

　　"填满了啊。"

　　江云开坐在秦月明身边冷静了十秒，再次扛着她上了楼。

　　迟到就迟到，他有私人飞机！

年底有颁奖典礼，秦月明凭借胡三爆的电影在两个颁奖典礼上都有提名。

这一次，她不再是蹭红毯了，而是光明正大地准备拿奖。

江云开总念叨着秦月明肯定会得奖，他一定要进去蹭红毯，可惜他今年一部电影作品都没有。最后，他气得不行，答应去颁奖典礼上唱歌，这才被允许参加。

秦月明又是跟任绪一起走红毯，这回两个人完全熟了，不会再像上一次那样不自然，一路上有说有笑的，还有一点小默契。在秦月明需要人帮忙拎裙子的时候，任绪也乐意效劳。

入座后，秦月明左边坐着胡三爆，右边坐着任绪。

她在大屏幕上看到了江云开，好巧不巧的，江云开居然跟秦夜停坐在一起。两个人都很沉默，谁也不跟谁说话，气氛冷到冰点。

秦夜停确实接受江云开了，但依旧讨厌他，这题挺难解的。

胡三爆对秦月明的新电影还挺感兴趣的，坐在她身边问："那部国际电影怎么样？"

"已经拍摄结束了，我跟蒋晁的戏份都不算多，我们一起拍摄了一个月就结束了，毕竟只是配角。"

"剧本真的那么保密？"

"对，我只知道我的台词，还是跟我对戏的人说完了台词，我靠猜测才知道我该接台词了，还挺有趣的。"

任绪忍不住问："大家都好相处吗？"

"他们都很热情。"

"哦……"任绪有点小小的羡慕，那可是国际大导演的作品，也不知道他以后有没有机会和那样的大导演合作。

颁奖典礼正式开始，秦月明一直坐在观众席上看着。

他们这部电影算不上大爆，票房也不在今年的前几名之列，但是奖项提名极多。动不动就看到他们剧组被提名，他们还挺自豪的。

不出意外，今年的最佳导演还是胡三爆。

胡三爆走上台，从容地微笑着说："这个奖拿到手软。"

台下一阵欢呼，胡三爆这话说得嚣张，别人却真的没办法反驳。

"我作品不多，最喜欢的两部剧的女主角都是同一个人。真的，我不止一次对外感叹，幸好她回来了，幸好她能和我一起完成这部作品。有时候，我也想说，那些离开了的人，如果他们也能回来，人生一定会非常精彩，像秦月明一样。"

秦月明热烈捧场，鼓掌的模样像在表演节目的小海豹。

等到公布最佳女主角奖项的时候，秦月明看到了自己的名字。

她优雅地起身，跟胡三爆、任绪拥抱庆祝，然后走过去找秦夜停和江云开。

她和江云开拥抱的时候，江云开小声说："真棒。"

秦月明走上台拿着奖杯，心里真的很开心。

大家都说，如果秦月明没有离开，她一定会是那一年的影后。

她错过了那一年，好在她现在回来了，这次真的拿到了这个奖杯。

她很开心，很激动，还很感恩。

她拿着这个奖杯，激动得停顿了五秒才开口："感谢，我很感谢评委老师的认可，感谢胡导演愿意给我试镜的机会，感谢任绪跟我的配合，还有……感谢弟弟能让我回来，我才有机会演这部作品。"

她又笑了笑，喊道："顾祺。"

获奖人冷不丁地在颁奖台上叫了对家的名字，让很多人诧异不已。

镜头转向顾祺，大屏幕上出现顾祺的脸。

秦月明跟当初的顾祺一样，没有看大屏幕，而是看向观众席上的对家，说："你看，我二十六岁拿到这个奖了，比你早几年。"

顾祺毫不避讳地翻了个白眼。

"最后，我要感谢这么优秀的对手，助我飞速成长。"秦月明微笑着说。

顾祺这才鼓起掌来。

其实顾祺和秦月明之间早就没有之前那么剑拔弩张了。

一起拍摄电视剧的时候，秦月明坐在顾祺身边唱"gucci gucci prada prada（古驰古驰普拉达普拉达）"，引得顾祺直掐她脖子。当时这段花絮还上了热门，她们被评为全娱乐圈最具正能量的对家，甚至还出现了两个人的"邪教"CP。

颁奖典礼结束，秦月明听到了一片恭喜的声音，她笑着一一回应。

江云开走过来帮她披上外套，问她："为什么不感谢我？"

"感谢你什么？感谢你天天跟我视频，打扰我睡觉？"

"哼。"

"再忍忍，现在还不是曝光的时候。"秦月明抬手掐他的脸。

秦夜停冷漠地看了看他们两个人，低声说："要点脸。"

秦月明乖乖地回应："好，我们不虐狗了。"

江云开则是嫌弃地道："你赶紧找个对象吧，别老当电灯泡，烦不烦啊你？"

晚上，秦月明去了江云开的别墅。

明天大家要一起开 Party（派对），他们两个人就干脆先来了。

秦月明坐在江云开卧室的沙发上休息，刚刚脱掉礼服，整个人轻松了不少。

江云开还很兴奋，打开了音响。

他放起了自己个人专辑，里面都是他的新歌，是他转型的第一步。

其中有一首歌成了热曲，热到什么地步呢？它成了很多短视频的热门 BGM（背景音乐），热到土了，甚至又一次霸占了城市的理发店、两元店之类的店铺，成了今年的神曲。

秦月明突然朝江云开勾了勾手指，让他过来。

江云开立即单膝跪地在她身前看着她，问："怎么了？"

秦月明勾起他的下巴，说："跳舞给我看吧，我想看看。"

江云开觉得自己的脑袋要炸了，那画面他都不敢想。于是，他将脸埋在秦月明腿上求饶："饶了我吧。"

"我得奖了都没有奖励吗？"

江云开起身将她扛起来，问她："让你看看我是怎么收拾小坏蛋的，好不好？"

楼上，秦月明靠在江云开怀里，说："唱歌给我听吧。"

江云开抱着她开始唱歌，好听的声音，动人的旋律，就在她耳边萦绕。他是为她一个人而唱，让她享受得不行。

秦月明没说过，她其实更喜欢江云开哑着声音叫她的名字，那样性感得不行。能看到他的脸，听到他的声音，就算被他折腾一晚上她都开心。

突然有一天，有网友爆料江云开和秦月明其实早就在一起了，还发现"江云开今天追到秦月明了吗"这个微博账号疑似江云开的小号。这个账号是"守得云开见月明"话题的主持人，经常发布一些外部没有的照片，在某天发布了一条"嘻嘻"的微博后就不再更新了。

　　这个消息被顶到热搜三十二名后就又降下去了，大家都觉得很荒唐，不可能。

　　江云开和秦月明似乎也没有什么破绽。主要是他们两个人之前就关系特别好，江云开黏秦月明黏得不行，交往之后也是这样，反而看不出什么了。

　　加之江云开和秦月明有家和公司两个场所可以见面，天时地利人和，还真没被拍到过什么。真被拍到在一起了，就说是工作。

　　而且，秦月明每次有新作品上映，就会带起一对新CP，提起"云守月夫妇"的人越来越少了。

　　江云开刚开始看到那条热搜还忐忑了一阵子，见慢慢没人再提了，他才松了一口气，悄悄把话题主持人的位子给了别人。

　　他经常在家里看秦月明的剧，看一次吃一次醋。后来他也不自虐了，等秦月明回家了，就让秦月明上楼，到影音室和他一起看。

　　他看着看着就吃醋了，就指着剧里的男主角对秦月明发作："你爱我还是他！"

　　秦月明都习惯他这样了，主动亲他，淡定地哄他："爱你。"

　　"你是谁的女人？"

　　"江云开的。"

　　接着江云开就把她扑倒了，在她耳边说着挑衅的话："我要当着你这位男朋友的面收拾你，让他看看你到底是谁的女人！"

　　大屏幕上还在放秦月明的新剧，两位主人公刚刚在一起，羞涩又甜蜜地牵着手，而影音室里却是另一番风景。

　　本来就不想看剧的秦月明猫在江云开怀里睡着了。

　　江云开还在看剧，看着看着又来气了。

　　被晃醒之后，秦月明借着起床气狠狠地咬江云开，江云开却越发兴奋起来。

　　休息的时候，秦月明用鼻尖蹭了蹭他的下巴，说："沙发有点挤。"

　　"好，下次在影音室换张床。"

　　"被吵醒了，我心情不好。"

"哦。"

江云开坐起身来整理了一下自己的头发，接着打开壁灯，凑过去给秦月明看自己的脸，低声说："江家姐姐别生气好不好？"

听着男朋友好听的声音，秦月明一瞬间眯起了眼睛，消气了，抱着他的脖子说："不许关灯。"

两年后。

最近秦月明有点嗜睡，早晨说什么都不愿意起床。

江云开体谅她工作太累，在她洗漱后就让她睡觉了，也没折腾她。

早晨，秦月明依旧不想起来，江云开没办法，拿来毛巾给她擦脸，接着给她刷牙，让她侧头把漱口水吐进垃圾桶。

将东西都收拾好后，江云开走出卫生间一看，秦月明居然又睡着了。

他有点无奈，给她涂上水乳，接着按照女孩子化妆的步骤给她化妆。

他自己就是艺人，被专业培训过，时间紧急的时候自己就能化妆，现在给秦月明化妆也是游刃有余。

最后给她涂口红的时候，江云开用手指抹了抹，觉得还是有点不匀，于是温柔地说："抿一下嘴唇。"

秦月明完全不理。

江云开干脆亲上去用自己的嘴唇抿，接着感叹："还不如用手抹的呢。"

化完妆后，江云开凑到镜子前看了看自己，又感叹："我用这个色号也行。"

他整理了一下头发，然后去收拾两个人出门要带的东西。

秦月明来江云开家里一般是住江云开的房间，那个粉色的公主房她也住过，其实就是想换个环境换种气氛，她觉得江云开在粉粉嫩嫩的环境里也挺有意思的。

秦月明醒来后去了卫生间，然后，她拿着验孕棒坐在马桶上，迟疑了一下，走出去对江云开说："我们结婚吧。"

江云开正在检查秦月明包里的东西有没有带全，听到这话突然一愣："哈？"

秦月明把验孕棒递给他，接着蹲在他身边，看他的反应。

江云开看了半天，问："这啥玩意儿？"

"验孕棒。"

"呃……"

很意外吗？不意外。

他们在一起两年了，秦月明现在才怀上，其实也算不错了。

江云开吞了一口口水，没多高兴，反而蹙眉问："你想生下来？"

"来了就是缘分啊。"

"可是生孩子对你的身体影响很大啊，我听说很多人因为生孩子，身体出现各种问题。"

"我身体素质挺好的，而且流产手术也会影响身体啊……"

江云开抹了一把脸，弱弱地道："我……我想象中的求婚不是这样的……"

"你打视频电话给我表白的时候想什么了？"

"呃……"江云开思考了几分钟后，才对她说，"你等会儿，我查查。"

江云开拿出手机点进浏览器，秦月明凑过去，就看到他在查"女朋友怀孕了怎么办"。

她没搭理，直接出门准备去工作了。

江云开狼狈地追出去，朝她喊道："你工作别太累了，身体不行！"

"好，我心里有数，今天晚上去跟刘创说。"

秦月明说今天有事要跟刘创谈，刘创就没下班，在公司里等她。

秦月明晚上九点多才到公司，一进刘创办公室就说："之后的工作帮我缓一下，我想去结个婚生个孩子。"

刘创傻了，问："结婚？和谁结啊？"

秦月明也傻了："你还不知道吗？"

"知道什么？"

秦月明还以为周围的人都渐渐知道她和江云开在交往的事情了，连霍里翔都在两年前就发现了。刘创作为他们两个人的经纪人，动不动就帮他们解决绯闻问题，居然还不知道？

"我和江云开交往快三年了。"秦月明回答。

刘创睁大了一双眼睛，不可思议地看着她："你……你怎么就瞎了眼看上他了呢？"

现在的秦月明没有债务，因为演技好，流量也足，自己还有服装生意，还会投资电影、电视剧等，这两年赚得是盆满钵满。

去年年底总结艺人收入，秦月明还排在了女艺人收入排行榜的第四位。真要说的话，现在很多人都高攀不起。

"他很可爱啊。"秦月明回答。

"秦月明，我对你很失望。"

"怎么？你不喜欢我这个外甥媳妇？"

"我是失望啊，你眼光怎么这么差？"刘创数落完她又乐了，忍都忍不住的那种乐，"哎呀，作为你们的经纪人我是该生气的，但是我怎么这么高兴呢？到底还是自己家的外甥。"

秦月明朝他微笑道："之后的工作安排就拜托你了。"

其实按照圈内女艺人结婚生子的时间来看，很多女艺人都很拼，从开始决定生子到复出拍戏，大多将时间控制在五六个月内，时间久了就容易过气。

秦月明毕竟是自家外甥媳妇，刘创还是想听听她的意见，看她是想多照顾身体，还是想继续保持人气。

秦月明说："我以后想演正剧，做实力派演员，不做流量明星，只演自己喜欢的作品。"

言下之意就是，她的工作安排不用那么紧了，她不退圈，却不在意人气了，只要以后能定期演自己喜欢的作品就可以了。这样，没有戏了她就出去旅游，或者投入家庭，以后还能陪伴孩子。有戏了她就去拍戏，三到五个月就能拍完一部戏。

刘创点头道："好，两个实力派是吧？"

"对。"

江云开已经渐渐淡出大家的视野，不再走小鲜肉路线了，他有了几首拿得出手的个人作品，在走实力路线了。

如果他们真的公布恋情，带来的负面影响也不会是毁灭性的，这样挺好的。

刘创知道秦月明怀孕后激动地跟自己姐姐、外婆说了这件事，打字的时候手指都在发抖。

刘奈显然也不知道他们在交往的事情，这下直接知道儿子要结婚了，儿媳妇还怀孕了，她激动得差点昏过去。

她立即打电话过来，说什么也要派几个保姆来照顾秦月明的日常起居。

秦月明从刘创手里接过电话，说："阿姨，不用的，我会照顾好自己的，我身边也有助理。"

"都是没生过孩子的，不懂这方面的事，我派个懂事又安静的阿姨过去，她帮你做做菜就可以了。闹闹傻乎乎的，人也莽撞，别让他碰坏你咯。"

"不用的，云开很用心。"

江云开是真的很用心，一下午打了六个电话问她身体怎么样，跟个神经病一样。

她说了一句电话有辐射，江云开才终于老实了，接着给幺儿打电话，告诉幺儿要怎么照顾秦月明，幺儿还认认真真地记笔记。太夸张了……电话辐射的伤害也不大的。

当天，微博热搜就被一件事霸屏了，有人截图了朝九晚五组合各成员的微信名字。

众所周知，朝九晚五组合从成立后，各成员就有固定的微信名字。队长退出后，其他人的微信名字也没变过。

结果这一天，江云开突然把微信名字改成了"上九天揽月"，而秦月明的微信名字正是"月"。

同一天，"江云开今天追到秦月明了吗"这个账号再次更新了微博，发了一张图片。图片中是两本结婚证，红本本上是秦月明和江云开的照片。

这个时候，网友们还在说，这张图片是P的，是故意蹭热度。这两个人只是朋友，怎么可能突然就结婚了？

然而，两个小时后，秦月明转发了那条微博，配文"想做你的新娘"，紧接着，江云开又转发了秦月明这条微博，配文"想做你的新郎"。

没错，那个账号就是江云开的小号。

官方认证，爆款热搜？不，看你能不能打开微博再说。

打开后，就看到遍地都是祝福。

蔡思予："恭喜恭喜，帮我儿子定下你们闺女。"

霍里翔："本来想祝福，结果看到思予姐趁火打劫，急得我想立即找个女朋友，我定下你们儿子！"

杜拾瑶："啊啊啊！我可以单身，但是我嗑的 CP 必须结婚！"

秦夜停："唉。"

南云庭："@秦夜停，看到了你的舍不得和不甘心，但我们很开心，哈哈哈。"

周若山："想做你的伴郎。"

余森："伴郎 +1。"

奚图："恭喜。"

池闫："挺好的。"

陪上帝流浪："怎么听着像秦月明已经怀孕了？"

肥嘟嘟大侠："有点好奇伴郎伴娘团的阵容，杜拾瑶跟南云庭能共存吗？想想就尴尬。"

丸子酱："呜呜呜，哭死我了，我的老婆嫁给了我的老公，都是自家人，我却没有姓名。"

番外一
闺密偷偷成了我舅妈

刘创坐在二楼，晃着手里的酒杯，看着楼下那群人闹成一团。

一周前，江云开和秦月明公布了恋情，确定要结婚了，这群人就约了时间聚在一起开 Party。

江云开都是要当爹的人了，居然还站在台上兴高采烈地搓碟。再看看秦月明，也不是个正经的妈妈，在楼下闹腾得很，就只做到了没喝酒。

刘创又看了看南云庭，他站在江云开身边，时不时看一眼杜拾瑶，杜拾瑶全程不理他，他反而是今天最不自在的一个人了。

等江云开结婚的时候，这两个人一个是伴郎，一个是伴娘，场面会非常戏剧性。

江云开定了四个伴郎：余森、周若山、南云庭、刘创。

秦月明定了四个伴娘：杜拾瑶、顾祺、蔡思予、霍里翔。

没错，霍里翔是伴娘，婚礼那天会戴假发穿裙子，听说已经在定制礼服了。

秦夜停在婚礼上至关重要，因为秦月明会和他一起出场。他会将秦月明的手交给江云开，毕竟他是秦月明唯一的亲人了。当然，还有乔洛壹这个小花童。

刘创忍不住问坐在他对面的蔡思予："你们都是早就看出他们两个人在谈恋爱了？"

因为年龄比那些人大，蔡思予不愿意这么疯闹，只是坐在一边休息。

听到这个问题，她笑了，说："很容易就看出来了，他们谈恋爱的第一天我和小杜就知道了。"

刘创摸了摸下巴，纳闷道："我怎么一点都没看出来呢？"

"你以前的恋爱都是怎么谈的？"蔡思予忍不住问。

"别提了，那个女的在我面前动不动就跌倒，还往我身上撞，当时我还以为她腿脚不太好，都想把她辞退了，毕竟这种腿脚也不适合做艺人。结果有一次，她喝了半杯啤酒就醉了，往我怀里钻，手都摸到我大腿了，我才知道，哦，这是在勾引我呢。"

蔡思予大笑起来。

刘创继续说："后来我眼睁睁看着她和自己的闺密喝酒，一个人喝了半瓶白酒，一点事都没有。我问她之前怎么那么容易醉，她说看到我就醉了。"

蔡思予笑得直打嗝："我也是醉了。"

刘创又说："我姐，也就是江云开他妈，也没比我好到哪去。"

蔡思予点了点头，给刘创倒酒："愿听其详。"

"当时全校都知道校草在追我姐，就我姐一个人不知道，还把人家当最好的哥们儿，觉得这个男的绝了，太够义气了。她晚上饿了，校草就给她买消夜送到寝室楼下。她摔倒了，校草就屁颠屁颠地来了，把她背到医务室去，之后得到我姐一句夸奖——够兄弟。"

"那他们是怎么在一起的呢？"

"顺其自然就在一起了，结婚了，大学刚毕业江云开就出生了。"

他们正聊着，突然看到杜拾瑶似乎要上楼来找蔡思予，南云庭跟在后面，两个人在楼梯上拉扯了一下。

刘创挺爱八卦的，伸长脖子去看，看到南云庭想强吻杜拾瑶，被杜拾瑶推开了，还挨了一巴掌。

刘创直皱眉："别打脸啊，我家艺人靠脸吃饭呢。"

"活该被打，南云庭要是就那么断了再也不纠缠，我还能高看他几分。"

杜拾瑶似乎被气到了，也不找蔡思予了，回去跟秦月明打了个招呼就匆匆离开了。

南云庭垂头丧气地去找江云开，还被江云开踹了一脚。

刘创继续说："小杜现在也算那个公司的一姐了。"

这两年，杜拾瑶发展得十分不错。她似乎一下子就长大了，更加努力地工作。借着恋情曝光的热度，她一口气冲了上去，撕来了几个资源。再加上她和秦月明、顾祺一起拍的那部戏播出后大火了一把，在两个影后指导下，她的演技也得到了观众的认可。

在娱乐圈，两年算是一个周期了。杜拾瑶稳住了，人气暴增，接到的剧本多了，各种综艺节目也愿意邀请她，她渐渐成了那家公司的一姐。

最近江云开看到她都会开玩笑地叫她"杜流量""杜黑红"，她和他当年一样惨，也一样红。

曾经想雪藏杜拾瑶的那位高层现在也被派去做新人经纪人了，就是那种几年都捧不起来的艺人的经纪人，不但累，还没多少奖金，爱干不干。

刘创突然想起一件事，问蔡思予："对了，上次给你介绍的那个康总，你们相处得怎么样？"

"不联系了。"

"怎么，人不行啊？"

"他家里不喜欢有孩子的女人。"

刘创有点不爽："他都二十几岁了，还听家里的？他自己也是离异好吗？"

"人家家里毕竟也算名门望族，他还可以再娶一个年轻漂亮的姑娘，没必要找我这种离异还带孩子的。"

刘创拿出手机，愤愤地道："我帮你骂他！"

这人可是他介绍的，结果是个这样的东西，他怎么能不来气？

蔡思予立即按住他的手，说："没必要，我们也就是客气地聊了几句，他只是不好拒绝你，不想让你没面子，加我微信也只是应付一下。"

刘创这才罢休，想了想，又说："下次我问清楚之后再给你介绍。"

他看向蔡思予按在自己手上的手，抓起她的手看了看，说："美甲挺好看的啊，不过这么长不影响日常生活吗？"

蔡思予笑着回答："我十指不沾阳春水啊。"

"对，你这种女的就适合娶回去宠着，咱们不理那个家伙。"

蔡思予算是秦夜停工作室的半个老板，也跟着刘创学习做经纪人，负责的艺人是秦夜停和蒋晁。公司还签约了三个新人，由另一位经纪人带着。

蒋晁因为出演了国际电影，出道即高峰。

秦月明因为这部电影拿了一个国际大奖——最佳女配角，她是亚洲第一位得到这个奖项的女艺人。蒋晁虽然没得奖，但是一下子就有了格调，之后出演的一些影视剧也都是正剧。

蒋晁的脸不算特别出众，他是邻家男孩的类型，长相中上等，但是有辨识度，和那些整容脸不一样。所以，他之后出演的都是大屏幕的作品，又因为会功夫，人也不耍大牌，可爱的模样很受欢迎，他算是现在年轻一辈中的演技派了。

为了给秦夜停和蒋晁多拿到几个资源，蔡思予动不动就往刘创那里跑，问刘创投资什么电影，或者赖着跟着刘创去见各界大佬，拓宽人脉。

刘创也不避讳，有局都带着她。

这天有个酒局，蔡思予就坐在刘创身边。

刘创敬完酒回来后，看到自己的位置上坐了别人。这个男人似乎对蔡思予很感兴趣，伸手想碰她的腿，被蔡思予十分得体地拦下了，她还自罚一杯，笑着赔礼。

刘创当即黑了脸，不客气地让那位大佬离开，那位大佬也挺下不来台的，灰溜溜地跑了。

刘创坐下之后侧头看向蔡思予，问她："你怎么不穿裤子？"

蔡思予今天穿的是连衣裙，裙子长度到大腿，包臀设计，坐下之后就显得有点短了。她身材本来就非常好，穿这种衣服更加显得玲珑有致，会引来男人的垂涎也在所难免。可是……刘创问的这叫什么问题？

最后，蔡思予还是被刘创带出去了。

刘创找到服务员，问："能不能给我找来一条裤子？服务员穿的也行，我朋友没穿裤子。"

蔡思予站在一边直捂脸，丢不起这个人。

服务员还真找来了一条裤子，刘创便让蔡思予穿上。

于是，蔡思予外面穿着性感的连衣裙，里面套着服务员的西装裤，造型非常奇葩。

她待不下去了，想离开，刘创说："你去车里等我，我去跟他们打个招呼。"

两个人回到公司，蔡思予坐在刘创办公室的沙发上，说起了今天的一个资源，是一部电影的，她想询问刘创有没有可能让秦夜停来演。

说话的时候，她当着刘创的面脱下了服务生的裤子。

刘创站在办公桌前看着她，问："你这是在勾引我吗？"

"你该敏感的时候不敏感，不该敏感的时候乱敏感，我本来就不该穿这条裤子。"蔡思予说着，重新穿上高跟鞋，继续询问，"我问你电影的事儿呢。"

刘创依旧盯着她看，说："你腿还挺不错的。"

蔡思予走到他面前，轻轻抽了他一巴掌："我告诉你，这是调戏！"

"嘿！你跟刚才那位怎么没闹得这么厉害呢？"

"我是你带过去的，闹得太难看会让你下不来台。"

刘创终于没说什么了，开始跟蔡思予总结秦夜停可能会遇到的竞争对手，同时帮蔡思予想办法拿下这个资源。

施黛开始催刘创找对象了，主要是江云开那边现在孩子都有了，刘创还没个对象呢。

刘创觉得自己还年轻，也不着急，但是突然想起了什么，问施黛："妈，我要是找一个离异带孩子的女人，您能同意吗？"

施黛想了想，问："多大年龄？要是跟我差不多大，我接受起来还是有点困难的。"

刘创算是施黛的老来子，要是他找一个跟施黛差不多大的，他还得随时做好再次单身的准备。

"没多大，三十多吧。"刘创回答。

"蔡思予啊？"

施黛对刘创身边的人和事清楚得很，她见过蔡思予几次，还和蔡思予聊过天，聊的大多是秦月明的事。

刘创随口应了一句："嗯。"

施黛说："那也挺好的，她知书达理的，人也精明，能在事业上帮助你。她也嫁入过名门，规矩都懂，处事也周到。"

刘创乐了，随口应付几句就出门了，在车上给蔡思予发消息："我跟你讲，名门望族也能接受你做儿媳妇。我问过我妈妈了，她就能接受。"

蔡思予发了三个问号过来。

刘创："所以你不用担心。"

蔡思予："你是傻子吗？"

刘创愣了，她怎么突然骂人啊？

刘创气得公司都没回就跑到蔡思予的工作室去了。

他到的时候蔡思予正在化妆，似乎一会儿有应酬，刘创就站在她身边问她："你最近很浮躁啊，怎么突然骂人？"

蔡思予涂着口红，抿了抿嘴唇，都不愿意看他。

刘创看了她的装扮，忍不住问："你怎么又不穿裤子？"

"关你什么事？"

"你求我帮你拿资源的时候怎么不问我关我什么事？"

蔡思予反驳不了了。

她拎着外套要出门，刘创急吼吼地跟在她身后，挡着她说："问你话呢，为什么突然骂人？"

"你又不打算娶我，为什么要去问你妈妈可不可以娶我？你脑子里都是混凝土吗？"

蔡思予绕开刘创走了，刘创站在办公室里半天都没反应过来她这话到底是什么意思。

蔡思予见完制片人，出来的时候十分疲惫。对方太能打太极了，就是不说一句有用的话，搞得她有点烦躁。

回到车上，她就发现司机换了人，刘创坐在驾驶座上。

"你最近很闲？"蔡思予问她。

"你是不是想找一个优质的男人结婚？"

"你还没完了是吧？"

"是不是？"

"是。"

"我也挺优质的，你要不要跟我结婚？"

蔡思予诧异地看着他，半天没说话。

刘创有点紧张，他长这么大还是第一次主动表白，之前都是女孩子来勾引他。

"你答应，我就帮你拿下这个资源。"刘创补充道。

"就这一个资源？"

"以后都帮你。"

蔡思予系上安全带，说："行，开车吧。"

刘创想着这应该是成功了，启动车子的时候随口问："去哪儿啊？"

"这么晚了你想去哪儿？"

"哦，我送你回家，洛壹也该想你了。"

"傻。"

刘创又急了："你最近怎么回事？怎么老骂人啊？"

"没事，我有病！"

刘创最近有点忙，主要是突然多了很多工作。

蔡思予来他的办公室已经可以畅通无阻了，这天进来后对他转了一个圈。

刘创看着她，问："怎么了？巴啦啦小魔仙？"

"今天穿裤子了。"

"哦……挺好看的。"

蔡思予又在刘创的办公室坐了一会儿，刘创都没有反应。最后，她干脆坐在刘创的办公桌上，踩着刘创的腿问："是不是不碰到大腿，你就不知道该干点什么？"

刘创动作一顿，紧接着就笑了，拽着蔡思予坐在自己腿上，说："穿裤子了，不想干了。"

"你不是不喜欢我穿裙子吗？"

"也不是不喜欢，就是不喜欢你在别人面前穿，在我面前穿还是可以的。"

两个人正要接吻，突然有人推门进来，进到一半就退出去了。接着，江云开的声音在门外响起："我瞎了！我今天早上就瞎了！啊啊啊！我怎么什么都看不到？我到刘总办公室了吗？"

刘创想骂人，蔡思予也很无语。

刘创正要起身，突然被蔡思予捧着脸亲了一口，然后蔡思予才从他腿上下来。

刘创一边站起来一边乐，走到门口把门给反锁，接着对蔡思予招手："过来。"

蔡思予立即扑到他怀里。

江云开也尝试了一把里面两个人亲得热火朝天、他在门外干等着的感觉。

天道好轮回，苍天绕过谁？

当天，蔡思予就接到了秦月明的电话，秦月明哀怨地道："我把你当闺密，你却偷偷成了我舅妈？"

蔡思予笑得不行："这真的是意外收获。"

秦月明其实挺开心的，又说："不过刘创也挺好的，你们两个在一起应该会很不错。"

"嗯。"

"你能幸福我就开心了，舅妈。"

"哈哈哈！"

蔡思予第一次失败的婚姻是选择了金钱，那么第二次婚姻是选择金钱还是爱情？蔡思予表示，她两手都要抓，两手都要硬。

江云开和秦月明的孩子是女儿，足月出生，七斤四两，顺产。除了江云开在秦月明进产房后哭得跟个小傻子似的，其他的事情都很顺利。

孩子的长相大部分随了江云开，只不过更精致，而那股聪明劲则是随了妈妈。

夫妻二人给孩子起的名字多少有那么点随意，因为江云开爱游泳，秦月明做胎梦是梦到了鱼，于是，孩子叫江小鱼。有人纳闷，怎么不干脆叫江鱼儿？

过年的时候，大家都在。

原本秦夜停不喜欢热闹，但他难得有空，就想过来陪陪江小鱼。一个难缠的爸爸再加一个难缠的亲舅舅，江小鱼这位小姑娘以后恐怕不好嫁人。

这期间，乔洛壹会带着江小鱼一起玩。

江小鱼玩得开心，就亲了亲妈妈的脸颊，接着又亲了蔡思予的脸颊，随后跑向了乔洛壹。

乔洛壹立即挡住自己的脸，义正词严地对江小鱼说："不可以亲除你近亲之外的人哦，这样不好的，我也不行。"

"为什么啊？我喜欢表叔。"

"那也不可以，我们两个人不一样，我是男孩子，你是女孩子，不可以随便亲亲的。等你以后长大了懂事了，我们再正式地亲，到时候我要听你说另一种喜欢我。"

蔡思予听到乔洛壹这番话，忍不住过去训他："你是她表叔！"

"我们又没有血缘关系，大不了我回乔家抢家产养她啊。"

蔡思予真想揍儿子。

乔洛壹转过身，见到秦夜停正在看着他，立即背脊一寒。

说起来，乔洛壹天不怕地不怕，偏偏就怕秦夜停。第一次见面，他就知道秦夜停是他斗不过的主。

于是，他微笑道："我只是在教小鱼要有男女意识。"

秦夜停点了点头，接着对江小鱼说："长大了也不要跟他来往。"

"好的。"江小鱼都听舅舅的。

乔洛壹拉着蔡思予的裤腿可怜巴巴地道："妈妈，你看他啊。"

"我看不见。"蔡思予扭头走了。

　　江云开和秦月明谈恋爱后，第一次真正意义上发生矛盾，江云开每次想起来都觉得莫名其妙。

　　为什么呢？究竟是为什么呢？

　　他们录制真人秀的现场有娃娃机，秦月明利用拍摄间隙抓了三四个娃娃出来，兴奋得不行。

　　江云开站在她身边，没什么兴趣地陪着她抓娃娃，嘟囔："其实你投进去的钱都够买一个娃娃了，你喜欢什么样的？我给你买啊。"

　　"你不懂。"

　　"我怎么就不懂了？你一个挺会过日子的小女生，怎么突然就不对劲了呢？"

　　"好啦，不抓了。"秦月明说完就不再玩了，拎着几个娃娃走了。

　　这时，两个人之间还算和平，秦月明顶多是觉得有点扫兴。

　　回到酒店房间，秦月明就被江云开震惊到了，因为江云开干脆把娃娃机买回来了，还送来她房间，对她说："你可以抓一晚上了。"

　　秦月明目瞪口呆地看着娃娃机，接着扭头看向江云开，问："你……怎么想的啊？你有钱没地方花吗？"

　　他买这种东西干什么？他们也带不走啊。

　　"你抓娃娃不也是有钱没地方花吗？既然你爱抓，我就买回来让你一直抓啊，还能循环利用。"

　　"出去。"秦月明对江云开摆了摆手，干脆开始赶人了。

　　江云开也不傻，意识到秦月明有点不开心了，问她："怎么了？"

"我累了，想休息。"

江云开也不敢惹她了，赶紧回了自己的房间问朋友他做错什么了。

我跳舞挺好看的："你是不是傻？"

我跳舞挺好看的："抓娃娃的兴奋点是什么你知道吗？就是花一枚硬币就抓到了一个娃娃，还有就是不断地尝试，最后拿到娃娃的一瞬间会有一种强烈的成就感。"

我唱歌挺好听的："我给她买了娃娃机，有什么不对吗？"

我跳舞挺好看的："你给她买了娃娃机，里面的娃娃都已经是她的了，她还会有抓娃娃的那种刺激感吗？没有。"

我唱歌挺好听的："不懂了……"

我跳舞挺好看的："自己悟去吧，孩子。"

真人秀录制结束后，娃娃机明显带不走，于是江云开又跟商场协商，将娃娃机放回了原位。接着，他给秦月明注册了一个支付宝小号，每次有人扫码支付抓娃娃，秦月明这边就会收到钱。

秦月明某天偶然打开支付宝，看到里面的金额已经累积到三千多元了，忍不住笑出声来。

她之前被江云开气到，竟然以这种诡异的方式释然了。

江云开和秦月明这对父母非常不靠谱。

秦夜停去秦月明家里，一进门就看到江云开将还不到两岁的江小鱼放在一辆小板车上面，拉着板车满屋子跑。板车撞到了一个枕头，坐在车上的江小鱼就飞了出去，"啪"的一声摔在了地上。

秦夜停和江云开连忙去看，看到江小鱼自己坚强地爬起来了，还"嘿嘿"笑，他们这才松了一口气，幸好这里的地面都铺了泡沫软垫。

紧接着，秦夜停瞪了江云开一眼："你不会带孩子就交给育儿嫂不行吗？"

江云开十分不服："我难得有空陪会儿孩子。"

"你的工作不是少了很多吗？"

江云开自从开始走实力路线，平时除了开演唱会和创作新专辑，就没什么事情做了。综艺邀约他都拒绝了，产品代言也不太接了，所以日子还挺清闲的。

"新专辑在筹备了，你姐给我写的歌我超级喜欢，歌里浓缩了她对我的全部爱意。"

秦月明早期就答应过要给江云开写歌，不过因为事业正在上升期，一直耽误了。她在临产前花了两个月的时间创作，终于完成了这首歌。歌名就叫"云守月"，是标准的秀恩爱之作。

秦夜停对这首歌一点兴趣都没有，伸手将江小鱼抱起来，带着她离开。

江云开跟在后面逗江小鱼，引得江小鱼"咯咯"笑，身体乱晃。秦夜停按住江小鱼，让她看不到江云开，她才老实下来。

江云开忍不住说："之前我和你姐在一起你不爽，现在我和我女儿在一起你还不爽，你是不是不高兴成精了？"

“你带孩子不行。”

“你姐都没这么说过我。”

“她还不如你。”

江云开无言以对。

秦夜停将江小鱼放下，刚去厨房给江小鱼洗完水果，就听到秦月明指挥：“小鱼，去帮妈妈把遥控器拿来。”

江小鱼立即跑过去拿遥控器。

然而，秦夜停抢先一步拿起遥控器，反手把遥控器丢给秦月明，说：“下回自己拿。”

秦月明委屈道：“我还是不是你姐姐了？”

“是，所以我才按照当初惯着你的程度惯着她。”秦夜停说完，单手抱着江小鱼走了。

秦家惯女儿，不让女儿干什么活，所以秦月明才不会煮饭、做家务，到了现在也都是被人宠着。秦夜停自然而然地想继续惯着江小鱼，等江小鱼长大了，也还是被宠着的。

在江云开和秦月明夫妻二人开始忙碌后，秦夜停将江小鱼带在了身边。

为了照顾江小鱼，江家还为江小鱼安排了四个育儿嫂，两个上白班，两个上晚班。秦夜停也都让她们住在自己家里，白天就让江小鱼在家里玩，他坐在沙发上看剧本。

江小鱼生性好动，满屋子乱跑，秦夜停也只是偶尔抬头看一看。时间久了怕江小鱼累了，他就将她拽过来抱着控制住。

然而江小鱼就真的跟一条小鱼似的，活蹦乱跳，根本控制不住。秦夜停没辙，就跟江小鱼讲道理，告诉她不能乱跑。江小鱼听不懂，他就一遍一遍地说，直到她听话为止。

江云开把江小鱼接回去后，经常听到江小鱼念念有词，一问才知道，她正在背圆周率。这么小就背这个，会不会太早了？

江云开和江小鱼产生距离感是在江小鱼六岁以后。

霍里翔见到江小鱼就教江小鱼说相声，让一个小姑娘变得能说会道的，还给他唱《叫小番》，唱得还不错。

南云庭教她跳舞，周若山教她说唱，使得江小鱼没多大就可以直接上台表演了。最可怕的是秦夜停，他教的都是江云开接不上茬的东西。

前天，秦夜停教江小鱼墨菲定律，说得江云开云里雾里。昨天，秦夜停给江小鱼讲《乌合之众》，让江小鱼说话老气横秋的。

今天，江小鱼看着江云开，问："爸爸，分子的动能你都不知道，你是傻瓜吗？"

江云开："呃……"

长大后的某一天，江小鱼哼着歌回到家里，心情似乎十分愉悦。

秦月明在二楼随口问道："听说你和乔洛壹吵架了？"

"嗯，算是吧。"

"理由呢？"

"也没什么理由，放心吧妈妈，你的干儿子会主动跟我道歉的，并且是……气急败坏地道歉。"她说完就笑了起来，跑上楼回自己的房间了。

江云开披着浴巾靠在门口看秦月明，笑道："你女儿是不是随你？把男人收拾得一愣一愣的。"

"挺好的啊，没随你，她和夜停待在一起的时间比较长，那股子睚眦必报的劲儿随舅舅了。"

"唉。"

当天晚上，乔洛壹就来了他们家，还是秦月明开的门。

乔洛壹神情不太好，嘴唇紧抿着，他跟秦月明含糊地打了个招呼，就上楼找江小鱼去了。

乔洛壹推门走进去，把门一关，见江小鱼依旧是平日里的模样，笑着叫他："洛壹哥哥。"

乔洛壹直接问道："你闹够了吧？"

"怎么了？"

"你、你不喜欢他就别乱撩，他是个挺单纯的男生。"

"洛壹哥哥夸女孩子，我就夸男孩子，我只不过是夸了你的朋友而已，你急什么啊？"

"我以后不乱撩了好不好？你也别再这样了，行不行？"

"那我岂不是会非常无聊？"

乔洛壹坐在沙发上，无奈得直捂脸。

"你才多大啊，就这样？"乔洛壹再次问。

"我成年了，洛壹哥哥不是知道吗？"江小鱼脱了鞋子，踢了下乔洛壹的小腿。

这些年，乔洛壹帮江小鱼补习过很多次，都是在这个房间。某天，江小鱼写卷子，他躺在床上休息，突然被江小鱼亲了脸颊。然后，他就开始和江小鱼保持距离了。

他总觉得江小鱼还小，可实际上江小鱼现在都成年了，已经是大二的学生了……他似乎不能继续浪了。

乔洛壹将她拽到自己身边坐下，拿出她的手机，说："告诉他，你是他嫂子。"

江小鱼笑了起来，接过手机，靠着乔洛壹的肩膀发消息。

（全文完）